KB271848

내겐 너무

이상한 남자

내겐 너무
이상한 남자

초판 1쇄 찍은 날 | 2011년 7월 27일
초판 1쇄 펴낸 날 | 2011년 8월 2일

지은이 | 자이구루
펴낸이 | 서경석

편집부장 | 권태완
편집책임 | 유경화
편집 | 이수민

펴낸곳 | 도서출판 청어람
등록번호 | 제1081-1-89호
등록일자 | 1999. 5. 31
어람번호 | 제5-0287호

주소 | 경기도 부천시 원미구 심곡2동 163-2 서경B/D 3F (우) 420-822
전화 | 032-656-4452 팩스 | 032-656-4453
http://www.chungeoram.com
E-mail | chungeoram@chungeoram.com

ⓒ 자이구루, 2011

ISBN 978-89-251-2578-7 03810

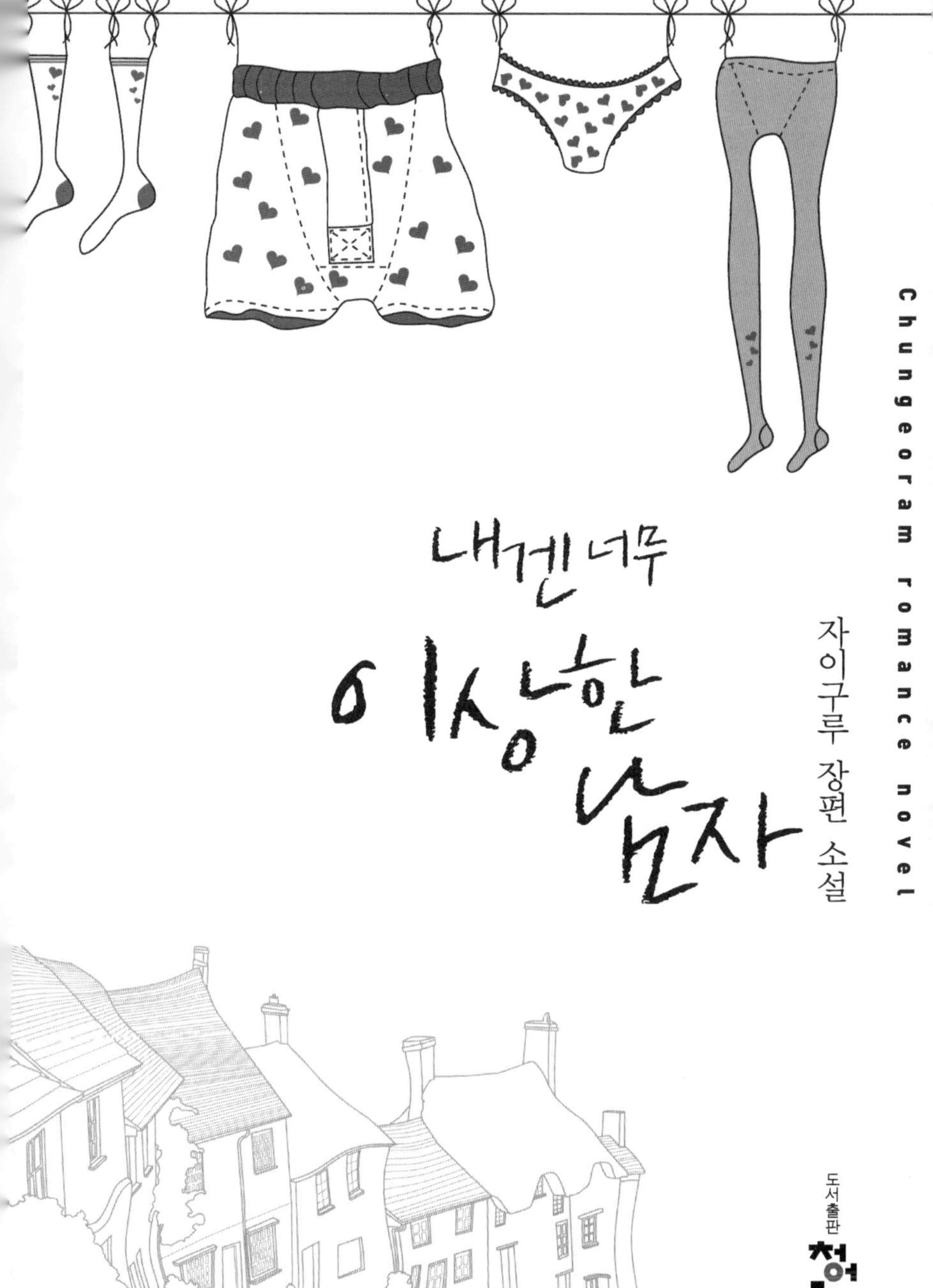

내겐 너무

이상한 남자

자이구루 장편 소설

Chungeoram romance novel

도서출판
청어람

Contents

Chapter 1. 지퍼게이트(Zippergate)

"미쳤어, 미쳤어. 저 남자 어떻게 됐나 봐."

"아무튼 어딜 가나 저런 변태들은 꼭 있다니까."

이게 무슨 소리지. 나는 여고생들의 수군거림에 귀를 쫑긋거렸다.

"정말 지퍼가 열려 있잖아."

"어머머, 팬티까지 보여!"

옆의 아줌마들까지 킥킥거려서 주위를 돌아보니 긴니편 크리스마스트리 옆에 한 남자가 벽에 기댄 채 꾸벅꾸벅 졸고 있다. 바지 지퍼를 활짝 열어둔 채로 말이다. 에잇, 괜히 쳐다봐서 눈만 버렸네. 이렇게 투덜대는데 어디선가 귀에 익은 경쾌한 왈츠가 들려온다. 코트 주머니에서 핸드폰을 꺼내보니 세상에서 둘도 없는 사랑스런 내 남동생이다.

"오우, 우리 막둥이. 수업 시간일 텐데 웬일?"

—누나, 제발 막둥이란 소리 좀 그만해. 그리고 지금 쉬는 시간이거든?

"그래, 화장실은 잘 갔다 왔고?"

—농담은 거기까지만. 책은?

"방금 샀다."

—어허, 나는 내 누이가 참으로 자랑스럽구려! 단, 백수라는 사실만 빼고.

중수는 이렇게 날름 한마디 남기고서 전화를 후딱 끊어버렸다. 이놈의 자식을 그냥. 나도 모르게 울컥하지만 곧 한숨을 길게 내쉬고 만다. 얼마 전까지만 해도 버젓한 직장에 다니던 이 몸께서는 운명의 장난인지 회사가 문을 닫는 바람에 슬프게도 일자리를 잃었는데 시절이 하수상한지라 취직하는 게 마음처럼 쉽지가 않다.

게다가 모처럼 만의 외출이라 얼굴 좀 볼까 해서 불러낸 단짝 친구는 평소와 다름없이 약속 시간에 여전히 늦고 있다. 무료해서 할 일 없이 서점 주위를 배회하는데 자꾸만 눈앞에서 남녀 커플들이 알짱거린다.

가만있자, 어젯밤 늦도록 금요특집 심야 공포영화를 봤으니까 오늘은 바로 토요일, 게다가 바야흐로 화려한 크리스마스 시즌. 즉, 나처럼 고독한 싱글이 견디기 힘겨운 시련의 시간이 왔다는 뜻이다.

하지만 이 우울한 기분도 잠시 잊을 겸 나는 건너편에서 변태적 행위예술을 몸소 실천하고 있는 남자를 분석하면서 잠시 시간을 때우기로 마음먹었다. 어이, 형씨. 잠깐만 기다려 봐, 이 황우연님께서 몹시도 심심하던 차에 그대를 위해 차고 넘치는 애정을 보내줄 테니까.

남자는 아직도 보기 흉한 몰골로 붙박이처럼 벽에 착 달라붙어 있다. 어디 보자, 검은 선글라스를 낀 채 팬티를 노출하는 남자라. 저런 유형의 변태라면 학창 시절 하굣길에 흔히 봤던 바바리맨으로 진화하기 바로 전 단계처럼 보인다. 다시 말하자면 최소한의 노출증을 즐기는 소심한 부류라는 소리다.

야구 모자를 깊이 눌러쓴 문제의 변태남은 한겨울에 입기엔 다소 부담스러운 샛노란 색깔의 캐주얼 점퍼에 알록달록한 색깔의 바지를 입고 마치 표백제 속에 흠뻑 담갔다가 빼낸 것처럼 새하얀 스니커까지 신었다.

가장 중요한 패션 포인트는 많은 사람들이 오고 가는 대형 서점 한복판에서 늠름하게 바지 지퍼를 열어놓고서 자신의 팬티 쪼가리를 과감하게 공개하고 있다는 것. 수줍은 여학생이 살짝 혀를 내민 것처럼 삐죽 나온 그것을 자세히 살펴보니 파란 빛깔의 체크무늬이다.

흠, 저 변태남의 진정한 의도는 과연 무엇이며 저렇게 팬티를 내놓기까지 도대체 어떠한 심리에 사로잡혔을까? 나는 셜록 홈즈, 또는 미스 마플처럼 범인이, 아니, 상대가 팬티를 노출하게 된 원인을 논리정연하게 유추해 본다.

특히 오랫동안 자세가 바뀌지 않는 걸 보면 아마 깊이 잠든 듯한데 특히 어젯밤을 뜬눈으로 지새웠는지 혹은 새벽 내내 술독에 빠졌는지 알 순 없지만 저 음침한 검은 선글라스는 분명히 충혈된 눈을 가리기 위해서일 것이다.

나는 변태남의 노란색 점퍼 밑단 여기저기 박힌 밤색의 점들이 자장면을 먹다가 튀긴 국물 자국임을 금방 알아차렸다. 윽, 지저분한 놈. 게다가 양쪽 겨드랑이에 팔짱을 긴 채 잠이 든 주제에 이따금 움찔거리면서도 용케 평온한 자세를 유지하는 걸 보면 대단한 집중력의 소유자인 듯하다.

그런데 콧등 아래로 내려온 안경을 올려가며 현장 조사를 하던 나는 별안간 헉, 하고 숨을 급히 삼켰다. 그의 왼팔 안쪽에 파묻힌 오른손은 놀랍게도 하얀 붕대로 감겨 있었다! 그렇다면 손을 다치는 바람에 부득이하게 지퍼 잠그는 걸 깜빡했을 수 있다는 걸 의미한다. 즉, 나의 추측이 맞는다면 눈앞의 남자를 단순히 변태남이라고 치부해서는 안 된다는 말이다.

이제 상대방이 처한 상황을 간파한 나는 곧 깊은 연민에 사로잡혔다. 불현듯 우리 집 막둥이 중수가 떠오른 탓이다. 그놈은 어렸을 때부터 몸이 몹시도 비대한 탓에 늘 바지 지퍼를 자랑스럽게 열고 다녔는데 그때마다 나는 칠칠맞지 못한 동생을 위해서 열려진 바지 지퍼를 수시로 올려주곤 했었다.

"저기, 아가씨."

갑자기 변태남이 내게 말을 걸자 나는 깜짝 놀라서 입을 딱 벌리고 말았다. 오, 마이 갓! 전혀 예상치 못한 일이 발생했다! 언제 깬 거지?

"어, 놀라게 했다면 미안해요."

이렇게 말하며 그가 붕대가 감긴 오른손으로 모자의 챙을 슬쩍 올리자 이마 위로 노란색깔의 머리카락이 삐죽 튀어나온다. 마치 폭주족 같은 현란한 헤어스타일에 나는 문득 녀석이 속한 세계가 궁금해진다.

"흠, 혹시 나한테 무슨 용건이라도 있어요?"

용건? 아, 물론 있고말고. 나는 차분하게 변태남의 실수를 지적할 작정이었다. 문제는 내 입이 도저히 떨어지지 않는다는 점. 변태남은 자신의 추잡한 상태를 여전히 깨닫지 못한 채 나를 향해 한 발짝 다가왔다. 헉, 제발 가까이 오지 마!

"저기, 거시기요……."

나도 모르게 잔뜩 쉰 음성이 튀어나왔다.

"예? 거시기라뇨?"

상대의 목소리는 마치 삭힌 고추처럼 아릿하면서도 부드러웠다. 그때였다.

"어머머, 저 여자가 변태 애인인가 봐."

"야, 웃기다. 저런 놈한테도 여자친구가 있구나!"

나는 귀가 꽤 밝아서 주변에서 수군거리는 건 빼놓지 않고 곧잘 알아듣는 편이다. 잠깐, 그러니까 지금 내가 이 변태남의 여자친구로 오인된 건가? 드디어 변태남의 애인이 출몰했다며 여기저기에서 쑥덕거리자 나는 대성통곡하면서 그대로 바닥에 주저앉고 싶어진다.

하지만 문제의 변태남은 워밍업이라도 하려는 듯 머리를 좌우로 느긋하게 흔들어대더니 양쪽 어깨를 이리저리 움직거린다. 여보세요, 지금 한가하게 몸이나 풀 때가 아니란 말이야.

"거기 열렸어요."

침을 꿀꺽 삼키며 내가 단호한 어조로 말했다.

"네……?"

"거기가 열렸다니까요."

"어디가요?"

왜 이리 말귀를 못 알아듣는담.

"바지!"

나도 모르게 신경질적인 어조로 버럭 소리쳤다.

"이런. 여러 사람 즐거웠겠네요."

비로소 자신의 보기 흉한 작태를 인식한 남자가 얼굴을 붉히며 중얼거리자 나는 잽싸게 뒤돌아섰다. 흠, 이 정도면 나는 할 도리를 다한 거야. 타인에게 무관심하고 얄팍한 이기주의가 만연하는 이 시대에 나처럼 착한 여자가 어디 있겠는가? 아무튼 댁은 내 덕분에 망신살당할 뻔했던 신세를 겨우 면한 줄 알아.

그리고 근처에서 방관하고 있는 비겁한 시민 여러분. 미안하지만 난 이 남자와 전혀 상관없는 그저 지나가는 과객이며, 댁들처럼 비겁하게 등 뒤에서 손가락질하지 않고 한 남자의 인간적인 실수를 바로잡아 주는 용기있는 현대 여성이랍니다.

"잠깐만요!"

속으로 흐뭇해하면서 걸어가던 나는 변태남의 다급한 음성에 멈칫했다.

"이왕 이렇게 됐으니 날 좀 도와줄래요?"

도와달라니, 무얼? 설마 댁의 바지 지퍼 올려달라는 건 아니겠지? 슬쩍 뒤돌아보니 제 딴에는 바지 지퍼를 올리려고 애를 쓰지만 붕대로 둘둘 말린 그의 손은 연거푸 지퍼 머리를 붙잡지 못한 채 어설픈 동작만 되풀이하고 있었다.

"하하, 실례인 줄 알지만."

"내참, 알면서도 그런 말을 해요?"

뭐, 저런 인간이 다 있어? 부끄러움을 무릅쓰고 기껏 말해줬는데 또 뭘 바라는 거람. 이봐요! 그건 실례를 넘어선 결례, 아니, 바로 무례한 짓이야! 어찌 댁은 곱게 자란 여염집 처자에게 그런 해괴망측한 부탁을 하는 거야! 너, 바보니? 도대체 어느 여자가 그 짓을 하겠냐. 왼손은 뒀다가 국 끓여 먹을래?

하지만 붕대가 감겨 있지 않은 변태남의 왼손 또한 부들부들 떨면서 열려진 바지 지퍼 위를 서성거리며 아무런 전적戰績도 거두지 못한 채 허공을 맴돌았다. 흡사 수전증 걸린 사람마냥 손을 심하게 바르르 떠는 것이 한눈에도 심상치 않아 보인다. 아니, 너 무슨 지병持病이라도 있니, 아니면 혹시 어젯밤 무슨 요상한 짓을 해서 그렇게 양쪽 손이 정상 작동을 못하는 거니?

"여보세요! 미안하지만 난."

문득 괜히 나섰다고 후회하고 말았다. 저렇게 얼굴이 벌게진 채 바지 지퍼를 잠그지 못하는 걸 보니 차라리 아무것도 모른 채 그냥 마음 편히 있는 게 나을 뻔했다. 창피한 모양인지 변태남의 얼굴은 이제 잘 익은 토마토처럼 새빨개졌는데 바지 지퍼의 머리조차 제대로 잡지 못하는 그를 보고 있자니 문득 마음이 약해지고 말았다. 그래, 오죽하면 여자인 내게 저런 변태러스한 부탁을 했겠어. 에라, 모르겠다.

"손 치워요."

과거 시절 남동생의 바지 지퍼를 올려줬던 숱한 경험들을 되살리며 나는 이 불쌍한 남자의 바지 지퍼를 잽싸게 올려주기로 했다. 뭐, 미친 짓이라는 건 잘 알지만 이상하게도 내 행동을 자제할 수 없었다. 옆구리에 끼고 있던 두툼한 책을 바닥에 툭, 내려놓고서 쐐에에엑, 하고 바람 소리가 날 정도로 그의 지퍼를 능숙하게 올려주고 만 것이다! 뭇사람들의 호기심 어린 눈빛들이 마치 레이저 광선처럼 내 등을 따갑게 쏘아대는 걸 무시하고 말이다.

"으."

어라, 그런데 이게 무슨 소리일까. 변태남의 절박한 외마디 비명 소리는 곧 불어닥칠 무시무시하고도 가공할 만한 사건의 전조였다. 갑자기 그의 얼굴이 거무죽죽하게 변한 걸 발견한 나는 불안한 얼굴로 그의 사타구니를 흘끗 쳐다봤다.

오, 맙소사. 닫힌 바지 지퍼의 잇몸 사이에 그의 팬티가 쪼글쪼글하게 휘말린 채 위로 삐죽 튀어나왔다. 너무 급하게 지퍼를 닫는 바람에 남자의 거시기가 쏠려서 같이 맞물린 모양이다.

"어머나!"

나도 모르게 격한 신음이 튀어나왔다. 상대는 태연한 얼굴로 입술을 지그시 깨물고 있지만 전신에 감도는 미세한 경련을 숨기지 못했다. 에구머니나, 이를 어쩌지? 예로부터 남자의 물건은 목숨과 직결된 급소이다.

그렇게 생각하자 별안간 마음이 급해졌다. 재빨리 바닥에 무릎을 꿇고서 그의 지퍼를 내리기 위해 안간힘을 다했건만 쪼글쪼글하게 뭉쳐진 팬티와 단단히 맞물린 바지의 지퍼는 도무지 꿈쩍을 않는다.

"이봐요, 제발……."

다 죽어가는 변태남의 목소리에 나는 정신이 번쩍 든다. 크, 큰일 났다! 지금 내가 얼마나 심각한 실수를 저질렀는가. 사람의 생사가, 아니, 남자의 생식력이 좌지우지되는 최고의 비상사태가 벌어졌다! 강원도 영월 탄광에서 갓 캐낸 석탄처럼 새까매진 저 안색을 보라. 한순간의 실수로 여차하면 초상을 치러야 할 판이다.

흥분한 나는 콧구멍을 벌름거리며 상대의 바지 지퍼를 내리려고 젖 먹던 힘을 다했지만 그것은 마치 인간의 힘으로 도저히 움직이지 않게끔 심하게 저주가 걸린 것 같았다. 게다가 주위의 구경꾼들 또한 뭔가 이상한 분위기를 느꼈는지 갑자기 웅성거렸지만 나는 그까짓 창피함 따윈 저 멀리 던져 버린 지 오래였다. 그리고 용감무쌍한 여전사처럼 오로지 위기에 처한 한 남자를 구하기 위해 몸과 마음을 다했다.

하지만 아무런 변화가 없다. 아아, 나도 모르게 극심한 절망감에 괴로워하고 말았다. 비록 나는 연약한 아녀자이지만 자칭 의협심에 불타오르는 정의의 용사 같은 타입을 내 이상형으로 삼고 있다. 따라서 절대로 포기하고 싶지 않을뿐더러 내가 저지른 만행에 대한 최소한의 책임을 다하고 싶었다.

그러나 망할 놈의 지퍼는 꼼짝도 하지 않는다. 아, 정녕 응급구조를 요청해야 하는가. 핏기없이 하얗게 질린 변태남의 얼굴을 훔쳐보면서 나는 인간적으로 그에 대한 짙은 연민을 느꼈다. 그런데,

"우연아, 너 거기서 뭐해!"

웅성거리는 구경꾼들 속에서 락희의 얼굴이 얼핏 보였다.

"락, 락희야!"

이토록 내 친구가 반갑게 느껴진 적이 있던가. 나는 분연히 일어나 그녀의 손을 와락 붙잡고서 이 지옥 같은 상황에서 도망치고 싶어진다.

"이 바보야! 너 지금 뭐하는 거야? 빨리 이리 와……!"

락희는 얼굴이 새파랗게 질린 채 내게 외쳤다. 계집애, 이러는 난 괜찮은 줄 아니? 똥마려운 강아지마냥 발바닥을 마구 비벼대던 나는 곧바로 친구에게 뛰어갈까 말까 약 0.3초 정도 고민했다.

"저, 저기요."

그런데 갑자기 변태남이 거친 신음을 토해내며 말했다. 순간 심장이 덜컥 내려앉는다. 야, 황우연. 너 잘못하면 멀쩡한 생사람 하나 잡겠구나!

"난, 난 괜찮으니까 그만 가봐요."

괜찮긴 뭐가 괜찮아! 나는 이상하게 더욱 오기가 생겼다.

"락희야! 빨리 이리 와서 날 좀 도와줘!"

단짝 친구인 락희는 타고난 깍쟁이지만 의외로 의리가 있는 친구이다. 타인의 눈을 꽤나 의식하던 그녀가 창피함을 무릅쓴 채 내게로 냉큼 달려온 걸 보면 말이다.

"우연아! 도대체 어떻게 된 거야?"

"자세한 건 나중에 얘기하고 일단 너는 이쪽을 잡아봐, 난 여길 잡을 테니까!"

나는 락희의 팔을 냅다 잡아당겨서 변태남의 바지 쪽으로 끌고 왔다.

"꺅! 너, 미쳤니? 도대체 왜 그래?"

기겁을 하는 락희에게 나는 재빨리 자초지종을 얘기해 준 후 거의 반강제적으로 그녀가 해야 할 행동강령을 단호히 지시했다. 다행히도 그녀는 강압적인 나의 태도에 질렸는지 혹은 뭣에 씐 모양인지 아무 반항 없이 변태남의 바지 지퍼 단을 꽉 움켜잡았다.

좋아, 의기투합한 우리는 이제부터 천하무적. 이른바 긴급 작전에 투입된 SWAT 요원처럼, 혹은 변기 속에 빠진 오만 원권 지폐를 건지려는 비장한 자세로 돌변했다.

"넌 반대로 잡아! 그래, 세게 잡아당기란 말이야, 락희야!"

이젠 주위의 구경꾼들은 더 이상 와글거리며 떠들지 않았다. 난데없이 여자 하나가 더 나타나 변태남의 바지춤을 붙잡은 꼴을 목격하자 충격을 받았는지 아니면 사태의 긴박함을 파악했는지 마치 절간처럼 조용해진 것이다.

그리고 여자 둘이 달라붙어서 자신의 바지 지퍼를 붙잡고 늘어지자 변태남의 얼굴은 더욱더 시뻘겋게 변했다.

"이제 괜찮아졌으니까, 그만하라니까…… 악!"

아차! 무리하게 힘을 준 탓인지 그가 처절한 비명을 질렀다. 어머, 미안해라. 많이 아프겠다! 그나저나 하느님, 부처님. 저희를 어여삐 여기사 제발 도와주시옵소서. 아참, 알라신도 동참하시고요.

그때였다. 마침내 투드득, 하는 소리가 들리더니 마치 모세가 여호와의 신력神力을 빌어서 홍해를 가르듯 변태남의 바지 지퍼가 마침내 양쪽으로 벌려졌다.

"됐다!"

하지만 흐뭇한 얼굴로 변태남의 사타구니를 쳐다보던 나는 또 다른 충격적인 사실을 깨닫고서 곧 경악을 금치 못했다. 바로 눈앞엔 지퍼 머리가 달랑거리며 바지 한쪽에 아슬아슬하게 매달려 있었다. 다시는 결합을 꿈꾸지 못하는 자신의 운명을 한탄하듯이.

난 그만 눈앞이 캄캄해졌다. 이 남자는 끔찍한 육체적 고통에서 벗어났지만 지금 이 순간부터 거기에 버금가는 정신적 고통에 사로잡히리라. 왜냐하면 흉물스럽게 너덜거리는 지퍼를 열고 다녀야 하니까. 음, 그렇다면 결국 사태가 더 악화된 셈인가.

"튀자, 락희야."

나는 오랜 죽마고우의 귓가에 은밀히 속삭였다.

"뭐라고?"

다짜고짜 그녀의 손목을 꽉 움켜잡고서 바닥에서 벌떡 일어선 나는 곧바로 뛰어나갈 태세를 취했다. 어서 필사의 탈출을 해야 한다. 이제부턴 내 능력 밖이니까.

"자, 잠깐……."

뭐라고 밀을 건네려는 남자를 철저히게 무시한 채 나는 락희와 함께 군중을 향해 무서운 속도로 돌진했다. 마치 미친개한테 물릴까 봐 두려운 얼굴로 잽싸게 길을 열어주는 사람들을 뚫고서 우리는 서가書架의 숲을 향해 빛의 속도로 달려갔다.

미안해요, 변태남! 그대를 진짜 변태로 만들어놓은 나를 부디 용서하시오. 비록 동기는 좋았으나 결과가 오히려 악화되어 이렇듯 유종의 미를 거두지 못해서 그저 송구스러울 뿐이오.

하지만 살다 보면 그럴 수도 있겠거니, 하고 마음 편히 생각하면서 그저 그대의 불운을 원망하고 우리의 악연을 속히 잊어 주시길 바라오. 이게 전부 본인의 부덕不德함과 나서길 좋아하는 경박함 때문이니 악의는 절대로 없었음을 부디 기억해 주시구려.

몹시도 추운 12월 어느 토요일 오후, 서울 시내의 대형 지하 서점 한복판에서 예기치 않게 벌어진 이 불미스런 사건은 겨우 마무리되었지만 나로 인해 이름 모를 한 사내가 평생 잊지 못할 사건을 겪었다는 자책감을 떨칠 수 없으리라.

"야, 황우연! 도대체 이게 뭐니?"

"미안해, 락희야. 내가 잠시 머리가 어떻게 됐나 봐."

"어휴, 너 때문에 내가 못 살아!"

친구의 따가운 잔소리를 듣던 나는 지금쯤 변태남이 자신이 처한 상황을 어떻게 감당하고 있는지 무척 궁금해졌다. 완전히 망가진 바지 지퍼를 만인을 향해 드러낸 채 멍하게 서 있거나 아니면 우리처럼 삼십육계 줄행랑을 쳤을지도 모른다. 뭐, 어쨌든 나를 미워할 것은 틀림없는 일이겠지?

그날 저녁, 무사히 집으로 돌아온 나는 낮에 겪었던 지퍼 사건으로 지친 나머지 거실 소파에 몸을 던진 채 깊은 잠에 빠져들었다. 한 서너 시간 정도 잠들었을까. 시끄러운 차임벨 소리에 놀라 눈을 번쩍 떠보니 거실의 모니터 화면 속에 거대한 두 상이 보인다. 귀여운 내 남동생 중수이다. 재빨리 문을 열어주자 녀석은 체중이 100kg도 넘는 덩치를 흔들어대며,

"누나, 책!"

하고 손을 쭉 내민다.

"책? 무슨 책?"

"에이, 농담하지 마. 내 생일 선물로 샀다는 그 책 말이야."

허걱. 그러고 보니 아까 집으로 돌아왔을 때 나는 분명히 빈손이었다. 오늘 서점에서 분명히 그 책을 샀는데 대관절 어디로 간 거지? 별안간 잊고 싶었던 변태남 사건이 머릿속에서 퍼뜩 떠오른다.

아, 그때 바지 지퍼 올려준다고 바닥에 책을 던져 놓고 그대로 놔두고 왔구나! 가슴이 철렁한다. 황우연, 어서 그럴듯한 잔머리를 굴려라!

"그게 말이지, 사실은 오늘 가방 없이 그냥 나갔거든. 그런데 네 선물로 산 책이 너무 두꺼워서 락희의 가방 속에 맡겨두었는데 올 때 돌려받는 걸 그만 깜박해 버렸네? 어쩌지, 중수야. 며칠 후에 가지러 가면 안 될까?"

"미친다. 그때까지 어떻게 기다려?"

어라, 얘가 그 책에 아주 목숨을 걸었네?

"알았어, 최대한 빨리 찾아가지고 올게."

에이, 귀찮은데 다시 또 나가봐야겠네. 그나저나 책값이 장난

이 아닌데 아까워서 어쩌지. 자기 방으로 들어가는 중수를 바라보며 안도의 한숨을 몰아쉬던 나는 문득 오늘 낮에 겪었던 황당한 일을 되새김질해 본다.

그러자 가슴 한편이 짜르르 아파온다. 검은 선글라스를 썼던 그 불쌍한 변태남은 지금쯤 어디서 무얼 하고 있을까?

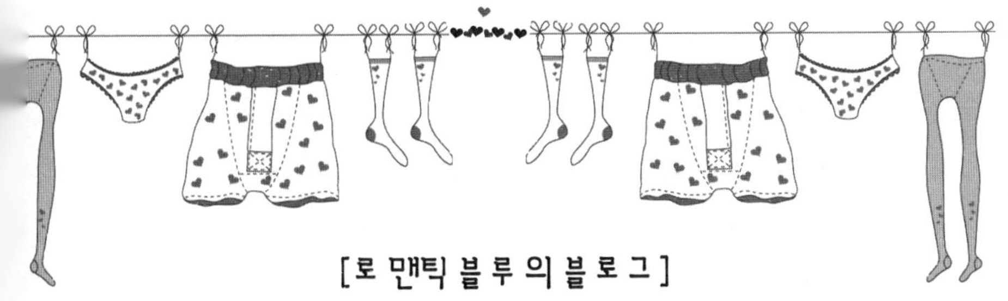

[로맨틱 블루의 블로그]

　　요즘 나는 달콤한 자장면에 푹 빠져 있다. 오늘도 아침 겸 점심으로 자장면 곱빼기를 먹은 후 오랜만에 서울 시내로 나갔다. 날이 꽤 추워서 어느 지하 서점에 들어가 잠시 몸을 녹이다가 그만 깜빡 잠이 들었다. 그러다가 어느 여자로 인해 좀 황당한 일을 겪고 말았다. 아무튼 그녀 때문에 지금 내 몸엔 작은 상처가 났는데 겉보기엔 그리 심각하진 않아도 꽤 아프긴 하다. ㅡ_ㅡ; 뭐, 따지고 보면 내가 자초한 일이라 그녀를 원망하지는 않는다. 그런데 집에 와서 한참 동안 생각해 보니 낮에 만났던 그 흥미로운 여자가 문득 보고 싶어진다. 또 그녀에게 돌려줄 물건도 있으니 다시 만나야 할 것 같다. 그런데 그녀가 나를 보면 많이 놀랄까?

．．

└ 은빛날개 : 어머, 블루님. 혹시 운명의 상대?

└ dfkjop1097 : 오늘도 좋은 음악 고마워요. 잘 듣고 갑니다.

└ 3701piew : 어디서 일케 좋은 걸 퍼오죠? 스크랩해 갑니다. *^^*

└ 빠다누나 : 오랜만에 왔다가 좋은 소식 듣고 가네요. 파이팅~!

└ 자이구두 : 각종 야동, 동영상 완벽 구비. Just Click!

└ 햄버거걸 : 어휴, 주인쟝! 윗 댓글 좀 어서 지우삼. 꼭 분위기 망치는 것
들 땜시.

└ 토요영화 : 드뎌 로맨틱 블루님에게도 인연의 끈이? 모쪼록 좋은 결과
있으시길 빕니다. ㅋㅋㅋ

월요일 아침 10시쯤 느긋하게 침대에서 일어나 부스스한 머리를 대충 묶고서 주방으로 들어선 나는 오늘도 백수의 자유로움을 만끽하며 여유로운 아침을 맞이한다. 쾌변을 위해 차가운 물 한 잔을 들이켠 후 욕실에서 씻고 나오는데 갑자기 거실의 전화벨이 요란스럽게 울린다. 연말이라 가게가 무지하게 바쁘니 잠시 가게로 나와 서빙이나 하라는 지엄하신 마나님의 명령이시다.

어차피 중수의 책도 사러 나갈 참이어서 아침을 대충 먹은 후 서둘러 전철역으로 향했다. 한겨울의 칼바람을 뚫고서 신촌 거리로 들어가자 대학가 주변에 거미줄처럼 늘어진 먹자골목 한

귀퉁이에 아담한 설렁탕 집 하나가 보인다.

바로 우리 가게다. 엄마, 아빠의 삶의 터전이자 우리 황씨 가족들이 오늘날까지 먹고사는 데 지대한 공헌을 한 그곳은 목이 좋아서 일 년 내내 손님들로 늘 북적거린다. 한마디로 말하면 그리 큰 가게는 아니어도 제법 돈을 끌어들이는 노른자라는 말이다.

황가네 설렁탕.

가게 간판에 대문짝만 하게 써진 상호명이다. 이름을 바꾸자는 가족들의 강경한 주장에도 불구하고 장장 20여 년 동안 변함이 없다. 아빠의 말씀에 의하면 이미 단골손님들 눈에 익은 이름이라 바꾸기 곤란하다는데 여하튼 볼 때마다 촌스러운 건 어쩔 수 없다. 가게 안으로 들어서며 숨을 깊게 들이셨다. 자, 간만에 몸 좀 풀어볼까.

"이것아, 그릇 좀 빨리 걷어오라니까."

쟁반 위에 층층이 쌓인 뚝배기들이 엎어질 듯 불안하게 흔들거려서 조심조심 걸어가는데 주방 안에서 한가하게 화장을 고치던 엄마가 버럭 소리친다.

"지금 하고 있잖아!"

나는 눈을 흘기며 쪼르르 말대꾸를 해댔다.

"아까 밥 먹던 힘은 죄다 어디로 가고 그리 기운을 못 써?"

"지금 최선을 다하고 있거든요?"

몇 시간 내내 묵직한 뚝배기를 나른 탓에 손목이 자꾸만 욱신 거린다.

"에구, 고양이 손이라도 빌릴까 해서 널 불렀던 게 잘못이 다."

성질 급한 걸로 치면 둘째가라면 서러워할 엄마는 식탁 여기 저기를 뚝딱 치운 다음 무거운 뚝배기들이 차곡차곡 쌓인 쟁반 을 들고서 주방 안으로 단숨에 들어오신다. 저렇게 능숙한 몸놀 림을 구사하시니 내 굼뜬 행동이 마음에 들 리가 없다.

연말이라 그런지 가게 안은 단체 손님들로 온종일 들끓었다. 바쁜 와중에 틈틈이 벽시계를 훔쳐봤지만 시간이 왜 이리 더디 가는지 모르겠다. 저녁 9시가 넘어서자 가게 안으로 들어오는 손님들이 다소 뜸해졌다.

나는 이제 그만 집으로 들어가라는 엄마의 말에 앞치마를 풀 고서 손을 벌렸다.

"왜 손을 벌려?"

"돈. 아르바이트비 준다고 했잖아?"

"내가 언제?"

야, 아무리 우리 엄마지만 참으로 천연덕스럽다. 아까 나오면 수고비 정도는 준다고 해놓고선 어떻게 딴청을 피울 수가 있을 까. 나는 주방 안으로 들어가서 옷걸이에 걸어둔 패딩 파카와 가방을 꺼내 들고 나왔다.

"아까 전화할 때 분명히 일당 준다고 했으면서."

“내가?”

정말 잊은 건가, 아니면 시치미?

“고작 그릇 나르는 일 가지고 지금 엄마한테 돈 달라고 뻔뻔하게 손 벌리는 거니? 자그마치 반년이 되도록 집에서 빈둥거리는 주제에 그깟 그릇 좀 나른 것 가지고서?”

역시 이럴 줄 알았다니까.

“정말 치사하게. 좋아, 안 받고 말아.”

“얘가 말하는 것 좀 보게. 치사하다고? 이제까지 키워주고, 먹여주고, 재워주고, 대학까지 보내줬는데 입에서 그런 말이 나와? 이것아, 네 언니 좀 봐라. 4년 내내 장학금 받고 졸업하더니 떡하니 좋은 회사에 들어가선 제 돈으로 차도 사고 돈도 착착 모으잖니. 그리고 네 동생 수연이는 어떠니. 재작년 대학에 들어가자마자 아르바이튼가 뭔가 해서 엄마한테 이제껏 용돈 달라는 소리 한 번 안 했다. 그런데 넌 대학도 재수까지 해서 들어갔으면서 어째서……..”

“그만해. 한 번만 더 들으면 2,978번째다.”

나는 엄마의 지겨운 잔소리를 피해서 가게 출입문 쪽으로 갔다. 카운터에 앉아서 TV를 시청하는 아빠에게 말없이 고개만 꾸벅거린 후 도망치듯 가게 밖으로 뛰쳐나왔다. 그래, 엄마. 나도 내가 못난 거 잘 알아. 뭐, 자식이라고 죄다 예쁠 리는 없겠지. 하나도 아니고 무려 넷이나 되니 하기 싫어도 저절로 비교가 될 테니까.

"우연아."

낯익은 음성에 걸음을 멈추고 뒤돌아보니 이마가 훌렁 벗겨진 중년의 사내가 서 있다. 아버지다.

"덤벙대기는. 옜다, 여기 네 안경이다."

아차, 내 안경. 설렁탕의 뜨거운 김이 안경알에 서리는 게 불편해서 아빠한테 잠시 맡겨둔 거다.

"그리고 오늘 애썼다. 이걸로 네 용돈이나 해라."

가게 쪽을 힐끔거리던 아빠는 바지 뒷주머니에서 만 원짜리 몇 장을 꺼내서 얼른 내 손에 쥐어주셨다.

"네 엄마가 마음에도 없는 말 하는 건 다 알지?"

주방에서 멀찌감치 떨어진 카운터까지 엄마의 일장 연설이 아빠의 귀에도 들렸나 보다.

"에이, 제가 뭐 어린앤가요?"

"춥다, 어서 들어가거라."

가게 안으로 들어가는 아버지를 지켜보는데 가슴이 찡해진다. 흑, 역시 제 편은 아버지밖에 없군요. 생전 돈을 처음 만져본 거지처럼 떨리는 손으로 지폐를 세어봤더니 무려 만 원권 지폐가 다섯 장, 오만 원이다.

오예! 이 정도면 오늘의 육체노동에 대한 대가치고 그리 니쁘진 않다. 지갑 속에 넣기 귀찮아서 청바지 뒷주머니에 깊이 찔러 넣는데 손끝에 뭔가 와 닿는다. 이상해서 꺼냈더니 십만 원짜리 수표였다.

깜짝 놀라 고개를 갸웃거리던 나는 아까 가게 손님한테 받은 걸 무심코 바지에 넣던 기억이 났다. 그때 바쁜 나머지 깜빡하고 아버지한테 드리지 않은 것이다.

음, 어쩌지? 잠시 길거리에 멍하게 선 채 나는 고민에 빠졌다. 그리고서 내린 최후의 결론. 일단 손에 들어온 현찰은 절대로 유출시키지 않는다. 다름 아닌 황우연이 방금 제정한 백수 규칙 제1조 1항이다.

또한 이 빳빳한 십만 원짜리 수표는 약 6개월 전, 회사를 관둔 이후 집안 살림을 도맡아왔던 기특한 둘째 딸에 대한 특별 보너스로 간주하기로 했다. 그러므로 절대로 공금횡령 따위는 아니다. 그런데 갑자기 수중에 현금이 들어오니 입가에 저절로 웃음이 흘러나온다. 그나저나 티나지 않게 이 돈을 잘 써야 하는데, 으히히.

집 근처 전철역에 내리다가 중수의 책을 깜빡했다는 걸 깨달았다. 밤 10시가 넘었으니 대부분 가게들이 문을 닫았을 테고 만약 기적처럼 열려 있어도 새로 나온 그 비싼 책이 과연 있을지도 의문이다.

쳇, 할 수 없이 내일 또 나가야겠네, 이렇게 투덜거리며 내가 사는 자두아파트 109동 관리실 앞을 막 지나칠 때였다.

"어이, 608호 아가씨!"

아파트 경비 아저씨가 관리실의 작은 유리문을 드르륵 열면서 외쳤다. 귀에 익은 박씨 아저씨 목소리에 나는 얼른 고개를 숙였다.

"안녕하세요, 아저씨."

백수 생활을 하다 보면 전혀 예상치 못한 사람들과 자연스럽게 사귀게 된다. 일주일에 한 번씩 하는 분리수거를 자그마치 여섯 달이 넘도록 하다 보면 경비실 아저씨와 허물없는 사이가 되는 것처럼 말이다.

"누가 찾아왔는데?"

"누가요?"

"글쎄, 젊은 남잔데. 아마 608호에 볼일이 있는 모양이야. 뭘 좀 전해줄 게 있대나……."

"남자라고요?"

"응. 저기 아직도 안 가고 서 있는데?"

박씨 아저씨의 굳은살 박힌 손가락이 향한 곳을 바라보니 한 남자가 멀뚱하게 서 있다. 나는 수연에게 또 목매는 남자인가 싶어 입술을 삐죽거린다. 허, 이것 참. 이 언니께서 나서야 할 타임이 돌아왔군.

우리 황씨 가문의 여자들은 엄마와 나를 제외하고 모두 미모가 빼어나다. 그래서인지 회사원인 언니는 물론 동생에게도 늘 남자가 끊이지 않는다. 재작년 수연이 미대에 들어간 지 얼마 지나지 않아 웬 장발의 남자가 우리 집까지 찾아온 적이 있다. 뭐, 첫눈에 반했대나 어쨌대나.

그 이후 우리 집에는 새빨간 머리에 검은 가죽옷을 쫙 빼입고서 등장한 전위적인 스타일을 비롯해서 물귀신 뺨치게 길게 치렁거리는 록커 헤어스타일이라던가, 혹은 양반댁 마님들한테 인기했을 법한 건장한 체구의 머슴 타입, 그리고 돈깨나 있을 것 같은 럭셔리한 놈들이 줄줄이 뒤를 이었다.

하지만 나는 그때마다 무슨 수를 써서라도 놈들을 모조리 돌려보내곤 했다. 아무튼 오래간만에 동생을 찾는 남자를 맞이하게 되니 문득 감회가 새롭다. 자, 오늘은 수연이 고것한테 들키지 않고 어떤 식으로 녀석을 내쫓을까나.

아파트 출입구의 훤한 불빛 아래에 서 있는 남자는 아이보리 색깔의 두툼한 파카와 말쑥한 블랙 진을 입었는데 짧게 친 스포츠형 머리를 칭칭 감고 있는 새파란 목도리가 유난히 짙었다.

"저기, 혹시 608호에 사시는 황우연 씨 맞죠?"

그 말에 나는 깜짝 놀랐다.

"예? 마, 맞는데요……?"

생판 모르는 남자가 나를 알고 있다니? 나는 두 눈을 동그랗게 뜬 채 정체불명의 남자를 쳐다봤다. 하얀 이를 드러내며 씩 웃는 모습이 제법 매력적이다. 흠흠, 너 내 마음에 든다, 귀여운 것.

"죄송합니다만, 전 그쪽을 전혀 모르는데……."

긴장을 늦추지 않고서 예의 바르게 말하는데 남자가 싱겁게 벙싯거렸다.

"괜찮아요. 이제부터 알면 됩니다."

나는 갑자기 혼란스러워진다. 누구냐, 넌?

"실례지만 누구신지……."

하지만 눈앞의 남자는 아무 말 없이 그저 입가에 희미한 미소를 지으며 나를 유심히 바라볼 뿐이다. 그 눈빛이 진지해서 나도 모르게 얼굴이 달아오르고 기분도 이상해진다. 헤이, 맨. 아무리 내가 한 미모 해도 그렇게 초면에 뚫어지게 쳐다보면 실례란다.

"우선 이것부터 돌려주는 게 좋겠죠?"

그가 불쑥 내민 종이가방을 받아 들면서 고개를 갸웃거렸다.

"이게 뭐죠?"

"그날 놓고 간 물건입니다."

"예……?"

잽싸게 종이가방 안의 물건을 확인한 순간 내 눈은 하얗게 까뒤집어졌다. 세상에, 이건 엊그제 서점에서 샀던 중수의 책? 할 말을 잃어 입을 딱 벌리고 있는데 파란 목도리가 슬쩍 웃는다.

"맞죠?"

"예, 맞긴 한데요, 어떻게 이걸……."

"아, 그렇구나. 날 못 알아보는구나. 분위기 좀 바꿔보려고 어제 머리도 자르고 까맣게 염색했거든요."

이보세요, 염색을 하건 얼굴에 분칠을 하건 간에 나는 댁의 얼굴을 처음 본다고.

"실례지만 누구시죠?"

멋쩍게 미소 짓는 남자에게 나는 정색하고 딱딱하게 물었다.

"아무튼 고마웠다고 말하고 싶군요, 황우연 씨. 물론 나중엔 좀 원망스러웠지만……."

난 처음부터 상대가 내 이름을 말하는 게 왠지 기분이 나빴다. 이봐, 너 말이야. 언제부터 날 봤다고 말끝마다 우연 씨, 라고 말하는 거야? 도대체 내 이름은 어떻게 알았니?

"뭐가 고맙다는 거죠?"

"그거요."

"그러니까 그거 뭐요!"

나는 어쩐지 초조해져서 빠른 말투로 물었다. 아, 뭔가. 불길한 이 느낌은.

"그날 토요일, 서점에서 바로 제 바지 지퍼를……."

끅. 나는 너무 놀라서 하마터면 뒤로 나자빠질 뻔했다. 서, 설마 이 사람이 그 변태남? 불량스런 검은 선글라스를 착용하고 거시기가 지퍼에 꼈던 그 남자?

"그, 그럼 당신이 그 변태남?"

나도 모르게 이렇게 불쑥 내뱉자 수줍은 미소를 짓던 남자의 숯처럼 새까만 눈썹이 비 오는 날 땅바닥에 나뒹구는 지렁이처럼 심하게 꿈틀거린다.

"변, 태남……?"

세상에, 다시는 만나지 않도록 그토록 천지신명께 빌었건만 어째서 저 변태남과 딱 이틀 만에 다시 마주친단 말인가. 더군다나 눈앞에 나타나서는 내 이름까지 알고 있는 걸까?

"하하, 어째 그런 말은 듣기 좀 그렇군요. 변태남이라……."

뺨을 약간 붉힌 변태남은 나를 힐끔거리더니 자꾸만 쿡쿡거렸다.

"실수로 바지 지퍼 잠그지 못한 걸로 별소릴 다 듣는군요."

우와, 어쩌냐. 진짜, 정말, 분명하고, 틀림없는 변태남이었다. 난 이제 죽었다!

"음, 그래도 그때 우연 씨의 용감한 행동은 정말 고마웠어요."

나는 너무나 놀라서 눈앞의 남자가 뭐라고 말하는지 전혀 알아들을 수 없었다. 생각해 보라, 우연히 처음 만난 사람이 갑자기 집 앞에 떡하니 나타났는데 공포감에 떨지 않을 사람이 어디 있겠는가.

"혹시 제가 찾아와서 놀랐나요?"

돌처럼 굳어진 내 얼굴을 본 변태남이 짐짓 걱정스런 표정으로 묻는다. 그래! 너무 놀라서 기절하기 일보 직전이다! 자칫하면 심장마비로 죽을지도 몰라. 책임질래?

"어떻게 알고 여기를……."

"아, 그게 어찌하다 보니까 알게 되었어요."

야, 넌 내가 바보인 줄 아니? 도대체 어떤 불법적인 루트를 통해서 여기로 찾아왔으며 어떻게 내 이름까지 알았는지 어서 불지 못해? 네놈과 연계된 범죄 조직은 무엇이며 또 내게 원하는 게 무엇인지 빨리 말해보란 말이다! 머릿속에서 꼬리에 꼬리를 물고 폭주하는 온갖 두려운 상상 때문에 나는 괴롭게 헐떡거렸다. 지금 내겐 산소, 산소가 부족해!

"괜찮아요, 우연 씨?"

오오, 제발 내 이름 좀 부르지 말아줘, 변태남. 넌 지금 내 팔에 소름 돋는 것도 안 보이냐? 근데 너 말이야, 그날 사건으로 앙심을 품고서 나한테 해코지하러 온 거니? 아니면 내 예상대로 암흑 세계와 관련된 모종의 뒤처리 때문에? 그렇다면 내가 바보 멍청이처럼 두 눈 멀쩡히 뜬 채 그대로 당할 줄 알아? 그야 당연히 손이 발이 되도록 빌어주겠다!

"저기, 미, 미안해요! 그때 그 일 때문에 온 거라면……."

나는 짐짓 울먹거려 본다.

"괜찮아요."

"아녜요, 그렇게 무책임하게 도망쳐서 미안해요."

침착하자, 황우연. 일단 그 비극적인 거시기 사건이 전혀 나쁜 의도에서 시작된 게 아니라는 걸 이 녀석한테 적극적으로 설명하자. 그리고 기어코 나를 찾아낸 그 집요한 행동에 침착하게 대처해야 해. 그러려면 상대의 심리적인 안정부터 최적화하는 게 가장 중요하지. 암, 그렇고말고.

"거, 거기는 이제 괜찮아요?"

나는 한껏 다정한 말투로 물었다.

"음. 괜찮은지 안 괜찮은지 한번 확인해 볼래요?"

헉. 변태남의 과격한 제안에 나는 잠시 할 말을 잃었다. 이놈은 성희롱이라는 저급한 방법으로 내게 복수하려는 걸까.

"하하, 미안해요! 농담이에요."

그따위 농담 한마디만 더 하면 오늘이 네 제삿날인 줄 알아라.

"이젠 그럭저럭 걸을 만하네요."

그렇다면 그전엔 잘 걷지도 못했단 말인가. 결국 119를 불러서 들것에 실려갔을까. 밀려드는 공포감 속에서도 어쩔 수 없이 바보 같은 호기심이 솟구친다.

"아무튼 다행이네요. 사실 걱정을 많이 했거든요."

"와, 신경 써주셔서 감사합니다."

부드러운 미소가 걸린 단정한 입매였지만 어쩐지 내 눈에는 죄다 가식처럼 여겨졌다. 이놈은 그날의 복수를 위해서 여기까지 온 것이 틀림없다. 아, 지금 엘리베이터로 뛰어들어 가 냉큼 집으로 도망칠까, 아니면 관리실의 박씨 아저씨한테 도움을 청해볼까.

"사실은 그 책을 꼭 돌려줘야 할 것 같아서 이렇게 실례를 무릅쓰고 집까지 찾아온 겁니다, 우연 씨."

"그냥 제 책을 돌려주기 위해서요?"

나는 태연한 얼굴로 조용히 되물었다.

"정말이에요?"

"정말입니다."

"진짜로요?"

"진짜입니다."

"믿어도 돼요?"

"믿어도 됩니다."

"사실인가요?"

"사실인데요."

나의 집요한 추궁에도 아랑곳 않고 꼬박꼬박 대답하는 그는 순진한 유치원생처럼 고개를 연신 끄덕거렸다.

"혹시 저를 의심하는 건가요, 우연 씨?"

변태남이 갑자기 코앞까지 다가오자 그의 숨결이 생생하게 느껴진다. 적색경보! 누가 보면 꼭 키스라도 할 것처럼 야릇한 포즈잖아!

"저기요, 어떻게 여길 찾아왔는지 잘 모르겠지만 일단 제 책을 이렇게 돌려줘서 참 고맙고요, 며칠 전 황당한 일을 겪었어도 제게 악감정이 없어 보이니 정말 다행이고요, 이렇게 추운 날씨에도 불구하고 나름대로 바쁘셨을 텐데 많이 죄송하고요, 이젠 어서 댁으로 돌아가서 발 닦고 편히 쉬길 바라고요, 전 이만 집으로 들어갈게요. 그럼, 안녕히 가세요."

숨도 쉬지 않고 말을 짜르르 내뱉어서 머리가 핑 돌 것 같았지만 나는 고개를 예의 바르게 꾸벅 숙이자마자 잽싸게 엘리베이터로 돌진했다. 그런데 그 변태남이 곧바로 내 뒤를 따라오는 것이다! 으아아아악! 나는 마음속으로 공포에 질린 비명을 질러댔다.

"왜, 왜 따라오는 거죠!"

"잠깐 기다려 봐요, 우연 씨."

그는 막 엘리베이터 안으로 들어가려는 내 앞을 막아섰다.

"아니, 도대체 그쪽은 내 이름은 어떻게 알았죠?"

"그쪽이 아니고 진우입니다, 이진우."

"예?"

"내 이름이 이진우라고 해요."

어우, 내가 언제 네 이름 듣고 싶대? 너, 맞고 갈래, 그냥 갈래.

"그래서요?"

"그냥 그렇다구요."

이거 사이코 아냐? 화가 나서 엘리베이터 안으로 들어가 재빨리 닫힘 버튼을 누르는데 그가 열림 버튼을 누른 모양인지 문이 닫히다가 다시 스르르 열린다. 신경질적으로 다시 닫힘 버튼을 힘껏 누르자 상대 역시 버튼을 조작하는 것이다! 어이가 없기도 하고 성질이 나서 버튼을 마구 누르는데 그 또한 지지 않고 계속 눌러낸다. 우리가 버튼을 서로 눌러대는 바람에 엘리베이터 문은 닫히지도 열리시도 않는 애매모호한 상태에서 부르르 경련을 일으켰다. 젠장, 이러다가 과부하 걸려서 엘리베이터 고장나겠다!

"이, 이보세욧!"

"미안해요, 제가 장난이 지나쳤어요."

그는 재미있어 죽겠다는 표정을 지으며 한참 동안 소리 내어 웃었다. 그 순간 나는 난생처음 살의에 대한 충동을 느끼고 말았다.

"도대체 왜 그래요!"

내가 악을 써대자 그는 정색한 얼굴로 변했다.

"사실은 우연 씨한테 하고 싶은 말이 있어서요."

"뭐요!"

"며칠 후면 크리스마스인데 혹시 특별한 약속 없으면 만나고 싶습니다."

"왜, 왜요?"

"이렇게 집까지 와서 책도 돌려드렸는데 저한테 감사의 답례로 밥 한 끼 정도 사주고 싶지 않나요?"

예상치 못한 상대의 요구에 나는 심장마비에 가까운 강렬한 통증을 느꼈다. 이것 봐, 변태남. 그러니까 나한테 바바바, 밥을 얻어먹겠다고? 너 설마 지금 내 수중에 현금이 있다는 정보까지 알고 온 거니?

"싫어요?"

기대로 가득 찬 변태남을 바라보던 나는 잠시 걷잡을 수 없는 혼란에 빠지고 말았다. 도대체 생판 모르는 여자네 집으로 대뜸 찾아와서는 느닷없이 밥을 사달라니, 설마 너 나한테 반하기라도 한 거니? 혹시 네가 속한 범죄 조직과 연루된 단서가 나한테 있다고 의심하는 거야? 그게 아니라면 내가 순순히 아무한테나 밥이나 사줄 만큼 맹한 여자로 보이니?

"엄머머, 미안해서 어쩌죠? 사실은 크리스마스이브엔 제 애인하고 데이트가 있어서요."

잘한다, 황우연.

"어, 그래요? 남자친구 있었어요?"

말끝에 호옷, 하고 코웃음을 흘리며 훔쳐본 변태남의 표정은 의외로 무덤덤하다.

"그럼, 안녕히 가세요."

내가 변태남에게 깍듯이 인사를 건네자 그는 가볍게 웃는다.

"할 수 없군요. 그렇다면 크리스마스이브 때 전화나 한번 할게요."

막 닫히려는 엘리베이터 문틈으로 변태남이 작게 속삭였다. 뭐야, 저 인간이 설마 내 핸드폰 번호까지 알고 있다는 말인가? 순간 현기증이 나면서 두 다리가 후들거린다. 아아, 이것이 말로만 듣던 스토킹남?

"언니야?"

현관 차임벨을 누르고서 창백하게 서 있는데 수연의 명랑한 목소리가 들려온다. 동생이 열어주는 문을 박차고서 집 안으로 쌩 하고 들어간 나는 종이가방을 바닥에 아무렇게나 던져 버린 후 두꺼운 외투를 벗었다. 책상 위 컴퓨터 모니터 속에 현란한 그림들이 가득한 걸 보니 수연은 그래픽 작업을 하고 있었나

보다.

"너 어째 오늘은 일찍 들어왔다?"

"응. 일이 빨리 끝났거든. 근데 언닌 오늘 신촌 가서 일했다며?"

"어떻게 알았어?"

"아까 가게로 전화 걸었거든."

나는 편안한 옷으로 갈아입은 후 푹신한 침대 위로 몸을 확던진 후 대자로 누웠다. 반나절이 넘도록 가게에서 일해서 가뜩이나 피곤한데 집 앞에서 변태남과 신경전을 벌이는 바람에 온몸이 꽝꽝 얼어붙은 동태처럼 뻣뻣하다.

"언니, 아까 일찍 와서 내가 집안 청소 했다. 착하지?"

"잘했다, 콩쥐야."

"뭐야, 혹시 무슨 일 있었어?"

"아무리 고민해도 풀리지 않는 미스터리가 있어서 그래."

"언니의 인생 자체가 미스터리인데 뭘 새삼스럽게."

그때 띵동, 하는 차임벨 소리.

"어머, 중수 왔나 보다."

수연이 나가자 곧이어 쿵쿵거리는 발소리가 울리더니 쾅, 하고 문짝 부서지는 소리와 함께 거대한 몸집의 중수가 방 안으로 들어왔다.

"누나! 그 책 찾아왔어?"

중수는 바닥에 놓인 종이가방에서 책을 꺼내 들고서 감격스럽게 외쳤다.

"고마워, 누나! 사랑해."

"자자, 감동 어린 장면은 그만 연출하시고 두 분은 어서 밖으로 나가주세요. 난 오늘 밤샘해야 하거든."

수연은 이렇게 한마디 던지고서 책상 앞에 냉큼 가 앉는다.

"근데 아무래도 너무 이상하단 말이야……."

나는 고개를 좌우로 갸우뚱거리며 혼잣말로 중얼거렸다.

"뭐가 이상해, 누나?"

"중수야, 아무래도 'X파일 모드'로 들어가야겠다."

내 진지한 목소리에 눈치 빠른 남동생은 벌써 목소리를 낮게 깔았다.

"스컬리 요원, 오늘 무슨 이상한 일이라도 있었소?"

"음, 도저히 이해할 수 없는 미지의 사건이 발생했어요, 멀더."

"말해봐요, 내가 혹시 도움이 될지도 모르니까요."

역시 중수와 나는 최상의 콤비였다. 'X파일'은 한때 TV에서 선풍적인 인기를 얻던 외화 시리즈물인데 지구에서 일어나는 온갖 미스터리한 사건들을 소재로 다루는 프로그램이었다. 주인공으로 등장하는 두 남녀 중에서 남자인 멀더는 저돌적이고 모험적인 성향이 강한 반면 여자인 스컬리는 아주 침착하고 이성적인 타입이었다.

오래전부터 외계인의 존재를 믿고 있던 중수와 나는 그 시리즈물의 열렬한 시청자였는데 간혹 재미삼아 이렇게 역할 분담을 하곤 했다. 나는 곧바로 스컬리 요원의 허스키한 목소리를 변조했다.

"멀더, 내 얘기 잘 들어봐요. 어떤 여자가 전혀 모르는 남자와 우연히 마주쳤는데 며칠 후 그 남자가 여자의 집으로 불쑥 찾아온 거예요. 그녀의 대한 모든 신상을 정확하게 알아내서 말이에요. 어떻게 이런 일이 발생할 수 있죠?"

"두 사람이 생전 처음 보는 관계가 확실해요, 스컬리 요원?"

"그럼요, 정말 이상하지 않나요?"

"요즘 같은 정보화 시대에 개인 정보를 입수하는 건 그리 어렵진 않아요."

"오우, 멀더. 내가 그런 것쯤은 모를 턱이 없잖아요? 문제는 어떤 단서도 남기지 않았는데 상대에 관한 정보를 모조리 알아냈다는 거죠. 생면부지의 여자에 관해 아무것도 모르는데 어떻게 그럴 수 있을까요?"

"혹시 초능력자라면 그런 일이 가능해요, 스컬리 요원. 단지 얼굴을 보기만 해도 상대에 대한 모든 데이터를 인지해 내는 염사 능력의 에스퍼Esper들이 간혹 있으니까요."

"흐음, 난 증명되지 않는 비과학적인 사실은 절대로 용납하지 않는다는 걸 아직도 몰라요, 멀더?"

모니터 앞에서 열심히 마우스를 움직이던 수연이 갑자기 손바닥으로 책상 위를 탁 내려쳤다.

"제발 그 짓 좀 그만할 수 없어, 두 사람?"

나와 내 남동생은 잠깐 대화를 멈추었다.

"언니와 중수는 도대체 언제까지 그런 유치한 짓을 할 건데?"

"수연아, 오늘따라 예민하게 왜 그래?"

내가 머리를 긁적거리며 기죽은 목소리로 대꾸했다.

"있잖아, 나 내일까지 알바 마감이거든? 그러니까 협조 좀 부탁해, 언니. 그리고 중수, 넌 방에서 어서 나가줄래?"

"스컬리 요원, 지금 우리 두 사람의 커뮤니케이션을 방해하는 외계 생물체가 있으니 우선 대피하는 것이 좋겠소. 신상의 위협이 느껴지는군."

중수가 내 귀에 대고 속삭였다. 이놈도 어지간하군.

"좋아요, 멀더. 돈독 오른 인간들은 가끔 상종 안 하는 게 편하니까. 아르바이트를 동시에 세 개 이상 하는 인간들의 정신 구조는 확실한 연구 대상감이니까요."

"언니이이!"

열이 받친 수연이 소리치자 우리는 마구 분사되는 살충제를 피해 달아나는 바퀴벌레처럼 문밖으로 후다닥 뛰쳐나왔다. 중수는 옷을 갈아입기 위해 자기 방으로 들어갔고 나는 거실 소파에 앉아서 습관적으로 TV를 켠 후 채널을 이리저리 돌려댔지만 머릿속은 변태남에 관한 의문으로 가득 차 있었다.

"이거, 누나 거지?"

잠시 후 중수가 거실로 나오면서 내게 뭔가를 건넸다.

“이게 뭐야? 무슨 영수증 같은데?”

“아까 그 책 속에 끼어 있던데.”

그것은 바로 내 카드 결제 영수증이었다. 그렇구나! 비로소 나는 모든 비밀의 전말을 알게 되었다. 그날 서점에서 중수의 책을 살 때 지갑 속에 현찰이 부족해서 별수 없이 카드로 결제했는데 그때 받은 영수증을 무심결에 책 속에 끼워둔 모양이었다.

이로써 모든 궁금증이 풀렸다. 아마 그 변태남은 이 카드 결제 영수증을 근거로 나에 대한 신상 정보를 알아낸 게 틀림없다. 그럼 그렇지, 초능력자가 아닌 이상 어떻게 초면인 사람에 대해 알아낼 수 있겠어?

“중수야, 신용카드 영수증으로 개인 정보도 알아낼 수 있니?”

“가능하지. 하지만 요즘 신용카드 회사는 보안을 철저히 하는 편이라서 쉽진 않을걸.”

그렇다면 변태남은 혹시 카드 회사 직원? 아아, 골치 아프다.

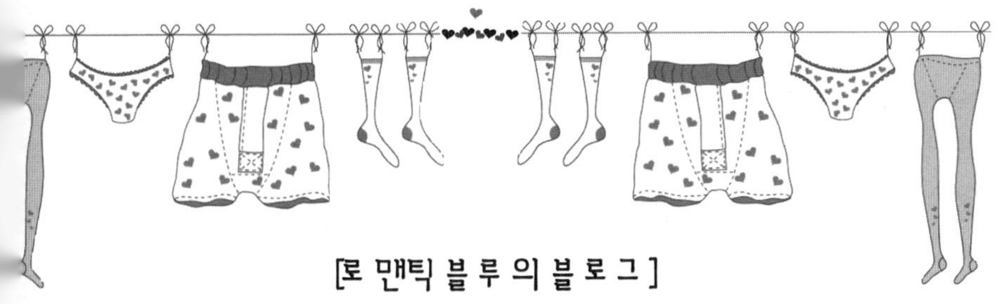

[로맨틱 블루의 블로그]

　　이틀 만에 다시 만난 그녀는 의외로 재치가 넘치는 타입에다가 너무 귀여워서 난 한눈에 반해 버렸다. *^^* 그러고 보니 내가 여자를 좋아해 본 적이 한 번도 없어서 좀 얼떨떨하지만 누군가에게 깊은 관심과 호감을 느낀다는 건 정말 신선한 자극임이 틀림없다. 깊은 새벽, 지금 그녀는 무엇을 하고 있을까. 사귀는 사람이 있다는 거짓말까지 하는 걸 보면 아무래도 나에 대한 경계심이 있는 듯하다. 그래도 그녀와의 세 번째 만남을 기대해 보며 오늘은 내가 좋아하는 노래 중 하나를 올려본다.

┗ 꼬불머리 : 블루님! 블로그 베스트 20에 드신 것 추카추카!

┗ 77sljklo : 저도요! 언제나 멋진 음악 잘 듣고 갑니다.

┗ 부부스 : 블루 형! 드뎌 여친이 생기는군요! 조케타♥

┗ 지럴맨 : 마음에 들면 다음엔 니꺼로 만들어! ㅋㅋ

└ 황금발찌 : 윗 댓글 쓴 넘, 머리가 비었군. —_—;

└ fdjo230 : 맞아요. 저런 악플 좀 그만했으면. 네티켓도 없는 인간.

└ 자이굴젓 : ★ 여성은 성횟수보단 느낌! ★ 일대일 상담 가능

Chapter 3. 크리스마스 악몽

　내일은 성탄절이다. 베란다 밖 겨울 하늘은 잘 닦여진 거울처럼 맑고 깨끗하다. 아침 뉴스에 의하면 오늘은 영하 12도를 넘나드는 기온에다가 바람까지 세게 불어서 몹시도 추울 거란다. 거실 소파에 느긋하게 앉아 있던 나는 슬그머니 회심의 미소를 지었다. 그렇다면 크리스마스이브인 오늘 밤, 공연히 밤거리를 헤매다가는 얼어 죽기 딱 좋다는 말이다. 고로 이런 엄동 설한에 데이트하는 것들은 기어코 동장군의 세물이 될지이다! 음하하하.

　아침 겸 점심을 먹은 후 늦은 오후, 모니터 앞에 앉아서 할 일 없이 취직 사이트를 뒤지고 있는데 똑똑, 하고 누가 방문을 두드렸다. 언제 일어나서 외출 준비를 뚝딱 마쳤는지 화사한 옷차

림인 우리 황씨 가문의 맏딸, 황세연이 우아하게 미소 지으며
들어왔다.

"언니, 외출해?"

"응, 약속이 있어서."

짧게 친 커트에 세련된 정장 차림의 언니에겐 전형적인 커리
어우먼의 분위기가 물씬 풍겼다. 예전엔 저렇게 멋있지 않았는
데 패션 회사에 다니더니 하루가 다르게 옷차림이 업그레이드
되고 있다.

"중수하고 수연인 어디 나갔나 보다."

"응, 그것들은 아침 먹자마자 흔적도 없이 사라졌는걸. 아참,
엄마와 아빠 가게 문 닫으시고 오늘 밤 사우나에 가셔서 내일
아침에나 들어오신대."

"알아. 좀 전에 전화 통화했거든. 근데 우연이 넌 오늘 어디
안 나가니?"

"독수리 오형제는 지구를 지키고 배트맨은 고담시市를 지키
는데 나는 당연히 우리 집을 지켜야지. 그리고 날도 추운데 고
생스럽게 어딜 나가? 지금 내 곁엔 이렇게 따스한 소파 도령과
푸짐한 냉장고 총각도 있고 행여 내가 심심할까 봐 124개 채널
을 구비한 텔레비전 옵빠까지 있는데 여기가 바로 지상천국이
요, 쾌적한 파라다이스, 만사형통 퍼펙트한 극락 아니겠어?"

언제 봐도 시크Chic한 스타일의 언니는 내 유치한 농담에 살
며시 웃으며 침대 위에 엉덩이를 살짝 걸친다. 극히 지적이고

세련된 그녀는 나보다 겨우 두 살이 많지만 감히 맞먹을 수 없을 만큼 어려운 상대다.

대학 시절, 죽기 살기로 따라다니던 뭇 남자들에게 눈길 한 번 주지 않던 언니는 4년 내내 장학금을 받으면서 과에서 수석 졸업한 공부벌레에다가 한눈에도 범상치 않은 기운이 흐르는 도도한 여자이다. 그래서 뻔뻔하기로 자타가 공인하는 이 황우연도 가끔씩 몸을 사리게 만든다.

"근데 일본 출장 갔다 와서 피곤할 텐데 어딜 나가? 아아, 데이트?"

언니의 입매가 살그머니 가늘어진다.

"혹시 전에 그 남자?"

"응."

몇 달 전, 집 앞까지 언니를 바래다준 남자를 우연히 본 적이 있다. 그는 마치 남성 잡지에 나오는 멋진 모델처럼 정장 차림이 아주 잘 어울리는 남자였고 고급스런 외제차를 모는 걸로 보아서 혹시 재벌 2세나 부잣집 도련님은 아닐까 싶다.

"그리고 오늘 회사에서 이벤트를 겸한 파티가 있어. 패션 업계 관계자와 모델들까지 모두 나오거든."

"그래? 재밌겠네. 잘 놀다 와."

나는 아무렇지도 않다는 듯 말을 짧게 끊었다.

"우연아, 요즘 놀고 있으니까 답답하지?"

"답답하긴 뭐……."

답답하다마다. 돈도 다 떨어지고 백수 생활도 이제 이골이 나
거든.

“자, 이거 받아라.”

언니는 핸드백에서 봉투를 꺼내서 내 손에 쥐어주었다.

“이거 뭐야, 언니.”

“당분간 용돈으로 써. 이번에 일본 출장 경비도 좀 남았고 또
성과금도 따로 받아서 여유가 생겼거든.”

“언니, 나 괜찮은데…….”

나는 세상 사람 다 하는 예의상의 거절 멘트를 한 번 날렸다.

“크리스마스 선물이니까 부담 갖지 마. 그럼 이만 나가볼 테
니까 맛있는 거 시켜 먹으면서 재밌게 지내라. 참, 혹시 필요하
면 내 차 몰고 어디 나갔다 오든지.”

“알았어. 잘 갔다 와, 언니.”

잠시 후 언니마저 외출하자 일단 손에 쥔 두툼한 봉투부터 확
인했다. 헉, 20만 원? 이게 웬 횡재냐. 며칠 전 가게에 갔다가
손에 넣은 현찰과 언니로부터 받은 걸 더하니 도합 35만 원. 이
거 불로소득치곤 꽤 짭짤한데? 이참에 그냥 백수 생활이나 하면
서 식구들 피나 빨아먹고 사는 것도 나쁘지 않겠는걸.

오후 5시쯤 락희로부터 크리스마스 잘 보내라는 안부 전화가
걸려왔다. 독실한 크리스천인 락희는 교회 안에서 정신없는 시
간을 보내고 있었다.

이윽고 날이 어두워지자 나는 거실 소파에 들러붙어서 네 조

각째의 피자를 입안에 밀어 넣고 있었다. 사실은 피자 두 조각을 먹었을 때부터 배가 불렀지만 공연히 마음이 허전한 탓에 자꾸만 꾸역꾸역 먹는 것이다.

그렇게 백수 특유의 폭식을 자제하지 못한 채 성탄 특집 영화인 '팀 버튼의 크리스마스 악몽'을 시청하는 동안 거실 벽시계는 밤 10시를 가리켰다. 포만감에 하품을 하는데 별안간 소파 위에 올려둔 내 핸드폰이 요란스럽게 울린다. 어, 누구지. 지금 이 시간에 나한테 전화할 사람은 아무도 없다.

설마? 그 순간 내 머릿속에서 변태남이 떠올랐다. 녀석은 크리스마스 때 내게 전화를 건다고 말했다. 불안한 마음에 안절부절못하는데 전화벨 소리는 곧 끊어졌다. 다행이다 싶어서 다시 텔레비전을 보고 있는데 또 울리는 핸드폰! 일부러 받지 않자 핸드폰의 벨소리는 한참 울리다가 이내 끊어졌지만 그것도 잠시, 다시 경쾌한 왈츠가 울리기 시작했다.

벌써 세 번째. 안 되겠다 싶어 차라리 핸드폰의 전원을 꺼야겠다고 생각하며 핸드폰의 폴더를 열어보니 눈에 익은 전화번호가 떠 있다. 어라, 이건 중수 핸드폰인데.

"야, 너 왜 안 오고 자꾸 전화질이야?"

변태남인 줄 지레짐작하고 공포에 떨던 나는 언제 그랬냐는 듯 큰소리를 쳤다.

―저기, 중수 누나세요?

엥?

"누, 누구세요?"

남동생 핸드폰인데 웬 아리따운 목소리가.

—죄송해요, 저는 중수 친군데요, 지금 중수가요…….

구슬 굴러가듯 낭랑한 목소리의 주인공은 다름 아닌 중수와 같은 게임 동아리의 회원이라는 여학생. 그녀가 전하는 용건인즉슨 지금 중수가 술이 떡이 되도록 마신 탓에 정신을 잃고 쓰러져서 어떻게 해야 할지 몰라 발을 동동 구르고 있다는 것이다.

"지금 중수 데리러 갈 테니까 꼼짝 말고 그대로 거기에 있어요!"

언니가 두고 간 차가 있어서 다행이었다. 날이 춥기에 옷을 든든하게 입은 다음 안경에 김이 서리는 게 싫어서 일회용 렌즈까지 착용한 후 중수가 있다는 신촌으로 부랴부랴 향했다. 그리고 카페 출입구 앞에서 입을 떡 벌린 채 실신해 있는 남동생을 발견하자 저절로 이가 갈렸다. 이런, 머리에 피도 안 마른 놈이 감히 음주라니, 이를 갈면서 뒤통수 한 대를 때리려는데 어디선가 어여쁜 여학생이 튀어나오더니,

"혹시 중수 누나세요?"

라고 묻는다. 세상에, 이럴 수가. 너무나도 귀엽고 깜찍한 여자애였다.

"아까 전화한 학생 맞죠? 중수 때문에 집에 늦게 들어가서 어쩌죠?"

"괜찮아요, 오늘은 좀 늦는다고 집에 전화드렸거든요."

"어쨌든 같이 나가요. 내가 집까지 태워줄게요."

중수를 간신히 부축해서 차로 데려간 다음 여학생을 집까지 무사히 바래다주자 시각은 거의 자정 무렵. 강변도로에서 한강을 건너 올림픽대로를 타고 달리는데 맞은편 차들이 헤드라이트를 길게 흩뿌리며 뜨문뜨문 지나간다.

차창 너머 밤거리의 풍경은 고요했고 도로 위로 길게 늘어선 가로등은 별빛처럼 반짝거렸다. 차 안의 라디오에서 흘러나오는 감미로운 크리스마스 캐롤. 비록 술에 취했지만 규칙적으로 씨근대는 중수의 숨소리. 그 두 가지가 묘하게 어우러져 차 안에는 평화로운 분위기가 감돌았다.

"우읍!"

한강시민공원 부근을 지나갈 즈음 황씨 가문의 3대 독자 중수가 갑자기 헛구역질을 했다. 나는 깜짝 놀라서 재빨리 비상등을 켰다.

"중수야, 너 토하면 안 돼!"

"누, 누나!"

"차 금방 세워줄 테니까 좀 참아봐. 행여 시트에 침 한 방울이라도 흘리면 넌 그날로 죽음인 줄 알아!"

우측 차도에 갓길이 있나 살피다가 저 멀리 가로등 아래 주차된 차량 한 대를 발견했다. 옳거니, 바로 저 차 뒤에 주차하면 되겠다. 그런데 오른쪽으로 방향을 돌리며 속도를 줄이다가 너무 흥분한 탓인지 브레이크 페달을 밟다가 살짝 미끄러지는 바람에 정차된 앞차의 뒷범퍼와 살짝 부딪치고 말았다.

헉, 큰일이다! 결국 사고 쳤구나! 차가 멈추자마자 중수는 곧바로 뒷문을 열고 밖으로 나가기 바빴고 나는 잠시 얼빠진 얼굴로 자리에 앉아 있었다. 그런데 내게 엉덩이가 채인 문제의 앞차는 무슨 까닭인지 아무런 반응이 없었다.

후진기어로 차를 조용히 뒤로 뺀 다음 밖으로 나와 상대 차량의 상태를 꼼꼼하게 살펴봤지만 두 눈 크게 떠야 알아볼 만큼 희미한 자국만 났을 뿐이다. 잘만하면 그다지 크게 문제될 것은 없겠네, 라고 생각하며 근처에서 열심히 토악질을 해대는 동생에게 갔다.

"중수야, 괜찮아? 추우니까 적당히 하고 들어와!"

"알았어, 누나. 먼저 들어가 있어."

날씨가 너무 추워서 발을 동동 구르며 차로 돌아온 나는 제자리에서 딱 얼어붙고 말았다. 아무도 나오지 않아 이상하던 참에 갑자기 어디서 나타났는지 북극곰 같은 덩치의 남자 셋이 우리 차 앞에 떡하니 진을 치고 있었다. 나는 가슴이 쿵쾅거렸다. 왜냐하면 그들 중 하나가 차 키를 손에 쥐고서 보란 듯이 흔들고 있기 때문이었다.

"아가씨가 이 차 운전했나?"

"예, 예."

"아, 씨발. 뒷목 엄청 땡기네."

허걱.

"아, 아주 살짝 부딪쳤는데……."

"무슨 소리야, 난 고개가 뻣뻣해서 옆으로 돌아가지도 않는 걸."

간혹 저녁 뉴스에 등장하는 엄살 사기단이 바로 이런 놈들이구나! 나는 숨을 천천히 내뱉었다. 침착하자, 침착해.

"제가 살펴본 바로는 아저씨들 차는 거의 흠집이 나지 않았어요. 그러니까……."

"그러니까?"

"입 싹 닫겠다는 소리지 뭐."

일행 중 키가 작고 뚱뚱한 남자가 땅바닥에 침을 퉤 뱉었다.

"근데 우리보고 아저씨래."

"써글, 우리 같은 이팔청춘들이 그따위 모욕을 받고 계속 살아야 해?"

"야, 야, 참아! 날도 춥고 빨리 해결이나 보고 들어가자고."

"해, 해결이라뇨?"

겁에 질린 내가 떨리는 목소리로 물었다.

"딱 오십만 원으로 합의해 주지. 그럼 아가씨 차 키도 돌려줄게."

현재 내가 보유하고 있는 피 같은 현찰 35만 원에다 무려 15만 원이나 더 보태야 되는 그런 거금을 지, 지금 저 인간들이 날로먹겠다는 말인가?

"그러지 말고 지금 보험 회사로 연락해서 처리할게요."

"웃기지 마! 이 일이 그깟 보험으로 해결할 일이야?"

"뭐, 뭐라고요?"

그때였다.

"뭐야, 이 사람들?"

뱃속을 깨끗이 게워낸 중수가 곁으로 다가오자 상대편 남자들이 잠깐 주춤거린다. 술기운에 젖어 흐리멍덩한 눈빛을 한 거구의 동생이 그들에게 사뭇 위압적으로 보이는 모양이다. 나는 속으로 쾌재를 불렀다. 아직 고등학생이지만 외면상 20대 중후반을 아우르는 동생의 겉늙은 생김새가 이럴 땐 유용할 듯하다.

"중수야, 좀 전에 내가 저 남자들 차를 살짝 박았는데 괜히 생떼를 쓰고 있어. 완전 사기꾼이라니까."

내가 귓속말로 중수에게 말했다.

"그럼 어떡하지?"

"보험 처리하면 되는데 말을 안 들어. 일단 저 사람들이 네 덩치에 겁을 먹은 모양이니까 기선 제압부터 해야겠어!"

"어, 어떻게?"

"당장 꺼지지 않으면 죽여 버린다고 말해!"

"어, 어떻게 그런 무서운 말을 해?"

"안 그러면 너 술 먹고 토한 거 전부 엄마한테 말해 버린다?"

"아, 알았어."

하지만 중수가 과연 그 말을 할 수 있을지 의문스럽다. 곁으

로는 살벌한 외모지만 중수의 속내는 어린 새싹처럼 풋풋하기
만 하다.

"다, 당장 꺼지지 못해!"

중수가 버럭 고함을 지르자 예상대로 남자들은 잠깐 움찔했
지만 일행 중 하나가 눈을 부라리며 앞으로 나왔다.

"꺼지지 않으면?"

"그, 그럼 제가 꺼질게요."

어휴, 미쳐. 갑자기 그들 얼굴에 음흉한 미소가 번지기 시작
했다.

"덩치만 컸지 완전 물이구만? 너 몇 살이야?"

"저, 17살인데요……."

바보야, 그렇게 말하면 어떡해!

"이제 보니 고등학생이잖아? 이걸 그냥 확!"

"혀, 형님들, 한 번만 살려만 주세요!"

겁에 질린 중수가 울먹거리자 삼인조 사기꾼들은 푸하하, 하
고 웃음보따리를 퍼뜨렸다.

"미안하지만 네 누나한테 돈 받기 전엔 그럴 수 없겠는걸."

"왜 저 형님들이 누나한테 돈을 달라는 거야?"

중수가 덜덜 떨면서 내게 물었다.

"글쎄, 아프지도 않으면서 치료비로 나한테 50만 원이나 달
래!"

그 말을 듣던 중수가 쭈뼛거리며 그들에게 다가갔다.

"저기요, 형님들. 뭘 잘 모르시는 모양인데 우리 누난 돈 없어요. 지금 백수라서 정말 돈이 하나도 없단 말이에요."

야, 이놈아. 지금 이 상황에서 꼭 그런 말을 해야겠니.

"좋아요, 그럼 우리 경찰서로 가요. 거기 가서 어디가 얼마나 아픈가 알아보고 차도 고쳐 드릴게요."

"허, 이것 봐라? 말로 곱게 해줬더니 자꾸 짜증나게 구네?"

남자들이 위협적으로 팔을 휘두르자 중수가 사내랍시고 얼른 내 앞을 가로막았다.

"형님들, 그러지 마시고 말로 하세요."

"그럼 어서 합의를 보고 돈을 내놓든지. 그렇게 하지 않으면 확 폐차시킬 거야."

세 사람들 중에서 유난히 인상이 꾸겨진 남자가 이죽거렸다.

"그랬다가는 차량 절도범으로 신고할 거예요!"

화가 나서 나도 모르게 이렇게 소리치자 남자들의 얼굴이 뻣뻣해졌다.

"이게 귓구멍 터졌다고 어디서 주워들은 게 있나 보네? 아까부터 나불거려서 성질나게 구는데 당장 이 계집애부터 손봐야겠군!"

남자 하나가 갑자기 와락 달려들자 중수가 놀라서 나를 가로막았다.

"누, 누나! 일단 도망가, 얼른!"

나는 상스런 욕설을 퍼붓는 남자들이 갑자기 무서워서 도로 난간을 펄쩍 넘고서 한강 둔치의 내리막길로 뛰기 시작했다.

"어, 도망간다, 저년 잡아라!"

아이고, 맙소사! 어째서 이런 뭣 같은 상황이 된 거지?

"안 돼요! 그러지 마세요!"

여자인 누나를 보호한답시고 세 남자를 저지하는 동생을 뒤로하고서 죽을힘을 다해 달려간 한강시민공원은 썰렁하다 못해 오늘 저녁에 봤던 '크리스마스 악몽'에 나오는 배경처럼 음침하고 아주 어두웠다. 게다가 맹추위 때문인지 근처엔 사람 하나 없었고 드넓은 주차장엔 주인 잃은 차량들이 드문드문 세워져 있을 뿐 하다못해 밀회를 즐기는 커플조차 보이지 않았다.

"야, 너 거기 안 서!"

저 멀리서 시커먼 그림자 둘이 무서운 기세로 달려오자 나는 거의 제정신이 아니었다. 미친 듯이 달리다가 마침 저 멀리 이동식 간이 화장실을 발견하고서 잽싸게 그 안으로 들어가 몸을 숨겼다.

잠시 후 숨을 참고서 문틈 사이를 엿보니 남자 둘이 씩씩거리며 나를 찾고 있었다. 다행히도 그들은 내가 화장실 안으로 숨었을 거라고 생각하지 못한 모양이었다.

"제길, 벌써 어디로 튀었나 보네."

"고 계집애, 굉장히 발이 빠른데."

혹시라도 들킬까 싶어 두 손으로 입을 꽉 막고 있던 나는 하마터면 시커먼 변기 속으로 빠질 뻔했지만 간신히 균형을 잡는데 성공했다. 귀가 떨어져 나갈 만큼 너무 추워서 콧물이 흘러 나오는 족족 얼어붙었지만 행여나 들킬까 싶어 나는 숨죽인 채 꼼짝도 할 수 없었다.

그나저나 중수는 어떻게 하고 있을까. 저 극악무도한 놈들이 혹시 어디론가 데리고 가서 땅속에 생매장하거나 아니면 그 악명 높은 새우잡이 어선에 팔아버리면 어떡하지? 그리고 차를 폐차시키면 언니한테 난 뭐라고 변명해야 하나, 흑흑흑.

그렇게 공포와 추위로 덜덜덜 떨고 있는데 별안간 어디선가 경쾌한 왈츠가 시끄럽게 울려 퍼졌다. 헉! 나는 너무 놀라 기절초풍할 뻔했다. 주머니 속에서 잽싸게 핸드폰을 꺼낸 후 전원 버튼을 꽉 눌렀더니,

―우연 씨?

하는 남자의 음성이 들려왔다. 당황해서 그만 통화 버튼을 누른 모양이다. 나는 혹시 놈들에게 들키지 않았나 싶어 바깥의 동정부터 살폈지만 천만다행으로 그들의 모습은 보이지 않는다.

―우연 씨, 지금 뭐해요? 음, 앞으로 30초면 크리스마스이브가 끝나는데.

남자의 음성과 함께 희미하게 들려오는 감미로운 멜로디. I'm dreaming of a white Christmas……. 끔찍하게 추운데다가 악취도 심한 화장실 안과 달리 핸드폰 너머 그곳은 아주 평화롭고 따스할 것 같았다. 불과 두어 시간 전 나 역시 그런 안락

한 분위기를 마음껏 누렸는데. 별안간 서러움에 북받쳐 뜨거운 눈물이 왈칵 쏟아지기 시작했다.

―우연 씨, 지금 듣고 있어요?

마침내 상대가 누구인지 기억이 났다. 변태남이다. 보통 때라면 기겁을 할 텐데 지금은 왜 이리 반가운지 모르겠다. 뭐라고 대꾸하고 싶은데 목이 메어서 말이 제대로 나오지 않는다.

―미안해요, 지금 혹시 전화 받기 곤란한 상황인가요?

뭐라고 대꾸하는데 정작 내 입 밖으로 튀어나온 목소리는 인간의 그것이 아니었다.

―뭐라고요? 무슨 말인지 잘 못 알아들었는데…….

당황한 변태남의 목소리.

"나, 나 지금……."

맹추위와 공포로 인해 얼굴은 콧물과 눈물범벅이었고 마치 어미 잃은 어린 늑대처럼 구슬피 울부짖는 소리만이 내 입에서 맴돌고 뒤엉켰다.

―우연 씨, 지금 어느 나라 말로 하는 거죠?

그래, 네가 알아듣는다면 오히려 이상한 일이지.

―그리고 왜 그렇게 말을 더듬죠?

"너, 너무 추워서요."

마침내 내 입속에서 간신히 사람의 목소리가 흘러나왔다.

―지금 어딘데요?

"화, 화장실……."

변태남은 나의 대답에 한참 동안 아무 말도 하지 않더니,

—다음부턴 화장실에 갈 때 옷 입고 가요, 우연 씨.

하면서 낮게 킥킥거렸다. 이놈, 도대체 무슨 상상을 하는 거야?

—근데 우연 씬 화장실 갈 때도 핸드폰을 들고 가나 봐요. 너무 재밌네요.

"재밌다고? 미안하지만 난 아니거든?"

순간 나도 모르게 열이 확 뻗치자 그제야 닫혔던 말문이 한꺼번에 터져 나왔다.

—왜요? 우연 씨, 혹시 변비 때문에 그래요?

"시끄러워! 난 말이야, 지금 엄청나게 나쁜 놈들한테 쫓겨서 한강시민공원의 공중 화장실에서 막 얼어 죽기 일보 직전이거든? 그래서 댁하고 한가하게 전화질할 시간 없으니까 어서 끊어! 알았니?"

—잠깐만! 우연 씨, 끊지 마세요.

핸드폰의 폴더를 닫으려던 나는 멈칫했다.

—그렇다면 지금 당장 119로 전화해서 구조 요청부터 하세요. 그러면 자동적으로 위치 추적이 되어서 우연 씨가 있는 곳이 어딘지 알아낼 수 있거든요. 어서 내 전화 끊자마자 빨리 119에 전화부터 하세요.

"저, 정말?"

—그렇다니까요!

나는 변태남의 전화를 끊고서 꽁꽁 얼어붙은 손가락으로 핸드폰의 버튼을 눌렀다. 지지직, 거리는 소리와 함께 119 전화 상담원의 담담한 음성이 들려오자 나는 최대한 애처로운 음성으로 조금 전 난데없이 흉악한 남자들이 나타났다, 그래서 내 동생은 거의 초주검 상태이며 본인 또한 생명의 위협을 느끼고 있노라고 울부짖었다.

그랬더니 전화 상담원은 바짝 긴장한 목소리로 내 핸드폰에 내장된 칩으로 위치 추적이 완료되는 즉시 구조팀을 최대한 빨리 출동시켜 주겠다고 말했다. 고맙다고 말하며 전화를 끊자 그제야 나는 마음이 진정되었다.

좋아, 어디 바깥 좀 살펴볼까. 그런데 화장실 문틈 사이로 엿본 두 대의 차는 여전히 움직이지 않은 채 그대로다. 변태남의 전화 덕에 위기를 벗어날 기회를 얻었지만 문제는 아무리 기다려도 변화가 없다는 것. 뭐야, 구조대가 왜 이리 안 와?

한참 동안 화장실 안에 쪼그린 채 어떻게 할까 고심하던 나는 결국 중수가 걱정되어서 밖으로 살금살금 나왔다. 도로 부근 언덕 위로 기어올라 가면서 주변을 두리번거릴 때였다. 갑자기 우악스런 손이 툭 튀어나와서 나는 낚싯줄에 걸린 물고기마냥 차도 위로 번쩍 올려졌다.

"꺄아아아악!"

고래고래 소리를 지르다가,

"동생이 걱정돼서 다시 올 줄 알았지, 아가씨!"

이렇게 히죽거리는 상대의 사타구니를 다짜고짜 힘껏 걷어차 올렸다. 그러자 그는 새우처럼 등을 바짝 구부리더니 바닥으로 맥없이 고꾸라진다. 아마 내가 놈의 물건을 정통으로 걷어찬 모양이다. 그러나 한숨 돌리는 것도 잠시, 갑자기 차 안에서 사내 둘이 성난 들소처럼 튀어나왔다.

"누나, 조심해!"

"중수야, 너 거기 있었구나!"

다행히도 동생은 멀쩡해 보였다. 나는 달려드는 사내들을 피해 무작정 도로 위로 냅다 몸을 날렸다. 어우, 도대체 119는 언제 도착하는 거야? 저런 악질들을 처리하려면 최소한 형사 특공대나 최신형 군용 헬기 정도는 출동시켜야 하는 거 아냐?

돼지 멱따는 비명을 고래고래 질러가며 뛰었지만 뒤쫓아오는 남자들과의 간격은 점점 더 좁혀지고 있었다. 곧 숨이 목구멍까지 차오르고 다리에 힘이 빠져서 앞으로 넘어지려는 순간이었다. 저 멀리 반대편 차선에서 트럭 한 대가 별안간 중앙선을 침범하더니 내 쪽을 향해 맹렬히 달려오는 게 아닌가?

맙소사. 엎친 데 덮친다더니, 저 트럭 운전자는 술에 취한 거야, 아니면 미친 거야? 너무 놀란 나머지 미처 피할 생각도 못한 채 나를 향해 돌진해 오는 트럭만 우두커니 쳐다보며 아, 마침내 꽃다운 황우연은 이대로 죽는구나, 하고 생각할 뿐이었다.

끼이이익. 소름 끼치는 급브레이크 소리와 함께 거짓말처럼 바로 내 앞에서 딱 멈춘 트럭. 놀랍게도 그 안에서 한 남자가 다

급하게 뛰어내렸다.

"괜찮아요, 우연 씨?"

나는 뜨악한 표정으로 입을 쩍 벌리고 말았다. 아니, 좀 전에 통화하던 변태남이 무슨 조화로 지금 내 앞에 뚝딱 나타난 거지?

"지, 진우 씨?"

"아슬아슬한 순간에 도착해서 다행이네요."

"저건 어디서 굴러온 놈이야?"

남자들이 험악스런 표정으로 소리치자 변태남은 재빨리 내 앞을 막아섰다.

"여긴 내가 맡을 테니 우연 씨는 뒤로 물러서요."

"싸, 싸울 수 있어요?"

"하지만 이긴다고 장담은 못하는데요."

너 그걸 대답이라고 하는 거니.

"어이, 거기, 나대지 말고 그냥 꺼지는 게 어때?"

"하지만 이 여자 때문에 꺼질 수가 없겠는데요."

"이 자식이!"

나를 쫓아온 일행 중 하나가 권투 선수처럼 빠른 훅을 잽싸게 날렸지만 변태남은 날랜 동작으로 상대의 선제공격을 피했다. 제법이네, 하고 생각하는 것도 잠시. 우악스럽게 파고드는 주먹질에 그가 차도 위로 벌렁 나가떨어지자 나는 놀라서 악, 하고 소리를 질렀다.

하지만 변태남은 곧바로 벌떡 일어나더니 남자를 향해 뛰어가서는 다짜고짜 머리로 세게 들이받았다. 그 바람에 데굴데굴 차도 위로 나뒹군 두 사람은 이제 엎치락뒤치락하면서 서로에게 주먹질을 퍼부었다. 게다가 근처에 있던 일행 하나까지 사나운 기세로 달려들었다.

으, 어쩌지. 아무리 맷집 좋아도 한꺼번에 둘이 덤비면 불리할 게 틀림없는데. 도와줘야 하나 말아야 하나, 이렇게 고민하던 나는 서로 엉겨 붙어서 싸우는 남자들로부터 천천히 뒷걸음치기 시작했다.

미안해, 변태남. 이렇게 연약한 아녀자의 몸으로 그대를 도와줄 수 없는 현실을 부디 이해해 줬으면 좋겠어. 그대의 희생을 발판 삼아 위기를 모면하려는 이 배신자를 부디 용서해, 이렇게 중얼거리면서 나는 있는 힘을 다해 언니의 차가 있는 곳으로 달렸다.

"중수야, 얼른 밖으로 나와!"

사건 현장으로 되돌아와 소리치는데 차 안에서 남자 하나가 문을 벌컥 열고 밖으로 나왔다. 비명을 질러대며 차 주위를 빙글빙글 도는데 중수가 차에서 번개처럼 튀어나와 남자의 허리를 꽉 붙잡고 넘어졌다.

"누나, 빨리 공격해!"

곧 남자의 사타구니를 세차게 걷어차자 그는 태엽 풀린 로봇처럼 맥없이 바닥에 고꾸라졌다.

"누나, 잘했어! 근데 이 형은 거기 때문에 두 번이나 기절하네."

"시끄럿! 넌 빨리 차 키부터 찾아와!"

동생은 반쯤 정신을 잃은 남자의 몸을 뒤져서 언니의 차 키를 찾아냈다.

"중수야, 어서 차에 타자! 그리고 넌 괜찮니? 놈들이 많이 때리진 않았어?"

"그 형님들이 나더러 자기 조직으로 들어오라고 해서 싫다고 반항하다가 몇 대 맞긴 했지만 괜찮아, 누나."

그래, 내가 간이 화장실 속에 숨어서 벌벌 떠는 동안 네놈은 스카웃 제의를 받았다 이 말이지. 나는 분통이 터졌지만 일단 언니의 차에 타자마자 시동부터 재빨리 켰다. 잠시 후면 변태남을 때려눕힌 놈들이 이리로 들이닥칠지도 모른다. 내 대신 얻어터진 변태남에겐 너무 미안했지만 이쯤에서 도망치는 게 상책일 것 같았다.

"어, 누나! 저기 좀 봐!"

헉. 조금 전 변태남이 타고 왔던 트럭이 우리를 향해 맹렬한 속도로 달려오고 있었다. 그렇다면 놈들은 변태남의 트럭까지 갈취했단 말인가? 재빨리 가속페달을 밟고 출발했지민 트럭은 어느 틈에 우리의 앞을 가로막았다. 끼이이이익, 하는 엄청난 소음과 함께.

"우와, 소리 죽인다! 저 트럭 엄청난 속도로 달리다가 급브레이크 밟았나 봐. 타이어가 타서 연기까지 나는데?”

사태의 심각성을 모르는 중수는 여전히 태평스럽다.

“밖으로 나와요, 우연 씨.”

우리 차 문을 거칠게 열어젖힌 남자는 놀랍게도 변태남이었다. 어, 두 사람을 어떻게 이겼지? 놀란 얼굴로 핸들을 꽉 잡고 꿈쩍도 하지 않자,

“음, 내가 끌어안고서 내려줄까요?”

라는 음산한 말투에 나는 그만 간담이 써늘해졌다.

“무, 무사했네요?”

“치사하게 혼자 도망치는 건 좀 비겁하지 않아요?”

“아, 하, 하, 미안해요.”

설마 그렇다고 날 때리진 않겠지?

“저기요, 도와줘도 소용없을 것 같아서 그랬죠.”

“그래도 최소한 옆에서 응원 좀 해주면 안 되나요?”

“미안해요, 그런 무시무시한 폭력을 가만히 지켜보기엔 제가 좀 비위가 많이 약해서요. 또 너무 무섭기도 하고…….”

라고 말끝을 흐리면서 나는 짐짓 약한 척을 해보았다. 다행히도 내 연극에 속아 넘어갔는지 말없이 고개를 끄덕거리는 변태남. 그때 차 밖으로 나온 중수가 호기심 가득한 눈으로 곁에 다가왔다.

“누나, 저 사람 누구야? 아는 사람이야?”

중수를 발견한 변태남의 눈썹이 위로 훌쩍 올라갔다.

“흠, 우연 씨 애인입니까?”

“아뇨, 전 동생인데요. 근데 형은 누구세요? 우리 누나 알아요?”

“동생이라고요? 반가워요, 난 이진우라고 합니다.”

동생과 사이좋게 악수하는 변태남을 어이없다는 얼굴로 쳐다보는데 저 멀리서 요란스런 사이렌 소리와 함께 119 구조차가 달려왔다. 그러자 차도 위에서 시체처럼 엎어져 있던 남자가 갑자기 벌떡 일어나더니 잽싸게 자기 차를 몰고서 그대로 줄행랑을 쳐버린다.

“앗! 도망가잖아? 저놈 잡아야 돼!”

약이 올라서 발을 동동 구르는데 변태남이 고개를 삐죽 내밀더니,

“어, 일당이 또 있었어요?”

“하지만 우리 누나가 해치웠어요!”

“그랬구나.”

하면서 나를 잠시 빤히 쳐다봤다.

“그런데 우연 씨, 오늘은 안경 안 썼네요. 그게 훨씬 보기 좋은데요.”

중수는 바보처럼 피식거리는 변태남을 쳐나보며 내게 의미심장한 눈빛을 던졌다.

‘누나 설마?’

‘설마가 사람 잡는다.’

우리들은 서로 눈짓을 하며 무언의 대화를 이어나갔다.

'근데 저 형은 누나를 보고 웃는데?'

'그럼 날 보고 울어야겠니? 아무튼 나 저 남자와 아무 관계도 아냐.'

그때 우리들 사이에 건장한 남자 한 명이 끼어들었다.

"실례합니다만 이분이 아까 말씀하신 동생분인가요?"

그는 얼굴에 멍이 든 변태남을 살펴보며 물었다.

"아, 저기, 그게 아니고요……."

몹쓸 놈의 삼인조는 바람처럼 사라져 버리고 이 사건과 전혀 관련없는 변태남이 피해자가 되고 말았으니 어떻게 대답해야 할지 모르겠다.

"일단 구급차부터 타시죠."

유니폼을 입은 남자가 변태남에게 말했다.

"전 괜찮습니다."

"그래도 얼굴에 상처가 났는데 일단 상처부터 치료하시죠. 그리고 사고 경위서도 작성해야 하고……."

"아니, 됐다니까요. 우연 씨, 전 괜찮다고 말해줘요."

"그래도 어디 아픈 데 없나 살펴봐야죠."

라는 말에 변태남이 얼굴을 찡그리자 중수는 회심의 미소를 짓더니 도인道人에게 통할 법한 무언의 대화를 또 시도했다.

'그래도 두 사람 너무 친한데? 믿기 어렵지만 설마 누나의 애인?'

‘그렇다면 믿을래?’

‘아니.’

‘그러면서 감히 이 누나한테 그런 질문을 해?’

‘설마가 사람 잡는 경우가 있어서 그래.’

‘그럼 누나가 동생 잡는 걸 세상 사람들한테 보여줄까?’

‘오우, 노! 일단 진정해, 누나. 난 누나 내면에 봉인된 폭력의 힘을 혐오하거든.’

‘쳇, 가증스런 평화주의자!’

그때 구급대원의 손길을 간신히 뿌리친 변태남이 우리에게 다가왔다.

“근데 형은 정말 괜찮아요?”

중수의 말에 이마의 핏줄이 바짝 곤두선다.

“야, 황중수, 처음 봤으면서 형이라는 말이 참 잘도 나온다?”

“그렇다고 언니라고 할 수 없잖아, 누나.”

혀를 낼름 내미는 중수에게 눈알을 부라리는데 변태남이 내게 다가왔다.

“아무튼 우연 씨가 무사해서 안심이네요.”

“어, 지금 우리 누나 걱정했어요?”

“그럼 널 걱정해야겠니?”

내가 신경질적으로 바락 소리치자 변태남이 픽 웃는다.

“하하, 동생분도 무사해서 다행이네요. 근데 어떻게 저런 녀석들한테 걸린 겁니까?”

"그건 다 우리 누나가 돈이 없어서 그래요."

혁. 여전히 사건의 핵심을 짚지 못하는 중수 녀석을 잠깐 노려보다가 변태남 뒤에 서 있는 낡은 차를 힐끔거렸다.

"근데 저건 웬 트럭이에요?"

"아, 그냥 집 근처에 있는 걸 잠깐 빌린 겁니다."

"그나저나 누나 때문에 이 형 다친 것 같은데 어쩌지? 눈가에 시퍼런 멍까지 들었잖아."

"정말 그러네. 정말 괜찮아요?"

내가 마지못해 뚱한 얼굴로 묻자 중수가 히죽거렸다.

"누나 나중에 이 형한테 크게 한턱 쏴야겠다."

"하하, 그러면 좋죠."

기다렸다는 듯 냉큼 대답하는 변태남. 싱글벙글 잘도 웃는다. 아무튼 사람의 마음이란 게 참 간사하다. 조금 전 위기에서 나를 도와줬던 변태남이 고마웠는데 지금은 그의 모든 행동들이 어쩐지 죄다 의심스럽다.

"다음에 시간 날 때 밥 좀 사줘요, 우연 씨."

아, 그놈의 밥 타령.

"싫어요?"

내가 입을 꾹 다문 채 아무 대꾸도 않자 중수가 옆구리를 툭툭 친다.

"걱정 마세요, 형. 우리 누나 그렇게 의리없진 않아요. 지금 누구 덕분에 우리가 이렇게 살아났는데요."

어휴, 누가 들으면 무슨 생명의 은인인 줄 알겠구나. 그나저나 정녕 변태남에게 밥을 사야 한단 말인가.

"아무튼 아깐 고마웠어요, 이진우 씨."

"고맙다고요?"

변태남이 눈을 동그랗게 뜬 채 물었다.

"정말이에요, 우연 씨?"

"정말이죠."

"진짜로요?"

"진짜로요."

"믿어도 돼요?"

"믿어봐요."

"사실인가요?"

"사실이라니까요!"

갑자기 변태남이 빙긋 웃는다.

"그럼 제 부탁 하나 들어줘요."

"무, 무슨 부탁이오?"

나도 모르게 바짝 긴장하고 있는데 성큼성큼 내 앞으로 걸어와 우뚝 선 변태남이 두 눈을 반짝거리며 크게 말했다.

"우연 씨, 내 여사친구가 되어줘요."

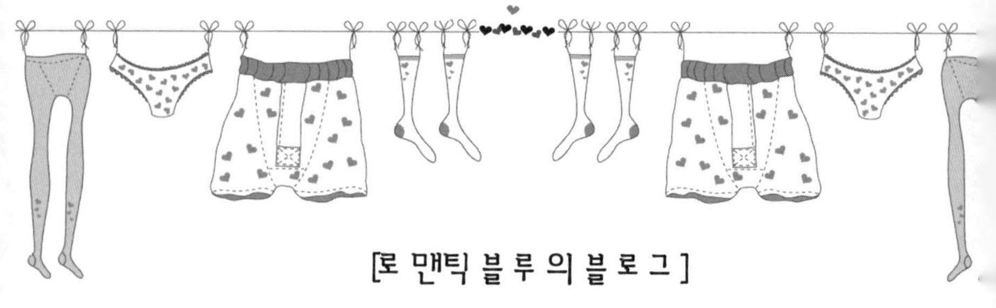

[로 맨 틱 블 루 의 블 로 그]

어젯밤 그녀를 만났다. 예상치 못한 세 번째 만남이었지만 가장 중요한 사실은, 그녀가 내 여자친구가 되기로 했다는 것. 생각지 못한 멋진 크리스마스 선물이다. 즐겁다. ^—^

└ babyblu : 어머, 어머! 드뎌 그분을 여친으로 만드셨네요! 도대체 어떤 비법으로?

└ 봉숭아사랑 : 추카, 추카! 앞으로도 쭉 연애보고서 올릴 거죠? *^^*

└ 대범공주 : 블루님, 절 두고서 바람을 피우시다니! 슬포요오.

└ 변녀3 : 우와, 벌써? 부럽당! 대단한 실력이네. 도대체 어떤 작업으로 목적 달성을???

└ 능글이 : 카테고리를 음악이 아닌 연애 쪽으로 옮겨야 되는 거 아닌감? 요즘 심심찮게 연애 얘기나 올리고, 참.

└ nonk : 능글이님, 블루님의 음악방엔 주옥 같은 곡들이 무척 많답니다. 그리고 블로그는 자신의 일상적인 얘기를 올려도 괜찮지 않나요?

└ 자이굴비 : 최신 몰카 포르노 입수! 모자이크 처리 전혀 없음

"수연아, 만약에 엄마한테 이사 가자고 하면 어떻게 나올까?"

"아마 죽지 않을 만큼 얻어맞겠지."

"그, 그렇겠지? 하긴 내 생각도 그래."

나는 땅이 꺼져라 한숨을 몰아쉬며 침대 위로 쓰러지듯 엎어졌다. 정신없던 연말이 눈 깜짝할 사이 지나간 후 새해 들어 첫 번째로 맞이하는 일요일 아침. 오늘은 엄마와 아빠도 가게 문을 닫고 모처럼 만에 집에서 한가롭게 쉬고 계신다.

연초 휴가를 받았다는 언니는 엊그제 애인과 주말 스키장으로 향했고 중수는 평소와 달리 새벽같이 일어나 아침밥을 게걸스럽게 퍼먹은 후 도서관으로 직행했다. 물론 그 녀석이 도서관이 아닌 다른 곳으로 간다는 걸 뻔히 알지만 존경하옵는 부모님의 혈압이 급격히 올라가는 걸 막기 위해서 나는 일단 모른 척하기로 했다.

"그런데 언니, 갑자기 웬 이사 타령? 이 집은 엄마가 분양받고서 간신히 장만한 건데 이제 와서 이사 갈 리가 없잖아."

수연이 컴퓨터 화면에 시선을 고정시킨 채 말했다.

"그야 잘 알지. 엄마의 평생 꿈이 우리 여섯 식구가 편히 사는 집이었으니까."

방이 네 개인 48평 아파트이지만 우리 네 남매는 골고루 자기 방을 갖지 못했다. 안방은 당연히 집안의 어른이신 부모님 차지이고 언니는 장녀라서, 그리고 중수는 귀한 아들이자 남자라는 이유로 방 하나씩을 할당받은 탓에 수연과 나는 남은 방 한 칸을 같이 쓰고 있다.

"그걸 알면서도 묻는 걸 보니 무슨 이유라도 있구나?"

예리한 것. 나는 머쓱한 표정으로 입을 꾹 다문다. 갈수록 변태남 때문에 밥맛이 뚝 떨어지고 매사에 의욕이 없어져서 홀연히 사라지고 싶은 마음이 간절한 요즘이다.

"우연아, 이리 와봐라!"

갑자기 나를 부르는 엄마의 우렁찬 목소리.

"에이, 왜 또. 밥 먹고 쉬지도 못하게 말이야."

이렇게 투덜거리며 거실로 나가자 엄마는 한겨울에 어울리지 않게 현란한 꽃무늬 외투에 구두를 신고 계셨고 아빠는 현관문 앞에서 오래된 양복을 입고서 나갈 채비를 하고 계셨다.

"어디 가세요, 엄마?"

"네 아빠랑 세검정 처녀보살에 갔다 오려고 한다. 그러니까 네가 마포 외삼촌한테 반찬 좀 갖다주고 와."

"내가 왜?"

"그럼 지금 열심히 일하는 네 동생 시키랴?"

엄마는 아직 장가도 못 간 노총각 남동생을 위해서 수시로 김치나 밑반찬 같은 것을 챙겨주시는데 특히 백수가 된 후로 내가 그 일을 도맡아 하고 있다.

현재 대학 강사인 외삼촌은 유머 감각이 탁월해서 만날 때마다 즐겁긴 한데 오늘은 왠지 모르게 불길한 예감이 들어서 어쩐지 외출하고 싶지 않다. 굼벵이도 구르는 재주가 있듯이 놀랍게도 내겐 남들과 달리 뛰어난 직감이란 게 있기 때문이다.

"에이, 오늘만큼은 집에서 쉬고 싶은데."

"네가 언제 집에서 쉬지 않은 적 있니? 네 언니 차 몰고서 냉큼 갔다 와!"

금세 험악한 표정으로 돌변한 엄마를 지켜보던 나는 문득 쓸쓸함을 참을 수 없다. 아, 이 여자가 과연 나를 낳은 생모란 말인가.

"왜 대답이 없어?"

"알았어요. 갔다 오면 되잖아요."

"이따 외삼촌한테 갔는지 확인 전화할 테니까 어여 갔다 와."

엄마는 이렇게 으름장을 놓은 후 아빠와 함께 나가셨다. 에효, 한숨이 절로 나오네. 주방으로 가 식탁 위의 보따리를 펼쳐보니 외삼촌이 좋아하는 오징어젓갈이나 고추장멸치볶음, 그리고 각종 밑반찬과 백김치 따위가 잔뜩 들어 있다.

나는 방으로 들어가 옷장을 열어서 물이 빠진 보라색 패딩 재킷을 찾아 걸친 후 아랫배를 편안하게 압박하는 스판 청바지를 꺼내 입었다. 그리고 재작년 백화점 세일 때 장만한 옅은 체크무늬 목도리를 목에 칭칭 둘러맨 후 언니 방에서 차 키를 들고 나왔다.

신발장을 열어서 찌든 때로 번들거리는 검은색 랜드로바를 신고서 문 앞에 걸린 대형 거울을 쳐다보니 참으로 패션이 촌스럽기 그지없다. 잘나가는 패션디자이너 언니와 장안의 손꼽히는 멋쟁이 동생을 두고서도 어찌 나는 이딴 식으로 살아야 한단 말인가.

―우연아, 지금 뭐해?

막내 외삼촌 오피스텔에 도착해서 지하 주차장으로 내려가는데 세상에서 둘도 없는 단짝 친구 락희로부터 전화가 걸려왔다.

"뭐하긴. 너 때문에 한 손으로 주차하고 계신다."

―밖으로 나왔어? 어디에 주차하는 건데?

"지금 외로운 노총각을 위한 반찬을 무보수로 배달 중."

―아, 그 마포에 산다는 막내 외삼촌한테 갔구나?

"응. 근데 락희야, 너 오늘 무슨 일 있구나?"

─그걸 어떻게 알았어?

"평소와 달리 네 목소리의 바이브레이션이 한 옥타브 높더라."

─계집애, 눈치 하나는. 사실은 내가 쓴 책이 인터넷 북으로 출간되기로 했어!

"그래? 잘됐네! 축하해, 락희야. 나중에 크게 한턱 쏴라."

─고마워. 그건 그렇고 네 남자친구한테선 아직도 연락없어?

"남자친구 아니거든?"

─얘가 이제 와서 딴소리네. 네 목숨 구해줬다면서?

"또, 또 우리의 작가 선생 쓸데없이 비약하는 버릇 나온다!"

─그렇지 않아도 네 얘길 듣고서 곰곰이 생각해 봤는데 아무래도 그 남잔 너한테 반한 게 틀림없어. 게다가 뭔가 비밀도 있어. 분명해!

"바쁘다. 끊어!"

기분이 나빠 락희와의 전화를 끊고서 외삼촌이 사는 308호에 도착해 막 차임벨을 누를 때였다. 갑자기 문이 벌컥 열리면서 말끔한 양복 차림의 외삼촌과 딱 마주쳤다.

"어, 우연이구나. 미리 전화하지 그랬니? 조금만 늦게 왔더라면 엇갈릴 뻔했구나."

"삼촌, 어디 나가시려고요?"

일요일이면 늘 편안한 트레이닝복을 입어주시고 방 안에서만 공처럼 덱데굴 굴러다니시는 노총각이 갑자기 잡지 모델처럼 정장으로 쫙 빼입은 걸 보니 뭔가 수상쩍은 냄새가 솔솔 풍긴다.

"혹시 애인 생겼어요?"

나의 직선적인 질문에 오씨 가문의 최고 학력을 자랑하는 39살의 막내아들은 금세 얼굴이 벌겋게 달아오른다. 아하, 엄마가 아신다면 신나서 춤이라도 추시겠네.

열아홉 때 아빠한테 시집온 이후 엄마는 친정에 두고 온 어린 동생들 걱정으로 마음을 졸였는데 막내 외삼촌은 어려서부터 똑똑해서 가문의 기대를 안고 미국에 유학 갔다 온 인물로서 특별 관리대상이기도 하다.

하지만 요즘 세상엔 차고 넘치는 게 바로 박사들. 작년에 귀국한 외삼촌은 대학의 시간강사로 근근이 버티는 형편인데도 원래 낙천적인 성격 탓인지 본인은 그다지 신경도 쓰지 않고 매사에 늘 긍정적이다.

"잘됐다, 마침 김치 떨어져서 라면 국물에 밥 말아먹고 있었는데."

쯧쯧, 그럴 줄 알았어.

"잠깐 들어와라. 약속 시간까진 아직 여유있단다."

나는 막내 외삼촌, 오관대 씨의 오피스텔로 들어가 구석에 놓인 냉장고를 열어서 보따리에서 꺼낸 김치며 각종 밑반찬이 담긴 찬합을 그 안에 차곡차곡 넣었다. 그런 다음 빈 플라스틱 통들과 그릇들을 개수대에 넣고서 설거지를 시작했다.

"사실 너한테 연락할 참이었는데 마침 잘 왔구나. 너, 출판사에서 일했다고 그랬지?"

"예. 근데 왜요?"

"어저께 잘 아는 후배와 만나 술 한잔했는데, 며칠 전 팀원이 갑자기 교통사고를 당해서 급히 편집하는 사람 하나 충원해야 된다더라. 그래서 우연이 네 생각이 퍼뜩 났거든."

나는 귀가 번쩍 틔는 반가운 소식에 입을 떡 벌렸다.

"그럼 외삼촌한테 편집부 직원 알아봐 달라고 정식으로 부탁한 거예요?"

"뭐, 그렇긴 하지만."

보통 편집부 내 멤버를 뽑을 땐 아는 사람에 의해 소개받는 경우가 흔하다. 나는 하늘이 주신 절호의 기회를 놓치고 싶지 않았다.

"있잖아요, 외삼촌이 저 좀 소개시켜 주세요!"

"걱정 마라. 그 편집부장한테 일단 너를 추천하겠지만 꼭 취직이 보장되리라는 법은 없으니 너무 기대하진 마라."

"그건 걱정 마세요, 외삼촌."

외삼촌이 언급한 사보팀은 놀랍게도 손꼽히는 대기업인 송송전자였다. 나는 무슨 수를 써서라도 그곳에 취직하고 말겠다는 의욕에 불타올랐다. 내가 누구시냐? 바로 편집 경력 5년 차에 빛나는 위대한 황우연님 아닌가. 비록 영세한 출판사에서 일해 왔지만 편집에 관한 일은 그 누구보다도 자신있는 몸이시다.

"근데 외삼촌 애인은 예뻐요?"

"아, 뭐……."

나의 기습 질문에 오관대 씨는 이내 말을 더듬는다.

"어떻게 만났어요? 어디서요?"

"뭐, 오다 가다가……."

"잘하면 국수 얻어먹는 거예요?"

"그렇게 되면 나도 바랄 게 없겠다, 인마. 그런데 당분간 누님 한텐 얘기하지 마라."

음, 뭔가 있군. 나는 천연덕스럽게 씩 웃었다.

"알았어요. 걱정 마세요, 외삼촌."

싱크대 위에 올려둔 빈 찬합들을 하나씩 정리하는데 소파에 걸쳐 둔 내 재킷 속에서 왈츠가 울려 퍼졌다. 심부름 잘하고 있는지 확인하려는 엄마의 전화일 게 틀림없다.

"외삼촌, 저 대신 핸드폰 좀 받아주세요."

"알았다."

외삼촌은 내 핸드폰을 열었다.

"예, 여보세요. 네? 아, 잠깐만 기다려 봐요. 우연이 바꿔줄게요."

어라, 엄마가 아닌가.

"우연아, 전화 받아라. 네 남자친구라는데."

나는 너무 놀라서 정리하던 플라스틱 통들을 바닥에 와르르 떨어뜨리고 말았다. 맙소사. 드디어 올 것이 왔구나.

"여보세요?"

외삼촌이 건네주는 핸드폰을 받은 나는 차분하게 입을 열었
다.

―이진우입니다.

"아, 안녕하세요."

―그동안 잘 있었어요?

최대한 격식을 갖추고서 말하되 일부러 말을 아끼고 있는데,

―그때 눈에 멍 든 거 다 나았냐고 묻지도 않네요?

하면서 전화기 너머로 변태남이 볼멘 음성으로 묻는다.

"이젠 다 나았어요?"

―아뇨. 하지만 우연 씨가 밥 사주면 완전히 나을 것 같은데
요.

이놈, 참 집요하네.

"알았어요, 밥 한 끼 정돈 사줄게요."

그렇지 않아도 너한테 할 말이 있단다.

―그런데 지금 어디 있어요, 우연 씨?

"잠시 볼일이 있어서 마포에 왔거든요."

―우와, 잘됐네요! 나도 방금 마포에 도착했거든요.

헉, 변태남의 스토킹 레이더가 벌써 작동한 모양이다.

"흥, 그렇다면 지금 내가 있는 곳이 '제일오피스텔'이라는 것
도 알겠네요."

―정말요? 와, 진짜 재밌다. 제가 사는 곳이 바로 옆인데요.

헹, 내가 그런 빤한 거짓말에 속을 줄 아니?

"아아, 그러셔요?"

—정말인데요. 딱 일 분이면 우연 씨 있는 곳에 도착할 수 있으니까 우리 지금 밥 먹으러 가요. 그럼 제일오피스텔 앞에서 기다릴게요.

변태남은 그렇게 말하고서 전화를 딱 끊었다. 나는 갑자기 숨이 가빠오기 시작했다.

"왜 그러니? 혹시 널 귀찮게 구는 놈이냐?"

나는 외삼촌에게 변태남과의 기기묘묘했던 첫 만남에 관해서 말하고 싶진 않았다. 혹시나 하는 마음으로 창가로 쪼르르 달려가 밖을 내다봤더니, 세상에나, 오피스텔 앞 버스 정류장을 향해 변태남이 성큼성큼 걸어오고 있었다. 나는 졸도하기 일보 직전이었다.

"저 남자냐?"

곁으로 다가온 오관대 씨가 짐짓 인상을 찌푸리며 물었다.

"아, 미치겠네."

"우연아, 혹시 저놈이 귀찮게 굴면 남자 떼어내는 법 가르쳐줄까?"

"그런 것도 알아요, 외삼촌?"

"남자의 심리를 내가 좀 알거든. 자고로 '남자의 적은 남자'라는 말도 있잖냐."

"'여자의 적은 여자'라는 말은 들어봤어도 그런 말을 처음인데요?”

“아무튼.”

“좋아요, 귀찮은 남자 떼어내는 방법이란 방법 좀 가르쳐 주세요!”

잠시 후 나는 외삼촌의 심도 깊은 코치를 받은 후 용감하게 출입문으로 향했다. 어느 틈에 들어왔는지 변태남이 보초병처럼 내 앞을 딱 가로막고 있다.

“우연 씨, 잘 있었어요?”

나는 적군에게 사로잡힌 포로처럼 고개를 푹 숙인 채 아무 말도 하지 않았다. 그가 열어주는 출입문을 지나 밖으로 나오자 한겨울의 찬바람이 내 뺨을 후닥닥 때리며 잽싸게 도망친다.

“이진우 씨, 배고파요?”

변태남은 마치 그 질문이 나오길 기다렸다는 듯 마냥 기쁜 표정으로,

“예, 너무 배고파서 죽을 지경입니다.”

라고 얼른 대답한다. 나한테 한턱 거하게 얻어먹기로 작정하고서 어젯밤부터 굶은 모양인지 한눈에도 꾀죄죄한 꼬락서니가 눈에 거슬린다. 게다가 막 자다 일어났는지 입고 있는 코르덴 남방의 등짝과 소매는 쪼글쪼글하게 주름이 잔뜩 잡혀 있었고 추운 날씨임에도 불구하고 녀석은 코트조차 입지 않았다.

“그렇게 입고 안 추워요?”

“급히 나오느라 코트 입는 걸 깜박했네요, 하하.”

그 정도로 끼니가 중요했다 이거지. 너 정말 추하구나.

"아무튼 할 말도 있으니 밥부터 먹은 다음 얘기하죠."

외삼촌 덕분에 '변태남 떼어내기 프로젝트'를 긴급 구상한 나는 즉시 작전 개시를 발령했다.

"우리 이진우 씬 뭐 좋아해요?"

나는 일부러 다정하게 묻는다.

"아무거나 잘 먹어요. 근데 이젠 제 이름 기억해 주는 거예요?"

"나 그렇게 머리 나쁘지 않아요."

"하하, 그렇군요. 그런데 이렇게 우리가 우연히 만나는 거, 어쩌면 우연 씨라는 이름 덕분은 아닐까요?"

훗, 내가 네 거짓말을 믿을 거라고 생각하니.

"진짜 이 근처에 살아요?"

변태남이 고개를 얼른 끄덕인다.

"예."

나는 잠시 그를 노려본다.

"정말요?"

"거짓말 아니에요. 제일오피스텔에서 바로 옆에 살아요. 그래서 전화 끊자마자 곧바로 밖으로 나온 거예요."

"알았어요. 뭐 먹을까요?"

그러자 변태남은 주위를 두리번거리더니 군침을 꿀꺽 삼킨다.

“음, 사실은 고기가 먹고 싶은데.”

헉, 고기? 이 인간이 김치찌개나 순두부 백반이면 감지덕지하거늘 감히 고기가 먹고 싶다고 나불거려? 오냐, 네가 오늘 내 등골을 빼먹으려고 작정했구나.

“그래요? 그럼 여긴 어때요?”

그러나 그깟 돈 몇 푼 때문에 ‘변태남 떼어내기 작전’을 망칠 수 없는 일. 마침 근처 상가 건물 1층에 있는 ‘푸짐할매 족발집’이 눈에 띄었다.

“싫어요?”

변태남은 꽤 곤혹스러워하는 얼굴이었다.

“음, 족발은 잘 못 먹는데.”

오오, 의외로 일이 잘 풀릴 것 같군. 우리의 오관대 씨께서 가르쳐 주신 수칙 1. 상대가 원하는 것은 절대로 배려하지 말 것. 뭐든지 제멋대로 결정하고 독선적으로 행동하라. 남자들은 그렇게 행동하는 여자들에게 주도권을 빼앗기면 본능적으로 불안해하면서 거부 반응을 일으키게 된단다.

“어머, 족발이 얼마나 맛있는데. 그리고 내가 워낙 좋아하는 건데…….”

내가 최대한 상냥하게 미소 지으며 말끝을 흐리자 이내 망설이는 변태남.

“그럼 좋아요. 저는 옆에서 백반이라도 먹죠.”

“무슨 소리예요. 고기 먹고 싶다면서요?”

아무 대꾸도 못하는 변태남을 뒤로하고서 나는 가게 안으로 냉큼 들어섰다. 양쪽으로 나무 탁자가 대여섯 개 비치된 아담한 음식점이었는데 들어가자마자 족발 찌는 구수한 냄새가 진동했다.

"족발 중간 것 하나 주세요."

변태남에게 일부러 백반을 시켜주지 않고서 딴청을 피우는 동안 주인 아줌마는 얇게 저민 족발 고기가 수북하게 쌓인 접시를 갖다주었다. 그 맛깔스런 모양에 나도 모르게 군침이 샐큼 돌았다.

"어머, 맛있겠다."

상대에게 먼저 먹어보라고 하지도 않고서 내가 살점 하나를 잽싸게 집어먹었다. 수칙 2. 굉장히 매너없이 행동할 것. 대개 남자들은 자신을 전혀 배려하지 않는 여자에게 모성애를 느낄 수 없어서 매우 심각한 정서적 불안감을 갖게 되는 경우가 많다고 한다.

"왜 안 먹어요?"

난 일부러 퉁명스럽게 말했다.

"사실 비위에 맞지 않아서 그리 좋아하진 않아요."

"그래도 한번 먹어봐요."

나는 일부러 우악스럽게 고기를 씹으면서 말했다. 하지만 그는 묵묵부답. 벽에 붙은 메뉴판을 몰래 훔쳐보니 족발 이외에도 우거지탕이나 순대국, 설렁탕 같은 백반 메뉴가 써 있는데도 웬

일인지 변태남은 다른 걸 시켜달라는 요구도 하지 않은 채 그저 잠자코 물만 들이켤 뿐이다. 어라, 은근히 소심한 타입이었나.

"우연 씨, 족발 맛있어요?"

"기가 막히죠. 이런 걸 먹지 못하다니 이진우 씨도 참 그렇네요."

어느 틈에 접시 위에 깔아놓은 족발 뼈가 드러날 정도로 살코기들을 모조리 먹어치운 나는 잠깐 회심의 미소를 지었다. 변태남은 탁자 앞에 놓인 물컵을 두 손으로 꽉 움켜쥔 채 힘겹게 들이켜고 있다. 내가 알기론 벌써 두 잔째다.

"벌써 뼈밖에 남지 않았네요, 우연 씨."

"예, 돼지족발 뼈죠."

변태남, 잘 봐둬. 이게 바로 소목 멧돼지과의 포유동물로서 우리 인간에게 무한한 은혜를 베푸는 거룩한 돼지님의 잔재란다. 각종 햄이나 소시지는 물론 베이컨이나 삼겹살로 거듭 변신하셔서 우리 인류에게 즐거운 먹거리를 제공하는 아주 고마운 존재지. 특히 이 족발은 머리고기, 순대와 더불어 돼지고기의 단골 3대 메뉴로 일컫는 아주 유명한 음식이야. 이 맛을 모르는 너는 식도락의 즐거움을 모른 채 평생을 살아가야 하는 치명적인 실수를 저지르는 거라고.

"이젠 다 먹은 겁니까?"

왠지 모르게 조심스럽게 묻는 변대남.

"아뇨, 이제부터 시작인걸요."

나는 접시 위에서 가장 큼직해 보이는 뼈다귀 하나를 잡은 후 입을 크게 벌려서 야만스럽게 물어뜯었다. 우드득, 하며 돼지 뼈와 내 치아의 마찰로 인한 불협화음이 끊임없이 울려 퍼졌다. 그런 다음 접시 위에 뒹구는 짭조롬한 족발의 발톱 부분도 거리 낌없이 먹어치우자 이제 변태남의 얼굴은 시시각각 달라지기 시작했다. 마치 아프리카 식인종이 인육人肉을 먹는 걸 목격하는 것마냥 동공이 점점 커지더니 결국은 고개를 옆으로 슬그머니 돌린다. 너무 흉물스러워서 차라리 안 보겠다 이거니?

"우연 씨."

"왜요, 한번 먹어볼래요?"

곁눈질해서 쳐다본 변태남의 얼굴이 웬일인지 약간 상기된 듯 벌겋다.

"그게 아니고 저기, 입술에 기름이 잔뜩 묻어서요."

"아, 돼지기름이겠죠."

나는 어린아이처럼 손등으로 입술을 쓱 닦았다. 아마도 기름 칠을 한 것처럼 내 입술은 번들거리며 빛날 것이다. 어때, 변태 남. 비위가 더 상하지? 아니나 다를까, 그는 한숨을 길게 내쉬더 니 물을 한가득 따라서 단숨에 들이켰다.

"참, 이진우 씨. 전에 책 돌려준다고 우리 집 왔을 때 주소는 어떻게 알아낸 거죠?"

우리의 배곯은 이 군은 잠깐 인상을 썼다.

"어쩌다 보니 그냥 알게 되었다고나 할까요."

오호라, 대충 넘어가시겠다?

"애매모호한 대답을 하는 걸 보니 뭔가 적법한 절차는 아닌 것 같네요."

"그렇다고 크게 문제되진 않을 테니 더 이상은 캐묻지 말아줘요. 그리고 다시는 그럴 일은 없을 거예요."

마침내 참았던 호기심이 튀어나왔다.

"좋아요, 그럼 그날 크리스마스이브 때 제가 있는 곳은 어떻게 알았어요?"

"119 구조대가 우연 씨 있는 곳을 찾아낸 방법으로요."

"위치 추적? 혹시 통신사에서 근무하세요?"

"아니오."

"그럼, 실례지만 지금 하시는 일은?"

"사실 요즘은 딱히 하고 있는 일은 없는데요."

나는 속으로 혀를 차며 변태남을 몹시 불쌍한 눈으로 바라봤다. 너 내가 요즘 제일 싫어하는 남자가 누군지 알아? 바로 너 같은 백수란다. 내가 백수인 것도 서러운데 남자친구마저 백수라면 이 얼마나 통탄할 일이 되겠어?

"그럼 지금 진우 씬 백수네?"

수칙 3. 상대방을 모욕하는 말도 서슴지 말 것. 남자의 자존심은 어떤 경우라도 짓밟아서는 안 되는 민감한 부분이어서 화약고나 마찬가지이다.

"우연 씨도 저와 비슷한 처지 같던데."

변태남이 지지 않고 대꾸했다.

"전 곧 일할 거예요."

"저도 곧 다시 일할 겁니다."

나는 콩, 하고 작게 코웃음을 치며 접시 위에 놓인 돼지족발 뼈를 이리저리 만지작거렸다. 이젠 배불러서 더 이상 먹지도 못할뿐더러 돼지기름이 번들거리는 손가락을 볼 때마다 오히려 내가 비위가 상할 지경이었다.

"우연 씨."

나지막한 저음의 목소리와 더불어 변태남의 눈빛에 감도는 강렬한 기운! 순간 겁이 더럭 나서 가슴이 벌렁거린다. 내, 내가 쫌 심했나? 먹고 싶다는 고기는커녕 밥알 하나 못 얻어먹고 연거푸 물만 먹고 있는 그의 얼굴은 완전히 구겨진 상태였다.

"아참, 밥, 밥 시켜주는 거 깜박했다. 뭐 먹을래요?"

나도 모르게 두려워져서 마음에도 없는 말을 꺼내고 말았다.

"아뇨, 이젠 싫어요. 밥맛이 떨어져서……."

그럼, 그럼. 나도 내가 먹는 모습에 구역질 날 참인데 그걸 빤히 쳐다보던 네가 멀쩡하다면 말이 안 되지. 그렇다면 오늘 작전은 완전 성공이군. 이제 저 변태남은 황우연이라는 여자가 아주 못되고, 무례하고, 고약스러우며, 상종할 가치가 없다는 것을 뼈저리게 느꼈을 테지.

"나가죠, 우연 씨."

돼지기름 범벅이 된 손가락과 입술을 물수건으로 박박 문지르고 있는데 갑자기 변태남이 의자에서 벌떡 일어섰다.

"아참, 계산은 내가 할 테니까 먼저 나가요."

씨익 하고 웃어주는데 그는 아무 대꾸 없이 가게 밖으로 휑하니 나가 버렸다. 너 무지하게 열받았구나? 키득거리며 카운터로 가 계산을 하는데 주인 아주머니께서,

"아가씨, 그럼 못 써."

"뭐가요?"

"아무리 우리 집 족발이 맛있어도 애인은 한 입도 안 주고 혼자만 먹으면 되는감."

하면서 허허, 웃으신다.

"먹기 싫다는데 어떡해요? 그리고 저 남자, 제 애인 아니거든요?"

이렇게 한마디 톡 쏘아주고서 밖으로 나와 주위를 두리번거렸다. 변태남은 그대로 줄행랑을 쳤는지 어디에도 보이지 않는다. 좋았어! 그럼 집으로 슬슬 가볼까나. 오늘 밤은 변태남 떼어내기 작전 성공한 기념으로 감자칩을 먹으면서 밤새도록 심야 영화나 봐야지.

"우여 씨."

휘파람을 불면서 발걸음도 가볍게 걸어가던 내 앞에 불쑥 나타난 변태남. 순간 심장이 가슴 밖으로 퍽 튀어나와 스카이다이빙을 하는 듯한 극렬한 통증을 느꼈다.

"뭘 그렇게 놀라죠?"

"안, 안 갔어요?"

"예, 후식으로 우연 씨한테 커피 사고 싶어서요."

"커, 커피?"

"싫어요?"

슬그머니 뒷걸음치는 내게 바짝 다가서며 도전적인 눈빛으로 묻는 변태남. 마치 고양이 앞의 쥐가 된 것처럼 나는 오금이 저려왔다.

"음, 아무 말 하지 않으니 좋다는 뜻으로 받아들이죠."

그대로 앞장서서 걸어가는 변태남을 노려보며 나는 혀를 날름 내밀었다. 내참, 내가 널 왜 따라가니? 난 이제 그만 집에 갈 거다.

"우연 씨, 빨리 안 와요!"

"아, 예."

뒤돌아선 변태남이 크게 소리치자 그만 주눅이 들어서 잽싸게 고개를 끄덕이고 말았다. 정말 이상한 남자다. 그렇게까지 막무가내로 행동했는데 어째서 나랑 커피 마시자는 말이 나올까? 설마 족발집에서 당한 분풀이를 하려고? 그렇다면 그를 따라가서는 절대로 안 된다. 아무래도 놈은 뒤끝이 블랙홀처럼 엄청날 것 같거든.

"왜 이리 걸음이 늦어요? 혹시 너무 배불러서 걷기 힘들면 업어줄까요?"

어느 틈에 곁으로 와 음산하게 미소 짓는 변태남. 순간 공포

영화를 보는 것처럼 소름이 쫙 끼친다.

"괜찮아요. 거, 걸을 수 있어요."

나도 모르게 생긋 웃고서 변태남의 뒤를 쫄래쫄래 따라가는데 마음이 점점 착잡해진다.

"여기 2층으로 올라가죠."

변태남이 멈춘 곳은 일층에 작은 꽃집이 있는 작고 아담한 건물 앞이었다. 앞장서서 계단 위로 올라가던 그는 나를 힐끔거리더니 벌겋게 상기된 얼굴로 한숨을 길게 후, 하고 내뿜는다. 마치 화난 사람처럼 말이다. 하긴 내가 아까 족발집에서 너무 심하긴 했다. 그렇게 생각하자 문득 후환이 두려워 등줄기에서 식은땀이 조금씩 흘러내린다. 으, 어쩌지.

딸랑. 변태남이 출입문을 밀어주자 문 위쪽에 매달린 작은 방울이 맑은 소리를 냈다. 카페 안의 사람들이 열심히 먹고 있는 걸 눈여겨보니 죄다 형형색색의 아이스크림이었다.

"카페가 아닌가 보네?"

중얼거리는 소리를 들었는지 변태남이 고개를 까닥거렸다.

"여긴 아이스크림 전문점이에요."

어, 난 아이스크림 별로 안 좋아하는데.

"난 커피 마시고 싶은데."

"커피 아이스크림 있으니까 걱정 마세요."

창가에 자리를 잡은 변태남은 메뉴판을 보지도 않고 주문을 했다.

"원더랜드 하나요."

"예, 감사합니다."

아가씨가 뒤돌아서자마자 내가 대뜸 물었다.

"원더랜드? 그게 뭐죠?"

그러나 그의 입에선 전혀 다른 대답이 나왔다.

"근데 오늘은 안경을 썼네요. 안 쓴 게 훨씬 더 낫던데."

"미안하지만 난 이진우 씨한테 잘 보이고 싶지 않아요. 그리고 난 아이스크림 별로 좋아하지 않아요."

"어, 왜요?"

"원래 느끼하고 단거 싫어하거든요."

"돼지족발도 꽤 느끼하지 않나요?"

난 눈썹을 찡그리며 변태남을 노려봤다.

"하지만 전혀 달지 않잖아요."

"아아."

고개를 끄덕거리는 변태남. 나는 공연히 짜증이 났다.

"그런데 대부분 여자들은 아이스크림을 좋아하지 않던가요?"

"미안하지만 내가 그 대부분의 여자에 포함되지 않거든요. 원래 단건 좀 싫어해서 빵도 식빵만 먹거든요."

"그렇구나. 단걸 싫어하는 여자도 있구나."

잠시 후 변태남과 나와의 대화는 뚝 끊겼다. 족발집에선 먹기에 급급해서 몰랐는데 이렇게 마주 앉아서 서로 얼굴을 빤히 쳐다보고 있자니 기분이 싱숭생숭했다. 게다가 무슨 까닭인지 변태남은 안절부절못하면서 내 얼굴을 자꾸만 힐끔거린다. 마치 뭔가를 숨기고 있는 것처럼 말이다.

그렇게 불안한 시선을 이리저리 돌리다가 나와 두 눈이 정면으로 마주친 순간 그의 검은 눈에서 번쩍, 하고 튀어나오는 강렬한 파워. 나는 그만 움찔하고 말았다. 뭐지? 저 이상한 기운은? 어쩐지 기분이 나빠져서 테이블 위의 두툼한 메뉴판으로 그의 머리통을 한 대 쳐보고 싶을 정도였다.

그때 아가씨가 테이블 위에 뭔가를 내려놓았다.

"여기 나왔습니다."

맙소사. 테이블 위에는 산처럼 높이 쌓아 올린 엄청난 양의 아이스크림이 놓여 있었다.

"이건 여기 명물이에요. 단 게 싫다면 맨 위의 셔벗을 덜어줄 테니까 한번 먹어봐요."

하고서 내 앞으로 작은 컵을 밀어주었다. 그러더니 기다렸다는 듯 변태남은 아이스크림을 머슴 밥 푸듯 한가득 퍼서 무서운 속도로 먹기 시작했다. 하긴 배가 꽤나 고팠을 것이다. 나는 그가 덜어준 셔벗을 먹었는데 키위나 사과 따위를 갈아서 만들었는지 꽤 새콤해서 족발로 느끼해진 속을 달래기에 딱 좋았다.

"더 퍼줄까요?"

변태남은 내 빈 컵을 보고서 물었다.

"아뇨. 됐어요. 근데 이렇게 양이 많아서 남기면 아까워서 어떡하죠."

"우연 씨랑 같이 나눠 먹으면 되겠다 싶었죠. 아까 보니 먹성이 꽤 좋더라고요."

"하지만 전 아이스크림을 별로 좋아하지 않아서요."

"그 생각을 전혀 못했으니 할 수 없이 나 혼자 다 먹어야겠네요."

이렇게 말하더니 변태남은 놀랍게도 거대한 아이스크림 덩어리를 빠른 속도로 허물어뜨렸다. 그 모습을 감상하던 나는 반드시 짚고 넘어가야 할 중요한 용건을 간신히 기억해 냈다.

"아참, 그때 크리스마스이브 때 말이에요. 내가 진우 씨한테……."

"혹시 여자친구가 되겠다는 약속 취소하고 싶어졌어요?"

켁. 이 인간 눈치가 완전히 무한 지존 레벨이잖아?

"일단 제 말 좀 잘 들어봐요, 이진우 씨."

"그전에 제가 먼저 한마디 해도 될까요, 우연 씨? 누구든지 한 번 결정한 약속을 번복하는 건 스스로가 잘못 판단했음을 인정하는 겁니다. 자고로 말이란 한 번 내뱉으면 주워 담을 수 없을뿐더러 그로 인해 말을 하는 사람과 듣는 사람에겐 제각기 명백한 의미를 부여해 줍니다. 그래서 말로 인해 어떤 일이 결정되었음에도 불구하고 차후 거기에 관한 오류를 수정한다는 건 엄밀한 의미에서는 자기 자신을 깎아 내리는 행위입니다."

우와, 청산유수가 바로 이런 거구나. 뜻밖에도 변태남이 논리 정연하게 따지고 나와 내심 크게 당황했지만 그렇다고 기죽을 황우연이 아니었다.

"아무튼 이진우 씨와 사귀는 걸 좀 더 신중하게 생각하고 싶네요."

"그럼 그때 왜 싫다고 하지 않았죠? 이렇게 마음이 달라질 거라면 처음부터 거절했으면 좋았을 텐데요. 자고로 약속을 우습게 여긴다는 건 스스로가 아주 이기적인 사람임을 증명하는 것이며 더불어 상대방의 입장을 전혀 고려하지 않는다는 걸 뜻하죠. 다시 말한다면 우연 씨 지금 제가 받는 마음의 상처 따윈 아예 생각도 하지 않는다는 겁니다."

이럴 수가, 변태남은 상당한 달변가였다. 하지만 나는 지고 싶지 않았다.

"솔직히 그땐 경황이 없던 탓에 내가 신중하지 못했어요. 지금이라도 내 잘못을 인정하고 사과할게요. 무엇보다도 그쪽은 나를 잘 알지도 못하고 나 역시 상대를 잘 모르는데 대뜸 여자친구가 되는 건 좀 우습지 않나요? 너무 가볍고 즉흥적이라 마치 장난 같잖아요."

"장난도 아닐뿐더러 우연 씨와 세 번째 만난 후 꺼낸 말이니 절대로 충동적이지도 않습니다."

"좋아요, 그렇다면 왜 나와 사귀고 싶죠?"

변태남은 잠깐 먹는 것을 멈추더니 픽 웃었다.

"남자가 여자에게 친구가 되어달라고 말하는 건 절대로 이상한 행동은 아닙니다. 게다가 우연 씬 남자친구도 없지 않나요?"

혁. 그날 밤 중수로부터 나에 관한 정보를 빼낸 모양이다.

"아무튼 이런 식으로 날 불쑥 찾는 건 사양하겠어요. 스토킹이 범죄라는 건 알고 있죠?"

"스토킹……?"

변태남은 놀란 눈으로 약 10초 정도 내 얼굴을 뚫어지게 쳐다보더니 다시 말없이 아이스크림을 열심히 먹는다.

"아이스크림 맛있어요?"

약이 올라서 내가 빈정거리자 변태남은 풀이 죽은 얼굴이 되었다.

"아뇨. 그냥 열이 나서 먹고 있습니다. 그리고 우연 씨가 이제껏 저의 행동을 그런 식으로 생각할 줄은 전혀 몰랐어요. 단지 익숙한 방법으로 내가 원하는 상황을 만든 것뿐이었어요. 이제 그만 나가죠, 우연 씨."

어느덧 깨끗해진 그릇 위에 수저를 내려놓은 변태남은 자리에서 조용히 일어섰다. 나는 변태남이 카운터에서 계산하는 동안 계단으로 몸을 날려 도망칠까 하고 잠깐 망설였다.

"저기, 우연 씨."

출구를 향해 살금살금 걸어가는데 변태남이 나를 불렀다. 카운터 앞에 서 있는 주인 아저씨의 의미심장한 눈빛을 발견한 나는 무슨 일인가 싶었다.

"저기, 아가씨 애인이 깜빡하고 지갑을 놔두고 왔나 봐. 그러니 할 수 없이 아가씨가 계산해 줘야겠어."

그 말을 듣는 순간 갑자기 눈앞이 캄캄해진다. 오, 마이 갓. 나는 사람 좋은 얼굴로 허허, 하고 웃는 아저씨와 얼굴이 벌게진 변태남을 번갈아 쳐다보면서 조용히 이를 갈았다.

"얼마죠?"

"음, 원더랜드 하나 시키셨죠? 2만 8천 원입니다."

끄윽. 눈앞이 휘청거린다. 아이스크림 분량이 꽤 많아서 가격이 만만치 않겠다 싶었지만 예상외로 너무나 비싼 가격이다. 부들부들 떨리는 손으로 지갑을 열어보니 아슬아슬하게 만 원짜리 세 장이 들어 있다. 계산을 끝낸 후 남은 건 천 원짜리 달랑 두 장. 문득 가슴이 미어지듯 아파온다.

아까 먹은 돼지족발보다 더 비싼 후식을 먹은 셈이니 이건 완전히 배보다 배꼽이 더 큰 꼴이다. 그것도 많이 먹었으면 말을 안 한다. 난 고작 딱 한 입 정도밖에 먹지 않았다고!

"우연 씨, 미안해요. 사실은 제가 어디 좀 급히 갔다가 오늘 아침에 막 돌아왔거든요. 그러다가 우연 씨와 통화한 후 급하게 나오느라고 그만 지갑을 챙기지 못했나 봐요. 이런 일은 좀처럼 없는데……."

"호오, 호! 뭐, 그럴 수도 있죠."

하지만 변태남, 아무리 네놈이 백수라도 이런 건 매너가 아니잖니. 나는 멋쩍게 웃고 있는 녀석을 노려보며 굶주린 하이에나처럼 낮게 으르렁거렸다.

"우연 씨, 정말 미안해요. 다음엔 제가 꼭 밥 한번 살게요."

됐네요. 다신 네 얼굴 볼 일도 없다.

"혹시 화난 건 아니죠?"

화났다, 인마. 무지무지 화나서 길가의 가로수를 뽑아서 그 구덩이에 너를 밀어뜨리고서 생매장하고 싶어서 미치겠다고!

"오늘 실수도 만회할 겸 다음엔 제가 진짜 맛있는 거 사줄게요. 아니, 우연 씨가 먹고 싶은 건 뭐든지요."

그 말에 나는 잠깐 멈칫했다. 내가 먹고 싶은 건 뭐든지? 내가 저 아프리카 물소를 통째로 삼키는 아나콘다 찜이라던가 자카르타에 서식하는 원숭이 골 튀김을 먹고 싶대도?

"진짜예요?"

나는 실눈으로 변태남을 흘끗 쏘아봤다.

"그럼요. 전 약속 꼭 지킵니다."

"요즘 일도 안 하고 논다면서요."

"그래도 우연 씨 저녁 한 끼 정돈 사줄 수 있습니다."

내가 대놓고 신랄하게 비꼬는데도 그는 비굴하게 씩 웃는다. 솔직히 말하자면 이대로 변태남과 헤어지자니 좀 억울했다. 오늘 내가 손해 본 금액보다 곱절은 더한 엄청난 금전적 손실을 맛보게 해주고 싶다는 야비한 마음이 불쑥 치민다. 음, 게다가 정신적인 피해까지 포함해서 말이다.

"우연 씨, 내일은 어때요?"

이런, 게다가 녀석은 아직도 날 포기하지 않았다. 안 되겠군. 이른바 〈변태남 떼어내기 작전〉 2탄마저 기어코 실행해서 반드시 끝장을 봐야겠다는 생각이 든다.

"정말 먹고 싶은 거 다 사줄 거예요?"

"단, 돼지족발은 빼고요."

변태남이 수줍게 웃으며 말했다. 어느 틈에 내 머릿속엔 인터넷 검색창이 선명하게 떠다니고 '서울 시내에서 가장 눈물 나게 비싼 레스토랑의 위치는?' 라는 문구가 입력된다. 그럼 딱 한 번만 더 만나볼까. 그래서 저 변태남을 홀딱 벗겨 먹은 다음 내가 두 번 다시 상종 못할 여자임을 확인시킨다면 손해 볼 건 없겠지.

"그럼 나중에 제가 전화하죠, 이진우 씨."

나는 음흉하게 웃으면서 변태남에게서 뒤돌아섰다. 너 진짜 큰일 났다. 비록 오늘의 작전은 실패했지만 다음엔 너도 단단히 각오하는 게 좋을걸. 이 세상에서 가장 사악한 여자로 변신해서 지옥의 고통을 네게 안겨주마, 음하하하!

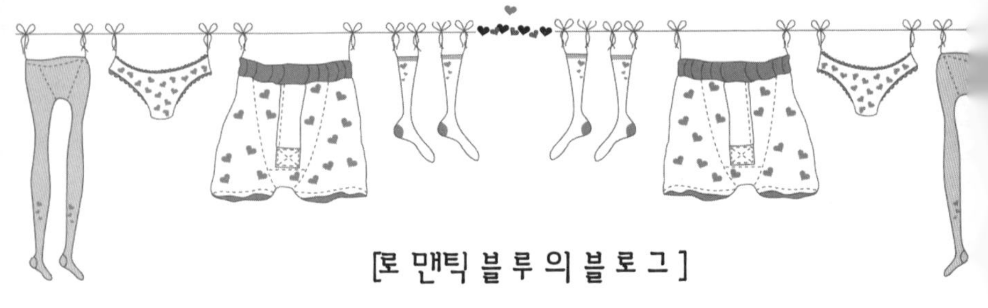

[로 맨틱 블루의 블로그]

급히 처리해야 할 일이 생겨서 갑자기 열흘 동안 집을 비웠다. 그리고서 한숨도 자지 못한 채 집에 왔는데 문득 그녀가 보고 싶어져서 충동적으로 전화를 걸었다. 그런데 놀랍게도 그녀는 집 근처에 있었다! 이 세상에 행운이 있다는 걸 실감하는 순간이었고 말썽쟁이처럼 안경을 쓰고 나온 귀여운 그녀의 모습에 나는 알 수 없는 희열을 느꼈다. 그녀는 나보다 두 살이 많음에도 불구하고 꽤 어려 보여서 만날 때마다 기분이 야릇하다. 점심으로 족발을 먹으면서(참고로 난 못 먹는다) 돼지기름에 번들거리는 그녀의 도톰하고 붉은 입술. 흠, 너무나 섹시해서 미치는 줄 알았다. ㅡ_ㅡ 그래서 일부러 아이스크림을 잔뜩 먹었지만 좀처럼 열기가 가라앉지 않아서 무척 힘들었다. 게다가 깜박하고 지갑을 두고 나갔는데 그녀는 해맑게 웃으면서 나 대신 기꺼이 계산까지 했다. 천사처럼 너무나 착한 그녀! 만날수록 그녀가 점점 좋아지기 시작한다. 조만간 그녀와의 다섯 번째 만남을 기다리며.

┗ 바람날까 : 흠흠, 블루님. 그런 것은 정상입니다. 저도 여친과 만나면 냅다 키스부터 하고 싶다는. ^o^

┗ 시큼캔디 : 어맛, 블루님. 사귄다는 여자분이 연상? ;;;;

┗ WOWO : 요즘 연애하는데 연상연하 무슨 상관있나요?

┗ 땡깡공주 : 오늘 댓글은 남자분들이 적극적으로 참여하는 것 같네요. 하여간 남자들은 전부 다 늑대!

┗ 야생남 : 그런 늑대 밝히는 니그들은 성모 마리아냐. 켈켈켈~

┗ 달빛눈물 : 제가 보기에 그 여자분은 선수인 것 같습니다. 만난 지 얼마 되지도 않았는데 벌써 그쪽으로 블루님을 꼬시다니 정말 놀랍군요. 더군다나 연상. ㅡ_ㅡ＋ 분명히 경험이 많은 여자일지도.

┗ 고구마노래 : 블루님, 참 취향도 독특하군요. 어찌해서 돼지족발 먹는 여자의 모습이 섹시하다고 느끼십니까…. OTL

┗ 자이누룩 : * 인터넷 최고의 화제! 자면서도 살을 뺀다?! * 회원 가입하는 모든 분들께 일주일치 샘플을 무료 증정합니다.

　한번 백수는 영원한 백수라고 누가 말했던가? 그건 순전히 별 볼일 없는 악담에 불과할 뿐이다. 왜냐하면 백수 생활 6개월 차 경력의 황우연이 당당하게 취직했으니까 말이다.

　이 주 전 막내 외삼촌의 소개로 송송전자의 홍보부 사보팀에 이력서를 냈건만 무려 열흘이 넘도록 아무런 연락이 오지 않자 그러면 그렇지, 하면서 낙담하고 있다가 이틀 전 면접을 보러 오라는 전화를 받은 것이다!

　부랴부랴 옷장을 뒤져서 가장 깨끗하고 고급스러운 정장을 찾아낸 다음 다림질을 한다 어쩐다 하면서 밤새도록 잠 못 이루다가 마침내 오매불망하던 회사로 달려가 담당자와의 극적인 면담을 마쳤다. 그리고 놀랍게도 다음 주 월요일부터 출근하라는 답변을 받은 것이다.

3개월의 수습 기간을 거친 이후 정식 사원의 채용 여부를 결정한다는 조건이지만 나로선 아직도 세상이 나를 필요로 하고 있음에 새삼스레 숙연해질 따름이다. 그저 급작스런 교통사고를 당한 나의 전임자가 가능한 복직하지 않기만을 바랄 뿐이니 때론 남의 불행이 나의 행복이 될 수 있다는 비정한 운명의 장난을 몸소 체험한 셈이다.

"정말 축하해. 마침내 내일부터 백수 탈출이구나."

락희는 바닥이 거의 드러난 커피잔을 빙글빙글 돌리며 말했다. 내일 월요일 첫 출근을 앞둔 한가로운 일요일 오후, 나는 단짝 친구를 만나서 취직의 기쁨을 함께 나누고 있었다. 카페에 들어오자마자 빛나는 미래를 자랑한 것은 물론이요, 지난날 변태남과 있었던 모종의 족발 사건까지 모조리 털어놓은 후였다.

"아무튼 으리으리한 대기업에서 일하다니 너도 이제 보니 진흙 속에 숨겨진 진주 같은 존재이자 이 시대가 진정으로 요구하는 소중한 재원才媛인가 보구나."

"말 좀 짧게 끊지? 누가 작가 선생 아니랄까 봐 지루한 미사여구 너무 남발하시네. 아무튼 아직 정식으로 입사한 것도 아니고 그냥 수습사원인걸."

"그 기간 동안 너의 실력을 유감없이 보여주라고."

"알았어. 근데 요즘 경기가 안 좋아서 사보를 폐간하는 회사도 많다던데 오히려 송송전자는 이미지 관리를 위해서 작년부터 부서를 확장했대. 그리고 카탈로그 제작팀과 웹진, 그리고 별도의 사보팀까지 있는 걸 보면 역시 잘나가는 대기업은 달라도 뭐가 다르더라고."

"마인드가 다르니까."

"그래도 내가 과연 잘 적응할 수 있을지 약간은 겁이 나. 내가 워낙 작은 출판사에서 일했잖냐."

"하지만 하는 일은 똑같잖아."

고맙게도 락희는 가장 내가 듣던 싶은 말을 해주었다.

"그렇긴 하지."

"어쨌든 건투를 빈다, 우연아. 난 네 실력을 믿거든. 참, 네 남자친구 얘기 좀 더 해봐라. 내 생각엔 그는 너를 특별하게 생각하는 것 같아."

"특별하게 괴롭히고 있는 거겠지. 그렇지 않고서야 그렇게 집요하게 스토킹질하겠냐."

뚱한 내 대답에 락희는 갑자기 눈빛을 빛냈다.

"난 말이야, 어쩐지 로맨틱한 느낌이 드는걸."

"어허, 작가 선생은 아직도 로맨스의 개념을 잘 모르는구나. 내가 아무리 비참한 싱글이라도 그런 변태는 극구 사양이야. 그리고 내가 보기보다 눈이 꽤 높다는 거 몰라?"

"너 아직도 건호 오빠 생각하니?"

락희의 대구에 그만 꿀 먹은 벙어리가 되고 말았다. 박건호.

고등학생 시절부터 남몰래 짝사랑했던 그는 도도한 우리 언니를 무척이나 사랑했지만 끝내 그녀로부터 무참히 거절당한 후 멀리 미국으로 유학을 가버린 비련의 사나이였고 아직도 내 마음속에 콕 박혀 있는 첫사랑이기도 하다.

"아아, 건호 오빠 지금쯤 멋진 여자랑 잘 먹고 잘살고 있겠지?"

나도 모르게 한숨이 새어 나온다.

"보고 싶다. 건호 오빠처럼 잘난 남자 또 없나?"

"우연아, 그 오빠가 한국 떠난 지 벌써 몇 년인데 너도 참 어지간하다. 네가 건호 오빠랑 연애 비스므리한 걸 했다면 내가 말을 안 하지. 그저 언니 핑계 대면서 몇 번 졸졸 따라다녔으면서 도대체 왜 그러니?"

"흑, 나도 못 오를 나무만 쳐다보고 있으니 미치겠다."

"그나마 알고 있으니 다행이네. 그런데 네 언닌 요즘 사귀는 사람 있다며?"

"응. 상당한 킹카 하나가 죽자사자 따라다니고 있어."

"너희 언니 진짜 능력있다."

나는 준재빌 급 2세처럼 보이는 언니의 새로운 애인이 건호 오빠처럼 훤칠한 미남사라는 사실을 띠올렸다. 젠장, 하늘은 정말 불공평하다. 그렇게 잘생기고 돈 많아 보이는 남자들은 어째서 하나같이 언니만 유독 좋아하는 걸까.

"락희야, 우리 계속 비참하게 살아야 해? 왜 연애 한 번 못해

보고 이렇게 나이만 먹는 거지? 남들 다 해보는 키스도 제대로 해본 적 없잖아."

"그럼 일단 눈높이부터 낮춰야 해."

"맞다, 우린 벌써 29살이지?"

"오, 제발 끔찍한 현실을 돌아보게 하지 말아줘. 화끈한 연애 제대로 못해보고 늙어가다니 너무 슬프잖아. 글쎄, 우리 엄만 이젠 나보고 선보래, 우연아."

"그건 너무 심하다. 벌써 시집가라는 소리야?"

"그러니까 빨리 그럴듯한 남자친구나 애인을 만들어야지."

그러나 하늘이 무너지고 땅이 꺼져도 그럴 일은 절대로 일어나지 않을 것이다! 락희나 나는 연애할 타입이 아니라는 것쯤은 서로가 익히 다 아는 사실. 자고로 연애는 아무나 하는 게 아니다. 때론 선천적으로 연애할 능력을 지녀야 할뿐더러 어느 정도의 행운까지 따라줘야 한다는 게 내 생각이다.

물론 후천적인 연애 능력을 갖추기 위해선 피나는 노력을 하든지 그 방면에 불타는 의욕을 갖고서 임해야 하거늘 우리 둘은 열정을 쏟기엔 다소 산만하고 게으른 타입이기 때문이다. 특히 락희는 로맨스 소설을 쓴다며 나름대로 자기만의 세계에 빠져서 헤어나올 줄 모르며 나는 귀차니스트의 전형적인 폐단으로 아직 남자친구조차 제대로 사귀는 법을 모르고 있다. 쓸데없이 주위의 모든 남자들을 첫사랑과 비교하는 무모한 짓이나 하면서 말이다.

"아아, 어째서 우린 이 나이 되도록 뼈와 살을 불태우는 뜨거운 연애 한번 못해보는 걸까."

락희가 한숨을 푹푹 내쉬며 투덜거렸다.

"그러게. 벌써 낼모레면 서른인데 우린 왜 이 모양 이 꼴이지? 내 동생은 용도와 날짜별로 보이프렌드가 있는 것 같던데 난 이게 뭐냐?"

"수연이가?"

"그래, 고것이 얼굴값 톡톡히 하고 있어. 아무리 내 동생이지만 정말 가증스럽다니까. 하긴 얼굴 예쁜 우리 언니도 재벌남 애인까지 거느리고 있는 걸 보면 미모와 연애는 서로 불가분의 관계인가 봐."

"그렇다고 연애 경험과는 절대로 비례하진 않는 거란다. 예쁘다고 무조건 연애 잘하는 건 아니니까. 그런데 아까 네가 말한 그 크리스마스이브 사건 말이야, 어쩐지 로맨틱해서 이번에 새로 구상하는 소설에 써먹고 싶은데."

"직접 경험해 봐, 전혀 로맨틱하지 않으니까."

"근데 네 남자친구는 뭐하는 사람이래?"

그 말에 잔을 기울이던 나는 풋, 하고 커피를 내뿜고 말았다.

"아휴, 더러운 짓 좀 작작 해라, 황우연."

"자꾸 황당한 얘길 하니까 그렇지. 그놈은 내 남자친구 아니거든?"

"그럼 또 안 만날 거야?"

"내가 왜?"

문득 귀찮은 생각에 나는 변태남을 물 먹이기 위한 최후의 만남을 락희에게 일단 숨기기로 했다.

"그래도 그때 지하 서점에서 만난 게 인연이 아닌가 싶었는데."

인연은 무슨 얼어죽을 놈의. 혹시 악연이라면 모를까.

"나 잠깐 화장실 가서 얼룩 좀 닦고 올게."

화장실로 가 스웨터에 물을 묻히고 비볐더니 갈색 자국이 얼추 지워졌다. 잠시 후 자리로 돌아왔더니 락희가 팔짱을 낀 채 실눈으로 나를 노려봤다.

"정말 섭섭하다, 황우연."

"뭐가? 이 언니가 취직 기념으로 비싼 커피와 쿠키도 샀는데 또 뭘 바라는 거야?"

"전화 왔던데?"

"전화?"

그녀는 내 핸드폰을 흔들어대며 생긋 웃었다.

"네가 화장실에 간 사이에 네 남자친구로부터 전화가 왔는데 너한테 맛있는 밥 사기로 했다던데?"

아뿔싸.

"저번에 족발 사준 걸로 깨끗이 쫑냈다면서 웬 데이트? 가증스런 계집애, 좋은 말 할 때 어서 이실직고해라."

"락희야, 나 사실 그놈 안 만날 거야."

"많이 컸다, 황우연. 튕길 줄도 알고."

"더 이상의 오해는 금지!"

"곧 삼자대면하면 진상을 알게 되겠지."

"삼자대면? 너 혹시 그 남자한테 지금 우리가 있는 장소 가르쳐 줬어?"

"응. 그래서 지금 여기로 오는 중이야. 나 잘했지?"

난 콧김을 거세게 내뿜으며 테이블을 두 손으로 탁 내려쳤다.

"너, 왜 쓸데없는 짓을 하고 그래?"

"어허, 낭자 그렇게 수줍어하지 말게나. 어차피 그대와 만날 운명이거늘."

"오 상궁, 네가 쓸데없이 매를 버는구나."

갑자기 난 마음이 급해졌다. 마포에 산다는 변태남이 서두르면 지금 락희와 내가 있는 신촌에 금방 도착할 수 있어서 머뭇거리다간 정말로 마주칠 수도 있다.

"락희야, 나 갈 테니까 다음에 보자."

"어머, 지금 그 사람 오고 있는데 그러면 매너가 아니지."

"시끄럿! 너야말로 남의 전화를 마음대로 받는 건 매너가 아니시. 그리고 내 의견도 묻지 않고서 다짜고짜 여기로 오라고 하면 어띡하니? 내가 잘 몰라서 그렇지, 그 이진우라는 남자 말이야, 정말 이상한 남자야!"

내가 열변을 토하는데 락희가 굳은 표정으로 내 뒤쪽을 향해 손가락을 까닥거렸다.

“우연아, 저기.”

뭐야, 설마?

“흐음, 제가 그렇게 이상한 남자입니까?”

켁. 벌써 변태남이 들이닥쳤다. 이 인간은 동에 번쩍, 서에 번쩍 한다니까. 도대체가 내가 화장실에 가 있던 몇 분 동안 어떻게 마포에서 신촌까지 뚝딱 온 거지?

“혹시 내 몸 안에 무슨 추적 장치 달아놨어요?”

“추적 장치요? 그러려면 몸속에 직접 삽입해야 하는데 아직까지 전 우연 씨 손가락 하나 잡아본 적 없는걸요.”

“그럼 어떻게 여기로 후딱 찾아올 수 있죠?”

“그거야 마침 제가 신촌에서 볼일을 보던 중이라 금방 온 거죠.”

“그 말을 지금 믿으라고요?”

“정말인데요. 그리고 난 우연 씨와 이렇게 우연히 만나는 게 정말 재미있어요!”

기분 좋게 하하, 웃고 있는 변태남을 보고 있자니 야수처럼 거칠게 달려들어 그의 얼굴을 꽉 깨물고 싶은 충동에 사로잡힌다. 아, 어째서 이 인간은 29년 동안 내 몸에 봉인된 야수성을 이렇게 순식간에 각성시키고야 마는 걸까.

“저, 안녕하세요? 우연이 친구 락희라고 해요.”

의자에서 일어난 락희가 살짝 눈웃음을 쳤다.

“혹시 그때 서점에서 우연 씨랑 같이 있던……”

"어머, 어머! 그땐 정말 실례가 많았습니다."

락희의 얼굴이 잘 익은 토마토처럼 벌게진다.

"저기, 진우 씨. 미안하지만 우린 그만 바빠서 가야 되는데."

그러자 변태남의 검은 눈썹이 파르르 떨리면서 위로 훌쩍 올라간다.

"혹시 지금 무슨 볼일이라도?"

"아니에요, 우연이 지금 시간 아주 많아요! 그리고 나야말로 급한 일이 생겨서 그러는데 먼저 갈게요."

이, 배신자! 락희는 수줍게 웃으면서 출구 쪽으로 걸어갔다.

"그럼, 우연아. 맛있는 거 많이 먹고 와아아아."

나는 적진에 나를 홀로 내버려 둔 채 휑하니 떠나가 버린 친구를 멍하게 쳐다봤다. 그렇다고 이대로 당할 순 없었다.

"이진우 씨, 나 내일 중요한 일이 있어서 집에 일찍 들어가 봐야 해요."

"정말입니까?"

"예."

거짓말은 아니었다. 월요일인 내일 첫 출근을 위해 일찌감치 집에 가서 이것저것 챙기고 싶었다.

"징말 미안해요."

"정말로 미안하다면 가지 말아요."

에?

"아까 친구분은 우연 씨에겐 딱히 볼일이 없다고 제게 분명히 말했는데 솔직히 나는 그 말이 사실이라고 생각해요. 그리고 난 자그마치 열흘이 넘도록 우연 씨 전화를 기다렸다가 만나게 되어 정말 기뻤는데 이렇게 대놓고 싫은 표정으로 내게 무안을 주는군요. 차라리 그때 밥 먹자는 약속 따윈 하지 말지 그랬어요?"

또 나왔네, 달변가 선생. 머릿속이 쥐가 난 것처럼 쑤셔온다.

"내게도 남자로서의 자존심이 있어요. 그때의 제 실수를 만회하고 싶은데 어째서 제게 그런 기회조차 주지 않는 겁니까."

아, 골치 아파.

"이진우 씨, 오늘은 지갑 가지고 나왔나요?"

"예. 오늘 저녁은 제가 확실하게 삽니다."

변태남의 진지한 표정에 나는 잠시 머뭇거릴 수밖에 없었다. 이보세요, 사실은 내가 말이야, 내일부터 쳐다보기만 해도 눈이 너무 부셔서 저절로 눈까풀이 뒤집어지고야 마는 엄청난 대기업에 출근하게 되었거든. 그래서 갑자기 댁처럼 가난에 찌든 가없은 백수를 홀딱 벗겨 먹고 싶은 생각이 없어졌다면 내가 너무 변덕스럽겠니?

"그리고 지금 전 굉장히 배가 고파요, 우연 씨."

언제나 배고픈 백수의 심정이야 내가 아주 잘 알지. 백수들은 마음이 허전해서 늘 미친 듯이 먹어도 결코 배가 차지 않는 법이란다.

"같이 먹으러 갈 거죠?"

애처로운 변태남의 눈빛. 너 지금 나의 동정심을 자극하는 거지?

"좋아요, 먹으면 될 것 아니에요."

결국 마음이 약해진 내가 고개를 끄덕거리고 말았다. 따지고 보면 변태남이 신경 쓰이긴 해도 실제로 내게 피해 준 건 없는 데다가 저렇게 기쁜 얼굴로 싱글거리는 모습을 지켜보고 있자니 락희 말대로 내게 반한 거라면 어찌 그를 비난할 수 있겠는가. 그저 타고난 내 미모를 탓할 수밖에.

"그럼 나가요."

내 한마디에 변태남은 예의 하얀 치아를 활짝 드러내며 웃는다. 에고, 웃는 모습 하나는 참 귀엽단 말이야. 나는 씩씩하게 앞장서는 변태남의 뒤를 따라가면서 그의 낡은 청바지 밑단에 묻은 시커먼 국물을 발견했다. 훗, 이번엔 짜장면 국물이 바지에 묻었네.

변태남의 오늘 패션은 여전히 괴상했다. 앞뒤에 큼지막한 꽈배기 모양이 있는 새빨간 카디건 위에 둥글게 튀어나온 모자를 썼는데 챙 위엔 샛노란 색깔의 네모난 보글보글 스펀지밥의 얼굴이 입을 쩍 벌린 채 웃고 있다. 잠깐 한숨이 새어 나온다. 이 놈 좀 유아틱하네?

"뭐 먹고 싶어요, 우연 씨."

"엄청 비싼 거 먹을 건데."

난 약간 음흉하게 웃었다.

"뭔데요, 말해봐요."

"음, 호텔 뷔페 어때요?"

"좋아요, 나가죠."

곧 밖으로 나가자 바람은 꽤 매웠고 구름이 잔뜩 낀 흐린 날씨였다. 지나가는 택시 한 대를 세운 변태남은 나를 뒷좌석에 태운 다음 자신은 조수석에 앉았다. 핸드폰으로 시간을 확인해 보니 오후 5시 34분.

잠시 후 우리는 널찍한 서울시청 맞은편에 있는 휘황찬란한 호텔 앞에 도착했다. 택시에서 내려 한눈에도 위압감이 느껴지는 호텔 앞에 선 나는 그곳이 서울 시내에서 꽤 알아주는 특급 호텔 중 하나임을 깨달았다.

아, 도대체 변태남은 무슨 생각으로 이런 곳으로 왔단 말인가. 불빛이 번쩍거리는 호텔 출입문에는 말쑥하게 정장을 빼입은 남자들, 그리고 한껏 세련된 옷차림으로 치장한 여자들이 우아하게 오고 갔다. 그에 비해 촌스런 티가 팍팍 나는 변태남과 평범의 극치를 달리는 나의 옷차림. 문득 눈앞에 떡 버티고 서 있는 무궁화 다섯 개짜리 호텔이 부담스러워진다.

"여기 말고 다른 곳으로 가서 밥 먹어요."

"너무 배고파서 다른 곳에 가기 싫은데요."

그가 호텔 출입문으로 향하자 나는 별수 없이 그대로 뒤따라 갈 수밖에 없었다.

잠시 후 호텔 지하 3층에 위치한 뷔페 레스토랑에 도착해서 자리를 잡자마자 서둘러 홀로 나가 빈 접시를 가득 채웠다. 되도록 빨리 귀가하고 싶었지만 평소의 식탐대로 세 접시를 먹는 바람에 나는 시간이 가는 줄도 몰랐다.

그렇게 열심히 배를 채우다가 식당 벽에 큼직한 시계를 확인해 보니 저녁 7시. 맞은편에 앉아 있는 변태남은 훈제 연어라든가 구운 새우, 그리고 잡다한 해산물 따위가 잔뜩 담겨진 접시 위로 부지런히 두 손을 놀려대고 있었다.

"우연 씬 더 안 먹을 거예요?"

"배 엄청 불러요."

"디저트도 먹었어요?"

포만감에 가득 차서 디저트는 별로 내키지 않았다.

"별로요."

"난 아직 디저트도 못 먹었는데."

"내가 가져다줄까요?"

나는 집으로 빨리 가고 싶은 마음에 마음에도 없는 친절을 베풀었다.

"미니 케이크하고 초콜릿이나 쿠키 먹고 싶은데요."

"단걸 정말 많이 좋아하나 봐요."

"예, 좀."

얼굴을 붉히는 모습에 나도 모르게 능글맞은 미소를 짓고 말았다. 쯧, 애들처럼 단걸 좋아하다니. 나는 찐득찐득한 시럽이 끼얹어진 쿠키라던가 느끼한 크림으로 범벅된 미니 케이크, 그

리고 작은 별 모양의 초콜릿 몇 개를 접시 위에 담아 가지고 왔
다.

자리로 돌아왔더니 테이블 위에 놓아둔 내 핸드폰이 변태남
자리로 가 있다.

"어, 내 핸드폰이 왜 거기 있죠?"

"전화가 자꾸 와서 할 수 없이 제가 받았거든요."

변태남이 건네주는 핸드폰을 확인해 보니 락희로부터 부재중
전화가 세 번이나 왔다. 계집애, 그래도 궁금해서 전화를 했군.

"오락희 씨라는 친구분, 우연 씨 걱정을 많이 해서 잠시 이런
저런 얘기 좀 나눴어요."

"무슨 얘기를요?"

나는 콧등에 주름을 잔뜩 세우고서 변태남을 노려봤다.

"저에 대해서 꼬치꼬치 캐물어서 간단하게 소개했더니 굉장
히 좋아하던데요? 그리고 앞으로 우연 씨와 제가 잘 지내도록
도와주겠다고 그랬어요."

어림도 없는 소리. 락희, 이 계집애 만나기만 해봐라.

"자, 여기 디저트 가지고 왔어요."

"고마워요."

"근데 어린애처럼 단걸 무척 좋아하네?"

"하하, 단걸 좋아하면 어린애인가요?"

"어쨌든 많이 먹고 어서 커요."

디저트가 잔뜩 담긴 접시를 변태남 가까이 밀어주며 말하는

데 돌연 그의 검은 눈썹이 홱 찌푸려진다.

"우연 씨, 그런 말은 기분 나쁘니까 하지 말아요."

"예민하네."

"날 애 취급 하는 것 같잖아요."

"무슨 자격지심 있어요? 단것 좋아해서 애들이라도 했더니 신경 쓰였나 보네?"

"그건 아니지만."

"하긴 먹는 게 좀 영Young하긴 하던데."

그러고 보니 지금까지 난 변태남의 정확한 나이를 모르고 있다. 어림잡아 나와 비슷한 연배이거나 한두 살 많은 것 같지만 혹시 그 반대라면?

"근데 진우 씬 몇 살이죠?"

변태남의 얼굴이 돌연 딱딱하게 굳어진다. 설마?

"혹시 나보다 나이가 적진 않겠죠?"

"적다면 어떻게 할 셈입니까."

"생각 좀 해봐야죠."

"무슨 생각을요."

나는 신경질적으로 대꾸했다.

"이진우 씨가 나보다 나이기 적다는 사실을 생각한다 이거죠."

"그래서요, 나를 남동생 취급할 것인가요?"

마침내 나는 감을 잡았다. 이런, 써글 넘!

“나보다 몇 살 어려욧!”

“두 살이요.”

너, 너 죽었다!

“뭐얏!”

“혹시 놀랐어요?”

“그럼 내가 즐거울 줄 알았니?”

순식간에 폭주한 나는 대뜸 반말을 내뱉고 말았다.

“우연 씨, 나도 반말해도 돼요?”

“당근 안 되지!”

바락 악을 써대자 근처 테이블에 있던 사람들이 우리를 힐끔거린다. 나는 흥분한 마음을 가까스로 가라앉히며 조용히 숨을 삼켰다. 변태남은 내가 무섭게 노려보는데도 아무 일 없다는 듯 접시 위에 놓인 생크림 케이크 한 조각을 입안에 천천히 밀어 넣는다.

아우, 그 모습이 얼마나 꼴 보기 싫은지 자리에서 벌떡 일어나 머리통을 한 대 쥐어박고 싶었다. 내 안에 깃든 야수성이여, 제발 평온하게 잠들라. 이렇게 중얼거리며 마음을 추스르지만 여전히 화가 치밀어 오른다.

“이 군, 내게 거짓말을 한 이유는?”

나는 강력계 형사처럼 음험한 눈빛으로 물었다.

“거짓말한 적 없고 단지 말하지 않았을 뿐이죠. 제가 우연 씨보다 나이 많다고 언제 말했던가요?”

사실 변태남의 말이 틀리진 않았다. 문득 나는 그가 말주변이 꽤 좋다는 것을 떠올리며 섣불리 상대해선 안 된다고 판단했다.

"지금 어디 가!"

변태남이 갑자기 자리에서 벌떡 일어나자 나는 세렝게티의 저 푸른 초원을 힘차게 가로지르는 표범처럼 사납게 포효했다.

"먹고 싶은 게 더 있어서요."

오, 저 나이를 초월하는 듯한 느긋함 내지는 뻔뻔함은 어디서 오는 걸까. 하지만 이쯤에서 차분해지자고 마음먹었다. 자고로 먹을 땐 개도 안 건드린다는 속담을 돌이키면서 잠시나마 용암처럼 끓어오르는 분노를 가라앉힌 후 크래커 서너 쪼가리를 가져온 그를 향해 음산한 말투로 말했다.

"나이가 어리니까 많이 먹고 어서어서 자라야지."

"미안하지만 지금 제가 우연 씨보다 훨씬 큰데요? 같이 걸을 때마다 머리통이 내려다보여서 은근히 재밌는걸요."

"토 달지 말고 어서 먹어. 기다리는 누님 숨넘어가니까."

"그러죠 뭐. 우연 씨, 이 캐비어 카나페 하나 먹어볼래요? 굉장히 맛있어요."

"너나 많이 잡수세요."

잠시 후 남은 하나를 깨끗이 입속으로 털어 넣던 변태남이 조용히 입을 열었다.

"우연 씨, 혹시 화났어요?"

"그럼 기쁠 줄 알았니? 감히 어린것이 나한테 여자친구하라고 장난치고 있는데."

"장난?"

한순간 변태남의 검은 눈에서 번쩍하고 불똥이 튀어 올랐다. 나는 약 0.5초 정도 가슴이 덜컥 내려앉았지만 그깟 눈을 부라리는 연하남에게 휘둘린다면 황우연이 아니라는 자부심으로 재무장하고서 곧바로 살벌한 표정을 지었다.

"장난 아니면 뭔데?"

고작 솜털이 보송보송한 동생 녀석한테 그동안 내가 벌벌 떨면서 두려워했다니.

"혹시 남자친구가 연하라서 실망했나요?"

오냐, 너 말 잘 꺼냈다.

"남자친구? 미안하지만 난 연하 따윈 남자친구로 절대로 삼지 않아. 요즘엔 연상연하 커플들이 상당히 많다지만 이 누님은 이른바 전형적인 구식 스타일이거든. 무슨 말이냐 하면 적어도 내가 생각하는 이상형의 남자친구란 단거나 먹어대는 어린애나 인생 경험이 턱없이 부족한 연하는 절대로 아니라는 거지."

"단거 좋아하는 것과 나이가 무슨 상관이죠? 그리고 제가 우연 씨보다 인생 경험이 풍부하다고 자부할 수 있을뿐더러 섹스도 아주 잘할 수 있다고 단언할 수 있다면요?"

"뭐어어엇!"

어처구니가 없어서 내 콧구멍에선 시속 147km 강풍이 팍 뿜어져 나왔다.

"어, 진짠데."

"아직 얘기 안 끝났으니까 입 닥치고 내 말 잘 들어라, 꼬마야. 어쨌든 오늘 저녁은 잘 얻어먹었으니 일단 고맙고 또 내 앞에서 얼쩡거리면 너, 내 손에 죽을 줄 알아라!"

그런데 내 말이 끝나자마자 변태 연하남은 자리에서 벌떡 일어섰다.

"일단 나가죠."

"좋지. 근데 오늘 저녁 값 심하게 부담되겠다, 동생."

"혹시 걱정되시면 보태줄 의향 있으십니까, 누님."

"내가 왜?"

카운터에 계산을 끝낸 변태남과 함께 엘리베이터를 타고 1층으로 올라오자 라운지의 거대한 유리창 너머는 어느덧 시커먼 어둠에 휩싸여 있었다.

"그럼 잘 먹고 잘살아라."

이렇게 말하며 호텔 입구로 걸어가는데 갑자기 변태남이 내 손목을 꽉 붙잡는다.

"지금 뭐하는 거야?"

"식후 한잔하러 같이 갈 거죠, 누님?"

"혼자 마시는 건 어때?"

"그러면 좀 심심하지 않을까요?"

1층의 재즈바 앞에서 나와 티격태격하던 변태남은 기어코 나를 끌고 안으로 들어가고야 말았다.

"야, 여기 자리 좋네요. 앉죠?"

"나이는 어려도 누나보다 힘세다고 자랑하고 싶었나 봐?"

변태남에게 붙잡힌 손이 욱신거려서 나는 이를 바드득 갈았다.

"어떻게 알았어요?"

"후환이 두렵지 않냐?"

"원하신다면 두려워해 볼까요?"

잠시 후 패션모델 뺨치게 잘생긴 웨이터가 다가오자 나도 모르게 보란 듯이 메뉴판에서 가장 비싼 걸 선택했다. 이왕 이렇게 된 거 한 잔 정도 마시는 것도 나쁘진 않겠지.

"삶과 죽음의 의미를 맛볼 수 있다는 럭셔리한 칵테일, '지옥의 연인' 주세요."

"고객님, 탁월한 선택이십니다."

테이블 맞은편에 앉은 채 메뉴판을 한참 동안 뒤적거리던 변태남은 웨이터에게,

"천상의 기쁨을 보여주는 고품격 칵테일, '천사의 분노' 요."

라고 주문하면서 의미심장한 미소를 짓는다. 고집불통 연하남을 어떻게 골탕 먹일까 고민하는 동안 주문한 칵테일이 금방 나왔다. 내 것은 역삼각형 모양의 작은 유리잔이었고 변태남은 깊게 파인 큼직한 유리잔이었다. 그가 마시는 걸 지켜보면서 칵테일을 들이켜던 나는 너무 독해서 하마터면 토할 뻔했다.

"흠, 얼굴이 벌써 빨개지는 걸 보면 생각보단 술이 좀 약한가

봐요?”

변태남이 빈정대자 별안간 주체할 수 없는 오기가 솟구친다. 기분 좋을 땐 소주 두 병도 거뜬히 비울 수 있는 내가 이까짓 칵테일 한 잔에 얼굴이 붉어지다니 말도 안 되는 일이다.

“간에 기별도 안 가는데 한 잔 더.”

“누님께서 원하신다면.”

“여기 들어온 걸 후회하게 해주지, 동생.”

나는 이번에도 눈이 튀어나올 만큼 비싼 칵테일을 주문할 심산이었다.

“근데 2차도 동생이 쏘는 거 맞지?”

“3차까지 책임질까요? 바로 위는 호텔 룸이던데요.”

“스톱. 거기까지만.”

곧 변태남은 메뉴판을 휘리릭 넘기더니 선택받은 사회 지도층만이 마신다는 ‘시크릿 필드’를, 나는 일부러 ‘지옥의 연인’ 다음으로 비싼 ‘링의 남자’라는 칵테일을 선택했다. 하지만 이번에도 흡족한 표정을 짓는 변태남과 달리 난 코를 막고 싶을 만큼 지독한 취기에 그만 얼굴을 찡그리고 말았다.

“근데 우연 씨는 아까부터 알코올 함유가 높은 칵테일만 주문하네요‘?”

그제야 비싼 칵테일이 죄다 도수가 높다는 걸 깨닫고서 나는 아차 싶었다. 그런데 웨이터가 슬그머니 다가오더니 변태남의 귓가에 뭐라고 속닥거렸다.

“오늘 이벤트로 와인을 무료로 한 잔 준다고 하네요?”

“공짜인데 당연히 마셔야지.”

나는 메뉴판에 나온 수십 가지의 와인 중에서 일부러 가격이 낮은 것을 선택했다. 비싼 칵테일이 도수가 센 것처럼 와인도 그럴 것 같아서였다.

잠시 후 주문하기가 무섭게 내 앞으로 와인잔이 놓여졌다.

“그럼 마셔볼까.”

연거푸 독한 칵테일을 마시는 바람에 갈증이 난 터라 유리잔에 가득 담긴 와인을 거침없이 쭈욱 들이켠 나는, 난생처음, 식도가 타는 듯한, 뜨거운 통증을 느꼈다.

“쿨럭!”

그리고 나도 모르게 기침이 튀어나오고 말았다.

“괜찮아요?”

제, 젠장! 와인은 싼 게 더 도수가 센가? 아우, 이건 술이 아니고 독약이야, 독약! 게다가 양은 왜 이리 많아?

“어, 그건 뭐야?”

마주 앉은 변태남 앞에는 웬 빙수가 놓여 있다.

“와인 빙수요.”

그렇게 대답한 변태남은 수북이 쌓인 그것들을 눈 깜짝할 사이에 먹어치우고선 아직 반절 이상이 남은 내 와인잔을 힐끔거렸다.

“내키지 않으면 마시지 말아요.”

“아냐, 너무 싱거워서 그래. 하지만 아까우니까 마셔야겠지?”

솔직히 마시기 싫었지만 그놈의 자존심 때문에 결국 원샷을 감행했고 이번에는 뱃속에서 폭약이 터지는 줄 알았다.

“쿨럭, 쿨럭!”

쉴 새 없이 기침을 하는데 눈앞에서 별들이 번쩍거린다.

“우와, 얼굴이 잘 익은 홍당무 같아요!”

에잇, 정말! 나는 의자에서 벌떡 일어났다.

“가자.”

“어, 벌써요? 우리 잠시 얘기 좀 하고 가죠. 그리고 우연 씬 좀 취한 것 같은데요?”

“얘기는 무슨 할 얘기가 있다고 그래? 그리고 나 절대로 취하지 않았어. 이렇게 같이 마셔준 누님한테 고맙다고나 하시지.”

내가 인상을 찡그리며 단호한 어조로 내뱉자 결국 변태남은 자리에서 일어났다.

“알았어요, 나가죠. 그런데 우연 씨, 정말 괜찮은 거죠?”

“괜찮지 않으면 어쩌려구.”

“업어주려고요.”

퀙. 어린놈이 느끼하기도 하지.

“근데 진우 씬 하나도 안 취했네?”

“하하, 사실 전 술은 전혀 못 마셔요. 그래서 제가 주문했던 각테일은 전부 알코올 없는 스쿼시Squash 종류였고 와인 빙수도 갈아놓은 얼음 위에 와인 한 스푼만 살짝 뿌려서 셔벗이나 마찬가지였어요.”

이놈, 나한테 사기를 치다니.

“어쨌든 난 잠깐만 여기서 숨 좀 돌렸다가 갈 테니까 진우 씨 먼저 집에 가.”

그렇게 말한 후 1층 로비의 소파에 잠시 앉아 있는데 별안간 뱃속이 성난 파도처럼 화악 몰아쳐 왔다. 헉, 비상사태! 주위를 둘러보니 변태남은 집으로 가버렸는지 보이지 않는다. 다행이라고 생각하며 곧 가까운 화장실로 직행한 나는 변기 속으로 얼굴을 집어넣고서 결국 토악질을 하고 말았다. 우웨에엑.

어우, 고작 칵테일 몇 잔에 이게 도대체 무슨 망신이람. 시큼한 냄새를 지우기 위해서 세면대 앞에서 입안을 몇 번이나 헹궜는지 모른다.

“우연 씨, 도대체 어디 갔었어요!”

화장실에서 겨우 나와 후들거리는 두 다리로 위태롭게 걷고 있는데 어디선가 변태남의 흥분한 목소리가 들려왔다.

“어, 집에 간 줄 알았는데.”

“커피 사러 간 동안 갑자기 사라져서 걱정했잖아요!”

아이고, 귀청이야.

“근데 입술은 왜 그렇게 빨개요?”

“으, 으응?”

차마 토해서 입술을 박박 닦았다고 말할 순 없었다.

"몰랐니? 난 원래 입술이 새빨개서 좀 섹시한 편이거든, 후후."

내가 실실 웃으며 대꾸하는데 웬일인지 변태남이 돌연 고개를 삐딱하게 돌리더니 내 얼굴을 뚫어지게 쳐다봤다. 마치 뭔가에 홀린 듯 멍한 표정으로 말이다. 게다가 두 눈이 마치 불타오르는 태양처럼 이글이글거렸다.

"어, 왜 그래?"

그때였다. 악! 갑자기 눈알이 앞으로 튀어나올 만큼 누가 뒤통수를 세게 내려치는 것이다! 게다가 아프다고 소리칠 겨를도 없이 곧바로 축축한 뭔가가 입술 위로 찰싹 달라붙더니 입안으로 미끄러지듯 들어와 뱀처럼 꿈틀거리기 시작했다! 우아아악, 사, 사람 살려! 이게 도대체 뭐지?

그런데 나는 곧 무슨 일이 일어나는지 알아차렸다. 바로 변태남이 나한테 키스를 하고 있었다! 조금 전 내 뒤통수가 엄청나게 아팠던 것은 그가 거칠게 밀어붙이는 바람에 단단한 벽에 내 머리가 세게 부딪쳤기 때문이고 입안에서 꿈틀꿈틀대는 것은 다름 아닌 그의 혀였던 것이다.

이, 이런 불한당 같은 놈! 감히 누님한테 키스를 하다니 하극상도 이런 하극상이 없구나! 냉장 네 주둥아리 지리 걷어내지 못해? 초강력 본드처럼 날라붙은 그의 입술을 떼어내려고 안간힘을 쓰는데 별안간 지독히도 차디찬 물체가 달려와 양쪽 뺨을 철썩, 하고 세게 때린다.

흡! 입술이 마치 진공청소기에 빨려 들어가는 것처럼 숨통이 막혀 죽겠는데 무시무시한 얼음찜질 공격까지 당하다니, 내 평생 이런 동시다발적이고 총체적인 공격은 처음이었다. 그런데 나는 내 양쪽 뺨을 눌러대는 것은 바로 아이스커피가 담긴 플라스틱 컵이며, 가증스런 변태남이 그것을 이용해서 나의 강렬한 저항을 무력화하고 있음을 깨닫게 되었다.

이런 능지처참하고도 섭씨 270도 기름에 세 번 튀겨 죽일 놈! 호텔 로비처럼 수많은 사람들이 오가는 공공장소에서 무식하게 키스하다니 네놈은 기본적인 예의도 없냐? 감히 이런 만행을 저지르고도 내 손에 살아남기를 바라는 건 아니겠지?

"흐음, 흠!"

하지만 내가 퍼붓는 욕설이 입 밖에선 도리어 이상야릇한 신음 소리로 변조되었다. 그리고 마침내 나의 격렬한 반항을 견디기 어려웠는지 내내 요동을 치던 변태남의 혀가 차츰 얌전하게 굴더니 마치 달래듯이 내 입술을 부드럽게 비벼댄다. 내 귓가에 저음의 나른한 신음을 들려주면서 말이다.

"우연 씨……."

그리고선 다시 맛을 보듯 내 입술을 천천히 혀로 핥아대는 변태남. 나는 더 이상 참을 수가 없어서 그의 머리카락을 잡아뜯기 위해 두 손을 번쩍 드는데 돌연 두 뺨에 붙어 있던 차가운 컵들이 뚝 떨어져 나갔다.

"너, 너……."

두 주먹을 불끈 쥐고서 씩씩거리는데 슬그머니 나의 시선을 피하는 변태남의 얼굴은 붉게 상기되었다.

"미안해요, 우연 씨. 한 대 때려도 좋아요."

이렇게 말한 후 두 눈을 질끈 감은 변태남이 뜻밖에도 날 죽여주세요, 하고 항복해 버리자 나는 도리어 맥이 빠져 버렸다. 분한 마음을 참지 못해서 입술을 깨물다가 입가에 잔뜩 묻은 그의 타액으로 인해 그만 속이 홀라당 뒤집어지고 말았다.

"우욱!"

나는 황급히 두 손으로 입을 틀어막았다.

"왜 그래요?"

"토, 토할 것 같아!"

"잠깐만요!"

갑자기 내 몸이 공중으로 붕 뜨는 느낌. 어느새 나는 짐짝처럼 변태남의 어깨에 들린 채 화장실로 신속하게 옮겨지고 있었다. 곧바로 문을 박차고 들어가 화장실 변기 앞으로 엎드린 후 입을 벌렸다. 우웨에엑.

두 번이나 뱃속에 있던 걸 몽땅 내뱉었더니 배터리 닳은 로봇처럼 손가락 하나도 움직일 수가 없었다. 두 다리가 달달달 떨렸지만 겨우 힘을 내어 밖으로 나오는데 눈앞의 세상이 빙글빙글 놀았다. 그리고 머릿속에선 둔탁한 북소리가 끝없이 울려 퍼졌다.

간신히 고개를 들어보니 청소부 아주머니가 바닥에 흥건한 커피를 대걸레로 닦고 있었고 변태남이 그녀에게 허리를 굽실

거리며 사과하는 모습이 보였다. 당장 뛰어가 이단 옆차기로 녀석의 등짝을 갈기고 싶은 마음이 간절했지만 자꾸만 바닥이 흔들거려서 정신을 차릴 수가 없었다.

"아, 우연 씨."

나를 발견한 모양인지 변태남이 내 이름을 부르며 달려왔다. 나는 핏대를 올리며 야, 이 나쁜 녀석, 너 말이야! 하고 고함을 치는데 이상하게 내 입에선 아무 소리도 튀어나오지 않았다.

게다가 무슨 조화인지 주위의 풍경이 갑자기 45도 각도로 비스듬하게 기운다. 흐릿한 시야 너머로 새파랗게 질린 변태남의 모습도 삐딱하게 휘어진다. 와아, 멋진데. 그리고 갑자기 눈앞으로 쏟아져 내리는 찬란한 광채들. 흠, 저 눈부신 불빛들은 뭘까. 설마 중수와 내가 그토록 기다리던 UFO가 출현한 건 아닐까, 이렇게 생각하면서 나는 깊은 암흑 속으로 뚝 떨어지고 말았다.

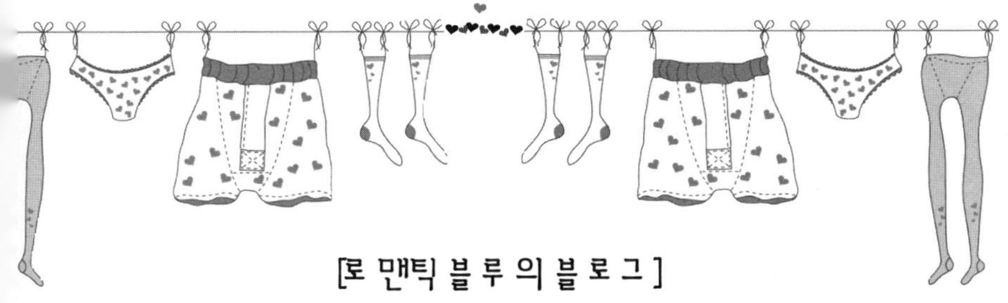

[로맨틱 블루의 블로그]

오늘은 참 많은 일을 겪었다. 고대하던 그녀와의 데이트가 극적으로 이루어졌는데 우습게도 나이 차이 때문에 내가 바라던 기대는 완전히 빗나가고 말았다. 하지만 그녀에게 키스하는 데는 아무런 장애도 되지 않았다. 지금 내 침대 위에서 천사처럼 곤히 잠든 그녀. 간간이 들려오는 규칙적인 그녀의 숨소리와 방 안에 감도는 고요한 바이올린의 선율. 하늘에는 고요함이, 그리고 땅에는 평화가, 그리고 내 마음엔 말할 수 없는 기쁨이 느껴지는 밤이다.

┗ 루따 : 도, 도대체 무슨 일이 일어났나요, 블루님!

┗ fju3870 : 드디어 시고를 치셨고요. 일단 추카.

┗ 미또 : 저는 블루님이 일주일에 하나씩 올려주는 멋진 음악 덕분에 일상생활에 즐거움을 느끼고 있어요. 그리고 가끔씩 이런 흥미진진한 스토리를 공개해 주는 것도 그리 나쁘다고 보지 않는데요. 보너스받은

기분이거든요. 근데 키스에 대해서 자세히 써주시징. *^^*

└ 780ryu : 저번 주에 올리신 '버츠'의 신디사이저는 커즈와일의 K2600X
　　　　가 아닌 야마하의 S—90입니다. 블루님이 잠깐 착각하신 듯. ^^

└ 맘마미아 : 오오, 오늘 댓글 수가 장난이 아닌데요. ^^

└ biolet : 님아, 그다음 얘기 좀 빨리 올려주셈! 궁금해서 미쵸~ ——^

└ 자이방탕 : 특별 이벤트! 성인 사이트 무료 가입 혜택을 놓치지 마세요!

└ 히메나요 : 헐~ 밀땅의 시작이군. 잼나는데? ^o^

Chapter 6. 오피스텔 납치 사건

눈을 뜨자 아지랑이가 몽실몽실 피어오르듯 주위가 흔들거린다. 나는 어지러워서 반쯤 올린 눈꺼풀을 힘겹게 내리며 이불 속으로 파고들어 가 잠시 뒤척거렸다. 언제나 그렇듯 백수의 특권은 바로 느긋하게 아침잠을 즐기는 거다.

흐음, 어제와 다르지 않은 하루가 오늘도 시작되었군. 하품을 길게 뽑다가 문득 등이 간지리워서 손으로 긁어대며 기분 좋은 나른함에 취해 있던 나는 게슴츠레한 눈으로 방 안을 천천히 둘러봤다.

내 방 침대 위에서 눈을 뜨면 언제나 벽시계가 정면으로 보인다. 그런데 지금 내 시야에 들어온 건 날씬하게 잘 빠진 돌고래

한 쌍이다. 어라, 하룻밤 사이에 벽시계가 둔갑이라도 했나.

벽면에 부착된 사각의 패널Panel 속에 보이는 선명한 칼라 사진은 아무래도 영화 포스터 같다. 그 네모난 공간 속엔 가슴이 탁 트일 만큼 넓고 푸른 바다와 하얀 물살을 일으키며 헤엄치는 두 마리의 돌고래가 보인다.

수연이가 언제 저런 걸 사다 놓았나? 나는 고개를 갸웃거리며 손으로 침대 옆을 더듬거렸다. 자리가 비어 있는 걸 보니 오늘도 부지런한 내 동생은 일찌감치 일어난 모양이다. 난 다시 두 눈을 끔벅거렸다. 어쩐지 방의 구조가 약간 달라 보였기 때문이다.

거참, 이상하네. 마치 다른 사람 방 같잖아. 집안 식구들 모두가 외출한 모양인지 오늘따라 유난히 조용하다. 그렇다면 내가 늦잠을 꽤 잤다는 건데. 슬그머니 오른쪽으로 고개를 돌려보니 있어야 할 방문은 없고 웬일인지 한 남자의 얼굴이 눈앞에 어른거렸다.

아직도 꿈이 덜 깼나. 눈을 감았다가 다시 떠보지만 웬 남자가 여전히 나를 내려다보고 있다. 잠깐, 어디선가 많이 본 듯한 얼굴인데?

그런데 그 얼굴이 빙긋 웃는다.

"우연 씨는 굉장히 잠이 많네요?"

귓가에 생생하게 울리는 낯익은 음성. 바로 변태남이었다.

"으아아아악!"

목청이 터져라 울부짖는데도 상대는 귀머거리인 듯 아주 평온한 표정이다.

"어, 어째서 네가 내 방에 있지?"

"제 방인데요."

곧바로 대꾸하는 걸로 보아 실존하고 살아 있는 분명한 인간이다.

"뭐?"

흥분해서 침대 이불을 홱 젖히며 일어나던 나는 연이어 엄청난 괴성을 지를 수밖에 없었다. 내 상반신은 브래지어 차림이었다!

"꺄아아아아악!"

나는 이불을 재빨리 끌어당겨서 가슴을 가렸다.

"아참, 허락없이 우연 씨 웃옷을 벗겼는데 혹시 오해하지 말아요."

"나한테 무, 무슨 짓을 한 거야! 설마 내 옷을 벗겨서……."

"아아, 옷이 너무 더러워서 벗겼을 뿐이에요."

"뭐, 뭐라고? 너, 지금 무슨 짓을 했는지 알기나 해?"

"물론 잘 알고 있어요. 의식없는 우연 씨의 옷을 벗긴 걸 잘했다고 할 순 없지만 그렇게 하지 않았다면 침대에 좋지 않은 냄새가 밸 것 같았거든요."

격분한 내 목소리에 비해 상대의 음성은 저녁 8시 뉴스 아나운서의 톤처럼 침착하고 아주 차분했다.

“조, 좋지 않은 냄새라니?”

“어젯밤 토했던 게 기억나지 않아요?”

변태남의 조용한 대꾸에 내 얼굴은 이내 하얗게 질렸다.

“음, 벗긴 옷은 어젯밤 세탁소에 맡겨두었어요. 근처 오피스텔에는 늦게까지 문 여는 곳이 많거든요.”

나는 격분한 나머지 제대로 숨도 쉬지 못한 채 헐떡거렸다.

“우연 씨, 괜찮아요? 물 마실래요?”

물은 됐고 양잿물이나 있으면 한 대접 다오. 0.5초 안에 원샷으로 들이켜고 콱 죽어버리게. 이렇게 속으로 중얼거리던 나는 이를 박박 갈았다. 술 먹고 토하고 취해서 필름까지 끊어진 것도 충분히 망신스럽건만 고작 침대에 토사물이 묻는다는 이유로 거리낌없이 내 옷을 벗겨낸 변태남의 저 가증스러운 짓에 뭐라고 반박조차 할 수 없었기 때문이다.

“제가 입던 거지만 이거라도 걸쳐요, 우연 씨.”

미리 준비한 듯 손에 들고 있던 옷가지를 살며시 건네는 변태남. 독이 잔뜩 올라 부릅뜬 내 눈에선 약 32.9만 와트Watt의 무시무시한 스파크가 발산됐으나 녀석의 얼굴은 입산 수행 17년 만에 도통한 선인仙人마냥 짐짓 담담한 자세를 고수하고 있었다.

그의 손에서 빛의 속도로 낚아챈 티셔츠에는 머리 양쪽에 새까맣고 동그란 귀를 쫑긋거리고 있는 미키마우스가 장난스럽게 윙크하고 있었다. 흑! 어째서 내가 이런 유치원 원복 같은 아동틱한 옷을 입어야 하지? 어째서 스물일곱이나 처먹은 저 녀석은 이렇게 심하게 유아러스한 티셔츠를 입는 걸까.

잠시 후 헐벗은 상반신을 무사히 가린 나는 곧 두려운 사실이 해일처럼 밀려오는 걸 느꼈다. 사실 토사물이 묻었다는 핑계로 내 옷을 벗겼다지만 어쩌면 변태남은 간밤에 모종의 음흉한 짓을 했을지도 모른다. 술에 취해 제정신이 아니었으니 놈이 온갖 추잡한 짓을 했더라도 나는 전혀 알 턱이 없지 않은가?

"너 혹시……."

나는 떨리는 목소리로 입을 열었다.

"혹시 뭐요?"

"혹시 내게 무슨 짓을……."

"무슨 짓? 어떤 짓을 말하는 거죠?"

"너 정말 내가 뭘 말하는지 몰라서 물어?"

"아뇨, 알 것 같아요. 그런데 우연 씨, 전 아무 짓도 안 했어요."

"그 말 믿어도 돼?"

"믿어야 되지 않겠어요?"

머릿속에서 곤두박질치는 수치심과 더불어 불쑥불쑥 치솟는 진실에 대한 강렬한 열망. 아아, 누가 나 좀 살려줘!

"좋아, 솔직하게 말해봐. 이왕 지난 일이니 왕가일부힌디고 바뀌는 것은 아니니까. 진실을 말해달라고, 응?"

변태남, 아니, 이진우는 내 얼굴을 잠시 물끄러미 쳐다보더니 이윽고 천천히 입을 열었다. 그 속에서 어떤 말이 튀어나올지 두려워서 등줄기에서 식은땀이 주룩 흘러내린다.

"처음엔 토한 얼룩이 밴 카디건을 벗겨냈는데 그 안에 입고 있던 얇은 티셔츠까지 뭔가 잔뜩 묻었더라고요. 그래서 할 수 없이 그것을 벗겼더니 우연 씬 브래지어 차림이더군요."

"그, 그리고?"

"음, 솔직히 그것도 벗기고 싶었죠. 왜냐하면 거기에도 얼룩이 있었거든요. 하지만."

하지만? 마치 단두대 앞에 선 사형수처럼 공포감에 사로잡혀서 나도 모르게 숨을 꾹 참았다. 락희의 악의있는 표현에 의하면 내 절벽가슴은 흡사 완전평면 TV와도 같아서 여자 입장에서도 무척이나 안타깝고 슬퍼진단다. 솔직히 말하자면 내가 최소한 C컵 정도의 사이즈라면 지금 이 상황에서 약간은 덜 부끄러울지도 모를 일이었다.

아니, 이처럼 긴장된 순간에 내가 이 무슨 주책이냐. 나는 다시 두 눈을 부릅뜬 채 슬로모션의 화면처럼 천천히 움직이는 변태남의 입술을 향해 정신을 집중하며 대답을 재촉했다.

"하지만 뭐?"

"그냥 관뒀어요. 그것마저 들쳐 낸다면 아무래도 예의에 어긋나는 것 같아서요."

순간 뒷골이 쭈뼛거린다. 너, 지금 그 말을 나보고 믿으라고?

"우연 씨, 혹시 제 말을 믿지 않는 건가요?"

그럼, 죽었다 깨어나도 믿을 수 없지. 이놈을 성희롱으로 콱 고발해 버려?

"아냐, 아냐, 믿을게."

나는 거친 숨을 내쉬며 간신히 대꾸했다. 기름이 뚝뚝 떨어질 것 같은 느끼한 키스를 제멋대로 한 주제에 뻔뻔스럽게도 그런 가증스런 태도를 보이는 네놈은 정말 보기 드물게 극악무도한 놈이구나.

"좋아, 그 문제는 그렇다 치고. 어젯밤 화장실 앞에서 발생했던 사건에 대해서 말해보자고."

그러자 이제껏 담담한 표정을 짓던 변태남이 얼굴을 슬쩍 붉힌다.

"미안해요. 그건 제가 너무 경솔하게……."

"아무튼 난 기분이 나빴어."

"뭐가요."

"마음에 드는 키스가 아니었으니까."

눈썹을 잠시 꿈틀거리던 변태남은 나를 뚫어지게 쳐다봤다.

"좋아요, 다음부턴 잘할게요."

허걱.

"그런 뜻이 아니고!"

"그럼요?"

"어째서 네 멋대로 그따위 짓을 했느냐, 이 말이지!"

"알아요, 그 일은 정말 미안해요, 우연 씨. 분명한 저의 실수였어요. 부끄럽지만 인정합니다. 사과해서 무마될 수 있다면 그

러고 싶군요. 하지만 우연 씨의 입술이 너무 섹시해서 도저히
참을 수가 없었어요.”

아아, 내 입술이 섹시하단다. 기뻐해야 하나 슬퍼해야 하나.
태어나서 이런 식의 칭찬은 처음이지만 나는 구렁이 담 넘듯이
은근슬쩍 이 상황을 무마하려는 변태남의 의도를 재빨리 간파
해 냈다.

“너, 사람 죽여놓고 미안하다면 단 줄 아니?”

“유감스럽게도 전 아직 사람을 죽인 적이 없습니다만.”

“하지만 몹시도 풍기문란한 짓을 저질렀지. 그게 심각한 범죄
라는 거 알고 있지?”

“범죄라고요? 제가 우연 씨에게 키스한 걸 말하는 겁니까?”

나는 고개를 끄덕거렸다.

“자고로 타인에게 해를 끼치는 건 전부 범죄라고. 설마 네가
저지른 행동에 대해서 슬그머니 넘어갈 생각은 아니겠지? 옛말
에 ‘눈에는 눈, 귀에는 귀’ 라는 말처럼 모든 일에는 반드시 거기
에 상응하는 대가를 치러야 하니까.”

“흠, 함무라비 법전에 그와 유사한 체벌 규정이 있긴 하죠. 자
신이 저지른 일에 대해 똑같은 고통을 받게끔 하는 합리적인 제
도이긴 하지만 때론 너무 무모한 경우도 많았죠.”

나보다 두 살이나 어린 연하남은 잠시 심각한 표정을 짓는다.

“그런데 그런 말을 언급한 이유가 뭐죠? 혹시 우연 씨도 내가
한 것처럼 멋대로 키스를 하겠다는 뜻인가요? 그렇다면 난 순순

히 그 체벌에 따르고 싶은데요.”

“너, 지금 말장난하는 거지?”

“하하, 들켰네.”

우르르, 콰쾅. 한순간 내 머릿속으로 엄청난 낙뢰가 떨어졌다. 내 손에 움켜쥔 베개가 변태남의 머리통을 향해 무서운 속도로 날아가더니 퍽, 하는 소리와 함께 그의 이마를 강타한 다음 방바닥으로 떼구루루 나뒹굴었다.

그래도 울분을 참지 못한 나는 눈보라 속을 헤쳐 가는 사나운 북극곰처럼 침대에서 단숨에 뛰어내린 다음 놀랍도록 재빠른 동작으로 달려가 구석에서 뒹구는 베개를 움켜잡았다. 본능적으로 위험한 감지한 변태남이 서둘러 침대의 이불을 뒤집어썼다.

팍팍팍! 퍽퍽퍽! 툭툭툭! 나는 베개로 변태남을 정신없이 때렸다. 더 이상 힘이 빠져서 때릴 힘조차 없게 되자 그제야 변태남이 슬그머니 이불 속에서 머리를 내밀었다.

“이걸로 어젯밤 키스 건에 대한 벌을 받은 셈치죠.”

하지만 나는 그의 말을 못 들은 척하며 거칠게 방문을 열고서 밖으로 나왔다. 아담한 거실 가운데에는 둥근 유리 테이블과 옅은 파스텔 톤의 3인용 소파가 놓여 있었고 오른쪽 주방 바로 옆에는 현관문이 보였다.

“우여 씨, 지금 가려고요?”

변태남이 거실로 뛰어나와 나를 막아섰다.

"그럼 여기서 아예 눌러 살까?"

"그러면 저야 좋지만."

에효, 내가 말을 말아야지.

"12시쯤 세탁소에서 우연 씨 옷을 가지고 올 텐데 그때 옷 갈아입고 가요."

주방에 걸린 시계를 쳐다보니 11시 반. 이대로 그냥 가버리면 나중에 옷을 찾으러 다시 와야 하니 그건 절대로 사양하고 싶다. 그런데 우리 집에선 사랑스런 둘째 딸의 급작스런 외박을 어떤 식으로 해석하고 있을까. 락희네 집에서 잤다고 거짓말이라도 해야겠네.

"참, 오늘이 무슨 요일이지?"

"월요일인데요."

월요일? 순간 머릿속에 뭔가 따끔, 하고 스쳐 간다. 백수에게 일주일의 모든 날들은 모조리 일요일로 간주되기 마련이건만 오늘은 무슨 까닭인지 월요일이라는 날짜가 상당히 의미심장하게 다가왔기 때문이다.

흠흠, 월요일이라. 뭔가 중요한 사실을 잊은 것 같지만 쉽사리 떠오르지 않는다. 가만있자, 월요일에 내가 어디를 가기로 하지 않았나? 오, 세상에, 맙소사!

"으아아아아악!"

마침내 잠시 잊었던 기억을 되찾은 나는 공포영화에 나오는 여자처럼 처절한 비명을 질러댔다. 오늘은 지난 6개월간의 비참했던 백수 생활을 과감히 청산하고서 대망의 첫 출근을 하는 날이었다. 그토록 기다리고 기다렸던 직장인으로서의 첫발을 내디디는 아주 중요한 월요일 아침인 것이다!

"우, 우연 씨, 왜 그래요?"

내가 머리를 쥐어뜯으며 발작하자 변태남은 흠칫 놀라며 뒤로 한 발 물러섰다.

"너 때문이야!"

다짜고짜 그에게 삿대질하며 외쳤다. 물론 지금 이 사태가 순전히 그의 잘못이라고 몰아세울 순 없지만 그의 탓도 전혀 없는 게 아니어서 불타오르는 나의 엄청난 분노를 퍼붓는 상대로는 아주 적격이었다. 아니, 나한테 이미 비난을 받을 만한 충분한 조건을 갖춘 대상이기도 했다.

"너 때문에, 너 때문에……."

어느새 나는 울먹거리기 시작했다.

"무슨 말인지 차근차근 말해봐요, 우연 씨."

"바보같이 오늘은, 오늘은……."

"오늘은 뭐요?"

"바보야, 오늘이 바로 내가 첫 출근하는 날이라고!"

어이없게도 내 눈에서 닭똥 같은 눈물이 주르륵 흘러내렸다. 술이 덜 깼나, 내가 왜 이러지, 라고 반문해도 어쩔 수 없었다. 첫 출근도 제대로 하지 못하는 내 자신이 어딘가 모자란 것 같아서 화가 많이 났고 그런 스스로가 초라하게 여겨진 탓에 깊은 절망감에 사로잡히고 말았다.

대학 내내 장학금을 받고서 졸업한 언니는 유명한 패션 회사에 들어가 능력을 인정받는 멋진 커리어우먼이 되었고, 동생인 수연 역시 잘나가는 미대생으로서 용돈벌이도 야무지게 하면서 늘 남자들에게 둘러싸인 채 화려한 청춘 시절을 만끽하고 있다.

하지만 대학 입시에 한 번 실패한 나는 재수해서 간신히 턱걸이로 들어간 대학을 졸업했건만 변변한 직장조차 꾸려가지 못하는 무능력자로 찍힌 상황이고 연애라곤 오래전 언니를 죽어라 따라다녔던 남자를 남몰래 짝사랑한 경력 이외에 아무것도 없는 삭막한 인생의 소유자. 그런데 어쩌다가 외삼촌 덕에 기적처럼 남들이 알아주는 대기업의 임시직을 얻었지만 그런 금쪽같은 기회마저 놓쳐 버린 내가 너무 불쌍해서 그만 울음이 터져 나온 것이다.

"그럼 어제 저한테 말하지 그랬어요? 그랬다면 무슨 일이 있더라도 우연 씨 집까지 바래다주었을 텐데."

나는 변태남의 변명이 하나도 귀에 들어오지 않았다.

"이제 와서 그런 말은 하나도 소용없어!"

"우연 씨, 그러지 말고 지금 당장 전화부터 걸어요. 피치 못할 사정 때문에 회사에 못 갔다고 말한 다음 내일 정식으로 출근한다고 하면 되잖아요."

그가 차분한 어조로 말했다.

"어차피 회사 측에선 우연 씨가 필요해서 고용했을 테고 또 하루 정도 우연 씨가 결근한다고 그 회사가 망하거나 업무가 중단되는 건 아니잖아요?"

"그, 그런가?"

"아무튼 전화부터 걸어봐요."

맞아, 첫 출근 못했다고 다짜고짜 자르진 않을 거야. 어느덧 희망을 되찾은 나는 주먹을 불끈 쥐었다.

"하지만 무슨 핑계를 대지?"

"흐음, 가족들 중에서 누군가 크게 다쳤다고 변명하는 건 어때요?"

결국 나는 홍보부의 사보팀장에게 전화를 걸었다. 핸드폰을 쥔 손이 덜덜 떨렸지만 의외로 거짓말이 술술 흘러나왔다. 졸지에 우리 오현금 여사는 출근하기 바로 직전 부엌에서 고혈압으로 실신하고 되었고 그 집안의 유일한 목격자이자 효성이 지극한 나, 황우연은 부랴부랴 병원으로 직행하는 당사자가 되었다.

다행히도 내 직속상관인 사보팀장은 아무 걱정 말고 입원한 어머니나 잘 보살피고 상황이 어려우면 며칠 더 출근을 연기해도 괜찮다는 답변까지 해주었다. 물론 나는 극구 사양하며 절대로 그럴 순 없다, 내일 아침 정확하게 회사에 출근하겠습니다, 라고 대답함으로써 오늘의 해프닝을 해피엔드로 끝마칠 수 있었다.

"이진우 씨."

이윽고 마음의 평온을 되찾은 내가 살짝 웃었다.

“조금 전 도움은 일단 고마워요.”

“도움이 되었다니 다행이네요.”

“그런데 묻고 싶은 게 있어요. 이곳으로 날 데려온 정확한 의도가 뭐죠?”

“고의적인 의도는 전혀 없습니다, 우연 씨. 어젯밤 호텔 로비에 쓰러지는 바람에 급히 병원으로 가려고 택시를 탔는데 글쎄, 얼마 안 있어 우연 씬 코까지 골면서 자더군요. 그래서 할 수 없이 여기로 데려온 건데요.”

헉. 코를 골며 잤다고?

“하지만 우리 집으로 바래다줄 생각은 못하고?”

“아, 그 생각은 못했네요.”

하하, 웃으면서 뒤통수를 긁적거리는 변태남.

“솔직하게 불어. 일부러 여기로 날 데려온 이유가 뭐야? 불순한 네 흑심이 뭐냐고!”

“아참, 우연 씨, 배고프면 짜장면 시켜줄까요?”

“말 돌리지 말고 빨리 말 안 해? 그리고 난 배 안 고파!”

“단지 우연 씨와 함께 있고 싶었어요. 또 운이 좋으면……”

운이 좋으면?

“운이 좋으면, 뭐!”

그때 띵동, 하는 차임벨 소리가 들려왔다.

“어, 세탁소에서 옷을 가지고 왔나 봐요.”

변태남이 현관문으로 나가는데 어디선가 핸드폰이 울렸다.

“우연 씨, 저 대신 제 핸드폰 좀 받아주세요. 그리고 저 없다고 말해줄래요?”

“혹시 카드 연체했어?”

“그건 아닌데 일종의 협박 전화 같은 거라서요.”

“그런 전화를 나더러 받으라고?”

“뭐, 내키지 않으면 말고요.”

그러나 호기심이 동한 나는 주방의 식탁 위에서 그의 핸드폰을 찾아서 폴더를 열었다.

“네, 여보세요?”

―제이크?

갑자기 여자 목소리가 들려와 나는 깜짝 놀랐다. 제이크라고?

“전화 잘못 거신 것 같은데요.”

―그럴 리 없는데.

“실례지만 이진우 씨의 핸드폰인데요.”

―흠, 그럼 맞게 걸었네. 제이크가 바로 진우니까요.

어?

―근데 당신 누구? 혹시 애인?

혀에 착 감기는 듯한 여자의 느긋한 목소리에선 뭔가 비밀스러운 기운이 느껴졌다.

“아, 아닌데요.”

―훗, 정말 재밌네. 나중에 전화 걸죠.

하면서 여자가 전화를 끊자 나는 잠시 얼떨떨해져서 변태남을 멍하게 쳐다봤다.

"누군데요?"

"제이크 찾는 여자던데."

내 말에 그의 얼굴이 돌연 딱딱하게 굳어졌다.

"그, 그래서 뭐라고 하던가요?"

"나중에 전화하겠다고 그러던데. 근데 진우 씨를 제이크라고 하던데?"

"아아, 그건 제 미국식 이름인데 본명은 이진우가 맞아요."

"미국 유학생이었어?"

"아뇨. 원래 미국에서 태어나서 쭉 살았는데 갑자기 일이 생기는 바람에 얼마 전에 한국에 온 거예요."

"근데 한국말을 참 잘하네?"

"그것 말고도 5개 국어를 할 줄 아는걸요."

"정말?"

솔직히 말하자면 난 전혀 믿지 않았다.

"정말이에요. 어렸을 때부터 똑똑하다는 말은 지겹게 들었는걸요."

"아하, 그렇다면 지금 손에 들고 있는 내 옷을 돌려줘야 하는 것도 알겠네."

"아차, 여기 있어요."

변태남이 건네준 옷을 들고서 거실 왼편에 있는 방으로 들어가려는데 별안간 그가 문 앞을 가로막는다.

"이건 무슨 짓이래? 옷도 갈아입지 못해?"

"아까 나온 침실 방으로 가서 입으면 안 돼요?"

"왜? 이 방은 내가 보면 안 되는 거라도 있나 보지?"

"예, 약간은요."

"혹시 마약이나 밀수품 같은 거 있는 거야? 아니면 사제 폭탄?"

"하하, 우연 씬 상상력이 정말 대단한데요."

그런데 원래 하지 말라고 하면 더 하고 싶은 법이다. 단념한 척하면서 잽싸게 뒤돌아서 문을 열려는데 변태남이 눈치채고서 번개같이 달려들어 내 허리를 냅다 붙잡았다.

"꺄아악!"

"앗, 미안해요!"

"어디 함부로 남의 허리를 만져!"

"어, 거기가 허리였어요?"

하면서 위아래로 나를 유심히 쳐다본다. 저걸 그냥.

"미안해요. 보여주기 좀 곤란한 게 있어서요."

"수상해, 뭔가 수상해! 혹시 나쁜 짓 하고 있는 거야, Mr. 제이크?"

"그럴 리가요. 근데 우연 씨가 그렇게 부르니까 기분이 좀 이상하네요."

나는 할 수 없이 맞은편 방으로 들어가 문을 잠그고서 잽싸게

옷을 갈아입고 나왔다. 거실 테이블 위에서 핸드백을 낚아채고 현관으로 걸어가는데,

“정말 가는 거예요?”

하면서 변태남이 황급히 내 뒤를 따라나섰다.

“그럼 가지 말고 여기서 살아야겠니?”

“또 연락해도 되죠?”

“안 돼. 난 내일부터 출근하니까 무지하게 바쁠 거야.”

“주말엔 일 안 하잖아요.”

“하지만 난 주말에도 일할 거야. 이제 노는 건 지긋지긋하거든.”

“나와 정반대군요. 난 일하는 게 지긋지긋한데.”

“아아, 그려셔. 그럼 이만 갈게. 안녕, Mr. 제이크!”

“우연 씨, 나중에 전화할게요.”

“그러다간 나한테 죽는다!”

이렇게 외치며 문을 쾅, 닫고 나오는데 갑자기 검은 그림자가 내 앞을 쓱 가린다. 뭐지? 고개를 치켜들자 시커먼 선글라스를 쓴 거구의 남자 두 명이 심각한 표정으로 서 있다. 헉, 누구지? 깜짝 놀라서 뒤로 물러서는데 그들 중 동양인으로 보이는 남자가 내게 가까이 다가왔다.

“실례지만 지금 제이크 씨 안에 있죠?”

“예?”

나는 그 남자 뒤에서 뻣뻣한 자세로 서 있는 험상궂은 표정의 외국 남자를 흘끗 쳐다봤다. 도대체 뭐하는 사람들일까. 역시

변태남은 범죄의 세계와 연루된 게 틀림없다!

"혹시 제이크 씨와 잘 아십니까?"

"미안하지만 전 그 남자와 전혀 관계없는 사람이랍니다."

나는 천연덕스럽게 거짓말을 했다.

"하지만 방금 여기서 나오지 않았습니까?"

마치 심각한 범죄를 저지른 용의자를 취조하듯 딱딱한 어조에 그만 가슴이 철렁했다. 이거 뭔가 이상한데?

"아뇨, 그냥 집을 잘못 찾아간 것뿐이에요."

이렇게 대답하자 그 동양인 남자는 옆에 서 있는 금발 머리의 남자와 뭐라고 빠른 어조로 말했지만 죄다 100% 영어라서 전혀 알아들을 수가 없었다. 하지만 '제이크'라던가 '걸프렌드'라던가 하는 단어가 간혹 들리자 나는 정신이 번쩍 들었다. 이거 자칫 잘못하면 저 이상한 녀석과 내가 엮이는 거 아냐? 그렇게 생각하자 마음이 조급해지고 말았다.

"그럼 전 가볼게요. 좀 바빠서요."

"잠깐만, 아가씨!"

남자가 큰 소리로 불렀지만 일부러 못 들은 척하며 비상계단을 향해 맹렬한 속도로 내려갔다. 그리고 변태남이자 이진우, 자칭 미국식 이름으로 제이크라는 인간과의 영원한 이별을 꿈꾸면서 나, 황우연은 하늘이 노랗게 보일 때까지, 숨이 차서 앞으로 고꾸라질 때까지 달리는 것을 결코 멈추지 않았다.

[로맨틱 블루의 블로그]

나의 그녀와 만나지 못한 지 벌써 3주가 넘었다. 보고 싶은데 그녀가 핸드폰을 받지 않아서 그저 답답할 뿐이다. 그런데 운 좋게도 그녀와 자연스럽게 만날 수 있는 방법을 찾았는데 무슨 까닭인지 나는 망설여진다. 요즈음 지난날을 돌이켜 보면서 내 자신이 진정으로 원하는 게 무엇이며, 앞으로 어떻게 사는 게 가치있는지 생각하고 있다. 흔히 말하기를 인간은 행복하기 위해서 살아간다고 하는데 그것이 이성이 아닌 감정적인 문제, 또는 일종의 중독이나 몰입 상태를 뜻한다고 한다. 내게 그런 기회를 부여한 그녀가 고마워서 문득 가슴이 벅차오른다. 아, 그녀가 보고 싶지만 그와 동시에 알 수 없는 두려움이 앞서는 이 느낌, 어쩐지 초콜릿보다 더 쌉쌀하고 달콤한 느낌이다.

....

└ 남뽕 : 블루님! 저번 주에 올려주신 모종의 사건의 전말에 대해선 진정 함
　　　 구하실 겁니? ㅡ_ㅡ+

└ fjo3870 : 이 블로그의 양반은 무척 소심하네. 용감한 자만이 미인을 얻는
　　　　다는 말이 있거든.

└ 후리지아 : 헤, 미인 아니고 연상이라던데?

└ 자이구라 : 망설이지 마세요, 저희는 당신의 밋밋한 가슴을 최고로 만들어
　　　　드려요!

└ 장마전선 : 여자, 그거 요물입디다. 남자들은 자고로 좋은 여자와 연애해야
　　　　팔자가 피는 법. 근데 블루님의 그녀는 괜찮은 여자입니?

└ djfo398 : 몬 소리여! 치마만 두르면 만사 오케이. 여자와 데이트 한 번만
　　　　하면 소원이 없을 거여~ ㅠㅠ

└ 꼬리곰탕2 : 와, 윗 댓글 쓰신 분 겁나 불쌍타!

Chapter 7. My name iS Jake Lee!

탁타닥. 키보드 두드리는 불규칙한 소리가 주위를 맴돈다. 머 그컵에 담긴 식은 커피를 마신 후 달깍, 하고 내려놓는 작은 소음, 그리고 컴퓨터 본체에 내장된 팬Fan이 웅웅거리는 회전음을 가만히 듣고 있자니 내가 정말로 일을 하고 있다는 걸 실감한다.

모니터 속에 박힌 무수한 활자들을 노려보면서 오타誤打를 찾아내거나 부자연스런 문장 따위를 수정하고 다듬는 일은 차라리 달콤하기까지 하다. 이 거룩하고도 숭고한 편집 일이 새삼스레 천직처럼 느껴지는 까닭은 비단 경제적 궁핍 때문이 아니라고 주장하고 싶은 나, 황우연은 문득 행복해서 눈물이 날 듯

하다.

"우연 씨?"

"예, 팀장님."

밝은 아이보리 빛깔의 우아한 정장 차림을 한 내가 깍듯하게 자리에서 일어선다. 직속상관인 오 팀장은 나이가 지긋한 중년의 남자로 광고 업계에서 잔뼈가 굵은 인물이라는데 작년부터 이 사보팀을 맡게 되었다고 한다. 매일 아침 야외로 놀러 가는 것처럼 늘 간편한 옷차림이지만 입사한 지 딱 3주차인 나는 군기가 바짝 들어서 항상 깔끔한 정장으로 출근하고 있다.

"다음 달 사보 표지에 실릴 화제의 인물이 결정되었는데 우연 씨가 한번 인터뷰해 보겠어요?"

"예, 부족하겠지만 열심히 해보겠습니다."

"그럼 김 기자와 연락해서 스케줄 좀 잡아봐요. 늦어도 이번 주말 전까지 끝내야 하니까요."

중요한 사진 촬영이 있을 경우 계약직으로 일하는 김 기자와 동행해서 업무를 처리하곤 한다.

"기본 스크립트는 기존의 내용을 참조하도록 하고 인터뷰 대상에 관한 신상 정보는 내가 메일로 보내줄 테니까 거기서 포커스를 집아보세요."

"알겠습니다."

잠시 후 팀장이 사무실 밖으로 나가자 최 대리 언니가 슬그머니 내 자리로 다가왔다.

“그 인터뷰 대상이 아마 얼마 전 미국에서 왔다는 보안관리
부서의 박 팀장일걸?”

“아아, 저도 그 소문 들었어요. 시카고 본사에서 근무하다가
이번에 스카웃되었다는 그분 맞으시죠?”

“그래. 이른바 스펙 종결자이자 외모 또한 상당한 수준급이라
는 소문이야.”

“우와, 인터뷰가 무지 기대되는걸요, 최 대리님.”

“우연 씨 말고도 기대하는 여인들이 무척 많아.”

서른을 훌쩍 넘긴 최 대리가 긴장된 얼굴로 조용히 속삭인다.
회사 내 비밀 결사대인 30대 이상의 노쳐녀들만의 모임인 ‘비
바 싱글녀 클럽’을 이끌고 있는 그녀에게 요즘 나는 과도한 충
성심을 보이고 있었다. 출근 첫날 떼를 써서 겨우 가입한 자격
미달의 신입 멤버이기 때문이다.

“인터뷰하면서 최대한 많은 정보 빼내는 거 알지, 우연 씨?”

“질문지 속에 삽입할 개인 취향에 대해서 벌써 리스트 업했어
요, 최 대리님.”

“물론 좋아하는 여성 타입에 대한 것도 있겠지?”

아예 성적 취향까지 물어볼까요, 최 대리 언니?

“가장 중요한 건 현재 애인이 있는지 없는지 알아내는 거겠
죠?”

“어머, 듣던 중 반가운 소리네. 잘 부탁해요, 우연 씨.”

이틀 후 최근 사내 최고의 관심남으로 등극한 박 팀장에 관한

신상 정보가 점심 시간 여직원 휴게실에서 은밀히 떠돌면서 '비바 싱글녀 클럽'의 최연소 멤버인 내 인기는 날로 높아만 갔다. 뿐만 아니라 선배 언니들로부터 조만간 다른 회사의 괜찮은 남자까지 소개받기로 한 터라 나는 행복한 비명을 지를 수밖에 없었다.

좋아, 이제부터 나 황우연의 빛나는 인생이 시작되는 거야! 그리하여 기필코 화끈하고 멋진 연애를 하고야 말 테다!

"중수야, 중수야, 너 혹시 뭐 먹고 싶은 거 없니?"

일요일 오후, 항상 게임 동아리의 오프 모임에 출석하던 남동생이 웬일인지 자기 방에 콕 처박힌 채 두 시간이 넘도록 움직이지 않자 궁금증이 도진 내가 코맹맹이 목소리로 달콤하게 물었다.

"누나, 미안하지만 나 저번 주부터 다이어트 들어갔어."

"엄머머, 얘가 체력 떨어지면 공부하기도 힘든데 그게 무슨 짓이래?"

"누나, 코에 그만 힘 좀 풀어라. 누나야말로 그게 무슨 짓이래?"

"중수야, 니 진짜 다이어트할 거야?"

"어. 우리 자기가 다음 달까지 90kg대로 감량하면 선물 사준다고 그랬어."

"우리 중수, 사랑받아서 참 좋겠네."

"근데 누나 취직된 거 말고 또 무슨 좋은 일 생겼어?"

"어머, 눈치챘니? 곧 멋진 남자 소개받기로 되었거든. 네 누 님에게도 바야흐로 꽃피는 봄이 찾아왔다는 거 아니니."

"그럼 알아서 흐드러지게 피셔. 난 지금 크리스티나 때문에 무지 바쁘거든."

"크리스티나? 그게 누군데?"

중수는 머리를 긁적거리며 이내 멋쩍은 표정을 짓는다. 공부를 한답시고 펼친 수학 문제집 속에는 모서리를 가위로 잘라낸 게임 공략집이 겹쳐 있다. 이걸 핸드폰으로 찍어서 엄마한테 확 일러 버려?

"크리스티나는 작년 겨울부터 혜성처럼 등장해서 우리 게임 서버를 단 사흘 만에 평정했던 정체불명의 게이머야. 그것도 72시간 동안 한 번도 쉬지 않고 게임에 올인하셨다는 이른바 전설의 인물이시지."

"거짓말, 어떻게 그런 일이 가능하냐. 그렇다면 먹지도 자지도 않고 볼일도 보지 않았다는 말이잖아?"

"어쨌든 당시 서버 관리자까지 개입해서 그를 이기는 게이머 한테 엄청난 상금을 걸었는데 아무도 크리스티나의 기록을 깨는 자가 없었어. 그런데 작년 크리스마스이브 후부터 갑자기 인터넷상에서 싹 자취를 감추더니 홀연히 사라져 버렸어. 그래서 얼마 전에 그 전설적인 게이머의 컴백을 바라는 모임이 결성되었는데 내가 바로 거기 운영자야."

진지한 눈빛으로 대답하는 중수를 지켜보고 있자니 녀석과 피를 나눈 한 가족임에도 불구하고 세대 차이는 어쩔 수 없구나 하는 생각이 들었다.

"네가 비싼 밥 먹고서 이따위 짓이나 하는 걸 엄마가 아신다면 십중팔구 네놈의 주리를 틀 거다."

"헉! 동생한테 그렇게 과격한 표현은 좀 심한 거 아냐?"

"조심해라, 황중수. 너 성적 떨어진 거 엄마가 요즘 벼르고 있다는 거 모르지?"

사랑스런 남동생을 위해서 이렇게 공포감을 조성해 준 다음 내 방으로 돌아온 나는 저번 주말 백화점 세일 때 구입한 멋진 정장을 입어보면서 나 홀로 패션쇼를 하고 놀았다. 자, 나는 이젠 왕년의 황우연이 아니었다. 내 나이 벌써 스물 하고도 아홉. 서른이 넘기 전에 기필코 뜨거운 연애를 하겠다는 비장한 각오로 매일같이 화사한 옷차림과 뽀사시한 화장까지 하고 있다.

게다가 얼마 전 락희와 난 올해가 가기 전까지 반드시 연애를 하기로 굳게 맹세한 터라 앞으로 수벌을 유혹하기 위해서 달콤한 꿀과 화려한 색깔로 치장한 한 떨기 꽃이 되기로 마음먹었다. 좋아, 이제 내 인생도 꽃피고 나비가 돌아 댕기는 화려한 봄날을 맞이하고 있다, 이 말씀이다.

그래서 나는 정말 행복했다. 다음날 월요일 아침, 회사 정문 앞에 떡 버티고 서 있는 변태남과 마주치기 전까지는.

"너, 너, 너……!"

순간 귀신을 본 것처럼 눈앞이 캄캄해지고 두 다리를 달달달 떨던 나는,

"그동안 잘 있었어요, 우연 씨. 어, 근데 굉장히 예뻐졌네?"

라는 그의 말을 듣는 순간 그대로 1층 로비의 대리석 바닥을 뚫고서 저 무저갱의 지옥 불구덩이 속으로 떨어지는 듯한 참담한 기분이 되고 말았다.

"야, 너 여기가 어디라고 함부로 들어와?"

나는 1층 경비원 아저씨의 눈길을 피해서 그를 구석으로 재빨리 몰고 갔다.

"구석에서 나랑 뭐하고 싶어서 끌고 온 거죠?"

변태남이 생글생글 웃으며 말했다.

"취조는 원래 구석에서 하는 거니까! 근데 너, 여긴 왜 왔어? 또 어떻게 스토킹질을 해서 날 찾아온 거야?"

"흠, 그리고 보니 우리 한 3주 만에 보는 거죠?"

"어우, 자꾸 딴소리할래?"

"암튼 진짜 오래간만이에요, 우연 씨. 정말 반가워요."

"입 닥치고 조용히 해! 네가 자꾸 이런 식으로 나오면 경찰에 확 고소해 버리는 수가 있어."

"왜요?"

"너의 이런 행동이 범죄라는 걸 몰라?"

"음, 취직하러 온 것도요?"

"이게 어디서 거짓말을. 누나한테 심하게 맞아볼래?"

사나운 불독처럼 으르렁대던 나는 얼마 전 인터뷰했던 사내 인기남 랭킹 1위께서 말쑥한 정장 차림으로 1층 회전문을 통과해서 오는 걸 발견했다. 일단 변태남을 잽싸게 비상문 안쪽으로 밀쳐 낸 후 후다닥 뛰어가서는 그를 향해 화사하게 웃었다.

"박 팀장님, 좋은 아침이에요."

내가 부드럽게 눈웃음치자 그가 기분 좋은 미소를 지으며 내 옆으로 다가왔다.

"아, 사보팀의 황우연 씨? 이번에 인터뷰 내용이 좋다는 평을 듣고서 그렇지 않아도 점심 대접을 하고 싶었습니다."

아이, 좋아라.

"어머, 업무상 당연히 할 일이었는걸요."

"하하, 그래도 황우연 씨 덕분에 제 이미지가 좋아져서 가만히 있을 순 없죠. 괜찮으면 내일 점심 어떻습니까? 어, 당신은……?"

어느 틈에 왔는지 내 뒤에 바짝 붙어 있는 변태남. 그리고 그를 목격하고서 돌연 정색한 표정으로 바뀐 박 팀장이 그의 손을 덥석 잡는다.

"드디어 왔군요. 반갑습니다."

엥? 박 팀장님과 아는 사이인가?

"저기, 박 팀장님, 이 사람 아세요?"

나는 살살 눈웃음을 치면서 두 사람 사이에 끼어들었다.

"그럼요, 근데 두 사람도 서로 아는 사이인가 보네?"

“예, 맞습니다.”

이렇게 대답하던 변태남이 나를 흘긋 쳐다보자 나는 가슴이 조마조마조마해졌다.

“그래요? 이거 놀랍군요.”

“여기 황우연 씬 제 여자친구입니다.”

하면서 그가 씩 웃는다. 콰콰쾅! 베토벤의 운명교향곡처럼 엄청난 충격파가 내 머리통을 강타했다.

“하하, 그렇군요. 몰랐습니다.”

두 눈이 휘둥그레진 박 팀장은 나와 변태남을 번갈아 보면서 뜻 모를 미소를 지었다. 나는 기가 막히고 코가 막혀서 제정신이 아니었다. 막 꽃망울이 피기 시작한 나의 희망을 무참히 짓밟다니, 변태남, 넌 오늘 정말 죽었다.

“박 팀장님, 그게 아니고요, 여기 변태남은요……”

아차.

“변태남?”

“하하, 제가 그동안 우연 씨한테 변태 짓 좀 많이 했거든요.”

“아아.”

박 팀장님! 아아, 라뇨. 나는 경악을 금치 못했다.

“저기, 그게 아니구요, 박 팀장님. 여기 이진우 씨는 어쩌다가 알게 된 후배인데요, 변태남이라는 별명은 평소 장난이 지나쳐서 제가 재미 삼아 지어준 거예요. 다시 말하자면 우리 두 사람은 아무 사이도 아니라는 뜻이죠. 그런데 이진우 씨, 우리 박 팀장님과는 언제부터 알았어?"

나는 억지로 이를 드러내며 웃었지만 분노를 참지 못해 입가에 경련이 부르르 일었다.

"전화 통화 몇 번 했지만 얼굴 본 건 오늘이 처음인데요, 우연 씨."

"하지만 전 제이크 씨를 잘 알고 있습니다."

어라, 팀장님이 이 녀석의 미국 이름까지 알고 있네.

"그런데 제이크 씨는 나이에 비해 그렇게 어려 보이진 않는군요."

"하하, 오히려 저보다 두 살 많은 우연 씨가 더 어려 보이지 않나요?"

하면서 변태남이 사악한 미소를 짓는다. 우욱, 박 팀장님만 없다면 놈을 당장 생매장시켜 버릴 수 있었을 텐데!

"자, 제 사무실로 올라갈까요?"

"그전에 내 여자친구와 잠깐 얘기 좀 나눈 다음 올라가도록 하죠."

"그럴래요? 그럼 11층으로 올라와요. 내가 안내데스크에 있는 이기 씨한데 말해두죠."

박 팀장이 엘리베이터를 타고 올라간 것을 무사히 확인한 나는 잠시 심호흡을 한 다음 내 옆에 태연하게 서 있는 변태남을 무시무시한 눈빛으로 노려봤다.

"각오는 하고 있겠지?"

하지만 그가 짐짓 심각한 표정으로 변하더니,

"근데 혹시 우연 씨는 저런 타입의 남자 좋아해요?"

"시끄럿!"

"내가 보기엔 좀 재수없어 보이던데?"

하면서 인상을 쓴다. 혈압이, 심장박동음이 제멋대로 날뛰기 시작한다.

"좋아, 단도직입적으로 말하지. 너, 여긴 왜 왔어? 우리 박 팀장과 전화 통화한 거 정말 맞아? 사실이야? 진짜? 그리고 그때 네 오피스텔로 찾아온 그 범죄자들은 도대체 누구야? 너 진짜 뭐하는 놈이야? 우리 회사에서 일하기로 한 거 사실이야? 정말이야? 근데 내가 왜 아직도 네 여자친구니? 자꾸 헛소리하면 어떻게 될지 궁금한 모양이구나? 너 진짜 이런 식으로 나올래? 죽고 싶어? 살기 싫어? 아니면 살아 있는 건지 죽어 있는 건지 알고 싶은 거니? 말 안 해? 내 말에 당장 대답 안 해?"

"흠, 그런데 질문이 너무 많은걸요, 우연 씨."

"한꺼번에 대답하면 되잖아!"

급기야 내가 버럭 소리치자 근처를 오가는 사람들이 나와 변태남을 힐끔거린다. 하느님, 부처님, 알라신이여. 제발 제게 차가운 이성이 돌아올 수 있도록 저를 온전히 인도하소서.

"근데 우연 씨, 마스카라가 너무 진해서 좀 부자연스럽네요. 원래 속눈썹이 길어서 그런 거 안 해도 예쁘던데. 그리고 이제 보니 다리도 꽤 늘씬하네요. 아아, 지금처럼 스커트를 입지 않고 늘 바지를 입어서 내가 몰랐구나. 그런데 어쩐지 가슴이 전보다 굉장히 커졌어요. 혹시 이상한 브래지어를 한 거 아니에요? 에이, 그런 거 하면 혈액순환에 안 좋다니까 하지 말아요. 전 우연 씨의 작은 가슴도 괜찮거든요. 근데 11㎝ 하이힐을 신었어도 나보다 키가 많이 작네요.”

아아, 이놈은 아무래도 29년 동안 내 몸에 고이고이 봉인된 야수성을 일깨우는 능력을 타고난 모양이다.

“죽고 싶냐……!”

1.3초 만에 각성된 내 몸에서 기괴한 목소리가 튀어나오자 그가 잠깐 움찔거리며 뒤로 한 발짝 물러선다. 그래, 이놈은 꼭 원시적으로 해줘야 반응한단 말이야.

“우연 씨, 목소리가 꼭 괴물 같아요.”

“지금 당장 올라가서 박 팀장님한테 너와 내가 아무 사이라고 말하지 않으면 그 괴물, 더 심하게 업그레이드된다.”

“궁극의 모습으로 변신되는 모습도 궁금해지네.”

“네가 정말 죽으려고 환장을 했구나.”

“어, 엘리베이터 왔다. 먼저 올라갈게요. 우연 씨, 나중에 봐요!”

“너 이리 안 와!”

“아참, 우연 씨가 내 오피스텔에서 잤다는 얘긴 그 박 팀장한테 말하지 않을게요.”

순간 내 근처에 있던 사람들이 요상한 눈빛으로 나를 쏘아본다. 어우, 저놈 때문에 내가 미쳐요, 미쳐!

그날 집으로 귀가한 나는 완전히 탈진한 상태로 거실 소파에 시체처럼 널브러졌다. 언제 왔는지 중수가 나를 내려다보며 혀를 끌끌 찼다.

"어제와 완전 다르네. 배터리가 방전되어 작동 불능 상태잖아."

"중수야, 우리 라면 먹을까?"

"나 요즘 다이어트 중인 거 몰라?"

"그럼 이 누님만을 위해서 라면 두 개 넣은 황중수 스타일로 부탁."

"쳇, 누나 우울하구나?"

뭐라고 투덜거리던 동생은 고맙게도 내 주문대로 매운 고춧가루를 팍팍 넣은 얼큰한 곱빼기 라면을 식탁 위에 곱게 차렸다.

"불기 전에 어서 와. 먹고 난 다음 엉덩이와 아랫배로 덕지덕지 살이나 붙어버려."

"고맙다, 넌 나의 위대한 구원자야."

"어리석은 자여, 스트레스로 인한 폭식은 미개한 짓이니라."

"가급적 참고하겠나이다."

라면은 무척 매웠지만 아주 맛있었다. 후루룩 면발을 삼키면서 오늘 회사에서 있었던 일을 돌이켰다. 우리의 잘생긴 박 팀장님 말씀에 의하면 이진우, 즉 '제이크 리'라고 불리는 변태남은 미국에서 꽤 잘나가는 컴퓨터 보안 전문가란다. 이번에 보안 관리 부서에서 임시직으로 고용했는데 그가 맡은 업무는 회사의 모든 보안 시스템을 총괄해서 점검하고 관리하는 것이란다. 즉, 한마디로 말하자면 아주 유능한 브레인이라는 소리다.

그제야 변태남이 카드 회사를 해킹해서 나에 대한 신상 정보를 캐내거나 소방서의 시스템에 잠입해서 내 위치 정보 따위를 캐냈다는 걸 깨달았다. 그건 한마디로 불법 행위인 것이다. 이놈을 사이버수사대에 확 고발해 버려?

그건 그렇다 치고 문제는 그게 아니었다. 박 팀장님은 어제 퇴근하면서 제이크는 비록 연하지만 그 정도면 꽤 능력있는 남자니까 서로 잘 지내라며 내게 하염없는 축복까지 내려주었다. 이게 무슨 통탄할 일이란 말인가!

"누나, 너무 추잡해!"

서러운 마음에 눈물, 콧물까지 흘리자 중수가 인상을 구기며 소리쳤다.

"너, 너무 매워서 그래! 넌 고춧가루를 아예 들이부었냐?"

면발을 들이켜던 나는 그만 목이 메어 시뻘건 라면 국물까지 입가에 줄줄 흘리고 밀었다. 그 모습을 지켜보던 중수가 결국 두 손으로 얼굴을 가리며 절규했다.

"우웩, 드러워! 지금 누나 얼굴엔 세 종류의 국물이 흘러서 완전 호러라고!"

다음날 출근해서 멍하게 커피를 마시고 있는데 눈앞에서 변태남이 알짱거렸다. 순식간에 내 이마에 핏줄이 팍 곤두섰다.

"뭐야?"

"잠깐 우연 씨 얼굴 보러 왔어요."

"너, 정말 병풍 뒤에 누워서 향냄새 맡게 해줄까?"

"그게 무슨 뜻이죠? 병풍 뒤에 눕다니 누가요?"

자칭 미국 국적을 지닌 제이크 리는 영문을 모르겠다는 얼굴로 고개를 갸우뚱거린다. 그래. 생전 상갓집에 가본 적이 없는 넌 잘 모르겠구나. 그런데 내 직속상관인 오 팀장님이 점잖게 끼어들었다.

"어허, 황우연 씨. 은근히 개그틱하네."

"엄멈머, 오 팀장님."

흥분한 나머지 나는 이곳이 회사라는 사실을 까먹고 말았다. 나는 얼굴을 붉힌 채 난감한 표정을 지었다. 그동안 사무실에서 쌓아 올린 내 이미지가 이렇게 무너지고 말다니, 아아, 이 일을 어찌한단 말인가!

"못 보던 얼굴인데 실례지만 어느 부서에서 일하시는지?"

오 팀장이 궁금한 얼굴로 변태남에게 묻는다.

"어제부터 보안관리 부서에서 일하게 된 이진우라고 합니다."

"아아, 그렇지 않아도 오늘 아침 전략회의에서 당신에 대해

들었습니다. 다음 달 사보에 특집 기사로 인터뷰해도 괜찮겠습니까?"

"안 괜찮은데요."

이런 싹수가 노란 놈 같으니라고. 너, 그게 얼마나 황송한 일인지 알기나 하냐!

"오 팀장님, 죄송합니다. 이 친구가 아직 뭘 몰라서 그러는데⋯⋯."

"알 만큼 알아요, 우연 씨. 더군다나 저는 제 신상에 대한 비공개를 전제로 여기서 일하고 있습니다. 그러니 죄송합니다만 인터뷰는 사절합니다."

"뭐, 본인이 싫다면야. 그런데 우리 우연 씨와는 개인적으로 어떤 사이이신지?"

오 팀장이 검은 안경을 고쳐 쓰더니 나와 변태남의 눈치를 살핀다. 그러자 눈웃음을 치면서 입을 벙긋하려던 변태남이 내 매서운 눈빛을 발견하고서 잠시 머뭇거린다.

"아, 그건 제가 알려 드리죠. 두 사람은 서로 사귄답니다."

헉. 어느 틈에 사무실로 들어온 박 팀장이 대뜸 소리쳤다. 오, 마이 갓.

"제이크 씨, 아끼부디 힌침 찾았는데 이시 올리와요. 이제 말한 그 건에 관해 긴히 할 말이 있습니다."

"알겠습니다."

"저기, 박 팀장님. 전 이 사람과 아무 사이도 아니라고 누누이 말씀드렸는……."

하지만 두 사람은 벌써 사무실 밖으로 나간 지 오래였다. 오 팀장이 제자리로 돌아가자마자 내 책상 옆으로 지나가는 척하던 노처녀 최 대리께서 나를 향해 두 눈을 사납게 부라렸다.

"우연 씨, 지금 이 순간 이후로 우리 '비바 싱글녀 클럽'에서 제명除名입니다!"

"최 대리님, 실은 그게 아니고……."

"에잇, 원래 가입 조건대로 서른 이상만 가입시켰어야 하는데."

매몰차게 뒤돌아서는 최 대리 언니를 지켜보며 나는 앞으로 회사 생활이 혹독해지리라 예감했다. 흑, 전생에 도대체 뭔 죄를 지었기에 이 현생이 이다지도 험난하단 말인가.

그래도 죽으라는 법은 없나 보다. 마감이 가까워지자 밥 먹고 화장실 갈 시간도 없을 만큼 엄청나게 바빠지는 바람에 나는 온갖 근심으로부터 서서히 멀어져 갔다. 새로 산 정장은 옷장 속에 그대로 걸어둔 채 오 팀장님처럼 매일 간편한 옷차림으로 출근하는 일이 빈번해졌고 다행스럽게도 그날 이후 변태남과 회사에서 마주치는 일이 거의 없게 되었다.

불과 한 달 전까지 백수였던 시절을 돌이키면서 나는 정말 열심히 일하고 일하고 일했다. 누군가를 좋아하면서 장밋빛 미래를 꿈꾸는 호사는 내게 전혀 어울리지 않는다고 스스로를 위로

하면서, 그저 집에서 논다고 욕이나 먹지 않고서 이렇게 제 몫
을 한다는 사실 하나에 만족하면서 하루하루를 보냈다.

변태남이 투명인간처럼 보이지 않은 지 대략 이 주가 넘었을
까. 마감 때문에 이틀간에 걸친 야간 근무로 인해 기진맥진해진
나는 모처럼 만에 퇴근 시간에 딱 맞춰서 회사 밖으로 나오다가
전도유망한 스펙남과 딱 마주쳤다.

"어, 박 팀장님."

그리고 내 앞을 가로막고 선 날렵한 그의 은빛 스포츠카. 흠,
죽이는군.

"황우연 씨, 잠깐 저랑 어디 좀 갈까요."

"어, 어디요?"

내 가슴이 어느새 두근두근두근거리기 시작한다.

"일단 타세요."

재빨리 문을 열고서 아늑한 조수석에 안착한 나는 이게 무슨
횡재인가 싶었다. 혹시 박 팀장님이 나를 몰래 흠모한 건 아닐
까?

"지금 어디 가는 거예요, 팀장님?"

어디론기 바삐 차를 몰던 그는 곧 남산 기슭에 있는 길튼호텔
에 도착해서는,

"얼른 내려서 1층 로비로 가봐요."

하고 빙긋 웃더니 어서 내리라는 손짓만 할 뿐이었다. 어리둥
절해진 내가 얼떨결에 차에서 내리자 그는 아무 미련 없이 휑

하니 사라져 버렸다. 뭐야, 이 상황은? 날씨가 꽤 추운 탓에 발을 동동 굴리며 호텔 안으로 뛰어들어 가 1층 로비를 두리번거리던 나는,

"우연 씨!"

라는 말에 그만 식겁을 하고 말았다. 망할! 변태남이었다.

"여기 왜 있어?"

"그야 우연 씨 기다렸으니까요."

"뭐? 설마 네가 박 팀장님한테 날 이리 데려다 달라고 부탁한 거야?"

"부탁이 아니고 정당한 요구였어요. 그 대신 일주일 내내 잠도 못 자고 프로젝트 하나 끝냈거든요."

"아아, 그렇구나. 알았다. 그럼 나 갈게, 안녕."

나는 사방 천지가 나의 적이라는 끔찍한 사실에 암담해하며 뒤돌아섰다.

"안 돼요, 우연 씨! 오늘은 발렌타인데이라고요!"

"그것과 이 호텔이 무슨 상관인데?"

"이 호텔 초콜릿이 엄청 맛있다고 그래서요."

"설마 내가 너한테 초콜릿 사줄 것 같니?"

"아뇨."

그가 약간 기죽은 표정으로 대꾸했다.

"그 대신 제가 사주면 안 될까요?"

"나 단것 싫어하는 거 몰라? 당장 저리 안 비켜?"

"우연 씨, 제발 작게 좀 말해줘요. 나 요 며칠 동안 정말 한숨도 못 자서 머리가 지금도 울린단 말이에요."

그러고 보니 변태남의 얼굴이 많이 수척해 보였고 무슨 일을 하는지는 잘 모르지만 그동안 꽤 고생한 모양이었다. 그래, 너도 돈 버느라고 꽤 혹사당한 모양이구나.

"한동안 놀다가 모처럼 만에 일했더니 좀 힘드네요."

"그래, 많이 힘들어해라. 그래도 백수였던 시절보단 낫잖니."

"난 백수가 훨씬 더 좋던데. 그동안 일을 지긋지긋하게 해서 정말 싫거든요."

"누님 하시는 말에 토 달지 마라?"

"그래도 열심히 일한 다음 달콤한 초콜릿을 먹으면 기분이 좋아지거든요. 누가 그러던데 이 호텔의 파티쉐가 이탈리아에서 온 초콜릿 장인이래요."

"오오, 그렇구나. 그럼 혼자 많이 드시고 오세요."

하면서 살금살금 뒷걸음을 치는데,

"좀 있으면 우연 씨 친구 올 텐데요."

"락희가?"

"곧 도착할 기예요."

라는 대꾸에 놀라서 나는 두 눈을 부릅떴다.

"너, 걔랑 언제 연락했어?"

"그때 신촌에서 만난 후 호텔 뷔페에 갔을 때 제가 우연 씨 핸드폰 받은 적 있었죠? 그때 락희 씨 전화번호 외웠다가 나중에 내가 먼저 연락해 봤어요.”

“그, 그럼 그동안 락희와 계속 통화했던 거야?”

“예.”

이놈의 계집애를 당장!

“어머, 우연아. 오래간만.”

호랑이도 제 말 하면 온다더니 락희가 한껏 빼입은 옷차림으로 호텔 로비로 들어섰다. 반짝이가 섞인 반코트에 양쪽 귀에 치렁거리는 귀고리하며 평소 발이 아파서 잘 신지 않던 롱부츠까지 신고 온 걸 보면 단단히 작정하고 나온 꼴이다.

“잘 지냈어요, 제이 씨.”

“덕분에요.”

어쭈, 이제 애칭까지 서로 편하게 부르는 사이라 이거지.

“락희야, 너 잠깐 나랑 얘기 좀 해.”

“그전에 락희 씨, 우리 초콜릿부터 고를까요?”

변태남의 말에 락희가 반색하며 내 손을 잽싸게 뿌리쳤다.

“어머, 그럴까요? 오늘이 발렌타인데이니까요.”

“하지만 초콜릿은 제가 살게요.”

“어머, 남자가 여자한테 초콜릿을 선물하다니 너무 로맨틱하다!”

“하하, 제가 워낙 초콜릿을 좋아해서요.”

“웬일이니, 그런 거 좋아하는 남자 드문데.”

벌써 윈도우에서 큼지막한 초콜릿 상자 세 개를 꺼내 든 변태남이 기쁜 미소를 짓는다.

"자, 하나씩 드릴게요."

"어머, 고마워라. 이렇게 초콜릿까지 선물받았는데 우리가 맛있는 저녁 살게요."

"뱃가죽과 등가죽이 한 몸처럼 늘어붙어도 저 녀석한텐 절대로 밥 안 산다."

내가 음산한 목소리로 중얼거리자,

"우연아, 너 배 안 고파?"

하면서 락희가 눈빛을 빛내며 가까이 다가온다.

"응, 안 고파."

"호홋, 얘가 아무도 믿지 않는 거짓말까지 다 하네?"

"하늘을 우러러 한 치의 거짓말이 없다고 주장하고 싶다면?"

"그래도 내가 믿을 수 없다면?"

"나 사실 얼마 전부터 다이어트 시작했다면?"

"정말?"

"이제 매일 집에서 뒹구는 백수도 아닌데 몸매 관리 좀 해야지. 네 말대로 앞으로 연애하려면 최소한의 준비 정도는 필요하지 않겠어?"

이렇게 내가 태연하게 기짓말을 하자 락희의 두 눈에 이내 실기가 감돈다.

"그러고 보니 전보다 좀 야윈 것 같다?"

"매일 사람들과 맞부딪치는 사회생활이 쉽간?"

"맞아. 너 요즘 회사 일 많이 힘들다고 그랬지, 우연아."

"그래도 이제 마감 끝나서 당분간 괜찮아."

"어쨌든 그렇게 열심히 일하고 나서 퇴근하면 배고프지 않니?"

"당연하지, 지금도 배고파 미치겠다."

헉. 나도 모르게 락희의 교활한 유도신문에 꼴딱 넘어가 버렸다!

"그것 봐, 조금 전 배고프지 않는다는 건 순전히 거짓말이잖아. 그러니까 오늘은 다이어트 상관하지 말고 같이 맛있는 저녁 먹자, 응?"

나는 변태남이 계산을 하는 동안 그녀에게 무언의 대화를 시도했다.

'오락희, 뭐냐. 그 집요함은?'

'좋은 말 할 때 밥 먹어라, 황우연.'

'네 진정한 의도가 알고 싶다, 오버.'

'만년 연애 열등생인 친구를 위한 자비로운 친구의 야심 찬 프로젝트라고 해두지.'

'의도는 좋은데 잘못된 순간의 선택이 그놈의 연애 프로젝트를 엉망진창으로 만들 수도 있다. 네가 몰라서 그러는데 이놈은 뒷감당 안 되는 물건이다.'

'사람 볼 줄도 모르는 무식한 것. 내가 보기엔 성공적인 연애를 위한 양질의 제물임이 틀림없다. 부디 이 언니의 판단을 믿

어라!'

'싫다, 너나 가져라!'

'흑! 그러고 싶은데 저놈은 네가 좋단다!'

'헉!'

잠시 후 변태남이 벙싯거리며 다가오자 락희는 간드러지게 웃으며 나와 다정하게 팔짱을 꼈다.

"있잖아요, 제이 씨. 지금 우연인 배가 너무 고프대요. 우리 뭐 먹을까요?"

"그런데 나 돈 없어서 저녁 못 사. 그리고 초콜릿도 안 먹어."

나는 불굴의 의지를 태우는 항일투사처럼 끝까지 포기하지 않았다.

"좋아, 그럼 내가 살게. 그 대신 계산할 때 넌 반만 부담해."

"장난할래?"

"넌 이게 장난처럼 보이니, 호호."

곁눈질로 훔쳐본 락희의 속눈썹이 마치 오뉴월 땡볕에 즐거이 노니는 파리의 날갯짓처럼 파르르 떨린다. 고등학생 시절부터 익히 봐왔던 그녀의 버릇인데 뭔가 자기 뜻대로 되지 않을 경우 나타나는 보기 드문 신체적 현상이다.

나는 마침내 십년시기 친구가 획책하는 실현 불가능한 연애 프로젝트에 투입된 한 마리의 실험쥐로서 이 한 몸을 기꺼이 희생할 때가 왔음을 직감한다. 그렇다고 이대로 무력하게 그녀의 마수에 걸려들면 황우연의 자존심이 말이 아니다.

'락희야, 왜 이러니. 너 요즘 원고 마감 때문에 시간없잖아?'

내가 점잖게 무언의 대화법을 시도해서 그녀의 현실을 일깨워 준다.

'그럼 내가 러브신 때문에 진도 못 나가는 것 잘 알겠구나?'

'그 일과 이게 무슨 상관이래?'

'있어. 너한테 필이 꽂힌 저 싱싱한 수컷과 연애를 하면 돼.'

'연애?'

'응, 욕망에 사로잡힌 뜨거운 연애 말이야. 전에 네가 그랬잖아, 더 늦기 전에 이 한 몸 불타오르는 연애를 하고 싶어 미치겠다고. 그러니까 가상 현실이 아닌 생생한 연애 정보를 습득해서 내 창작물에 자양분으로 삼고 싶구나. 오케이?'

순간 난 내 입을 찢고 싶어진다. 야, 오락희. 소망과 현실은 엄연한 갭이 존재하는 거라고! 그리고 너, 지금 날더러 저 음험하고 범죄의 냄새가 폴폴 나는 애송이랑 연애를 하란 말이냐? 내 비록 부족한 게 많긴 하지만 적어도 우리 회사에 다니는 박 팀장님 정도 되면 모를까.

"근데 제이 씨, 뭐 먹고 싶어요?"

"짜장면이오!"

순간 변태남의 뒤통수에서 부처님의 후광처럼 뭔가 눈부신 광채가 번쩍 흐른다. 그것은 원시적이고 끝없는 식탐에 대한 녀석만의 숭고한 아우라Aura를 유감없이 드러내며 내 눈을 멀게 만든다.

"정말이에요, 제이 씨?"

"예, 저 사실은 짜장면 무척 좋아합니다."

"어머머, 너무 재밌다. 그럼 우리 그거 먹으러 가요. 아무리 돈 없다고 해도 내 친구는 제이 씨한테 짜장면도 못 사줄 정도는 아니거든요. 그렇지, 우연아?"

[로맨틱 블루의 블로그]

얼마 전부터 그녀와 같은 회사에서 일하게 되어서 요즘 난 무척 즐겁다. 그리고 오늘은 기다리고 기다리던 발렌타인데이. 그녀가 내게 초콜릿을 선물하리라 기대하진 않았지만 내심 서운한 기분은 어쩔 수 없다. 게다가 최근 몇 가지 일을 병행하는 바람에 체력이 점점 떨어지고 있지만 그녀와 같은 회사에서 일하는 걸 포기할 생각은 없다. 후우, 언제쯤 그녀는 진정한 나의 여자친구가 될 수 있을까.

••

└ djkfl245 : 와우, 어떻게 그런 행운을? 굉장한데요, 블루님*^^*

└ 헤매는 난자완스 : 오늘을 위해 이틀 동안 내 님에게 건네줄 초콜릿을 맹글었다. 그런데 차마 주지 못하고 그것들은 지금 내 입속에서 녹여지고 있다. 아, 짝사랑의 괴로움이여!

└ 또랑이 : 어머, 님 저랑 똑같으시에요! 엉엉~

└ 옆집오빠 : 블루님, 저번에 올려주신 인디 음악이 안 열립니. ㅡ_ㅡ

속히 조치를 취해주심이.

└ 자이대파 : 집 나간 마누라, 저희에게 연락 주시면 즉시 찾아드립니다.

└ 서니마음 : 올해도 우리 잘난 오빠께서 학교에서 공수해 온 한 무더기 초

콜릿들이 전부 내 입으로 들어간다는 사실을 아무도 모르겠지,

훗.

알록달록한 물결 무늬가 코팅된 초콜릿 하나를 입에 넣었더니 끔찍하게 달아서 차라리 고문이나 마찬가지였다. 달달하다 못해 목이 탈 지경인데 도대체 이런 게 뭐가 맛있다는 걸까.

"어때, 맛있지? 그치?"

"아니."

"혀끝에서 사르르 녹아내리는 이 달콤하고 진한 초콜릿 향. 죽음이잖니, 우연아."

뜨거운 커피를 한 모금 마시던 락희는 또 하나를 까서 입속에 집어넣더니 무척 행복한 표정을 짓는다.

"락희야, 넌 그게 맛있냐?"

"응. 누가 그러던데 여자는 나이가 들수록 오르가즘의 쾌감보다 초콜릿의 달콤함을 더욱 선호하게 된대. 섹스의 즐거움보다도 차라리 단맛을 느끼는 게 낫다는 건지 아니면 오르가즘을 쉽게 느끼지 못해서 손쉬운 입맛을 택하는 건지 잘 모르겠지만 말이야."

"얘가 갑자기 웬 오르가즘?"

"너와 내가 전혀 모르는 세계에 대해서 잠시 생각해 본 것뿐이야. 근데 자칭 식도락가라는 애가 어째 단것도 못 먹니?"

"적당히 달달한 건 괜찮지만 너무 단건 싫어."

"아무튼 우연아, 난 요즘 무척 슬퍼! 어째서 이 몸은 섹스의 황홀함보다 이깟 초콜릿의 달콤함 따위에 행복해하는 걸까."

오늘따라 락희가 유독 암울 모드인 걸 보니 요즘 수정하고 있다는 원고 작업의 진도가 잘 나가지 않는 모양이다. 특히 그놈의 러브신인가 뭔가가 말이다. 하긴 제대로 연애도 못한 주제에 무슨 에로틱한 장면을 묘사할 수 있을까.

"하나 더 먹을래?"

"아니. 난 이거 못 먹겠다, 락희야."

"그럼 제이 씨한테 선물받은 네 초콜릿은 전부 내가 먹어도 돼?"

"어허, 오 상궁. 자기도 선물받았으면서 욕심이 너무 과하시네. 내가 안 먹어도 우리 식구들 갖다줄 거야. 근데 집이 왜 이리 조용하냐?”

어젠 락희의 배신적인 행동에 결국 변태남과 내키지 않는 저녁을 먹은 후 나는 모처럼 만에 그녀의 집에서 하룻밤을 잤다.

“응, 부모님은 엊그제 캐나다로 여행 가셨고 오빠 당직 때문에 일요일 저녁에나 집에 올 거야.”

고등학생 시절부터 내 단짝 친구였던 락희는 겉보기엔 소박해 보여도 의외로 괜찮은 집안의 딸이다. 부모님은 물론 두 명의 오빠 모두가 현역 의사인 데 비해 그녀는 집안의 반대를 무릅쓰고 기어코 로맨스 소설계로 입문해 버린 천하의 불효녀이기도 하다.

“락희야, 커피 다 마셨니?”

“응. 우리 뭐하고 놀까?”

“그전에 난 너와 그 녀석이 주로 어떤 통화를 했는지 취조하고 싶은데.”

“훗, 그동안 너를 위해서 제이 씨한테 내가 몇 가지 고급 정보를 제공했거든.”

고급 정보?

“훗, 궁금해 죽겠다는 얼굴이네. 예를 들면 우리 황우연이 겉보기엔 맹해 보여도 사실은 책도 꽤 읽어서 은근히 지적이며 또 불의를 참지 못하는 정의감에 가득 찬 멋진 애다, 게다가 현재 잘나가는 대기업에 근무하는 능력녀이다, 뭐 이런 걸 말하는 거란다.”

"그럼 저급 정보는 뭔데?"

호기심에 내가 묻는다.

"그야 네가 천하제일의 절벽가슴에다가 몸매가 백일 된 아기처럼 굴곡이 전혀 없는 통짜라는 것, 그리고 잘생긴 남자만 보면 간이고 쓸개고 다 빼준다던가, 혹은 스트레스가 쌓이면 자다가도 벌떡 일어나서 라면 두 개를 가뿐히 끓여 먹는다는 것, 그리고 태어나서 한 번도 남자랑 자본 적도 없는 숫처녀라는 것, 등등 따위가 되지 않을까?"

"야, 오락희!"

"황우연, 너 나한테 잘해. 까닥하면 더 심한 저급 정보 흘릴 수 있거든."

"제발 흘려라!"

"흥, 감히 네가 넝쿨째 굴러온 호박을 마다해?"

"참고로 나 호박 별로 안 좋아해!"

"시끄러워! 근데 제이 씨가 진짜 너랑 같은 회사에 다닌다는 거 사실이야?"

"그렇다니까."

"제이 씨 말로는 지기는 무슨 컴퓨터와 관련된 일을 한다던데 니희 회사에서 일할 정도라면 나쁜 실력은 아닌가 보다."

"몰라, 난 관심없어."

어쨌든 이번에도 변태남은 자신의 특기 사항을 살려서 내가 다니는 회사를 은밀히 알아낸 다음 모종의 술수를 써서 입사한 게 틀림없다.

"우연아, 제이 씨는 너에 대한 정보를 꽤 많이 알고 있더라. 그런데 넌 그 남자에 대해서 별로 아는 게 없어. 그게 좀 이상하지 않니?"

락희에 말에 머리카락이 쭈뼛해진다.

"너도 변태남이 좀 이상하다는 걸 느꼈구나!"

"뭐, 약간은."

역시 놈은 암흑 세계와 연관되었단 말인가. 돌연 등줄기가 싸해지는 느낌이다.

그로부터 일주일이 지난 어느 토요일 오후. 직속상관이신 오 팀장님의 지엄하신 업무 지시에 따라 나는 모 대학 교수를 찾아가서 그의 원고를 받아 들고서 회사 사무실에 잠시 들렀다. 책상 위에 원고를 놓고 나오는데 어디선가 기척을 죽인 조용한 발소리가 울려 퍼졌다. 이상한 느낌에 바짝 긴장한 내가 공포 영화에 출연하는 단역 배우처럼 벽에 등을 딱 붙인 채 숨죽이고 있는데 한 남자가 조용히 지나갔다. 변태남, 제이였다!

평소와 달리 쫙 빼입은 양복 차림에 나는 흠칫 놀라고 말았다. 매일 아침 헐렁한 티셔츠에 청바지를 입고서 출근하던 놈이 무슨 일이래. 더군다나 딱딱하게 굳은 얼굴로 뭔가를 찾는 듯 두리번거리는 행동들. 역시 뭔가 있구나!

아니나 다를까, 제이는 어느 사무실 앞에 멈추더니 출입구의 지문인식기 앞에 검지를 대고서 문을 살그머니 열었다. 그런 다음 안으로 들어간 후 한참이 지나도 나오지 않았다. 설마 놈은 회사의 기밀을 빼내는 기업스파이? 혹은 내부 정보를 훔쳐서 암흑가에 팔아먹기 위해 이곳에 입사한 건 아닐까.

온갖 불길한 상상을 비비고 버무리고 있는데 잠시 후 밖으로 나온 제이는 주변을 조심스럽게 살펴보더니 빠른 걸음으로 통로를 가로질러 가 엘리베이터를 타고 아래층으로 내려갔다. 나는 재빨리 비상계단을 통해서 일층에 도착했지만 벌써 회사 밖으로 나가서 택시를 붙잡고 있는 변태남! 놈을 놓쳐서는 안 돼! 나는 밖으로 후다닥 뛰어나와 변태남이 올라탄 택시의 번호판을 재빨리 외운 다음 근처 도로가에 있는 택시를 향해 달려갔다.

"아저씨, 방금 저 앞에서 출발한 택시 좀 따라가 주세요! 저기 번호판이 2XX9인 택시 보이시죠?"

"무슨 일 때문에 그러죠, 아가씨?"

나는 몹시 귀찮아하는 택시기사 아저씨에게 적극적인 대의명분을 심어주기로 했다.

"흑, 저 택시에 이삐 퇴직금을 떼먹은 놈이 탔는데 절대로 놓치면 안 되거든요!"

"정말이야, 아가씨? 그럼 어서 타요!"

택시기사 아저씨는 정의감으로 불타오르는 눈빛을 희번덕거리며 마치 액션 영화에 나오는 추격자처럼 엑셀을 엄청 세게 밟아대며 약 7초 간격마다 수시로 차선 변경을 시도함으로써 변태남의 뒤를 아슬아슬하게 뒤쫓아갔다. 나 또한 결국 놈의 꼬리를 잡았다는 희열감에 몸을 떨면서 변태남이 탄 택시가 멈추자마자 차 문을 박차고 나갔다.

"수고하세요, 아저씨!"

"아가씨, 절대로 놓치지 마! 그리고 힘내!"

나는 주먹을 불끈 쥐고서 변태남이 들어간 어느 음침한 골목 안으로 잽싸게 달려갔다. 뱀처럼 꾸불꾸불한 그곳을 빠져나가자 곧 수많은 사람들이 오가는 대로변이 나왔고 내가 쫓던 목표물은 이미 사라져 버린 지 오래였다. 아뿔싸, 놓쳤나?

영화 속의 범죄자들은 일부러 인파가 많은 곳으로 도망쳐서 종종 추적자들을 보기 좋게 따돌리곤 한다. 혹시 모를 미행을 대비해서 용의주도하게 행동하는 걸 보면 어쩌면 변태남은 상당한 프로일지 모른다. 그나저나 닭 쫓던 개처럼 나는 이대로 지붕만 쳐다봐야 하는가.

주위를 둘러보던 나는 주위가 북촌동 부근임을 깨달았다. 2월 치고는 햇살이 꽤 따사로웠고 주변엔 크고 작은 전시관과 더불어 아담하고 세련된 카페들이 꽤 많았다. 토요일이라 그런지 젊은 남녀들이 여유롭게 데이트하는 모습들도 눈에 띄었다.

어떻게 할까 고민하면서 잠시 하릴없이 걷던 나는 어느 거무튀튀한 벽돌로 세워진 웅장한 건물 앞에서 멈췄다. 출입구 앞에 걸린 플래카드엔 '크리스티나 귀국전'이라고 커다랗게 적혀 있었다. 크리스티나? 어디서 많이 듣던 이름 같던데.

고백컨대 사실 나에겐 동물적인 감각이 좀 있다. 흔히 말하는 육감이라고나 할까. 어렸을 때부터 괜히 기분이 나빠지면 그날은 반드시 무슨 일이 생기곤 했는데, 초등학교 시절 중수의 발가락이 부러져서 난리가 났던 그날 아침에도 밥그릇이 식탁에서 아무 이유 없이 떨어졌고, 이따금 뱃속이 울렁거리면 십중팔구 내가 아끼는 물건을 항상 잃어버리곤 했다.

하긴 대학에 떨어졌을 땐 그 전날 밤 깊은 늪 속에 빠지는 꿈을 꾸었고 락희가 나 몰래 인터넷에 로맨스 소설을 연재했을 때도 그 조짐을 귀신같이 알아차렸다.

그리고 지금 눈앞에 펄럭이는 플래카드 속의 '크리스티나' 라는 이름이 이상하게 광채를 발하며 어서 가까이 오라고 손짓하고 있었다. 침을 꼴깍 삼키고서 천천히 계단을 밟고 올라서는데 왠지 모를 한기가 느껴졌다. 그래, 틀림없이 뭔가가 있다!

출입구에 붙여진 포스터 속에는 괴상망측한 사진들이 잔뜩 박혀 있는데 오랫동안 외국에서 활동하던 '크리스티나' 라는 행위예술가가 처음으로 여는 귀국전이란다.

아, 평범한 회화전이나 조각전이 아닌 행위예술이라. 나는 오래전 TV에서 외국의 어느 행위예술가가 옷을 홀라당 벗고서 온몸에 이상한 물감을 칠하면서 마구 비명을 질러댔던 걸 기억해내며 전시장 안으로 내키지 않는 걸음을 옮겼다.

슬쩍 엿본 내부는 역시나 불그죽죽한 조명으로 가득 차 있다.

군데군데 설치된 마네킹도 보이고 벽면엔 형체를 전혀 알 수 없는 요상한 영상까지 흐르고 있다. 아, 역시나 하드 계열의 코드. 아무래도 난 이런 취향은 질색이다. 그냥 갈까, 하는데,

"제이, 이리 와."

하는 여자의 목소리가 들려와 나는 그대로 얼어붙고 말았다. 변태남이 이곳에 있다는 것과 함께 내 직감이 정확하다는 사실에 그만 소름이 끼쳤다고나 할까. 나는 재빨리 출입문 앞으로 쌩 하고 달려가 바닥에 잽싸게 쪼그려 앉았다.

"역시 네가 올 줄 알았어."

여자의 나긋나긋하고 부드러운 목소리. 잠깐, 어디선가 한 번쯤 들어본 듯한데?

"왜, 오지 말 걸 그랬나?"

"아니, 그럼 넌 분명히 후회했을 테지, 제이."

"근데 관람객이 한 명도 없잖아."

"당연하지. 내 전시회는 오후 4시부터 시작하니까."

"잘됐군, 내 마음대로 할 수 있으니까."

"어머, 정말?"

이어 간드러지게 흘러나오는 여자의 교태 어린 웃음소리. 허걱. 이게 무슨 분위기냐. 그리고 저 여자는 제이와 어떤 사이지? 혹시 행위예술가를 가장하면서 놈을 부리는 중간 연락책 마담?

"하지만 제이, 넌 그렇겐 못할걸. 나도 더 이상은 못 참아. 이젠 네 손에서 벗어날 테니까."

"좋아, 그럼 누가 이기나 두고 볼까. 내가 허락할 것 같아? 내 도움 없이 혼자 사는 게 가능할 것 같아, 크리스티나?"

"웃겨, 감히 네가 날 훈계해?"

"한국에 왔다고 달라질 것 같아? 그래서 일부러 귀국한 거라면 소용없을 텐데."

"제이, 넌 아직 어려서 향수병이라는 게 얼마나 지독한지 모르겠지. 그 사람과 같이 있고 싶다는 절박한 이유도 있지만 이젠 고향에서 살고 싶어서 그래. 난 앞으로 그이랑 한국에서 영원히 살 거야."

"그러지 마, 크리스티나. 일단 우리 미국으로 돌아가서 얘기해."

아, 도대체 두 사람은 어떤 사이일까. 궁금한 나머지 나는 고개를 들어 출입문 유리창 너머를 몰래 엿보았다. 여자는 상당한 미인에다가 나이는 한 서른 중반쯤 되었을까. 게다가 엄청나게 풍만한 몸매를 지닌 섹시한 여자였는데 V 자로 깊게 팬 원피스로 인해 움직일 때마다 그녀의 깊은 가슴골이 출렁거렸다.

그런데 더욱 놀라운 광경이 벌어졌다. 변태남은 그녀의 풍만한 가슴을 어루만지더니 벌어진 원피스의 목 언저리를 위로 치켜서 다정하게 여며주었다. 걱정 어린 시선으로 여자의 어깨를 부드럽게 어루만지면서 말이다.

"허니, 다시 생각해 봐. 부탁이야."

나는 숨이 차츰 가빠왔다. 허니, 허니란다! 저 표현은 아마 연인 사이에 쓰이는 것 맞지?

"잘 들어, 제이. 난 그 남자한테 갈 거야. 넌 날 막을 수 없어."

"날 버릴 셈이야?"

"그런 식으로 말해봤자 난 아무렇지도 않아."

"정말 끝까지 그럴 거야?"

더 이상은 들을 필요가 없었다. 기업스파이고 일급 비밀이고 나발이고 전부 아무것도 아니었다. 이건 치정이었다. 연상녀와 사귀는 패륜아 변태남의 글로벌한 연애 행각. 나는 흥분하지 않으려 애쓰며 몰래 밖으로 빠져나왔다. 찬바람이 휭 하고 불어와 내 두 뺨에 싸대기를 따다닥, 때리며 잽싸게 꽁무니를 내뺀다. 에잇, 이런 뭣 같은 경우가 다 있지.

내가 좋다고 회사까지 쫓아왔던 놈이 사실은 양다리? 그것도 쭉쭉빵빵한 섹시녀랑? 이거 완전히 열받네. 아니지, 내가 이럴 필요가 전혀 없는데. 그나저나 놈한테 어떤 극단의 조치를 취해야 속이 시원해질까.

아무튼 조금 전 그들의 대화로 추측해 보면, 둘은 예전부터 서로 뜨거운 사이였는데 어느 날 여자가 변심해서 한국으로 도망치자 변태남이 집요하게 뒤쫓아와서 방해를 놓고 있는 형국. 그 와중에 청순한 미모를 지닌 이 황우연에게 진하게 반해주시는 오지랖까지 겸비하고서 말이다.

맥이 빠져서 그냥 집으로 갈까 생각하는데 갑자기 두 사람이 밖으로 나왔다. 놀라서 근처 카페로 들어갔는데 그들도 내 뒤를 따라 안으로 들어섰다. 행여 들킬까 봐 마음이 조마조마했는데 다행히도 카페 안은 사람들로 북적거렸다.

"카푸치노 하나 주세요."

제이와 여자가 있는 자리에서 좀 떨어진 구석자리에서 등을 돌려 앉은 후 주문을 받으러 온 아르이트생에게 작게 속살거렸다. 두 사람은 커피도 시키지 않은 채 자리에 앉자마자 심각한 표정으로 뭐라고 얘기를 나누더니 급기야 큰 소리를 치기 시작했다.

"크리스티나, 꼭 이런 식으로 해야 돼?"

"좋아, 더 이상 너랑 말하고 싶지 않으니 두 번 다시 내 앞에 나타나지 마! 알았어?"

그렇게 말한 여자는 자리에서 벌떡 일어나 밖으로 나가 버렸다. 쯧쯧, 한 성질 하는 여자군. 그나저나 변태남은 어떻게 나올까. 얼른 나가서 그녀를 붙잡아야 하지 않을까, 이렇게 생각하며 뜨거운 카푸치노에 담긴 고소한 우유 거품을 조용히 핥고 있는데 등 뒤에서 끼이익, 하고 의자를 밀어내는 소리가 들려왔다.

그럼 그렇지. 변태남도 나가려는 모양이나. 나는 날씨도 추운데다가 아직 두 모금밖에 마시지 못한 커피가 아까워서 그대로 자리에 앉아 있기로 했다. 하긴 사건의 전말이 밝혀진 이 마당에 굳이 따라가서 무엇하랴.

그런데 등 뒤에서 뭔가 오싹한 기운이 느껴진다. 뭐지? 누군가가 내 뒤에 서 있는 모양인지 동그란 테이블 위로 웬 그림자 하나가 길게 늘어지더니 움직이지 않는다. 나는 두려운 눈빛으로 천천히 뒤를 돌아다봤다. 설마.

"우연 씨?"

써글! 변태남이 날 발견했다.

"어, 맞네! 어쩐지 동글동글한 머리통이 어디서 많이 본 것 같더라."

"아, 하, 하…… 제이, 안녕?"

"그런데 여긴 웬일이에요?"

그야 네가 우리 회사의 기밀을 팔아먹는 기업스파이는 아닐까 의심스러워서 쫓아왔다고 절대로 말할 순 없지.

"혹시 나 따라다녔어요?"

"아니, 그렇게 심한 착각을? 내가 그럴 리가 없잖아."

잠시 후 나는 변태남을 위해 뜨거운 김이 모락모락 피어나는 핫초콜릿을 주문해 주었다.

"제이, 나 궁금한 거 있는데."

"뭔데요?"

"우리 크리스티나에 대해서 얘기 좀 할까?"

"어, 우연 씨가 우리 엄말 어떻게 알아요?"

뭐, 엄마?

"그럼 방금 그 여자가 제이의 엄마?"

“예.”

정말 그 여자가 엄마라고? 도저히 못 믿겠다! 내가 놀란 얼굴로 입을 다물지 못하자 변태남이 의심스런 눈초리로 내게 물었다.

“근데 우연 씬 어떻게 크리스티나를 알죠?”

“아, 그게.”

“수상하네?”

“사실 그게 말이야, 잠시 볼일이 있어서 근처에 왔다가 네가 어떤 여자랑 미술관에서 나오는 걸 보고 궁금해서 몰래 따라왔거든.”

다행스럽게도 내 거짓말을 순순히 믿은 변태남은 곧 어머니에 대해서 하나둘씩 털어놓기 시작했다. 오래전 한국에서 유명한 아이돌 스타였던 크리스티나는 무려 스무 살이나 많은 그의 아버지한테 한눈에 반해 버렸단다. 그래서 화려한 연예인 생활을 접고서 당시 꽤 저명한 화가였던 남편과 함께 해외로 과감하게 사랑의 도피를 감행했을 때 그녀의 나이 18살. 그해 제이를 낳았으니 현재는 마흔 다섯.

그런데 변태남이 열 살이 되던 해 사랑하는 남편이 불의의 사고로 죽자 아직 풋풋한 20대였던 그의 어머니는 당연히 망연지실. 결국 죽은 전남편을 못 잊고서 미술공부를 하겠다며 프랑스로 건너간 후 저렇게 과격한 예술의 세계에 몸담게 되었단다. 게다가 나이가 들수록 남성 편력이 점점 심해지더니 급기야 지금처럼 연하의 애인까지 생겼는데, 지금 그녀가 한국에 와 있는 것도 그 남자와 심각한 열애에 빠졌기 때문이란다.

"아아, 그럼 전에 오피스텔로 전화했던 여자가 엄마였구나?"

"예. 내가 한국에 왔다는 사실을 누가 알려줬나 봐요. 덕분에 전화 추적을 통해서 그동안 잠적했던 크리스티나를 찾게 되었죠."

"결국 제이는 엄마의 연애 때문에 한국에 온 거였어?"

"그런 셈이죠. 하지만 한국엔 어렸을 때 아버지를 따라 몇 번 온 적은 있어요."

"그렇구나. 근데 아무리 아들이지만 엄마의 사생활에 너무 간섭하는 건 아닐까?"

"하지만 동생이 생기는 게 싫다고요!"

갑자기 변태남이 소리를 빽 질러댔다. 에고, 놀라라.

"도, 동생이라니?"

"이번에 만난 엄마의 애인은 반드시 아기를 낳아야 한다는 전제 조건을 달고서 결혼을 하겠다고 고집을 피운대요. 지금 스물일곱이라는 내 나이에 갓난아기 동생이 생긴다니 정말 끔찍하지 않아요? 게다가 엄마의 연하 애인은 돈 한 푼 없는 가난뱅이 주제에 내 동생을 낳겠다고 하는데 그게 말이 된다고 생각해요?"

아아, 또다시 골치가 지끈거리기 시작했다.

"아무튼 난 엄마의 새 애인을 기필코 찾아낼 거예요."

"찾아서 어떡하려고?"

"엄마와 반드시 헤어지게 만들 거예요."

"어떻게?"

"그 남자의 이름과 주민번호만 알게 되면 그 순간 그는 바로 아웃이죠."

아웃?

"일단 엄마의 애인이 거래하는 은행의 전산 시스템에 잠입해서 통장 잔고를 싹 비워 버릴 거예요. 그리고 그 사람 명의의 신용카드도 전부 사용할 수 없게 만들어 버린 다음 그 외 모든 금융 결제 시스템까지 동결시킬 겁니다. 거기다가 공공기관에 기록된 개인 신상 정보까지 완전히 삭제해 주면 아마 그는 이 지구에서 절대로 살아갈 수 없을 테죠."

우우, 무서운 놈.

"너, 그거 범죄야."

"알아요. 그리고 그런 범죄가 전혀 일어나지 않은 것처럼 은닉하는 것 또한 분명한 범죄일 테고요."

"그, 그 말은?"

"흔적을 지워 아무도 그 사실을 모르게 한다는 거죠."

"내가 경찰에 이를 거야!"

나도 모르게 흥분해서 버럭 외치자,

"으음, 그럼 큰일이네. 정의감 넘치는 우연 씨 입막음은 어떻게 하지?"

하면서 싱글벙글 웃는다. 야, 이놈 보통내기가 아니구나.

"아무튼 결론은 엄마의 애인은 죽은 목숨이라는 거네."

"그러면 크리스티나도 자연히 그 남자를 포기하겠죠."

나는 남은 커피를 꿀꺽 삼킨 후 극악무도한 범법자의 가여운 영혼을 구원하려는 숭고한 목회자처럼 경건한 표정으로 조용히 입을 열었다.

"제이, 내 말 잘 들어. 네가 정말로 엄마를 사랑한다면 그녀가 원하는 걸 방해하지 마. 성숙한 아들답게 엄마의 사랑을 존중해 주라고. 괜히 잔머리나 써서 죄없는 사람 괴롭히면 나중에 죄받는 거야. 애도 아니고 그게 무슨 짓이래?"

내 말에 제이는 다소 누그러진 표정이다.

"내 충고대로 너그럽게 생각한다면 나도 제이를 정식으로 남자로 대해줄게. 어른스러운 행동을 하는 사람에겐 걸맞은 대접을 해주는 법이거든."

"어, 그 말은 저랑 섹스도 할 수 있다는 말인가요?"

내가 어이가 없어서 입을 딱 벌리고 있는데 변태남이 씩 웃는다.

"하하, 우연 씬 그런 생각은 전혀 안 하나 보다. 난 매일 하는데."

근처에서 우리 대화를 엿들은 모양인지 남자 몇 명이 키득거렸다. 아이고, 못살아. 나는 자리를 박차고 일어나 카운터에서 계산을 마치고서 카페 밖으로 나왔다.

"우연 씨, 사실대로 말해봐요. 날 동생 취급 하느라고 약간은 방심하고 있었죠?"

"방심 안 했으니까 안심해, 제이. 널 만날 때마다 난 늘 긴장 하니까."

"정말이요? 왜요?"

"네가 나보다 나이가 어리긴 해도 명색이 남자인데 내가 어찌 태평스럽겠냐?"

"어어, 이거 꽤 기쁜데요?"

변태남은 강아지처럼 내 주위를 빙글빙글 돌더니,

"우연 씨, 잠시 후면 미술관으로 엄마 애인이 올 것 같은데 같이 있어줄래요?"

"내가 왜?"

"나 혼자서 그 남자를 만나고 싶지 않아서요."

하면서 침울한 표정을 지었다. 문득 안쓰러운 생각이 들어서 나는 그가 이끄는 대로 '크리스티나 귀국전'이라고 적힌 플래카드 앞으로 향하고 말았다. 미술관 밖에서 기다리기엔 날이 너무 썰렁해서 우리들은 안으로 들어갔다.

"앞으로 30분 후 전시회기 오픈하니까 엄마 애인은 축히해 주러 분명히 올 거에요."

변태남은 초조한 기색으로 안주머니에 있는 핸드폰을 꺼내서 시간을 자꾸 확인했다.

"근데 그 핸드폰 참 특이하네?"

"아직 출시되지 않은 건데 거래처 기술팀에서 테스트용으로 미리 조립해 준 거예요. 정식으로 판매되기 전에 미리 점검하고 있거든요. 요즘은 실력 좋은 해커들이 너무 많아서 보안문제가 점점 힘들어지고 있어요."

그렇게 말하던 제이는 건물 안쪽을 슬쩍 쳐다보며 한숨을 풀풀 내쉬었다. 엄마와 대판 싸웠던 터라 마음이 그리 좋지 않은 듯 보였다.

"참, 엄마 원래 이름은 뭐야?"

"조미자. 엄청 촌스럽죠? 그래서 크리스티나라는 예명을 계속 쓰고 있죠."

"그래, 본명보다 지금 그 이름이 훨씬 낫네. 아, 맞다. 드디어 생각났어. 그 이름이 왜 이리 낯익나 했더니 내 동생한테 들어서 그랬구나."

"전에 봤던 그 고등학생 남동생이오?"

"응, 그놈이 자기네 게임 서버를 평정한 '크리스티나'라는 게이머를 찾고 있거든. 그런데 우연인지 제이 엄마랑 이름이 똑같네?"

"당연하죠. 내가 그렇게 지었으니까요."

"에, 그게 무슨 말이야?"

"내가 바로 그 크리스티나예요. 작년 겨울 한국으로 몰래 도망쳐서 잠적한 엄마를 찾던 중 무료해서 '크리스티나'라는 이름으로 아이디를 만들어서 한동안 어떤 게임에 푹 빠진 적이 있거든요. 그리고 우연 씨를 처음 만난 날까지 며칠 동안 쉬지 않고 게임을 했더니 나중엔 양쪽 손이 덜덜 떨리면서 경련이 멈추지 않더라구요. 그래서 압박붕대를 감고 있다가 그만 깜빡하고 바지 지퍼를 잠그지 못했던 거였죠, 하하."

맙소사, 정말 어이가 없네.

"그래서 그때 수전증 걸린 사람처럼 손을 마구 떨었구나."

"예. 하지만 그 덕에 우연 씨를 만나게 되었잖아요."

멋쩍은 얼굴로 대답하는 제이를 바라보던 나는 세상이 정말로 좁다는 사실을 실감하면서 중수 녀석이 이 사실을 알면 기절하겠구나 싶었다.

"중수가 그러던데 사흘 밤낮을 쉬지 않고 게임을 했다면서? 그런 게 가능하긴 해?"

"하하, 밥 먹고 화장실 가는 동안엔 제가 프로그래밍한 툴을 사용해서 대신 게임을 하게끔 만들었거든요."

"역시 그랬구나."

"그런데 요즘은 너무 바빠서 게임할 시간도 없어요."

"당연하지, 백수 때와 상황이 전혀 달라졌는데."

이렇게 중얼거리며 출입구 근처에서 하릴없이 서 있는데 자꾸만 좀이 쑤셔왔다. 금쪽같은 토요일 오후, 모처럼 만에 시내로 나와서 멋진 남자와 데이트는 못할망정 무슨 흥신소 직원처럼 몸을 숨긴 채 변태남 엄마의 애인을 기다리는 게 영 내키지 않는다. 어휴, 불쌍한 황우연 인생.

“왜요, 지루해요?”

눈치 빠른 녀석.

“언제까지 여기서 기다려야 해? 문에서 자꾸 바람이 들어와서 발도 시리고 춥네.”

“옷 벗어줘요?”

“너, 영화를 너무 많이 봤구나.”

“그럼 안아줄까요?”

“아차, 네 취미가 매를 버는 거였지?”

“그럼 키스해도 돼요?”

“죽을래!”

버럭 소리치자 그가 킬킬거리며 어깨를 흔든다.

“그거 알아요? 우연 씨와 대화하는 건 너무 재미있어요.”

“뭐가 재미있다는 거지?”

“대답이 너무 빤히 보여서.”

“흥, 그렇게 잘난 척하는 건 아마 나이 어린 남자로서의 콤플렉스 때문이겠지.”

“콤플렉스?”

“뭐, 나이 많은 누님한테 잘난 척하고 싶은 연하남의 작은 욕심이랄까?”

그러자 변태남은 뭔가 생각에 잠긴 듯 흐음, 하면서 문밖을 내다보는 척했다. 초봄의 따사로운 햇살이 부딪치는 유리문 너머 길가엔 바삐 오가는 남녀들의 모습이 보였고 이제 막 푸릇한 잎사귀들을 팔랑거리는 가로수들은 바람에 간간히 흔들리고 있었다.

나는 여전히 시선을 밖으로 향한 채 말없이 서 있는 변태남을 물끄러미 쳐다봤다. 그러고 보니 이렇게 가까이에서 얼굴을 보는 게 처음이긴 하다. 비록 나보다 두 살이 어리긴 하지만 겉보기에 그는 꽤 어른스러운 분위기가 솔솔 풍긴다.

미국에서 태어나 자란 이민 2세대답게 자유분방한 분위기가 흐르지만 어린 시절부터 외롭게 지냈다고 하니 문득 안쓰러운 마음도 든다. 하긴 너무 나이 어린 어머니 밑에서 제대로 보살핌조차 받지 못했을 테니 이렇게 유아스러운지도 모르겠네. 잠깐, 내가 왜 이런 녀석한테 신경을 쓰는 거지.

그런데 옆얼굴을 바라보던 나는 제이의 이목구비가 꽤 반듯해서 흡족한 얼굴로 고개를 끄덕거렸다. 흠, 좀 생겼네. 어찌 보면 귀엽기도 하고. 락희는 그가 내게 반했다는 사실이 지구 역사상 발생했던 무수한 불가사의한 일들 중 하나가 될 거라고 목에 핏대를 세우며 주장하고 있다. 그러면서 이 기회를 절대로 놓치지 말고 몸과 마음을 바쳐서 녀석과 연애하란다.

매일 나와 섹스하는 생각을 한다는 제이의 장난스런 말에 나는 예전에 어느 잡지에서 남자들에게 성욕이란 곧 삶을 지탱하는 에너지라는 글을 읽은 게 기억난다. 흔히 남자들은 죄다 늑대이네, 너무 동물적이네, 라는 비난을 받곤 하지만 솔직히 나는 그게 나쁘다고 보지 않는다.

섹스란 무생물과 달리 살아 있는 존재가 가질 수 있는 자연스

런 행위인 것이다. 이 세상의 모든 생명체들은 저마다 자신의
후손을 남기려는 본능을 지닌 채 살아가고 그 과정에서는 반드
시 성적 행위가 동반된다. 더욱이 동식물을 망라해서 짝짓기를
하지 않는 건 거의 없다. 누군가는 섹스란 서로에게 해를 끼치
는 강압적인 방법만 배제된다면 적어도 비난해서는 안 되는 신
성한 행위라고 말하기까지 한다.

자, 그렇다면 황우연은 어째서 그런 당연한 행위도 하지 못하
고서 아직도 처녀인 거지? 적당한 상대가 없어서? 성욕이 부족
한 탓에? 그게 아니라면 그 방면엔 여전히 무감각하기 때문일
까. 아니면 여전히 섹스에 관한 의욕이 부족한 탓인가. 더군다
나 운 좋게도 나를 좋아해서 어떻게 해볼까 하고 작업하고 있는
연하남을 코앞에 두고서 말이다.

그렇다면 뭐, 키스 정도는 해도 괜찮지 않을까, 하고 생각하
다가 그만 피식 웃고 말았다.

"왜 웃어요?"

"아무것도 아냐, 제이."

"혹시 야한 생각 했어요?"

"그러면 안 돼?"

"혹시 나와 키스할까 고민하고 있어요?"

앗, 딱 걸렸다.

"근데 내가 나이 적은 걸 무마하기 위해 괜히 거들먹거린다면
우연 씬 오히려 그 반대인가요?"

“뭐?”

“누나랍시고 괜히 고지식한 그런 편견에 사로잡혀 있잖아요. 안 그래요?”

“미안하지만 그건 아닌데?”

“증명할 수 있어요?”

“키스해 주리?”

“해줄래요?”

순간 제이가 허리를 숙이고서 내게 얼굴을 바짝 들이댄다. 시원한 눈매와 길게 뻗은 콧날, 그리고 이마를 살짝 덮은 검은 머리카락. 게다가 달콤한 냄새까지 살살 풍긴다. 조금 전 카페에서 마셨던 뜨거운 핫초콜릿의 달콤한 향이 이렇게 오래가나.

그건 아니었다. 살며시 눈웃음치는 그의 얼굴에선 누구든 편안하게 해주는 기분 좋은 단내가 풍긴다. 인정하긴 싫지만 매력 있고 멋있는 녀석이긴 하다. 그리고 락희 말대로 성공적인 연애를 위한 양질의 제물임이 분명했다.

“저리 가.”

그때였다. 변태남이 기습적으로 내 뺨에 쪽, 하고 입을 맞췄다.

“세이, 너!”

내가 발끈해서 주먹을 휘두르는데 갑자기 녀석이 긴장된 얼굴로 내 팔목을 꽉 움켜잡았다. 곧 출입문이 열리면서 한 남자가 안으로 들어섰다.

"혹시 저 남자가 엄마 애인이 아닐까요?"

나는 그가 흥분해서 혹시 소란이라도 피우지 않을까 내심 걱정되었다. 안으로 들어온 문제의 남자는 중간 정도의 키에 적당하게 살집이 붙은 말쑥한 타입이었다. 자자자, 잠깐, 저 남자는?

"어, 우연이 네가 여기 웬일이냐?"

남자는 나를 발견하고서 놀란 얼굴이 되었다. 헉! 외, 외삼촌?! 나는 너무 놀라 입이 다물어지지 않았다.

"우연 씨, 이 남자 알아요?"

"으, 으응. 그게 말이야……."

제이가 앞으로 나서더니 우리의 오관대 씨에게 적의 어린 시선으로 물었다.

"혹시 크리스티나 씨와 사귀는 분 맞습니까?"

"예? 아니, 저……."

당황해서 말을 더듬거리는 외삼촌에게 내가 물었다.

"외삼촌, 혹시 전에 사귄다는 애인이 여기서 전시회를 열고 있는 크리스티나 씨예요?"

"아니, 네가 그걸 어떻게 알고……."

큰일 났다! 진짜 세상이 좁긴 무지하게 좁구나. 그제야 외삼촌이 당분간 엄마한테 애인 얘기를 하지 말라던 이유를 비로소 알게 되었다.

"그러니까, 우리 엄마 애인이 우연 씨의 외삼촌?"

헉. 어느 틈에 음험한 눈빛을 번뜩이는 제이를 발견하자 나는 가슴이 철렁한다.

"나, 나도 몰랐어!"

우리의 순진한 오관대 씨는 나와 제이를 번갈아 보면서 어찌할 바를 몰라서 멀뚱하게 서 있었고 나는 진땀을 흘리면서 이 돌이킬 수 없는 사태를 어떻게 수습할까 고심했다.

"저기, 제이."

하지만 그의 얼굴엔 벌써 어둠의 기운이 번져 가고 있었다. 아아, 이 녀석 폭주하면 절대로 안 되는데. 나는 죽음의 손길에서 어서 외삼촌을 구출해 줘야 한다는 절박함에 몸을 부르르 떨었고 그가 이 대한민국 사회에서 아웃되지 않도록 결사적으로 막아야 할 의무감을 느꼈다.

"안 돼, 제이. 절대로 그래선 안 돼!"

"뭘요?"

제이가 나를 빤히 쳐다보며 무뚝뚝하게 쳐다본다.

"서, 설마 내 외삼촌한테 그러진 않겠지?"

"그러지 말아야 할 이유라도 있나요?"

"제이!"

"왜요, 우연 씨?"

"나랑 어디 가서 일단 얘기 좀 해!"

"흐음, 그럴까요?"

단단한 어조였지만 이미 난 그의 페이스에 말려들었다는 걸 깨달았다. 아흑, 누가 나 좀 구해주시길!

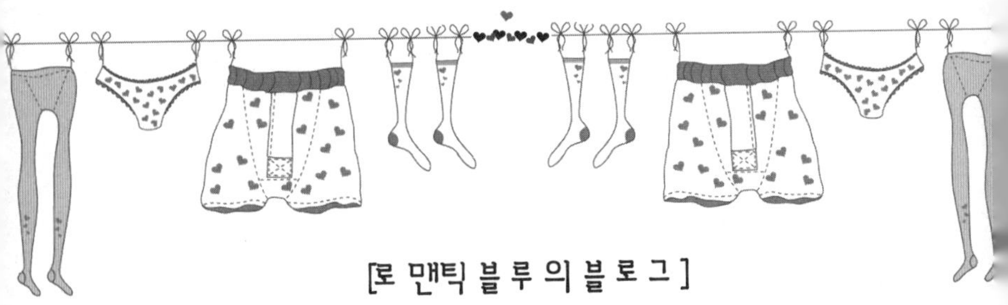

[로맨틱 블루의 블로그]

오늘 난 세상이 참 넓고도 좁다는 사실을 깨달았다. 그리고 나의 그녀와 가까워질 수 있는 절호의 기회를 얻게 되어 새삼스레 내가 운이 무척 좋다는 걸 느낀다. 문제는 나의 그녀가 도무지 종잡을 수 없는 성격이라서 어떤 식으로 나가야 할지 아직도 어렵다는 것. 어쨌든 앞으로 그녀와 좀 더 자주 함께할 수 있어서 기쁠 뿐이다. 오늘은 책을 읽다가 사랑받는 것보다 사랑하는 게 훨씬 더 어렵다는 글을 발견했다. 동감한다. 진심으로 사랑하기 위해선 상대가 원하는 것을 배려해 주며 늘 수고를 아끼지 말아야 하기 때문이다. 아, 그렇다면 어떤 수고와 배려를 해야만 그녀를 완전한 나의 그녀로 만들 수 있을까.

∟ 먹고싶다 : 같이 자. 그럼 해결된다.

∟ 댓글사랑 : 저런 악성 댓글 좀 지워주시삼.

∟ djkfo301k : 너무 짜증 부리지 마라. 내가 보기엔 수억 년이 지나도 변하

지 않을 불멸의 진리다.

└ 누구더러 : 하긴 그 말이 틀리진 않겠죠. 여자와 남자의 관계란 참으로 오
　　　　묘해서 성적인 유대감이 없다면 완전한 사랑을 이룰 수 없다고
　　　　그러네요. 그렇다고 억지로 싫다는 여자를 범하는 남자들도 찌질
　　　　한 족속이고 몸을 이용해서 남자를 어떻게 해보려는 여자들도
　　　　짜증난다고나 할까요.

└ 11394djfl : 맞아요. 근데 요즘은 전 세계적으로 동성애가 확산되고 있는
　　　　추세라 과연 자연이 준 정상적인 성이 무엇일까 새삼스레 궁금
　　　　해 진다는.

└ 자이해결 : 밀린 빚 대신 받아드립니다! 업계 최고의 성공률에 빛나는 저희
　　　　에게 맡겨주십시오!

└ 변남3 : 이 블로그 잼나네. 남의 사생활을 캐고 싶은 현대인의 얄팍한 심
　　　　리! 한 사람의 일상생활이 마치 오락거리처럼 느껴지는 건 어쩔 수
　　　　없음.

세상엔 우연이란 없다, 라고 말한 건 내가 아닌 바로 제이였다. 자신을 만나게 된 건 필연적으로 그렇게 되게끔 프로그램되었기 때문이란다. 심지어 나를 만난 게 운명이라고 말하며 나 역시 그렇게 생각해야 한다고 강요까지 한다. 슬프게도 그러겠다고 고개를 끄덕이던 나는 그의 뜨거운 키스를 달게 받아들여야 했다. 왜냐하면 나는 제이의 노예였으니까.

그가 갑자기 웃통을 벗으며 살짝 눈웃음을 치더니 부드럽게 속삭인다. 말해봐, 우연 씬 내 것이라고요. 아아, 그래요. 섹시한 나의 제이. 나는 당신의 여자랍니다. 그리고 사실은 당신과 키스하고 싶었어요. 그러니까 꼭 안아주세요…… 가 아니고 넌 이제 죽었어!

별안간 내가 거대한 포크를 휘두르며 제이에게 반격을 시작하자 그는 초콜릿 사탕을 입속에 굴리면서 내 은행 계좌를 싹 비워 버리겠다고 협박을 한다. 나는 울부짖는다. 안 돼, 제이! 난 더 이상 백수가 되긴 싫단 말이야. 그만해, 제이……!

헉. 악몽을 꾸었다. 침대에서 벌떡 일어났더니 어둠 속에서 수연이의 동그란 벽시계가 빛을 발하며 번들거린다. 야광시계이기 때문이다. 수연이 미대에 들어가던 그해 봄, 그녀를 짝사랑하던 공예과 선배가 직접 만들어 선물했다는 그 시계는 낮에는 평범하게 시간을 가리키지만 밤만 되면 양 날개를 쫙 펼치며 날아가는 독수리의 모습이 선명하게 보인다. 이른바 실용주의에 입각한 포스트모더니즘의 심오한 예술 세계란다.

수연은 잘 빠진 허벅지를 내 배 위에 턱하니 올려놓고선 깊이 잠들어 있다. 밤새 꿈속에서 홀딱 벗고 달려들던 제이한테 시달렸던 터라 나는 아직도 심장이 벌렁거린다. 결국 잠도 오지 않아서 방에서 조용히 나왔다. 바야흐로 햇살 따듯한 춘삼월이지만 새벽이면 우리 집 거실은 삽시간에 툰드라 지역으로 바뀐다. 알뜰하신 엄마가 밤이면 거실의 보일러를 18도로 해두고 주무시기 때문이다.

아, 분하게도 이럴 때 매일 아침 제이가 주는 뜨거운 커피가 그립다. 그리고 나는 세상에서 가장 불쌍하고도 비굴한 존재가 되어버린다.

"우연 씨, 얼굴이 요즘 많이 수척해졌네? 일이 힘들어서 그런가?"

오 팀장님의 걱정스런 말씀에 괜찮다고 대꾸하려던 나는 오늘 아침도 변함없이 회사 근처 카페에서 카푸치노를 사가지고 오는 제이의 끈질긴 애정 공세를 얌전히 받아들였다. 음, 오늘 새벽에 마셨더라면 더욱 좋았을걸, 하고 생각하면서 말이다.

"사랑은 희생과 봉사래요."

제이가 빙긋거리며 내가 커피 마시는 모습을 쳐다본다.

"거기서 희생은 내 몫인가 보지."

"흠, 커피 마시는 게 희생이란 뜻인가요?"

"아니, 매일 아침 네 얼굴 보는 거. 커피는 꽤 맛있으니까."

현재 나는 외삼촌 때문에 몹시 곤란한 상황에 처해 있다. 왜냐하면 자신이 제거해야 할 목표물이 외삼촌이라는 사실을 확인한 제이가 잔인한 응징을 잠시 보류하는 대신 나와 모종의 비밀 거래를 은밀히 제시했기 때문이다. 아주 사악한 미소를 지으면서 말이다. 그것은 다름 아닌 자신을 위한 세 가지 소원을 들어줘야 한다는 조건이었다.

허참, 내가 무슨 요정도 아닌데 웬 소원? 게다가 마술 지팡이도 없는데 무슨 소원을 이뤄줄 수 있단 말인가. 하지만 제이는 내가 약간의 배려만 해준다면 이룰 수 있는 평범한 소원이라고 설득함으로써 나의 격렬한 반항심을 달랬다.

우선 그 첫 번째 소원은 지금처럼 매일 아침마다 그가 갖다주는 커피를 고맙게 마셔야 하는 것.

"매일 아침 여니의 얼굴을 볼 수 있어서 참 좋아요. 근데 입술에 우유 거품이 묻은 여니의 모습이 참 섹시하다는 거 모르죠?"

'여니'는 내 이름의 끝 자인 '연'을 발음하기 쉽다며 제이가 지어준 내 애칭이다. 미치겠다.

"알게 해줘서 고마워. 앞으로 참고할게."

색욕에 눈먼 네놈한테 뭔들 섹시하지 않으리요. 이미 회사에선 놈과 나를 절대로 떼어놓을 수 없는, 하늘이 점지해 준 커플로 인정하고 있다. 우라질. 박 팀장은 사흘에 한 번 꼴로 내 사무실에 들러서는 우리 두 사람이 아주 건전한 커플이라며 나를 격려해 주곤 한다. 바보처럼 왜 가만히 있냐고 묻는다면 그건 순전히 외삼촌 때문이라고 대답하고 싶다.

지난 토요일 제이를 만났던 그다음 날 저녁, 마포의 오피스텔로 나를 조용히 불러낸 우리의 오관대 씨는 갑자기 내 바지자락을 꽉 붙잡더니, 내 평생 그토록 사랑하는 여자는 두 번 다신 만나지 못할 것 같다, 그리고 절대로 그녀와 헤어질 수 없으니 제발 도와달라며 목 놓아 울부짖기 시작했다.

게다가 외삼촌은 제이기 두렵다며 그 어떤 역경을 극복하더라도 반드시 사랑스런 크리스티나와 결혼하고 싶은데 무슨 좋은 방법이 없겠느냐며 몹시도 괴로워했다. 나는 그런 오관대 씨를 지켜보는 내내 마음이 아파서 찢어지는 듯했다. 내가 너무

착하다고? 천만의 말씀. 외삼촌이 불쌍해서가 아니고 순전히 내가 가엾기 때문이었다. 아니, 중간에 낀 내가 무슨 죄냐고요.

설마 이것이 말로만 듣던 운명의 장난? 아니면 저 변태남의 가증스런 물밑 작업의 결과란 말인가. 인생이란 좌우지간 뜻대로 되는 법이 없다.

그로부터 며칠이 지난 점심 시간. 얼마 전 구입한 할인식권으로 구내식당에서 점심을 사먹을까 고심하던 나는 기분전환도 할 겸 사무실 언니들과 함께 밖으로 나가기로 결정했다. 복잡한 엘리베이터를 피해 비상계단으로 내려가는데 벽에 등을 기댄 채 계단 위에 앉아 있는 변태남을 발견했다.

"어머, 우연 씨 남친 아냐?"

지엄하신 최 대리 언니가 기다렸다는 듯 호들갑스럽게 말하자,

"우린 괜찮으니까 둘이 점심 같이해요."

라고 말하면서 일행은 삽시간에 나만 쏙 빼놓고서 사라져 버린다. 아, 나 지금 왕따당하는 거 맞지? 이대로 수습사원으로 끝나는 건 아닐까 괴로워하는데 엉덩이를 툭툭 털고 일어난 제이가 나를 보고 싱글벙글 웃더니,

"벌써 점심시간이에요? 시간 참 빨리 가네. 내 자리에 샌드위치가 있긴 한데 나랑 같이 먹을래요?"

하면서 나한테 가까이 다가온다.

"뭐냐, 킬리만자로의 표범 흉내라도 내고 싶은 거야?"

"킬리만자로엔 가본 적도 없고 난 표범 아니고 사람인데요,
여니."

어휴, 말을 말아야지.

"담배 냄새 풀풀 나는 계단에서 청승맞게 뭐하는 거래?"

"잠깐 생각할 게 있어서요."

"옥상 정원도 있는데 하필이면."

"아, 그렇구나. 우리 거기 가서 샌드위치 먹을까요?"

"그거 두 번째 소원이야?"

그러자 제이가 이를 드러내며 히죽 웃는다.

"너무 시시하잖아요. 그런 데 써먹긴 아깝죠."

"그럼 혼자 먹어."

"누나."

헉.

"하하, 뭘 그렇게 놀라요?"

"너, 농담이 많이 늘었구나?"

"이럴 땐 누나라는 말이 필요할 것 같아서요. 정말 같이 올라
가지 않을래요? 어차피 우연 씬 점심 먹어야 하잖아요."

할 수 없이 계단 아래로 내려가는 제이를 뒤따라갔다. 내가
일하는 7층보다 아래층에 있는 그의 사무실은 쥐 죽은 듯 고요
했는데 점심시간인데도 돌아다니는 사람이 전혀 없다. 게다가
바닥엔 방음 카펫까지 깔려 있어서 발소리조차 나지 않았다.

"여긴 물이 다르네."

“그게 무슨 뜻이죠?”

“분위기가 다르다는 소리야. 여긴 뭔가 살벌한 느낌인걸.”

“보안관리 부서가 2층 전체를 쓰고 있는데 사무실 절반은 컴퓨터와 서버가 차지하고 있어서 다른 데와 달리 조용한 편이죠.”

제이를 따라 들어간 사무실 안은 칸막이도 없이 공간 전체가 개방되었는데 벽면마다 에어컨 비슷한 기계들이 즐비하게 서 있었다. 철통같은 수비를 맡고 있는 기계 병정 같은 느낌이랄까. 제이는 책상 아래에서 작은 종이가방을 찾아가지고 와서 밖으로 나가자는 눈짓을 보냈다.

“박 팀장님은?”

“조금 전 나와 싸우고 나갔어요.”

“어, 그게 무슨 말이야?”

제이는 내 질문에 아무 대꾸 없이 엘리베이터에 올라탔다.

잠시 후 옥상으로 올라가자 나무 몇 그루가 심겨진 아담한 정원이 눈앞에 펼쳐졌다. 첫 출근 때 회사 여기저기를 구경하다가 올라온 이후 오늘이 두 번째이니 그동안 나도 꽤 바쁘게 지낸 모양이다. 근처에는 우리 말고도 나무 벤치에 삼삼오오 모여서 점심을 먹는 사람들이 꽤 많았다.

“빈자리가 하나도 없네.”

“그냥 잔디 위에 앉아서 먹죠.”

“나 스커트 입어서 그럴 순 없어.”

"여니는 다리가 예뻐서 봐줄 만해요."

"난 네 입장이 아닌 내 입장을 말하는 거란다, 제이."

제이는 걸치고 있던 웃옷을 벗어서 내게 주었다.

"그걸로 덮어요. 그러면 됐죠?"

"오, 센스있네?"

이제 보니 매너도 괜찮네…… 가 아니고 이게 뭐야. 짜장면 국물이 묻은 카디건. 사서 한 번도 세탁한 적이 없는 것 같은 이 꾀죄죄한 빛깔하며 등판에 붙어 있는 이 거대한 형상은 동물의 머리는 아니고…… 로봇? 나는 한숨을 내쉬며 그가 건네주는 샌드위치를 받았다.

"근데 이건 언제 샀어?"

"오늘 아침 여니의 커피 사 오면서."

"흠흠, 맛있네. 근데 이걸로 양이 차? 내가 괜히 빼앗아 먹는 거 아냐?"

"맛있으면 내 것도 마저 먹을래요?"

나는 샌드위치는 입에도 대지 않고 내게 내미는 제이를 흘끗 쳐다봤다.

"무슨 일 있구나? 혹시 박 팀장이 괴롭혀?"

"아뇨, 오히려 내가 괴롭히고 있죠."

엥?

"업무상 무슨 트러블 있나 보네?"

"그 이상이죠. 당분간 두고 볼 생각이지만 뭐, 내키면 내가 직접 아웃시켜 버리든지.”

“너, 그 아웃이라는 말 좀 그만 쓸 수 없어? 내가 그 단어에 안 좋은 추억이 있어서 말이야.”

그러자 제이는 하하, 하고 소리 내어 웃더니 정색한 얼굴로,

“여니 외삼촌 잘 계시죠?”

“그, 그럼. 매주 주말 저녁마다 크리스티나 씨와 데이트한다던데.”

“흠, 그래요?”

하면서 종이팩 오렌지 주스 하나를 꺼내 빨대를 꽂더니 나한테 내민다.

“괜찮아. 난 이따 사무실 내려가서 커피 마실래. 그리고 샌드위치에 야채가 많이 들어 있어서 그리 뻑뻑하지 않으니까 주스는 제이 마셔.”

“그럴까요.”

“근데 요즘 일이 많이 힘든가 봐. 먹는 것도 시원찮고. 사람이 먹자고 하는 일인데 끼니까지 거르면서 일하는 거 안 좋아.”

“지금 나 걱정해 주는 거예요, 여니?”

“인생 선배이자 누님으로서 해주는 충고 한마디지.”

“사실은 조금 전에 나가서 짜장면 먹고 들어왔거든요. 근데 배가 너무 불러서 여니가 샌드위치 대신 먹어줘서 다행이네요.”

이걸 그냥.

“그러니까 이 몸은 불필요한 샌드위치 처리반이라 이거지?”

“그건 아니고요. 이따 출출할 때 먹으려고 그랬는데.”

그때 제이의 핸드폰이 요란스런 진동음을 냈지만 그는 손바닥에 올려놓고서 바르르 떨고 있는 핸드폰만 물끄러미 내려다볼 뿐이었다.

“전화 안 받아?”

“받기 싫어서요.”

“왜?”

“또 일해야 하니까.”

나는 제이가 쥐고 있는 핸드폰을 슬쩍 훔쳐봤다.

“어, 이거 국제전화 아냐?”

“맞아요. 뉴욕에서 오는 사무실 전화.”

“혹시 제이가 일했던 곳?”

“예. 그리고 지금도 일하고 있는 곳.”

“투잡이네?”

“그 이상이죠.”

하면서 침울한 표정을 짓는 제이였다. 나는 엄마인 크리스티나를 찾아서 무작정 한국으로 왔다는 그에게 무슨 말 못할 무슨 사정이 있나 보다 추측했다. 하긴 잘나가는 컴퓨터 보안기라고 하니 사방에서 일해달라고 졸라대겠지.

“여니?”

“왜, 제이?”

“드디어 두 번째 소원이 생각났어요.”

나는 흥분한 나머지 콧구멍이 벌름거리는 걸 숨기지 못했다. 놈이 무슨 과도한 요구 사항을 내걸지 걱정이 앞선 탓이다.

"와, 갑자기 여니의 콧구멍이 평소보다 더 커졌네. 근데 꽤 귀엽다."

제이, 내가 네 독특하고 특이한 미적 감각에 늘 의문을 품고 있다는 거 모르지? 순간적으로 스트레스가 폭주해서 나도 모르게 제이의 샌드위치를 움켜쥐고서 한입 크게 깨물고 말았다. 아, 긴장하면 폭식하는 나의 나쁜 버릇은 언제쯤 고쳐질까.

"여니, 천천히 좀 먹어요. 그렇게 볼이 터지도록 먹다가 샌드위치가 입 밖으로 튀어나올까 겁나요."

"한 대 맞기 전에 그 두 번째 소원이 뭔지 빨리 말하기나 해."

"뭐, 때론 과격함도 여니의 매력이긴 하지만."

당분간 외삼촌과 크리스티나가 데이트하는 걸 방해하지 않겠다는 조건으로 제이가 내게 요구한 세 개의 소원. 아, 자기가 무슨 동화 속의 주인공도 아니면서 이게 무슨 짓이냔 말이다. 여하튼 나이 어린 티를 팍팍 낸다니까.

"그러니까 네 두 번째 소원이 뭐냐니까!"

"음, 조만간 여니네 집에 놀러 가고 싶은데."

휴, 별거 아니네.

"좋아, 콜. 이제 하나 남았다."

아무튼 두 번째 소원이 그리 심각한 수준은 아니라서 다행이긴 하다.

“언제 놀러 갈까요, 여니?”

매도 먼저 맞는 게 낫다.

“이번 주 일요일 오후 2시쯤.”

“오케이.”

일요일 아침, 부모님은 오늘도 일찌감치 신촌 가게로 나가셨고 언니는 최근 애인과 사랑싸움을 하느라 아침도 거르고서 외출한 상태이다. 나는 아침 겸 점심 식사를 느긋하게 끝낸 후 집에 있는 수연과 중수를 거실로 불러 오늘 오후 2시경 우리 집에 손님이 방문하는 관계로 모두 사라져 달라고 정중하게 부탁했다.

“음, 누군데 언니 만나러 우리 집으로 온다는 거야?”

수연이 먼저 입술을 삐죽 내밀며 묻는다.

“그냥 업무상 손님.”

“혹시 그 손님 남자 아냐?”

“어.”

유감스럽게도 결정적일 때 나는 거짓말을 잘 못한다.

“아무튼 다행이네. 난 언니가 전에 발렌타인데이 때 큼직한 초골릿을 가져와서 요즘 여자랑 시귀는 줄 알았어.”

“야, 초콜릿은 꼭 여자만 주는 게 아니거든?”

“그래도 난 반대야, 누나. 남자와 단둘이 빈집에 있는 건 위험하잖아.”

거실 소파에 점잖게 앉아 있던 중수가 한마디 거든다.

"누가 위험해? 손님으로 오는 남자가?"

"야, 황수연!"

내가 소리 빽 지르자 중수는 팔짱을 낀 채 심각한 어조로 말했다.

"누나, 어쨌든 남자랑 단둘이 있는 건 좀 그런데."

"남자 아니고 내가 아는 후배야. 어린놈인데 뭐가 걱정이니?"

"요즘은 연하남이 더 무지막지하다는 거 몰라?"

하긴 그렇다는 걸 몸소 체험하고 있는 황우연님이시다.

"중수야, 사실은 오늘 집으로 놀러 오는 후배가 작년 크리스마스이브 때 날 도와줬던 그 친구거든. 너도 한 번 얼굴 봤잖아."

"그래? 근데 왜 우리 집으로 오는 거야? 혹시 둘이 사귀는 거 아냐?"

"그건 아니거든? 참, 그런데 그 뭐냐, 네가 전에 말한 게임의 지존이라는 '크리스티나' 있지? 나도 몰랐는데 바로 그 사람과 동일 인물이더라."

"헉! 정말이야, 누나?"

"그럼, 이 누나가 언제 밥 잘 먹고 헛소리하는 거 봤냐."

중수는 별안간 두 팔을 번쩍 올리더니 거실을 마구 뛰어다니면서 괴상한 비명을 질러댔다. 그러더니 두 눈에 시퍼런 쌍심지를 활활 피우며 내게 외쳤다.

"누나, 내 말 잘 들어! 이 시간 이후로 나는 집에서 절대로 나가지 않겠어! 아니, 못 나가! 전설의 지존을 배알하는 자리를 절대로 놓칠 순 없다고!"

배알?

"암튼 그렇게 알아, 누나!"

중수가 육중한 몸으로 춤을 추는 동안 수연이 관심없다는 듯 하품을 길게 해댔다.

"어차피 난 약속 있어서 나갈 참이었어."

어쨌든 수연은 쫙 빼입고서 집을 나섰고 중수는 도대체 무슨 짓을 꾸미고 있는 건지 굴속에 파묻힌 오소리처럼 내내 자기 방에서 나오지 않았다.

그런데 오후 2시가 되기도 전에 갑자기 차임벨이 울리기 시작했다. 너무 빨리 왔잖아. 투덜거리며 현관문을 열어보니 제이가 아닌 웬 고등학생 십여 명이 우르르 안으로 들어왔다.

"너, 너희들 뭐니?"

"중수한테 연락받았어요. 크리스티나님과 잘 아는 사이라면서요?"

"안녕하세요, 누님. 잠시 실례 좀 할게요."

"어서 그분을 맞이할 준비를 해야죠."

"누님 덕분에 저희가 소원을 풀게 되었어요!"

"안녕하셨어요, 언니."

이렇게 한마디씩 내뱉으며 마루로 들어오는 중수의 패거리들

중에는 작년 크리스마스이브 때 봤던 중수의 귀여운 여자친구
도 있었지만 태반이 중수 또래의 남자들이었고 대학생도 두어
명 섞여 있었다.

이거 큰일이네. 아니, 오히려 잘된 건가? 제이는 우리 집으로
놀러 온다고 했을 뿐 다른 사람들까지 오면 안 된다고 말한 건
아니니까 상관없겠지? 하지만,

"우연 씨, 일부러 그런 거죠!"

라고 소리치며 현관문 앞에 선 제이가 골이 잔뜩 난 얼굴로
노려보자 나는 조금은 걱정되었다. 그도 그럴 것이 문을 열어주
고 있는 내 뒤엔 시커먼 덩치들이 포진해 있기 때문인데 어디서
구해왔는지 붉은 양탄자가 현관부터 거실까지 길게 깔려 있었
고 저마다 엉성한 글씨체로 '축! 크리스티나님 환영' 이라던가
'영원한 전설의 지존!' 등등 요따위 문구가 적힌 플래카드를 들
고 있기 때문이다.

"죄송해요, 크리스티나님! 나중에 두 분이서 오붓하게 지낼
수 있도록 해드리겠습니다! 일단 안으로 들어와 주시면 무한한
영광이겠습니다."

중수가 얼굴이 벌게져서 넙죽 고개를 숙이자 그 뒤로 나머지
십여 명도 90도 각도로 허리를 구부린다. 이것들, 정말 사차원
이네. 절로 한숨이 나온다. 제이는 현관에서 거실까지 길게 깔
린 빨간 카펫을 밟고서 안으로 들어왔다.

"커피, 주스?"

제이와 나를 거실 소파로 안내한 중수 일행이 최고급 레스토랑에서 근무하는 웨이터처럼 정중하게 묻는다. 흠, 그러고 보니 상황이 그리 나쁘진 않다. 사실 제이와 어색하게 단둘이 있는 것보단 훨씬 낫긴 하다.

"난 주스 마실래요."

중수는 달콤한 자몽 주스 한 잔을 제이에게 건네주었다.

"그런데 오늘 집에서 무슨 모임 있나 보죠?"

"모두 크리스티나님 때문에 모였습니다."

"왜요?"

"역대 최고의 기록을 주파하신 게임의 지존을 다들 보고 싶어 해서요."

"미안하지만 난 우연 씨 보러 왔을 뿐이에요. 사실은 내가 좋아하거든요."

제이가 좌중을 향해 나와의 관계를 폭로하자 중수가 그럴 줄 알았다는 듯 회심의 미소를 짓는다.

"제가 보기에도 두 분이 참 잘 어울리십니다."

쓸데없는 아부는 그만.

"어, 그래요? 고마워요."

제이가 싱글거리자 중수가 긴장한 얼굴을 쓱 내민다.

"크리스티나님, 잠시 휴식을 취한 다음 미천한 저희에게 지존의 솜씨를 보여주심이……."

"어, 난 요즘 게임 잘 안 하는데요."

"안 됩니다, 크리스티나님! 전무후무한 님의 엄청난 내공을 보고 싶어하는 미천한 무리들이 얼마나 많은데 그런 말씀을 하시면 아니 되옵니다. 그리고 가지고 계신 그 엄청난 아이템들도 너무 아깝잖아요."

그때 언제 준비했는지 중수의 여자친구가 예쁘게 포장한 종이 박스를 제이에게 수줍게 내민다. 딱 보니 뇌물이다. 그런데 그것을 여는 제이의 얼굴이 금방 환해진다.

"고마워요."

뭘까.

"내가 제일 좋아하는 초콜릿이네. 어떻게 알았어요?"

"그때 배틀Battle하면서 크리스티나님이 잠깐 말씀하신 게 기억나서요."

"좋아요. 그럼 잠깐 해볼까요? 대신 조건이 있어요."

"뭔데요, 크리스티나님?"

일행 중 가장 덩치가 작은 남학생 하나가 바닥에 납작하게 엎드린 채 묻는다. 마치 절대권력자 앞에 선 신하의 행색이다.

"아니, 우연 씨 동생분한테 부탁하려고요."

"말씀만 하십시오, 형님."

그러자 무리에서 중수가 용수철처럼 뿅 하고 튀어나와 마치 일본 무사처럼 비장한 자세로 제이 앞에서 무릎을 꿇었다. 못살겠다. 아무리 내 동생이지만 왜 저러는지 모르겠다.

"이름이 중수 맞죠?"

"옙! 맞습니다, 크리스티나님. 뭘 도와드릴까요?"

"이제껏 우연 씨와 정식으로 데이트한 적이 한 번도 없어서 그러는데 좀 도와줄래요? 그럼 내가 가진 아이템 전부 줄게요."

"헉! 정말입니까, 크리스티나님?"

갑자기 좌중에서 우와와, 하는 부러움 섞인 탄성이 흘러나온다.

"걱정 마세요, 형님. 당장 제 누나를 산 채로 바치겠나이다! 지금 안방 내드릴까요?"

중수야, 쫌!

"하하, 가장 듣고 싶었던 말인데. 안방 말고 여니 씨 방 좀 구경해도 돼요?"

"안 돼!"

내가 버럭 소리쳤다. 지금 내 방에는 어젯밤 대충 빨아서 널어놓은 각종 브래지어와 팬티가 난무하고 있다. 혹시 이놈이 흥분해서 뭔 짓을 할지 모르니까 절대로 그 꼴을 보여줘서는 안 된다.

"흠, 왜요?"

"정 원하신다면 제가 디카로 찍어서 전송해 드릴까요?"

"황중수, 너 그깟 아이템 때문에 감히 누나를 팔어?"

"그깟 아이템이라니! 크리스티나님께서 보유하신 아이템만 팔아도 대략 삼백만 원이 넘을 텐데 그 돈이면 우리 게임 동아리 몇 년치 운영비로 쓰고도 넘친다고!"

"어, 그게 그렇게까지 현금 가치가 있었어요?"

제이가 아깝다는 듯 입맛을 다신다.

"하지만 약속을 해버렸으니까 뭐."

"크리스티나 형님 마마, 아까 데이트하고 싶다고 그러셨는데 제가 괜찮은 놀이공원 추천해 드릴까요."

"어, 그거 좋은 생각이네요."

이쯤에서 판을 깨야 할 듯싶다. 내가 인상을 팍 쓰며 제이 앞에 나섰다.

"미안하지만 난 절대로 안 가, 제이. 지금 내 나이가 몇 갠데 유치하게 웬 놀이공원? 그런 건 어린애들이나 가는 거야."

이렇게 불평을 해대자 제이는 눈썹을 꿈틀거리더니 위압적인 음성으로 말한다.

"요즘, 오관대 씨께서, 데이트는, 잘~ 하고, 계시는지, 모르겠네."

"아, 가끔 맑은 공기도 쐴 겸 가는 것도 괜찮겠지. 우리 언제 갈까, 제이?"

하면서 내가 활짝 웃는다. 제이도 씩 웃는다.

"음, 다음 주 토요일!"

아인슈타인 양반께서 말씀하시길, 시간이란 무릇 상대적인 거라서 제각기 다른 시공간의 지배를 받는다고 했다. 이를테면 빛의 속도로 움직이는 우주선을 타고 가는 사람, 그리고 밖에서 그를 지켜보는 사람에게 서로의 시간은 제각기 다르게 흘러간다는 것이다.

굳이 딱딱한 물리학적인 예가 아니더라도 일상생활에 그 상대성원리를 비유한다면 힘든 고난의 시간은 더디 가고 즐거운 시간은 후딱 지나간다는 뜻. 마치 어린 시절 즐거운 소풍 전날은 더디 가고 원치 않은 시험 날짜는 늘 그렇듯 화살처럼 빠르게 다가오는 것처럼 말이다. 그리고 제이와 약속한 토요일이 눈 깜짝할 사이에 후딱 다가왔을 때, 나는 놀라운 상대성원리를 실생활에서 몸소 체험하고 말았다.

"우연아~ 같이 가!"

화창한 봄날, 시내에서 뚝 떨어진 어느 놀이공원. 따스한 커피를 들고 오는 변태남을 뒤로한 락희가 오두방정을 떨면서 내게로 달려온다. 어젯밤 나는 문제의 놀이공원 데이트에 한 가지 옵션을 추가하지 않으면 절대로 가지 않겠다고 버틴 결과 지금 이 자리에 그녀와 함께 있다.

"아우, 정말 좋다. 네 덕에 이런 데도 놀러 오고 말이야. 그런데 제이 씨랑 이렇게 데이트까지 하다니 무슨 심경의 변화라고 생겼나 보지?"

"너무 많은 걸 알려 하지 마라, 락희야. 다친다."

"어쨌든 잘됐다! 마침내 너도 본격적인 연애에 돌입하는구나."

"그래, 엎어진 김에 쉬어간다는 말처럼 피할 수 없다면 즐겨

볼까 생각한다.”

“굿. 이런 식으로 쿨한 연애 하는 거야, 황우연.”

“어떤 게 쿨한 건데?”

“네 마음이 이끄는 대로 편하게. 아니면 제이 씨가 원하는 대로.”

“놈이 하는 대로 내버려 두다가 큰일 나면 어쩌려고.”

“바보야, 바로 그 큰일을 못해봐서 너와 내가 요 모양 요 꼴 아니니? 낼모레면 서른을 바라보는 우리가 그 큰일 따위를 아무렇지도 않게 하는 쿠울~하게 한다고 이 세상이 설마 무너지기나 하겠어?”

흠, 그건 맞는 말이다.

“잘 들어, 우연아. 넌 이젠 스무 살짜리 아가씨도 아니잖아. 그러니까 제이 씨한테 너무 야박하게 굴지 말고 즐겁게 사귀도록 노력해 봐. 솔직히 그동안 삭막했던 네 인생에 그나마 이런 기회가 어디 흔한 일이겠니?”

사실 그랬다. 작년 겨울 우연히 변태남과 만나기 전까지 이렇게 훤한 대낮에 남자와 함께 놀이공원으로 놀러 온 건 사실 내 인생에서 처음 있는 일이고 앞으로도 그럴 일은 또 없을 듯하다.

하긴 제대로 키스 한 번 못하고 남자랑 화끈하게 연애도 못한 인생이란 어찌 보면 여자로서 아쉬움이 남는 건 사실. 그렇다면 까짓것 오는 남자 막지 말고 락희 말대로 그냥 화끈하게 연애나 해볼까. 하긴 워낙 밝히는 놈인데 돗자리만 깔아주면 곰팡이가 피도록 놀고 먹는 데 능할 것이다.

"그래도 마음이 좀 땡겨야 쿨한 연애를 하든지 말든지 하지."

"와, 우리 우연이 시력이 너무 안 좋네?"

"그게 무슨 소리야."

"바보야, 저 정도면 킹카야. 키 훤칠하지, 생긴 것도 반듯하지, 어리니까 물 좋고 싱싱하지, 웃는 것도 무지 귀엽고 시키는 거 머슴처럼 다 하는데 도대체 뭐가 문제야? 거기에 비해 황우연, 나이도 많은 주제에 키는 난쟁이 똥자루지, 몸매 슬프지, 성격 포악하지, 애교라고는 눈을 씻고 찾아봐도 없는데 도대체 어디서 저런 물건을 붙일 수 있겠니? 게다가 눈이 삐었는지 네가 좋다고 저 난리이니 이 얼마나 좋아? 복덩이도 저런 복덩이가 도대체 어디 있겠냐?"

"하지만 녀석이 워낙 밝혀서 짜증나거든."

내 말에 락희는 두 눈을 똥그랗게 뜬다.

"세상에, 그렇다면 쿨한 연애를 하기엔 딱 제격인 젊은 오빠네! 너 제대로 키워보지 않을래? 응? 네가 복에 겨워 아주 늘어졌구나."

"아우, 너 도대체 날 팔아치워서 뭐하려고?"

"이것아, 내가 팔리지 않으니까 너라도 팔아야지! 남자하고 제대로 키스도 못해보고 이대로 서른 줄에 들어설 거야? 세상 모든 것에는 모름지기 죄다 쓸모가 있는 법이야. 하물며 저렇게 멀쩡한 남자친구가 생겼으면 써먹을 줄 알아야지!"

하면서 나를 잡아먹을 듯이 으름장을 놓기 시작한다. 솔직히 그 말에 공감이 가지 않는 건 아니지만 남자와 키스하고 껴안는 일이 말처럼 그렇게 쉬운 일이 아니다. 에효, 쿨한 연애라.

"락희 씨, 커피 사가지고 왔으니까 마셔요."

변태남이 우리 둘에게 커피를 나눠준다.

"어머, 고마워요."

"그리고 이건 여니 거."

변태남이 건네주는 뜨거운 커피를 마시던 락희가 나를 찌릿 노려본다. 뭔가 한마디 하라는 뜻이다.

"좀 싱겁네."

"어, 여니는 은근히 카페인 중독자인가 보네. 오늘은 건강을 위해 그냥 마셔요."

일부러 무뚝뚝하게 말해줘도 이놈은 늘 즐겁다. 그러고 보니 내게 늘 살갑게 구는 녀석이 그리 싫지는 않지만 문제는 나다. 락희의 말대로 연애하기엔 딱 좋은 절호의 기회를 놓친다면 천하의 바보일지도 모르겠다.

"우연아, 나 잠깐 화장실 좀 갔다 올게."

커피를 반쯤 마시던 락희는 돌연 두 눈을 반짝거리더니,

"락희야, 커피는 두고 가. 내가 들고 있을게."

"아냐, 괜찮아."

이렇게 말한 후 아무리 기다려도 돌아오지 않는다. 근처 나무

벤치에 앉아서 핸드폰을 계속 걸어도 도무지 통화가 되지 않아 걱정하는데 제이가 갑자기 핸드폰을 만지작거리더니,

"우연 씨, 락희 씨한테서 문자 왔네요. 지금 집으로 가고 있는 중이래요."

"그게 무슨 소리래?"

"그리고 나와 단둘이서 오붓하게 데이트하라고 적혀 있는데요."

"어디 봐봐."

"거짓말 아니라니까요, 여니."

하면서 너무나 즐거운 얼굴로 피식피식 웃는다. 으으, 이놈의 계집애를!

"자, 이번엔 바이킹 타러 갈까요? 아니면 롤러코스터?"

"으으, 별로 내키지 않는데."

"흠, 혹시 나랑 타기 싫어서 일부러 무서운 척하는 건 아니죠, 여니?"

"사실은 놀이기구 타는 걸 좀 무서워하거든. 하지만 아까 탔던 건 괜찮아."

"아아, 한 바퀴 도는 데 딱 9초 걸리는 그 어린이 전용 회전열차?"

나는 좀 창피하지만 고개를 끄덕거렸다.

"흠, 천하무적 황우연도 무서워하는 게 있구나."

"뭐야, 그렇게까지 말할 필요 없잖아."

"하지만 놀라운걸요. 평소 하는 행동을 보면 전혀 그럴 것 같지 않은데."

제이는 고개를 끄덕거리며 마치 굉장한 비밀을 발견한 듯 감탄 어린 시선으로 나를 바라본다.

"뭐야, 그 기분 나쁜 눈빛은?"

"여니, 사실은 나도 이런 놀이기구는 처음 타봐요. 이런 나도 타는데 뭐가 무서워요?"

"어, 정말?"

"놀이공원 자체에 와본 적이 없었으니까요."

"어렸을 때 엄마랑 같이 안 가봤어?"

"예. 크리스티나는 항상 바쁘게 돌아다녀서 집에서도 얼굴 보기 힘들었어요. 아버지도 늘 작업실에서 살다시피 했는데 가끔 시간이 나면 놀이공원이 아닌 숲이나 호수로 나를 데려가 주곤 했죠. 그것도 돌아가신 이후론 끝나 버렸지만."

제이는 주위에 오고 가는 사람들을 말없이 물끄러미 바라봤다. 여러 동물 모양의 풍선 따위를 손에 쥐고서 부모 곁에서 뛰어다니는 어린아이라든가 나이가 지긋한 노부부가 다정하게 얘기를 나누며 걸어가는 모습을 바라보는 그의 눈에는 부러움이 언뜻 섞여 있었다.

"그래서 철들기 전부터 줄곧 난 혼자였어요. 그리고 나이에 비해 대학을 일찍 들어가는 바람에 언제나 내 주위엔 나이 많은 사람들뿐이었죠. 딱히 외롭진 않았지만 그렇다고 즐거운 건 아니었죠."

"그래도 놀이공원을 한 번도 가보지 못했단 말이야?"

"공부하느라 나름 바빴고 또 같이 놀러 가자는 사람도 없었거든요. 그런데 여니 덕분에 이렇게 놀이공원을 왔는데 재밌는 놀이기구를 함께 타지 못하다니 참 아쉽네요."

그 말을 들은 이상 나는 제이가 혼자 타게 내버려 둘 수가 없었다. 뭐, 전부 마음이 약한 내 탓이겠지만 별수 없이 내키지 않는 발걸음으로 그의 뒤를 따라나서고 말았다. 그리고, 난, 완전히, 지쳐 버렸다. 무서워서 고래고래 악을 써댔기 때문이다.

"이제 그만 탈래! 목이 다 쉬어버렸어!"

"그렇게 비명을 질러대니까 그렇죠."

"무서워서 나도 모르게 그러는 걸 어떡해?"

한순간 동정심에 못 이겨 제이와 함께 온갖 놀이기구를 타는 바람에 내 몸은 이미 한계에 다다랐다. 특히 작년에 새로 설치했다는 그 악몽의 롤러코스터를 탔을 때 느꼈던 무중력 상태는 마치 오장육부가 뒤틀리는 듯해서 하마터면 실신할 뻔했다.

"이제 보니 얼굴이 창백하네. 괜찮아요?"

전혀 괜찮지 않다.

"이젠 그만 가자. 우리 꽤 많이 탔잖아?"

"벌써요?"

"그리고 날도 완전 어두워지고 있어."

"아직도 훤한데요 뭘."

살살 달래서는 말귀를 못 알아들을 것 같다.

"안 돼! 난 더 이상 못 타! 그러니까 어서 집에 가자!"

"싫어요."

"제이, 나 정말 힘들다."

내가 애절한 눈빛을 보이자 제이가 어깨를 으쓱거린다.

"그렇다면 할 수 없죠. 다음에 또 오면 되니까."

놀이공원을 나와 주차장으로 걸어가는데 자꾸만 다리가 후들거리는 바람에 혼이 났다. 아, 우리의 오관대 씨는 이 착한 조카의 희생을 과연 알기나 할까. 그래도 외삼촌 덕분에 송송전자에서 일하게 되었으니 나도 나름대로 은혜를 갚고 있는 셈이다. 어휴, 그나저나 이놈의 요정 노릇하기 정말 힘든데?

언니의 차를 찾아내어 시동을 거는데 제이가 자꾸만 나를 힐끔거리며 쳐다본다.

"왜 자꾸 봐? 내가 그렇게 예쁘냐?"

"예쁘진 않은데 무척 섹시해요. 특히 놀이기구 탈 때!"

하면서 뜻 모를 웃음을 짓는데 왠지 모르게 뒷골이 쭈뼛해진다.

"운전하는 데 방해하면 목숨이 위험하다는 거 알지?"

"하하, 그럼 얌전히 있을게요. 그런데 마지막으로 딱 한 가지 묻고 싶은 거 있는데."

"뭔데?"

"남자가 왜 여자와 섹스하고 싶어하는지 혹시 알아요?"

"그야 하고 싶으니까."

"정답. 하지만 다른 이유를 찾는다면?"

"일단 여자의 성적 매력에 남자가 본능적으로 약한 것도 있을 테고 또 무작정 여자를 어떻게 해보고 싶은 정복욕과 여러 가지 계기가 있지 않을까."

"그 말도 틀리진 않아요. 하지만 우연 씬 가장 중요한 사실을 빠뜨렸어요. 남자는 여자를 좋아하면 섹스하고 싶어해요."

나는 차창 너머로 향한 시선을 일부러 돌리지 않은 채 운전에만 몰두했다. 조수석에 앉아서 나를 바라보고 있는 제이의 시선이 따가울 정도로 뜨겁게 느껴졌기 때문이다. 차 안에 감도는 희미한 긴장감. 나도 모르게 긴장이 되어서 서울에 진입할 때까지 아무 말도 하지 않았다.

"다행히 많이 막히진 않네. 마포의 오피스텔까지 바래다주면 되지?"

한참 후 시내로 들어온 내가 마침내 입을 열었다.

"아뇨, 회사로 데려다 줘요. 할 일이 좀 있어서요."

"내일 일요일인데?"

"일하는 데 날짜는 아무 상관 없어요."

"제이는 은근히 일중독자네. 하는 일이 꽤 재미있나 봬?"

"아뇨, 재미없지만 안 하면 심심하니까 결국은 일하게 돼요."

"뭐야, 그런 이상한 논리가 어디 있어."

"하하, 그런가요? 그리고 어차피 잘하는 게 일이라서 안 할 수도 없는걸요.”

“뭔가 자기가 좋아하는 걸 하는 게 행복한 건데.”

“적어도 싫어하진 않아요, 여니.”

“그럼 됐고. 회사에 내려줄게.”

회사 근처에 도착했을 무렵 갑자기 제이가 두 눈을 반짝거리며 내게 말했다.

“여니, 나중에 우리 집으로 갈래요?”

“마포 오피스텔?”

“아뇨, 예전에 아버지가 살던 집으로 가서 꼭 보여주고 싶은 게 있어서요.”

“콜. 그게 마지막 소원이지?”

“맞아요.”

하면서 행복한 표정을 짓는다. 요정, 그거 별거 아니다.

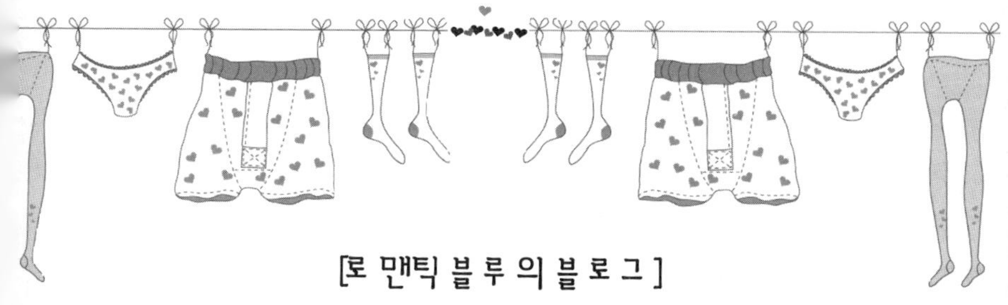

[로 맨 틱 블 루 의 블 로 그]

오늘 그녀와 놀이공원에 놀러 갔다. ^^ 그런데 그녀가 놀이기구를 탈 때마다 질러대는 비명 소리가 얼마나 섹시한지 나도 모르게 자꾸 흥분해 버려서 상당히 곤혹스러웠다. 이런 내가 이상한가? 하지만 어쩔 수 없다. 그녀를 만날 때마다 내 안에 숨어 있는 늑대의 본성이 좀처럼 가라앉지 않는다. 그래서 사실은 많이 괴롭다. 이런 내 심정을 그녀가 알아줬으면 좋겠는데 말이다. 아, 그녀가 내게 먼저 키스해 줄 날이 오기는 할까. 아니면 내가 먼저 해버릴까. *^^*

· ·

└ 현찰날개 : 블루님, 너무 귀여우세요. *^^*

└ dfk56jop1097 : 어머, 어머! 남자는 죄다 늑대! 여자랑 사귀면 꼭 그러고
　　　　　　　　싶을깡?

└ fg01piew : 이거 왜들 그러시나? 요즘은 너네들이 더 심하잖아.

└ 만리장성녀 : 하긴 요즘 아가씨들 예전 같진 않던데요.

┗ 짜장곱배기 : 마져마져! 여자들 열라 가증스럽슴돠. 달래 여우냐.

┗ d]45jop1097 : 그럼 남자들은 늑대의 탈을 쓴 주제면서!

┗ 자이빠빠 : 급전 필요하신 분, 당일 최고 3,000만 원 대출 가능합니다!

┗ 살모사2 : 블루님, 절대로 먼저 키스하지 마십시오. 그녀가 하게끔 상황만
　　　　　조성하면 요즘 처자들은 금방 행동에 돌입합디다. 물불을 가리지
　　　　　않고 덤비더군요. ^^;

┗ mke5990 : 어머, 윗분. 매력 넘치는 분인가 보다.

┗ 아톰보이 : 헐~ 나도 한번 처자들한테 키스당해 봤으면 소원이 없겠당!

─1층으로 나와.

점심 시간쯤 락희가 전화를 걸어서 이렇게 대뜸 내뱉었다. 나는 묻지도 따지지도 않고서 순순히 회사 1층 로비로 내려갔다.

"우리 우연아, 오래간만!"

"어제 놀이공원에서 보고선."

"후후, 잠깐 너랑 얘기할 게 있어서 들렀어."

"근데 어제 집엔 잘 들어간 거야?"

"그럼. 길이 막히지 않아서 금방 집에 도착했는걸. 너야말로 제이 씨와 오랫동안 놀다 온 것 같은데?"

"어휴, 말도 마라. 얼마나 놀이기구를 많이 탔는지 아직도 속이 울렁거린다. 근데 전화로 하면 될 걸 뭘 여기까지 왔어?"

"직접 얼굴 보고 해야 될 것 같아서."

회사 근처 칼국수 집으로 들어가 락희와 점심을 먹은 후 가까운 카페로 갔다. 완연한 봄날이라 주위 사람들의 옷차림은 제법 화사하고 표정도 밝은데 내 친구의 얼굴은 십 년 묵은 짠지처럼 퀴퀴한 맛이 났다. 나는 좀 불길한 기운을 느꼈다.

"무슨 일인데 그래? 원고 마감은 끝난 거야?"

"그건 며칠 전에 겨우 넘겼어. 그런데 우연아, 너 제이 씨 어떻게 생각해?"

"음, 네 말대로 쿨하게 연애나 해보려고. 두 살이나 어린 놈의 재롱을 받아주는 것도 나쁘진 않으니까."

"처음엔 싫다고 하더니 맘이 좀 변했네?"

"네 말을 듣고 나도 이런저런 생각 좀 했거든. 나도 본격적으로 연애 좀 할란다."

"근데 제이 씨와의 쿨한 연애, 약간은 신중하게 해야 할 것 같다."

"갑자기 왜?"

"나도 몰랐는데 이제 보니 제이 씨, 의외로 거물이더라."

"아하, 거대한 괴물?"

"말장난은 그만. 이따 인터넷에서 '제이크 리' 라는 이름으로 검색 좀 해봐. 제이 씨에 관해 자세히 나와 있으니까."

"흠, 역시 놈은 암흑가와 관련이 있었군."

"너, 자꾸 농담할래?"

심각한 표정의 락희를 겨우 달래서 보내고, 퇴근할 무렵 나는 사무실 컴퓨터로 그녀 말대로 '제이크 리'에 관해서 검색을 했다. 그런데 의외로 놀랄 만한 사실들이 밝혀졌다. 제이크 리. 현재 미국에서 내로라하는 최고 보안 전문가이며 17살이라는 어린 나이에 인터넷 보안 회사를 창업. 올해 상반기 기준으로 자산 규모가 약 백만 달러가 넘는 전도유망한 젊은 사업가이자 세계 각국에서 러브콜을 보내고 있는, 현존하는 이른바 천재 보안 프로그래머.

어렸을 때부터 이미 천재성을 인정받아 13세 때 미국 MIT 공대 입학, 졸업 후 TIX라는 보안 회사를 차린 후 독자적으로 개발한 프로그램을 기반으로 IT 분야에서 탄탄대로를 달리고 있는 기린아란다. 참고로 웹상의 사진을 보니 검은 뿔테 안경을 썼지만 귀염성있는 외모가 영락없이 제이가 분명했다.

"어, 이놈 진짜 능력있었네."

놀란 눈으로 모니터를 들여다보며 중얼거리는데 옆에서 누군가가 내 귓가에 후, 하며 더운 입김을 불었다. 순간 소름이 쫙 끼쳐서 머리를 뒤로 확 젖히자,

"악!"

하는 비명과 함께 제이가 두 손으로 코를 움켜쥐고 있다.

"어, 미안. 그러게 갑자기 요상한 짓은 왜 하는데?"

"입김만 살짝 불었는데 반응이 완전 빛의 속도네. 여니는 꼭

장히 예민한가 보다."

그가 모니터를 기웃거리자 나는 윈도우 화면을 잽싸게 닫았
다.

"나 몰래 야동이라도 보고 있었어요? 괜히 그래 봤자 아무 소
용 없을 텐데."

"소용없다니?"

"흠, 왜냐하면 뭐든지 실전이 중요하니까요. 출시 전 테스트
에 완벽히 통과한 전자 제품도 실제로 사용하다 보면 어딘가에
서 꼭 에러가 발생하거든요. 섹스도 마찬가지여서 아무리 사전
지식이 많아도 실무 경험이 훨씬 더 유용한 법이라고요."

"아아, 그러셔?"

"여니, 비록 내가 놀이공원에 가보진 못한 대신 섹스는 많이
해봤거든요."

"너 자꾸 그렇게 성희롱하면 콩밥 먹는다."

"어, 나 콩밥 잘 못 먹는데. 족발보다 더 싫어요."

"싫어도 먹어야 할 경우가 생기면 먹어야지."

"여니도 단거 못 먹으면서."

"너무 단 게 싫은 거지 못 먹는 건 아냐."

"그럼 초콜릿이 너무 달다는 뜻이에요?"

"그래, 먹는 순간 이빨이 썩을 것처럼 달아서 도저히 먹을 엄
두가 나지 않는걸."

"흐음, 그런 강박적인 상상력 때문에 초콜릿을 못 먹을 수도

있구나."

"거기서 강박증 얘기가 왜 나와!"

얘기가 이상하게 돌아가고 있었다. 이쯤해서 스톱. 자리에서 벌떡 일어나 사무실 밖으로 나가는데 제이가 내 뒤를 바짝 따라 붙었다.

"지금 퇴근해요?"

"보면 모르니?"

"좋겠다, 난 오늘도 회사에서 밤샘해야 되는데."

"또? 그러다간 병나겠다?"

"그럼 여니가 고쳐 줄래요?"

"내가 약이냐?"

톡 쏘아붙이고서 열린 엘리베이터 문 안으로 들어서는데,

"혹시 내일 시간있어요?"

"없는데."

라고 딱 잘라 말하자 제이는 대번 풀죽은 얼굴이 되었다. 나는 그가 이른바 수백만 명 중 하나 나올까 말까 하는 보기 드문 천재에다 어엿한 회사까지 소유한 젊은 오너라는 게 여전히 믿기지 않았다.

"우리 집에 놀러 오기로 했잖아요. 세 번째 소원."

"나중에. 나 바빠."

"여니 외삼촌도 같이 오기로 했는데."

뭐!?

"내일 크리스티나랑 같이 저녁 먹기로 벌써 약속했거든요. 그
리고 여니한테 우리 아버지 그림을 꼭 보여주고 싶어요."

"그럼 두 사람 그대로 놔두는 거지?"

"당분간은요."

제이는 의미심장한 미소를 짓는다.

"그 당분간이 영원히 지속되었음 좋겠네."

이렇게 말하는 나는 마음이 좀 복잡해졌다. 나보다 두 살이나
어린 것도 솔직히 부담되는데 생각보다 꽤 괜찮은 스펙을 가진
제이와 내가 과연 쿨하게 연애하는 게 가능할지 문득 걱정이 앞
선 탓이었다.

다음 날 퇴근 후 제이와 함께 전철을 타고 내린 후 한참 동안
걸어서 도착한 곳은 이촌동의 어느 한적한 주택가였다. 겉으로
보기엔 평범한 2층 벽돌집인데 들어가 보니 널찍한 마당과 나무
들이 깔끔하게 잘 다듬어져 있었다.

그리고 미리 도착한 외삼촌과 크리스티나는 거실에서 차를
마시며 우리를 기다리고 있었다. 이촌동 집은 예전에 돌아가신
아버지가 그에게 남긴 유일한 재산이라고 했다.

"안녕하세요, 우연 씨. 제이로부터 얘기 많이 들었어요. 아니,
그전에 관대 씨한테서 무척 재밌는 아가씨라고 들었는데 이렇
게 만나게 되어 반가워요."

짙은 핑크빛 원피스를 입은 제이의 어머니, 크리스티나가 생

굿 웃으며 내게 악수를 청했다. 무척 재밌는 아가씨라고? 외삼촌은 도대체 나에 대해 어떻게 얘기했기에 저런 말을 하는 거람.

역시나 비범한 예술가답게 눈에 확 띄는 선명한 마젠타Magenta 색깔의 원피스를 입고 있는 크리스티나 씨는 여전히 섹시하시다. 이번에도 가슴이 깊게 팬 디자인이라서 그녀가 말할 때마다, 혹은 옆으로 고개를 돌릴 때마다, 그리고 차를 마시려고 손을 뻗을 때도 고혹적인 가슴골이 아름답게 출렁거린다.

저 여자가 마흔이 넘었다니 도저히 믿을 수 없군. 나는 외삼촌 오관대 씨가 혹시 그녀와 육체적 사랑에 깊이 몰입된 건 아닐까 의심해 본다. 하긴 남자들이란 죄다 수컷의 욕망에서 벗어날 수 없다고 그랬지.

아름다운 여자에 대한 남자의 음험한 욕망. 그것은 인류가 멸종되지 않는 한 결코 사라지지 않는 불멸의 법칙이라며 로맨스 소설가이신 우리 오락희 씨께서 늘 강력하게 주장하고 있는데 실은 나 역시 크게 동감하는 부분이기도 하다.

미국 유학 시절 우리의 오관대 씨는 지인과 미술관을 방문했다가 어느 작업실에서 일하고 있던 크리스티나와 우연찮게 마주친 후 첫눈에 찐하게 반하셨다고 한다. 다행히도 그녀 또한 사랑의 불길에 휩싸인 나머지 이렇게 한국까지 따라와 인연을 이었으니, 천생연분이라고 말하면 좋겠지만 제이와의 관계를 생각해 보면 문제는 그리 쉽지가 않다. 게다가 두 사람에겐 넘어야 할 산이 아직도 많다.

"외삼촌, 아직 엄마한테 애기하지 않으셨죠?"

하고 귓속말로 묻자,

"어어, 조만간 말할 참이다."

라고 대답하는 외삼촌은 여전히 불안해하는 눈치였다. 하긴 저렇게 장성한 아들이 있는데다가 나이까지 많은 이혼녀와의 결혼을 완고하신 우리 엄마가 절대로 반길 리가 없다. 그런데 그 결혼에 반대하는 아들까지 둔 크리스티나 씨의 입장도 좀 갑갑하긴 할 것이다.

가만있자, 그런데 크리스티나 씨는 엄마면서도 왜 아들의 눈치를 봐야 하는 걸까? 제이는 건방지게 엄마의 이름을 함부로 막 부르기까지 하고 말이야.

"크리스티나, 아까 나한테 할 말 있다고 그랬지?"

"응. 제이, 나 돈 좀."

그렇군. 그 이유였군.

"벌써 다 썼어?"

"이번에 귀국전 하느라고."

"그럼 지금 애인한테 달라고 해, 크리스티나."

나는 엄마의 이름을 함부로 부르는 제이의 몹쓸 버릇에 한마디 해주고 싶었다.

"제이, 아들로서 엄마한테 너무 건방진 거 아냐? 그리고 여긴 미국이 아니니까 엄마 이름을 함부로 부르지 않았으면 좋겠어."

"여니, 미안하지만 난 그렇겐 못하겠어요. 게다가 틈만 나면 아들의 돈을 단 하루도 빼먹지 않고 펑펑 써대는 엄마를 존경하고 싶은 마음은 전혀 없어요."

"그럼 돈을 주지 말던가."

"내가 주지 않으면 당장 굶어 죽을 텐데 어떻게 그래요?"

요컨대 제이는 착한 아들이었다.

"근데 여니는 배 안 고파요?"

"고프지."

"그럼 조그만 기다려 봐요. 곧 맛있는 저녁 먹게 해줄게요."

하면서 싱긋 웃는다. 자기 엄마에겐 찬바람 쌩쌩 부는 한겨울이더니 나한테는 저렇게 보송보송하게 굴다니. 나는 제이가 건네준 주스를 마시면서 집 안의 고풍스런 인테리어를 찬찬히 둘러봤다.

"집 참 좋네."

"그동안 관리하시는 분이 있었어요."

"오피스텔 말고 여기서 지내는 게 낫지 않나?"

"여긴 너무 넓어서 무서워요."

무섭다니, 네기 지금 어린애냐.

"엄마랑 같이 지내면 되잖아."

"그러면 매일 심부름이나 시키고 돈이나 달라고 떼를 쓸 텐데 그건 귀찮아서 더 싫고요."

"엄마한테 불만이 참 많네? 그래도 제이를 낳아준 사람은 엄마라고.”

“알아요. 하지만 지금까지 내게 한 번도 생일 케이크를 사주거나 식사를 챙겨주지도 않은 자격 미달의 엄마죠. 과연 어머니로서 내게 애정이 있는지 가끔 궁금할 정도니까.”

“아무리 그래도 어머니야. 분명히 제이를 사랑하고 있을 거야.”

“그런 생각을 하는 걸 보면 여니는 정말 착한 여자예요. 하지만 나를 좋아해 주면 더 착할 텐데.”

“조용히 해. 다른 사람이 들으면 어떡하려고?”

“내 생각엔 전혀 상관 않는 것 같은데.”

헉. 제이의 눈짓에 고개를 돌려보니 크리스티나 씨와 외삼촌이 서로 뜨겁게 키스를 하고 있었다. 아무리 외국에서 오랫동안 유학 생활을 했다지만 외삼촌은 너무나 개방적으로 변한 것 같다. 아니면 크리스티나의 엄청난 매력에 넘어간 탓일까.

무안해서 나도 모르게 시선을 피하고 있는데 갑자기 차임벨이 울리더니 세 명의 요리사가 현관문 안으로 들어왔다. 그들은 마당에 이동식 요리 기구들을 설치하더니 거짓말처럼 풍미 좋은 향의 짜장면을 뚝딱 만들어냈다.

“뭐야, 오늘 저녁 짜장면이야?”

내가 어이없다는 얼굴로 말하자 제이가 싱글벙글거렸다.

“난 짜장면이 제일 맛있어요.”

호텔 요리사까지 불러서 만드는 게 고작 짜장면이라니. 하긴 작년 겨울 서점에서 녀석의 겉옷에 묻은 거무죽죽한 짜장 국물을 봤을 때부터 뭔가 이상하다고 생각했다. 정원 한편에 임시로 설치된 식탁 앞에 앉아서 한숨을 푹푹 내쉬는데 옆자리에 앉은 크리스티나 역시 투덜거리며 젓가락을 신경질적으로 휘젓는다.

"난 짜장면 싫지만 제이를 위해서 기쁜 마음으로 기꺼이 먹어주지."

"그래 봤자 이번엔 정말로 돈을 주지 않을 건데, 크리스티나."

"하지만 주지 않고는 못 배길걸."

"적어도 두 사람 사이를 방해하지 않는 걸 고맙게 생각하시지."

"흥, 어쨌든 나중에 내 결혼 자금이나 내놓도록 해."

"그럴 일은 절대로 없을 거야."

모자지간의 살벌한 대화를 무시한 채 나와 외삼촌은 맛깔스런 짜장면을 먹기 시작했다. 신선한 재료를 아끼지 않고 듬뿍 넣어서인지 무척이나 풍미가 좋아서 나름대로 즐거운 저녁 식사였다. 제이와 나는 나중에 한 그릇을 더 먹어치웠다.

출장 요리를 끝낸 호텔의 요리사들이 마무리를 깔끔하게 치리한 후 시리지지 니는 제이의 안내에 따라 2층으로 올라갔다. 2층에는 커다란 방이 세 개 있었는데 벽면마다 많은 그림들이 걸려 있었다. 나는 그의 아버지가 화가였다는 사실을 떠올렸다.

"온화한 화풍이네. 여자처럼 섬세하고 선이 참 곱다."

"맞아요. 돌아가신 아버지는 굉장히 자상한 분이셨어요."

"하지만 스무 살이나 어린 아내를 맞이할 만큼 정열적이셨나
봐."

"그게 아니고 크리스티나가 뜨거운 여자라서 그래요."

"그렇다면 제이는 어머니를 많이 닮은 모양이네."

"그런 말을 가끔 듣긴 해요. 하하."

그때 그림 하나가 눈에 딱 들어왔다. 푸르스름한 햇살이 비치
는 탁자 위에 놓인 화병에 붉은 장미꽃이 가득 담긴 아름다운
유화 작품이었다. 화병은 붉은 기가 감도는 보라색이었고 탁자
위엔 작은 하모니카가 놓여 있었다.

"그 그림 마음에 들어요?"

"응. 붓 터치가 참 부드럽네."

"야, 정말 신기하다. 사실은 나도 이 그림을 제일 좋아하거든
요."

"그래? 다른 그림에 비해 뭔가 마음이 따스해지는걸."

평소 미대생인 동생을 둔 덕분에 꽤 많은 미술책을 섭렵한 내
가 잠시 아는 척을 해봤다.

"아버지 그림을 보여주고 싶어서 집에 오자고 했구나?"

"아뇨."

"그럼?"

하고 대꾸하던 나는 순간 헉, 하고 숨을 삼켰다. 그의 입꼬리
가 위로 슬쩍 올라가더니 식용유 한 사발을 들이켠 듯한 기름진

미소를 한껏 머금고 있기 때문이다. 나는 1층으로 이어진 나무 계단으로 천천히 한 발을 내디뎠다.

"그, 그런데 외삼촌과 어머니가 보이지 않으시네?"

"어, 정말. 두 사람 어디 갔지? 벌써 말도 없이 가버렸네."

네가 내쫓은 건 아니고?

"흐음, 그럼 이 집엔 우리 둘뿐이네요."

하면서 입가에 느끼한 미소를 지으며 나를 빤히 쳐다보는 제이. 물론 지금 이 분위기가 무엇을 의미하는지 잘 알지만 유감스럽게도 난 아직도 마음의 준비가 되지 않았다. 락희가 그토록 강력하게 주장하는 이른바 뜨겁고 에로틱한 연애 무드가 코앞에 조성되었건만 어째서 나는 이다지도 물러 터졌단 말인가.

이성과 감정의 혼돈 속에서도 용케 나는 주문을 외우기 시작했다. 쿨한 연애, 쿨한 연애. 절대로 겁먹지 않고 쿨한 연애를 할 수 있는 기회를 놓치는 바보는 되지 말자.

"여니, 모처럼 남자친구 집에 놀러 왔는데 그냥 가진 않을 거죠?"

"그냥 가면?"

"하하, 그럼 안 되는데."

이른바 태양계가 생성된 이후 행성들이 제가기 궤도를 따라 움직이는 것처럼 제이는 지금 그에 못지않는 위대한 자연법칙을 직접 실행하고자 두 눈을 번쩍번쩍 빛내면서 점점 내게로 가까이 다가왔다.

"여니, 오늘 밤 나와 함께 지내요."

과연 변태남, 너답구나. 기특한지고.

"아하, 세 번째 소원은 뭔가 꿍꿍이짓을 하려던 목적이었구나? 사실 외삼촌과 제이의 엄마가 있어서 조금은 안심하고 있었거든."

"그래서 지금은 안심할 수 없어요, 여니?"

바짝 접근해 오는 제이를 피해 나는 슬슬 뒷걸음을 쳤다. 심장이 서서히 곤두박질치기 시작하면서 머릿속에선 경고의 신호음이 시끄럽게 울리기 시작한다. 아, 쿨한 연애라. 락희야, 난 아직 역부족인 것 같아!

"잠깐! 나 할 말 있어, 제이."

"해봐요."

"우선 외삼촌과 크리스티나 씨가 잘 지내는 것 같아서 무척 안심했어. 거기다가 맛있는 저녁 잘 먹고 그림 구경도 참 좋았거든."

"마음에 들었다니 다행이네요."

"그런데 제이는 생각보단 굉장한 사람인가 봐."

"나 능력있다고 그랬잖아요."

"그래, 알아. 회사의 오너에다가 상당한 부자라면서?"

내 말에 제이는 두 눈을 크게 뜨더니 빙그레 웃는다.

"그래서 내가 더 좋아졌어요?"

"아니, 그 반대로 좋아하기 어려워졌어."

"왜요?"

"쿨한 연애를 하기엔 너무 부담스럽잖아."

"어째서요? 그리고 쿨한 연애는 또 무슨 뜻이죠?"

"그런 게 있어. 근데 오늘은 정말 안 되겠다. 갈게."

당황한 얼굴의 제이를 뒤로하고서 나는 한 마리의 사슴처럼 2층 계단 아래로 후다닥 내려와서는 잽싸게 거실을 지나 현관 밖으로 뛰쳐나갔다. 그 동작이 얼마나 빠른지 나조차도 놀랄 지경이었다. 그런데 이런 내 행동과 달리 속마음은 이러면 안 되는데, 어떻게 좀 거사를 치러야 할 텐데, 하는 바람도 약간은 있었다.

"여니!"

제이는 어느 틈에 쫓아왔는지 대문 밖으로 막 나가려는 순간 나를 가로막았다.

"도대체 왜 그래요, 여니?"

라고 말하는 제이의 왼쪽 관자놀이엔 아직도 시커먼 짜장면 국물이 묻어 있었다. 겉보기엔 멀쩡한 어른처럼 보이지만 그는 여전히 대책없는 말썽쟁이 철부지 소년이다. 게다가 놀랄 만한 천재에다가 엄청난 부자이니 쿨한 연애 상대로 하기엔 좀 그렇다.

"여니는 내가 싫어요?"

"제이, 우리 그냥 편한 사이로 지내자."

"싫어요!"

"그럼 나도 싫어!"

이렇게 말하고서 돌아서는데 그가 내 손목을 꽉 붙잡는다.

"가지 말아요, 여니."

"저리 안 비켜? 비 오는 날 먼지 나도록 맞고 싶어?"

그러자 제이는 갑자기 고개를 치켜들고서 밤하늘을 정색한 표정으로 올려다보더니,

"여니, 지금 비 안 와요."

라고 대답한다. 그래, 이런 놈하고 내가 무슨 얘길 하겠냐.

"일단 이 손 놔라."

"놓으면 아까처럼 잽싸게 도망갈 거잖아요."

"도망가다니, 내가 무슨 범죄자냐."

"그럼 내가 범죄자라서 날 피해 도망친 건가요?"

"제이, 그건 말이야…… 켁!"

제이는 갑자기 나를 꽉 끌어안았다. 헉, 내가 가장 우려하던 상황이 벌어지고 말았다.

"여니, 사실은 나 좋아하면서."

"누가 그래!"

제이의 등을 세게 몇 번 내려쳤지만 꿈쩍도 하지 않는다. 일단 겉보기엔 그는 나보다 키가 크고 힘도 센 남자였다. 하지만 나이가 어린 놈이니 충분히 달랠 수 있다고 생각하며 나는 조용히 입을 열었다.

"제이, 숨 막혀 죽겠으니까 일단 떨어져."

"싫어요."

"소리 지른다?"

"질러요, 콱 키스해 버릴 테니까."

이놈이!

"죽을래?"

"여니와 키스하다가 죽고 싶어요."

"야!"

웃고 있는 모양인지 뺨에 닿은 그의 가슴이 조용히 울린다.

"어우, 이젠 대놓고 까부네?"

"까부는 거 아닌데."

"그리고 난 네 세 가지 소원 전부 완수했거든? 너희 집에 놀러 오라고 해서 난 기꺼이 이렇게 왔잖아. 그러니까 좋은 말 할 때 어서 비켜. 너 이러는 거 협정 위반이다."

"알았어요."

갑자기 숨통이 확 트이더니 뒤로 몸이 홱 젖혀졌다. 제이가 두 손으로 내 어깨를 붙잡았기 때문이다. 반쯤 열린 대문 사이로 지나가는 몇몇 행인들이 우리를 흘긋 쳐다보지만 이내 아무 상관 없다는 듯 그대로 가버렸다. 정원에 세워진 등의 어슴푸레한 불빛 아래에서 제이의 두 눈에 잘 익은 밤처럼 윤기가 자르르 흘렀다. 헉, 설마?

"하지 마!"

"못하게 해봐요."

"너!"

말을 마치기가 무섭게 곧바로 맞부딪쳐 오는 제이의 입술에 나는 그의 뜨거운 입김을 가득 삼키고 말았다. 그런데 무슨 까

닭일까. 내 머리가 어떻게 되었는지 나는 아무런 반항도 하지
않았다.

사실을 말하자면 제이의 키스는 참 따스하고 좋았다. 내 입술
에 달라붙어서 떨어지지 않는 촉촉하고 훈훈한 기운이 무척 마
음에 들었고 내 머리를 부드럽게 쓰다듬는 그의 손길에 문득 마
음이 약해지고 말았다. 서두르지 않고 천천히, 그러나 힘이 가
득 들어간 부드러운 접촉에 마치 입술이 녹아내리는 느낌. 아,
이런 게 진정한 키스의 맛인가.

나도 모르게 제이의 허리를 얼떨결에 붙잡고서 그와의 키스
를 즐기고 있었다. 주위의 모든 걸 잊게 만드는 놀라운 경험. 나
중에 락희에게 이런 기분을 어떻게 설명해 줘야 고것이 러브신
을 감칠맛 나게 제대로 잘 쓸 수 있을까, 고심하면서 나도 키스
하면서 별생각을 다 하는군, 하고 실실 웃고 말았다.

아무튼 제이와의 키스에 빠져서 내 정신은 잠시 혼돈의 세계
에서 오락가락하면서 떠도는데 별안간 엉덩이를 꽉 움켜잡는
손길에 그만 정신이 번쩍 들었다.

"뭐, 뭐야!"

"나, 지금 여니랑 섹스하고 싶어 미치겠어요!"

딱! 바로 딴딴한 내 핸드백이 제이의 머리통을 향해 세게 내
려쳐지는 소리였다. 야, 아무리 쿨한 연애라도 적어도 스텝은
밟아가면서 진도 나가고 싶거든?

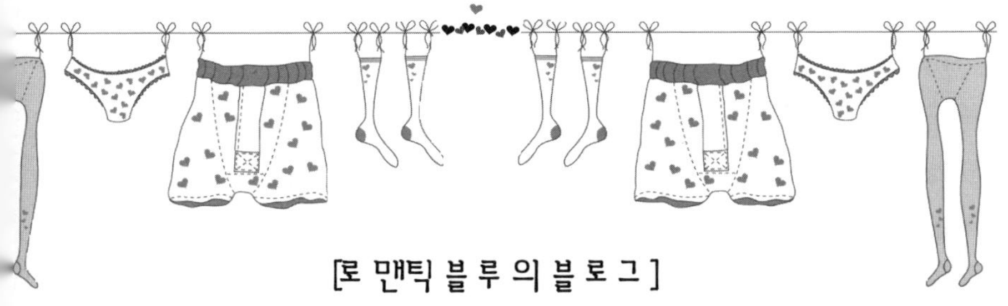

[로맨틱 블루의 블로그]

그녀는 나와 쿨한 연애를 하고 싶다고 말한다. 쿨한 연애? 그게 정확하게 어떤 의미인지 잘 알지도 못할뿐더러 솔직히 말하자면 전혀 관심없다. 난 단지 그녀가 좋을 뿐이다. 물론 그녀가 원하는 대로 맞춰줄 생각이지만 내게도 나름대로 원하는 목적이 있는 것이다.

여자들에 비해 남자들은 전략적으로 연애를 한다는 사실을 아는가. 여자와 시간을 보낼 때마다 어떻게 하면 자신이 원하는 상황이 될까 고심하면서 남자들은 그녀들과의 심리적 게임을 즐긴다. 물론 나 역시 그 범주에서 크게 벗어나진 않지만 적어도 감정적인 면에선 그렇지 않다고 생각한다. 그러니까 목적을 위한 완벽한 게임을 원해도 그녀를 향한 나의 감성은 절대로 전략적이지 않다는 걸 밀하고 싶은 것이다. 요컨대 나는 그녀를 좋아한다. 그런데 쿨한 연애? 나의 그녀는 왜 그런 말을 하는 거지? 어쩌면 나를 진지하지 않게 여기는 그녀의 태도가 문제인지도 모른다. 그렇다면 이쯤해서 나의 그녀가 내게 관심을 갖도록 전략적인 상황을 만들어보면 어떨까.

└ 비만공주 : 오오, 블루님. 어쩐지 나쁜 남자 같은데요? 근데 카리스마 넘쳐
　　서 멋져요!

└ ddjl2991 : 게임이라. 어쩌면 여자들은 남자들의 정복욕을 충족시키는 것
　　들 중 가장 고난이도의 존재들이 아닐까.

└ 변태조아 : 오늘 글을 읽고 드는 생각인데 남자들은 정말 이해하기 힘들더
　　군요. 모든 일은 단순한 인과관계로 여기는 경향이 많거든요.
　　우리 여자들의 섬세한 정서에 너무 무지한 존재들입니다. 흑!

└ 삼판선 : 흐음, 생각보단 그분과의 진도가 잘 나가지 않나 봅니다. 기운 내
　　십시오.

└ king12 : 진도? 무슨 진도?

└ 90er21jsd : 에잉, 알면서!

└ 자이히피 : 남편의 바람기가 걱정되시는 분, 옷 속에 몰래카메라 설치해 드
　　립니다!

어떻게 집으로 돌아왔는지 기억도 나지 않는다. 집 안으로 들어서자마자 거실 소파에 쪼그려 앉아 불도 켜지 않은 채 놀란 가슴을 진정시키고 있는데, 마침 물 마시러 주방으로 나온 수연이 나를 발견하고서 흠칫 놀랐다. 그러더니 언니, 연애하다 보면 고민이 많아지지? 라고 한마디 건네며 다시 방으로 조용히 들어갔다.

잠시 후 초특급 다이어트 직진을 수행 중인 중수가 주린 배를 움켜잡고서 비틀거리며 마루로 기어나오다가 컴컴한 거실에 홀로 앉아 있는 나를 목격하자마자 돼지 멱따는 비명을 고래고래 질러댔다.

다행히도 괴물이 아닌 자신의 친누나라는 사실을 알아차리고
서 안정을 되찾은 녀석은 배고픔을 달래기 위해 물 한 사발을
벌컥벌컥 마신 후 슬그머니 자기 방으로 굴러갔다. 그리고 자정
이 되기 딱 5분 전, 황급히 귀가하신 우아한 커리어우먼 세연 언
니는 제법 술이 취했는지 혀 꼬부라지는 목소리로 불 꺼진 거실
에 우두커니 앉아 있는 나를 흘끗 바라보더니, 넌 잠도 없니, 라
고 말한 후 곧바로 자기 방으로 들어갔다. 얼마 전 애인과의 사
랑싸움이 생각보다 오래가는 듯했다.

한참이 지나자 마지막으로 부모님께서 가게 문을 닫고 들어
오셨다. 행여 우리들이 깰까 봐 불도 켜지 않은 채 현관에서 부
스럭거리시던 엄마는 곧 어둠에 흠뻑 젖은 뭔가를 보시자마자
꾸웨에엑! 하고 몹시도 성량이 풍부한 비명을 지르시면서 그대
로 털썩 주저앉으셨다.

곧 둘째 딸임을 판명하신 직후 돌연 급변신하시더니 오밤중
에 할 짓 없어서 뼈 빠지게 일하고 들어온 어미한테 이게 도대
체 무슨 짓이냐고 격분하시며 내 등짝을 무려 넉 대나 세게 후
려치셨다. 으으, 아직도 욱신거리고 쑤셔서 미치겠다.

거의 두 시간 넘도록 거실에 홀로 앉아 있으면서 식구들이 내
게 보이는 각양각색의 반응들이 나름 꽤 재미있다고 킥킥거리
고 있는데 갑자기 핸드폰이 바르르 떨리더니,

「언젠가 여니랑 꼭 하고 말 거예요!」

라는 제이의 문자가 들어왔다. 순간 눈앞이 캄캄해졌다. 락희
와 비장한 각오로 수행하려는 초특급 쿨한 연애 작전이 아무래
도 너무 급하게 이루어지고 있어서 겁이 더럭 났다. 이거, 이거,
당장 대책을 세워야 할 것 같았다.

그런데 그다음 날 아침, 뜻밖에도 제이는 내 자리에 오지 않
았다. 근 한 달이 넘도록 이어진 모닝커피 배달도 사라졌다.

"어어, 우연 씨. 그 친구랑 무슨 일 있어?"

지나가던 오 팀장님께서 자판기에서 막 꺼낸 뜨거운 커피를
내 테이블 앞에 내려놓으신다. 그러자,

"어머, 우연 씨. 그 연하남 왜 안 온대? 그새 애정이 식었나?"

하면서 최 대리가 기쁜 얼굴로 이죽거린다. 애정이 식은 대신
색욕이 불타오른답디다, 라고 혼잣말로 중얼거리고 있는데 회
사 내 일등 신랑 후보감 랭킹 1순위 박 팀장님께서 소리없이 들
어오셨다.

"안녕하세요, 박 팀장님."

내가 공손한 태도로 인사를 건네는데 그가 잠깐 밖으로 나오
라는 눈치를 보낸다. 슬그머니 자리에서 일어니 그의 뒤를 따라
나섰다.

"황우연 씨, 오늘부터 그 친구는 출근 안 합니다. 혹시 알고
있었나요?"

"아뇨. 왜요?"

　그러고 보니 얼마 전에 제이가 박 팀장과 싸웠다고 털어놓은 게 떠올랐다. 역시 두 사람 사이에 뭔가 좋지 않은 일이 있었나, 이렇게 생각하고 있는데,

　"사실 오늘 아침 회의에서 들은 내용이라 나도 자세한 건 모릅니다. 어차피 처음부터 그 친구는 임원진에서 결정해 불러들인 케이스라서 내가 왈가왈부할 입장은 아니었거든요. 오늘 일도 일방적으로 통고받은 셈이죠."

　라는 그의 말에 나는 좀 당황스러웠다. 그래서 오늘 출근하지 않은 거구나.

　"그런데 우연 씨, 혹시 제이크 씨가 어디로 갔는지 압니까?"

　"모르겠는데요."

　"흠, 여자친구에게도 말하지 않은 모양이군. 알았어요. 일 보도록 하세요."

　자리로 돌아온 나는 공연히 울적해졌다. 어젯밤 날 잡아먹지 못해 그렇게 생난리를 치더니만 갑자기 말 한마디 없이 회사를 관두다니. 언젠가 나랑 꼭 하고 말겠다는 그따위 쓸데없는 저질 문자는 빼먹지 않고 보내면서 정작 가장 중요한 말을 하지 않다니 정말 생각없는 놈이다.

　그런데 가슴이 왜 이리 저려오는 걸까? 마치 구멍이 뻥 뚫린 것처럼 허전한 기분에 나는 하루 종일 일이 손에 잡히지 않았다.

"누나, 뭐 왔는데?"

며칠 후, 집으로 택배 하나가 도착했다. 출근하지 않는 한가로운 토요일, 늦잠을 푹 자고서 아침 겸 점심을 막 먹으려던 참이었다.

"나한테 올 거 없는데. 혹시 수연이 거 아냐?"

나는 엊그제 동생이 인터넷 쇼핑으로 화장품을 주문했던 게 기억났다.

"우연이 누나 거 맞는데."

하면서 중수가 가지고 온 건 놀랍게도 커다란 액자였다. 세 겹이나 꼼꼼하게 포장된 그것은 얼마 전 제이의 집에서 봤던 그림이었다. 바로 내가 마음에 든다고 말했던 그 우아한 정물화.

"어, 참 촌스럽다. 고리타분한 이런 그림은 왜 샀어? 우리 설렁탕 가게에 걸어두려고?"

"그림 볼 줄도 모르는 무식한 놈."

"그렇게 말하시는 누님은?"

"최소한 아름다운 걸 알아보는 심미안은 있으시다."

"그 심미안 참 수준 낮네."

"너의 크리스티나님께서 주신 선물인데?"

"헉, 그림 이게 바로 그분께서 누나한테 보내는 사랑의 선물? 누나, 못 가져올까? 내가 어디다 걸어줄까?"

무식한 놈이 비굴하기까지 하다니. 그날 저녁 집으로 돌아온 수연은 침대 벽면에 걸린 정물화를 발견하더니 돌연 기함을 했다.

"멋지다, 언니!"

"그래도 너와 나의 심미안이 일치해서 참 기쁘구나."

"언니, 이거 어디서 났어?"

"그냥."

"근데 이 화풍 어쩐지 눈에 많이 익어. 가만있어 봐, 전에 미술사에서 저런 그림 본 적 있는데."

하며 동생이 미술 학도답게 예술 작품을 분석하는 동안 나는 내일 일요일에 락희를 만나서 무슨 영화를 볼까 심각하게 고민을 했다. 그런데,

"헉, 이거 이준섭 화백 그림이잖아! 진짠가? 아냐, 모조품일지도 모르지."

"진품 맞을걸."

내 대답에 수연은 거의 패닉 상태가 되었다.

"언니, 만약에 이거 진품 맞으면 값이 어마어마할걸. 빨리 말해, 이거 어디서 났어? 누가 준 거야?"

어, 제이네 아버지 꽤 유명한 화가였나 보구나.

"그냥 얻었어. 근데 수연아, 이거 내다 팔면 얼마 정도 받을까?"

"부르는 대로야. 아마 몇억 할걸?"

헉!

"정말이야?"

"요즘은 미술 작품으로 재테크하는 사람들이 많아져서 이 화백처럼 유명한 작가들의 작품 가격이 엄청 올랐어. 그런데 언니, 이거 진짜 맞을까?"

그때 핸드폰으로 문자가 왔다. 제이였다.

「선물 잘 도착했어요? 그건 여니를 위한 선물로 줄게요. 참, 갑자기 일이 생겨서 당분간 회사에 출근 못해요. 나중에 연락할게요.」

역시 무슨 일이라도 생긴 걸까. 제이에 대해서 궁금해진 나는 기분이 싱숭생숭해졌다. 요 며칠 놈에 대한 생각만 자꾸 떠올라서 제대로 일도 할 수 없고 게다가 수시로 가슴이 울렁거려서 마치 어딘가에 홀린 듯했다. 왜 그럴까. 그 이유를 락희가 정확하게 집어주었다.

"엄머머, 너 제이 씨 좋아하나 보다."

"그럴 리가."

일요일 오후, 홍대 근처 카페에서 만난 우리는 영화를 본 후 서로의 근황을 브리핑하고 있었다.

"자기 전에 제이 얼굴 떠오르지?"

"아니."

그 대신 놈과 키스한 게 자꾸 어른거린다. 물론 그 얘긴 절대로 락희한테 털어놓지 않을 작정이었다. 분명히 쿨한 연애 작전이 성공적으로 실행되고 있음에 기뻐하며 그다음 단계를 재촉

할 게 분명하다.

어느 잡지에서 읽은 적이 있는데 대부분의 남자들은 전혀 모르는 여자와 섹스할 기회가 생기면 99.9% 하고 싶다고 답변한단다. 하지만 여자는 자신이 호감 가는 남자일 경우에만 그러겠다고 한다니, 나 역시 그 부류에 속하는 타입인 듯하다. 아무리 육체적 욕망에 헐떡거려도 로맨틱한 느낌이 없으면 정말 내키지 않으니까 말이다.

"정말 아무 말 없이 제이 씨가 잠적한 거 맞아?"

락희가 예리한 눈빛으로 내 얼굴을 훑으며 묻는다.

"그게 뭐랄까, 연락은 되긴 하는데 며칠 전부터 갑자기 회사에 출근을 안 해. 무슨 사정이 있는 것 같던데 자세한 건 말하지 않아. 아무튼 그렇게 밝히더니 어느 순간 홀연히 사라지다니…… 아차!"

"그동안 우리의 귀염둥이 연하남께서 구체적으로 너한테 어떤 식으로 밝히시디?"

"노 코멘트."

"너 혹시 했니?"

"락희야, 쫌!"

"척 보니 제이 씨께서 우린 우연이에게 뭔 짓을 하긴 한 듯한데."

이쯤해서 난 그만 실토하고 싶어진다.

"사실은 진도가 좀 나갔다."

"오호? 정말? 하지만 아무리 개인 사정이 있더라도 연애는 별개의 문제일 텐데 어째서 너와의 접촉을 중단한 걸까?"

"그야 나도 모르지."

"좋아, 전에 언급한 사항이지만 다시 피드백하자, 우연아."

"또 뭘!"

"이리 바짝 와봐."

이렇게 머리를 맞대며 진지하게 대화하는 우리를 누가 보면 스터디 그룹인 줄 알 것이다.

"자, 황 여사, 우리 다시 확인해 보자. 그렇게 밝히는 놈이니 네 입장에선 쿨한 연애하기엔 참 적당한 대상이긴 해. 다행히도 녀석은 수천 년 동안 남자들이 여자들에게 해왔던 프로세스를 그대로 따라서 원칙적인 패턴으로 연애를 해가는 스타일임이 틀림없어. 그래서 시간이 갈수록 너한테 차츰 강도 높은 에로틱한 신호를 보냈을 테지. 물론 최후의 목적은 아직 달성하지 않은 상태이고. 그런데 놈이 갑자기 소극적인 태도를 보이고 있어. 왜 그럴까? 이유가 뭔지 벌써 답이 딱 나오지 않니, 우연아?"

나는 깊은 산속 암자에서 홀로 수행하는 구도자처럼 욕심없고 겸허한 목소리로 내 오랜 친구에게 한마디 던졌다.

"공수래공수거空手來空手去는 아닐까."

순간 락희의 얼굴이 싸해진다. 헉, 아닌가?

"너 여전히 핵심을 파고들지 못하는구나. 바보야, 뭔가 의도

적인 냄새가 나지 않니? 넌 추리 소설도 안 읽어? 벌써 딱! 하고
감이 오잖냐. 교미의 신호! 교배의 손짓! 거사를 치르기 위한 의
도적인 템포! 걸려들기를 바라는 집요한 거미의 근성이 엿보이
잖아.”

“그럼 내가 제이가 쳐놓은 거미줄에 걸리는 파리가 되란 말이
야?”

“그렇지! 이놈 제법 머리 쓸 줄 아는 놈이네. 아흐, 나 너무 머
리 좋은 것 같아. 근데 왜 연애를 못하는 거지?”

“그런데 락희야, 너 너무 흥분한 것 같아서 걱정 된다.”

“시끄럿! 진수성찬이 차려졌는데도 먹지도 못하는 못난 것
이!”

“에효, 네 머릿속에 도대체 무슨 생각이 들어 있는지 참 궁금
하다.”

“걱정 마, 이제껏 처녀딱지도 떼지 못한 너와 나의 머릿속 생
각은 거의 똑같으니까!”

“아예 확성기에 대고 말씀하시지, 오 작가님?”

“암튼 우연아, 이 사건과 별개로 잠시 이 언니께서 네게 사과
의 말씀을 전하고 싶구나. 얼마 전 내가 제이 씨에 관한 쓸데없
는 말을 해서 미안해. 그 사람이 아무리 잘난 놈이라도 너와 연
애하는 데 아무 상관 없는 건데 말이야.”

“아냐, 사실은 나도 녀석의 정체를 알고 나서 약간 부담스러
웠거든.”

"그래도 좋아졌잖아?"

글쎄, 잘 모르겠는데.

"일단 놈이 어디로 잠수 탔는지 알아봐, 우연아."

"알아. 아마 마포에 있는 오피스텔에 있을 거야."

"그럼 거기로 가서 만나면 되겠네. 구더기 무서워서 장 못 담그는 것처럼 바보짓 없다. 두드려라, 열릴 것이다!"

"열려라 참깨, 하라고?"

"그래, 아라비아 도적 흉내라도 내보라고, 황우연!"

"락희야, 너 갑자기 눈에서 불길이 인다."

"쿨한 연애를 위한 우리의 야심 찬 프로젝트, 절대로 잊어선 안 돼. 알았지?"

나는 더 이상 참지 못하고 바락 소리쳤다.

"근데 왜 나만 실전에 투입되는 건데?"

"흑! 황우연, 네가 나를 두 번 죽이는구나. 난 들이대는 남자가 없잖아!"

그로부터 일주일 후, 나는 락희의 끈질긴 충고와 회유에 마침내 과감한 결정을 내렸다. 일전에 가봤던 오피스텔로 직접 찾아가기로 결정한 것이다. 뭐, 솔직히 너석이 보고 싶은 마음도 없지 않아 있긴 하다.

출근하지 않는 한가로운 토요일 오후 2시. 제이의 오피스텔 문 앞에 도착해서 나의 방문 목적에 대해 뭐라고 해야 그럴 듯

할까, 이렇게 약 3분 정도 고심하고 있는데 문이 열려 있던 모양인지 돌연 삐걱거린다. 흠, 어떡하지. 그러다가 살그머니 문 안으로 들어가서,

"제이?"

하고 말하는데 아무런 대답이 없었다. 그래서 제이! 하고 크게 소리쳤지만 여전히 인기척이 없었다. 어디 잠깐 나갔나, 이렇게 생각하면서 안으로 살금살금 들어섰다.

오피스텔 안은 아주 조용했다. 그리고 달콤한 초콜릿 냄새가 진동했다. 조금 전 코코아를 타먹었는지 좁은 주방과 거실엔 온통 달짝지근하고 고소한 냄새가 가득했다. 나는 예전에 인사불성이 되어서 하룻밤 신세를 졌던 방 앞에 서서 똑똑, 하고 노크를 했다. 아무 반응이 없어서 문을 열어보니 텅 비어 있다. 나도 모르게 안도의 한숨이 흘러나왔다.

사실은 만나자마자 갑자기 놈이 덤벼들까 내심 두렵기도 하고 또 괜한 짓을 하는 게 아닐까 걱정스럽기 때문이다. 일전에 제이가 들어가지 못하게 막았던 다른 방으로 들어갔더니 역시 안에는 아무도 없었다.

그런데 방 안에는 온갖 컴퓨터와 너저분한 서류들이 잔뜩 늘어져 있었다. 테이블 위에 놓인 세 대의 컴퓨터와 그 옆의 두 대의 노트북을 비롯해서 그 아래엔 뭔가 번쩍이는 납작한 금속 상자들도 보였는데 바닥에 있는 작은 탁자에는 팩스와 프린터기, 그리고 각종 핸드폰이 대여섯 개나 있었다.

흠, 여기가 제이의 작업실이구나. 그래서 그때 못 들어가게 한 거였나. 별것도 아닌데 뭘 그렇게 유난을 떨고 그랬지. 이렇게 투덜대면서 주위를 두리번거리는데 밖에서 철컥, 하고 문 닫히는 소리가 들려왔다. 헉, 큰일이다! 어떻게 하지?

그렇지 않아도 아무도 없는 집에 무단 침입을 한 꼴 같아서 가슴이 두근거리던 참이라 나는 당황해서 어쩔 줄 몰라 했다. 이대로 어정쩡하게 서 있다가 바보처럼 들키고 싶진 않았고 또 나와 반드시 그걸 하겠다고 선포한 놈의 방으로 이렇게 과감하게 들어왔다는 사실이 문득 창피해졌다.

그래, 차라리 숨어버리자! 라고 생각한 동시에 나도 모르게 뒤편의 옷장 문을 벌컥 열었다. 다행히도 내가 들어설 수 있는 빈 공간이 있어서 재빨리 그 안에 쪼그린 채 앉아서 옷장 문을 닫는 순간 누군가가 안으로 들어왔다.

휴, 완전 아슬아슬했어, 이렇게 생각하며 가슴을 쓸어내리는데 곧 부스럭거리는 소리와 함께 삐익, 하고 컴퓨터의 전원을 켜는 소리가 들려왔다. 아, 놈은 나갈 생각이 없나 보네. 그나저나 도대체 이 난관을 어찌 헤쳐 나갈꼬, 하며 괴로워하는데,

"하하하!"

하고 갑자기 제이가 소리 내어 웃는다.

"내가 보고 싶어서 왔구나."

엥, 그게 무슨 소리야? 그리고 잠시 정적. 나는 숨을 질끈 참고서 옷장 밖에서 들려오는 소리에 귀를 기울였다. 잠시 후 가

까이 다가오는 제이의 낮은 웃음소리. 순간 들킬까 싶어서 바짝 긴장해서 두 손으로 입을 막고 있는데 그가 작게 속삭였다.

"내가 모를 줄 알았어요?"

헉?

"여니가 바로 여기 있는 거 말이에요!"

별안간 문이 홱 열리면서 생글거리는 제이의 얼굴이 코앞에 나타났다.

"으아아아악!"

나는 비명을 질러대며 공처럼 떽떼굴 옷장 밖으로 굴러 떨어지고 말았다. 혼이 빠진 것처럼 경직된 상태로 방바닥에 그대로 엎어져 있는데,

"웰컴 투 마이 룸, 허니."

하면서 제이가 흐뭇한 미소를 지었다.

"내, 내가 여기 있다는 거 어떻게 알았어?"

아무리 위급한 상황에 처했어도 호기심이 앞선 내가 궁금한 얼굴로 물었다.

"여니, 내 방엔 CCTV가 24시간 작동하고 있어요. 그리고 컴퓨터 작업을 시작할 경우 항상 한 시간 전부터 방 안의 모습을 찍은 영상들이 자동적으로 스캐닝되거든요. 혹시 모를 외부 침입자를 방지하기 위해서죠. 물론 이 모든 보안 프로그램은 제가 만든 거고요."

이렇게 말하는 제이의 입꼬리는 보기 좋게 위로 올라가 있다.

"조금 전 여니가 내 방으로 들어와 옷장 안으로 숨는 모습을 보고서 내가 얼마나 행복했는지 모르죠?"

"그래, 행복하다니 다행이구나. 근데 갑자기 회사엔 왜 나오지 않는 거야? 혹시 짤린 거야?"

"그럴 리가요. 제가 너무 바빠서 당분간 재택근무로 전환해 달라고 요청했거든요."

"그렇구나. 난 또 괜히 걱정했네."

"흠, 그것 때문에 여기 온 거예요?"

"당연하지. 너 잘 있는 거 봤으니 이젠 가야지."

"못 나가요. 여니는 여기에 갇혔어요."

"날 가둬놓고 뭐하려고?"

"흠, 뭐할까요?"

순간 녀석의 눈빛에 이글이글거린다.

"전에 내가 보낸 문자 기억하고 있죠?"

"기억 안 나."

"그럼 지금 내가 기억나게 해줄까요, 여니?"

"이게 어디서 까불어. 오히려 내가 널 확 덮칠 수 있어."

극도로 불안해지자 내 입속에신 대단힌 말들이 불쑥 튀어나오고 말았다.

"그럼 덮쳐 줘요!"

뭘 알아야 덮치지.

"그동안 나 보고 싶었죠, 여니?"

"아니."

"난 무척 보고 싶었는데. 그리고 무지하게 참았는데."

하면서 혼자 킥킥거린다.

"근데 앞으로 회사엔 계속 나오지 않는 거야?"

"예. 하지만 회사에서 여니와 만나지 못하는 대신 이런 식으로 자주 보면 되니까 난 괜찮아요. 자, 그럼 내가 먼저 옷 벗을까요?"

"안 돼!"

"그럼 내가 벗겨줘요?"

그건 더 안 돼! 제이가 고개를 삐딱하게 기울였다.

"여니, 나 싫어요?"

"냉큼 내 앞에서 저리 비켜. 그리고 저 문 빨리 열어!"

"에이, 겁쟁이."

의외로 제이는 순순히 내 지시에 따랐다. 나는 참았던 숨을 내쉬며 문 밖으로 나왔다. 어휴, 어휴, 정말 겁나서 죽는 줄 알았네.

"여니, 나 착하죠?"

"고맙구나, 제이."

긴장한 나머지 나는 목이 메었다. 주방으로 가 식탁 위에 놓인 물잔을 쥐고서 꿀꺽거리며 마시는데,

"어, 그건 좀 전에 내가 마시던 건데. 아, 그런 간접 키스 말고 직접 해주고 싶다!"

"쿨럭!"

급하게 마시다가 제이의 말에 그만 사레가 들리고 말았다.

"컥, 컥!"

당장에라도 숨이 넘어갈 정도로 심하게 기침을 해대자,

"괜찮아요, 여니?"

하면서 달려온 제이는 내 등을 가볍게 두드렸다. 하지만 기도로 물이 들어간 모양인지 기침은 쉽게 멈추지 않았고 곧 내 얼굴은 벌겋게 변하기 시작했다. 새우처럼 허리를 구부린 채 연거푸 콜록거리자 제이가 거실 소파로 데려갔다.

"천천히 내쉬고 들이켜 봐요. 그래요, 그런 식으로."

나는 입을 크게 벌린 채 천천히 숨을 들이마시고 내뱉었다. 마치 붕어가 된 것처럼 창피했지만 몇 번 되풀이해 보니 숨쉬기가 한결 나아졌다.

"오케이. 잘하고 있어요. 이젠 좀 괜찮죠?"

이놈아, 이게 다 네 탓이다. 이렇게 중얼거리며 씨근거리고 있는데 갑자기 제이의 얼굴이 바짝 다가왔다.

"여니?"

"ㅇ, ㅇ응."

코앞까지 다가온 제이의 새까맣고 또랑또랑한 눈빛. 꽤 에뻤다. 속눈썹도 제법 짙고 길었다. 나도 모르게 멍하게 바라보고 있는데 뭔가가 내 입술에 착 달라붙었다. 제이의 입술이었다.

"읍!"

기회 포착의 달인처럼 제이는 아주 자연스럽고 능수능란하게 입맞춤을 하더니 곧바로 내 등을 살며시 안아서 자기 품으로 바짝 잡아당겼다.

"으음, 여니."

잠깐 떨어진 입술 사이로 부드럽게 속삭이는 제이의 음성. 난 좀 나른해졌다.

"난 여니와 키스하는 게 좋아요."

나도 싫진 않았다. 제이는 조심스럽게, 그리고 아주 정성을 다해서 내게 키스하고 있었다. 어느새 그의 혀가 내 입안으로 들어와 살살 훑더니 한 바퀴 휘휘 돈다. 그 촉촉한 접촉이 그다지 나쁘지 않았고 동시에 내 등을 어루만지는 다정한 손길에 나는 완전히 방심하고 말았다.

거기서부터 내 의지는 단숨에 허물어지고 말았다. 아니, 제이라는 악성 바이러스를 결사적으로 막아내던 방화벽이 마침내 뚫렸다고나 할까. 등 뒤에서 머뭇거리던 그의 손길이 슬그머니 내 안으로 들어와 꼼지락거리자 속옷의 방어막이 힘없이 무너지고 말았다.

동시에 내 가슴의 가장 민감한 부위를 능숙하게 자극하는 손놀림! 처음엔 깜짝 놀라다가 그다음은 짜릿하다가 곧 정신이 핑 돌 정도로 기분이 좋아졌다. 아아, 쾌감이라는 게 이런 거구나, 속으로 감동하면서 나도 모르게 자지러지는 신음을 흘리고 말았다. 그런 내 반응에 제이의 눈이 반달처럼 휘어지더니 내가 입고 있는 웃옷을 위로 기세 좋게 확 걷어 올렸다. 동시에 그의 입술이 내 가슴을 완전히 점령해 버렸다.

그리고 숨 가쁠 정도로 달려오는 지독한 열감! 와우, 얼굴이 뜨겁게 화끈거리더니 눈앞에서 별들이 번쩍거리기 시작했다. 뭐야, 이거. 너무 내가 쉽게 넘어가는 게 아닐까, 라는 자존심은 이미 공기 중으로 완전 분해된 지 오래였다. 너무 황홀해서 숨통이 막혀왔다.

"방으로 들어갈까요?"

귓가에 뜨거운 입김을 쏟아내며 속삭이는 제이. 나는 가볍게 고개를 끄덕거렸고 곧 그에게 번쩍 안겨졌다. 예전에 한 번 잤던 그의 침실 방이었고 청소를 했는지 말끔하게 치워져 있었다. 남자치곤 상당히 깔끔한 성격이잖아, 하고 생각할 정도면 내가 제법 정신을 차렸다는 증거다.

하지만 침대 위에 누운 채 곧바로 이어지는 제이의 열정적인 키스에 온몸이 녹아내리는 듯한 황홀한 상태에 깊숙이 빠져 버렸다. 나는 이미 저항감을 상실해서 그가 하는 대로 내버려 두었다. 입고 있던 바지가 벗겨지고 웃옷과 함께 브래지어가 단숨에 치대 아래로 떨어지는 중에도 제이의 부드러운 키스는 한 번도 끊이지 않았다.

천하제일 절벽가슴을 들켰다는 창피함도 모를 정도로 제이는 내게 예의를 다해 정중하게 애무를 하며 감미로운 키스를 아끼지 않았다. 행복해. 나도 모르게 부끄러워지면서 남녀상열지사를 겸허한 자세로 받아들이고 있었다.

"하고 싶을 때 말해요. 그때 내가 들어갈게요."

라는 섹시한 그의 목소리를 멍하게 듣고 있다가,

"아냐, 제이가 마음대로 해도 괜찮아."

하고 예쁜 척을 가장하며 작게 속삭였다. 그런데,

"왜 그런 말을? 난 여니를 배려하고 싶어서 그런 건데."

"하지만 제이가 하고 싶은 대로 해도 돼."

"그래도 여니가 원할 때 알려줘요. 난 그게 좋아요."

라는 심하게 다정한 말에 난 좀 당황하고 말았다.

"아니, 괜찮다니까."

"여니?"

"그냥 해."

제이는 잠깐 내 눈을 똑바로 쳐다봤다.

"여니."

"음, 음. 그게 말이야, 난 처음이라서 그런 건 좀 그래."

"그럼, 혹시……?"

라고 말하는 제이의 음성이 갑자기 떨리기 시작했다. 그래, 나 처녀란다. 남자라면 누구나 감격해하는 그런 귀하신 몸이란 다. 좋으냐? 좋겠지. 너 나 좋아하는 것 같은데 절대로 싫진 않 겠지? 나 혼자 북 치고 장구 치고 흐뭇해하고 있는데,

"오우, 노!"

하는 비명에 가까운 제이의 목소리가 내 귀청을 찢었다. 엥?

"제, 제이?"

"여니, 버진Virgin?"

"으응."

"오, 마이 갓."

뜻밖에도 제이의 반응이 격렬했다. 좋다는 건가, 싫다는 건가.

"여니는 왜 한 번도 하지 않았죠!"

"뭘?"

갑자기 침대에서 벌떡 일어난 제이가 절망 어린 눈으로 날 노려봤다.

"난 처녀와 한 번도 한 적이 없다고요!"

그, 그래서?

"그, 그럼."

"그래서 난 할 수 없어요. 여니랑 섹스를 할 수 없다고요!"

왜, 왜, 왜?

"왜냐하면……."

나는 두 눈을 동그랗게 뜨고서 제이의 대답을 기다렸다.

"처음 할 땐 무지하게 아플 텐데, 그렇게 여니를 고통스럽게 하는 짓을 난 죽어도 못한단 말이에요!"

"저기, 제이."

그, 그러니까 그 말은 처녀인 나랑은 할 수 없다는 말?

"난 못해요! 못해! 절대 못해! 네버!"

제이는 방 한구석에 쪼그리고 앉아 괴로워하기 시작했다. 당황한 나는 재빨리 침대 시트를 끌어당겨서 알몸의 상반신을 가린 채 일어섰다. 두 손으로 머리를 잡아 뜯고 있는 제이의 모습은 참으로 장관이었다. 하고 싶어 미치겠지만 내가 아플까 봐 하지 못하는, 그래서 거의 발광에 가까운 발작과 짐승처럼 울부짖는 격렬한 포효. 그리고 비통하다 못해 몹시도 침통한 얼굴.

"저기, 제이."

하지만 난 괜찮아. 견딜 수 있다고, 라고 나도 한 번도 경험해 보지 못한 관계로 쉽게 말할 순 없었다.

"미안해요, 여니."

"응?"

"당장 내 앞에서 사라져 줘요."

헉, 그게 무슨 소리니.

"아니, 제가 사라져 버릴게요!"

"제이?"

자자자자, 잠깐! 이대로 날 놔두고 가면 너 절대로 용서 못해. 그러면 지금 내 꼴이 뭐가 되겠니. 그러나 제이는 반쯤 풀어헤친 벨트를 다시 후딱 묶더니 나를 몹시도 원망하는 눈빛으로 노려봤다.

"아, 안 돼, 제이!"

"크흑, 나 너무 괴로워요! 당장 나갈게요!"

그렇게 절규하던 제이는 눈물을 방울방울 흘리며 문을 박차고서 방 밖으로 뛰쳐나갔다. 나는 눈앞이 노래지는 걸 느꼈다. 아니, 벗길 땐 언제고 이제 와서 못하겠다니! 하고 싶어 환장할 땐 언제고! 조금 전까지만 해도 열심히 하던 놈이 도대체! 왜 그래! 순진한 이 누님의 애간장만 잔뜩 태워놓고서 그렇게 무책임하게 도망치면 워어떠억해, 이놈아!

망연자실. 그렇다. 홀로 침대에 앉아서 멍하게 있는 내 모습이 딱 바로 그 짝이었다. 제이, 이 변태 같은 놈! 좋아하는 여자가 처녀라는 사실에 괴로워하는 건 이 광활한 태양계에서 오직 네놈밖에 없다고 난 맹세할 수 있어!

잠시 후 이루 말할 수 없이 비참한 심정으로 주섬주섬 옷을 입기 시작했다. 서러워서 울고 싶은 걸 꾹 참고서 분리된 속옷과 겉옷을 다시 원상복구시키면서 조용히 화를 가라앉히던 나는 불현듯 인생의 허망함을 느꼈다.

아, 사는 게 뭔지. 지지리 복도 없는 인생이로고. 쿨한 연애? 웃기는 소리! 저런 놈이 지구상에서 사라지지 않는 한 절대로 쿨한 연애 못한다.

잠시 후 텅 빈 오피스텔을 나오면서 나는 초췌한 얼굴로 쏟아지는 햇빛 속으로 흐느적거리며 길이갔다. 저 푸른 동해 바다에서 선져 올린 오징어가 줄에 매달린 채 말라가는 것처럼 내 몸에서는 점점 물기가 사라져 가고 있었다. 마치 뼈 없는 오징어 다리처럼 후들거리는 다리를 내려다보면서 만약 내가 지네처럼 다리가 수십 개였다면 이렇게 걷는 게 힘들진 않을 텐데, 라는 괴상한 상상을 함으로써 잠시 비참한 현실을 잊고자 했다.

아아, 난생처음 남자랑 보람찬 첫 경험을 갖겠다던 황우연의 야심 차고 스펙타클한 계획은 그렇게, 완전히, 실패로 끝나 버렸다.

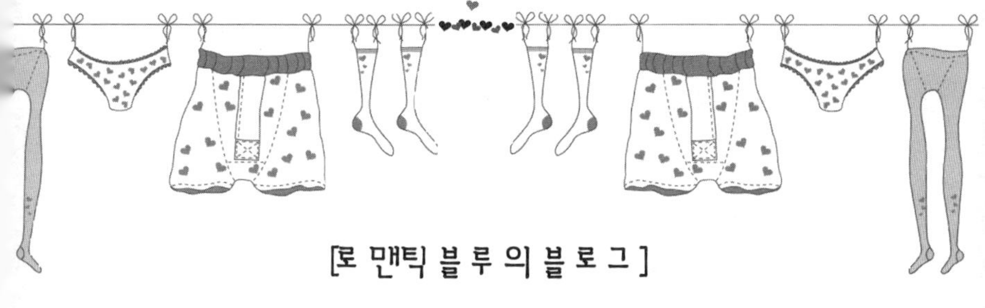

[로맨틱 블루의 블로그]

난 지금 너무나 괴롭다. 며칠째 식음을 전폐하다시피 하면서 외출을 삼간 채 혼자서 견뎌내고 있지만 생각보단 이 고통은 쉽게 사라지지 않는다. 이 세상은 온갖 위험으로 가득 차 있다. 저 아프리카의 사나운 맹수들, 죽음을 야기하는 무시무시한 신종 바이러스들, 그리고 사막을 달구는 뜨거운 태양과 깊은 밀림 속의 무서운 독충들……. 그뿐만 아니라 우리의 연약한 육체에게 가해지는 물리적 충격 역시 고통스럽기 짝이 없다. 하다못해 손가락 끝에 아주 작은 가시가 박히게 되더라도 우리는 아픔을 호소하고 몹시 괴로워한다. 그런데 만약 인간의 몸에서 가장 예민한 부분에 상처라도 생긴다면? 아, 신은 어째서 아름다운 장미에게 가시를, 달콤한 꿀을 만드는 벌에게는 독침을, 우아한 고양이에겐 예리한 발톱을 주고선 나의 그녀에겐 그것을 하게끔 기회를 주지 않았을까.

└ 밤만먹자 : 오늘 얘긴 도통 종잡을 수가 없네요. 도대체 블루님 여친은 뭘

　　　　하지 않았다는 겁니까?

└ qsdkjop107 : 그것이라니. 설마?

└ 3801ewvjew : 설마, 뭐요?

└ 로또조아 : 뭔가 에로에로한 느낌이 오는걸.

└ 내가니에미다 : 내가 보기엔 블루님은 남자치곤 꽤 감수성이 예민한 타입

　　　　인 듯. 아니면 연애 초보자? 여자친구에게 너무 시시콜콜한

　　　　걸 기대하면 인생 피곤해진다는 충고 드리고 싶다는.

└ 자이리툴 : 직수입 최신 바이브레이션 입하! 구입 시 콘돔 10개들이 한 셋

　　　　트 증정합니다.

└ dfjo2743 : 흐음, 가장 예민한 부분이라.

└ 평창만세 : 뭔가 있어. 블루님은 뭔가 사고를 친 후 괴로워하고 있는 게 분

　　　　명하당께!

Chapter 12. 욕구불만이 뭐가 어때서

생각해 보라, 그게 말이 되는 소리냔 말이다. 아니, 절대로 이해할 수 없는 문제다. 대개 남자들이란 자기가 좋아하는 여자가 처녀라는 사실에 오히려 더 기뻐하는 법이다. 그런데 제이는 처녀인 나를 마치 공포 영화에 나오는 잔인한 연쇄살인범처럼 아주 두려워할 뿐 아니라 무슨 흉악한 괴물인 것처럼 격렬하게 뿌리치며 증오하기까지 했다. 아니, 아프면 내가 아픈 거지 지가 무슨 상관이냐고! 웃기지도 않게 두 눈에 눈물을 그렁거리며 그 중요한 순간에 왜 자리를 박차고 나가냐고! 아아, 이 무슨 개념 없는 극악무도한 행동이란 말인가!

"우연아, 무슨 화나는 일 있냐?"

어제 벌어진 일을 떠올리며 혼자 씩씩거리자 우리의 오관대 씨께서 무척이나 걱정스런 얼굴로 묻는다.

"아녜요, 외삼촌."

"그나저나 누님은 왜 이리 늦으시냐."

일요일 늦은 오후, 신촌 가게 근처 어느 호프집에서 외삼촌과 나는 엄마를 오매불망 기다리고 있다. 의외로 겁이 많은 우리의 오관대 씨를 위해서 내가 지원사격을 하러 나왔지만 자꾸만 어제 일이 떠올라서 도무지 집중이 되지 않는다.

"참, 그 친구하고는 잘 지내고 있는 거냐?"

"그 친구라뇨?"

"크리스티나의 아들, 제이크 리."

"아아, 그냥요."

"그 친구, 내가 보기엔 널 꽤 좋아하는 것 같던데."

"외삼촌, 그게 아니고 굉장히 날 좋아해요! 하지만 난 그딴 녀석 한 트럭으로 갖다줘도 싫어요!"

"무슨 일 있냐?"

"아무튼요. 외삼촌은 엄마 오시면 얘기나 잘하세요."

잠시 후 엄마가 출입문을 열고 들어오셨다.

"아이구, 우리 막둥이 왔구나."

막내 남동생에 대한 엄마의 변함없는 깊은 애정을 확인한 후 오늘의 난관을 어떻게 헤쳐 나갈까 잠시 고심하던 나는 일단 시원한 생맥주 세 잔을 잽싸게 주문했다. 사실 카페가 아닌 호프

집으로 일부러 자리를 마련한 것도 다 전략적인 이유 때문이다.

둥근 테이블 위에 500cc 생맥주 석 잔이 도착하자마자 나는 우리의 오관대 씨가 결혼하려는 상대에 대한 프로필을 엄마 앞에서 간단명료하게 읊었다.

"뭐어어라고옷!"

역시나.

"엄마, 진정하시고. 일단 시원한 맥주 한 잔 들이켜시고 얘기하세요."

내 말이 끝나자마자 엄마가 500cc 생맥주를 원샷하셨다. 우와, 하여간 놀랍다니까.

"누님, 저는 그 여자를 정말 사랑합니다."

"너 미쳤냐! 애 딸린 여자한테 장가가려고 네가 그 고생을 했냐! 아이고, 도대체 어떤 여시가 너를 홀린 거냐. 내가 못산다, 못살아!"

홀 안의 몇몇 사람이 우리를 곁눈질하며 쳐다보자 나는 재빨리 엄마의 옆구리를 찔러댔지만 아무런 소용이 없다. 그리고 외삼촌은 이미 사색이 되어서 아무 대꾸도 하지 못했다. 아, 불쌍한 우리 오관대 씨!

"아무튼 누님이 내키시 않으셔도 제 결혼 문제입니다."

겉으론 겁에 질린 기색이 완연했지만 외삼촌은 의외로 야무지게 자신의 외견을 굽히지 않고서 엄마에게 당당하게 맞서기 시작했다. 그 모습을 보면서 내심 감탄하고 있는데,

"우연아, 네 얘기도 해야지."

"제 얘기라뇨?"

"너 지금 크리스티나의 아들과 사귀고 있잖냐."

하면서 우리의 오관대 씨는 슬그머니 시선을 아래로 내린다. 전혀 예상에도 없던 그의 배신행위에 나는 그만 치를 떨고 말았다. 아니, 이 상황에서 물귀신처럼 나는 왜 끌고 가냐고!

"외삼촌! 여기서 그 얘길 왜 하냐고요!"

"어차피 다 알게 될 일 아니냐."

벌써 맥주 두 잔을 들이켜시던 엄마의 눈이 먹이를 찾아 헤매는 하이에나의 그것처럼 희번덕거렸다.

"우연아, 그게 무슨 소리냐?"

"누님, 실은 제 아내 될 여자의 아들과 우연이가 사귀고 있답니다."

그게 아니고, 엄마 난 말이야, 그냥 그 녀석하고 쿨하게 연애하는…… 건데.

"너 애인 있냐?"

"어, 엄마, 그게…….."

"우연이보다는 두 살 아래지만 돈도 많고 능력있는 남자라고 들었습니다. 그리고 우연이를 무척 좋아한답니다."

망했다.

"그러니까 우연아, 외삼촌이 네 시아버지가 된다는 말 아니냐! 이런, 써글! 그 모자母子가 쌍으로 우리 집안을 콩가루 집안으로 만드네?”

아차! 얘기가 그렇게 되나? 외삼촌 또한 그 생각을 미처 못한 듯 경악한 표정이다. 동방예의지국인 우리나라에서는 아직도 그런 경우가 여전히 불편한 상황이라는 걸 우리는 전혀 염두에 두지 않은 것이다.

“엄마, 사실은 말이야.”

“시끄럿! 당장 둘 다 그 악귀 같은 모자지간한테서 손 떼! 아니면 우연이 너만이라도 그놈과 결혼하든지!”

“엄만 어떻게 그런 말을 쉽게 해요?”

내가 격분해서 소리 지르자 엄마는 도리어 두 눈을 이글거리며 덤벼드신다.

“아니, 애가 도끼눈을 뜨고 덤비네? 어차피 네 언니는 돈 모아서 유학 간다고 했으니 시집은 당최 글렀는데 너라도 쫓아다니는 놈 있으면 얼렁 보내야지!”

엄마아아아!

“누님, 그럼 저는…….”

“그동안 유학 보내느라 들어간 돈이 얼마인데 벌써 장가를 가? 넌 어서 교수나 되란 말이다!”

“에이 참, 누님도. 교수는 아무나 되는 줄 아십니끼.”

“아니, 유학까지 갔다 왔는데 네가 왜 교수가 못 돼?”

엄마는 교수가 되려면 연줄과 인맥에다가 종종 뒷돈도 필요하다는 걸 전혀 모르는 양반이시다. 나는 난색을 표하는 외삼촌

을 안쓰러운 눈으로 쳐다보며 고개를 절레절레 흔들었고 엄마는 다시 빈 맥주잔을 높이 들어 올리시며,

"여기 한 잔 더!"

하고 크게 외치셨다. 아, 이 현실이 너무나 암담하도다.

락희에게 오피스텔에서 발생한 그 에로에로한 사건을 조금도 털어놓지 않았지만 왠지 모를 두려움에 사로잡히는 건 아직도 제이와 그녀가 나 몰래 서로 통화를 하고 있을 거라는 불길한 예감 때문이었다.

연애란 아주 비밀스럽고도 사소한 일에 그 존폐가 흔들리므로 제이와의 은밀한 성적 문제에 관해선 아무도 몰라야 한다는 게 내 지론이다. 자고로 인간 개개인에게 가장 비밀스럽고 알 수 없는 게 바로 성행위이다.

내가 알기론 우리나라와 중동을 비롯해서 몇몇 국가에선 아직도 간통죄가 존재한다. 어떤 이는 개인의 성적 행동에 관해서 국가가 개입하는 것은 극히 불합리하다고 말하며 그것은 엄연히 인간의 자유를 구속하는 행위라고 비판한다. 내 생각은? 글쎄, 아직도 그 방면에 대해 무지한 나로선 일단 의견 보류다.

하지만 그 의견에 약간은 동의하는 편이다. 지구상의 모든 국가와 민족들에게는 각기 고유한 성적 규범들이 존재한다지만 가장 기본적인 인간의 자유를 구속한다면 적어도 그 주장은 틀린 게 아니기 때문이다. 잠깐, 그리고 보니 나도 꽤 개방적이

잖아.

"그거야 요즘 의식의 변화로 인한 너의 급성장 때문이겠지."

역시나 락희의 탁월한 해석에 절로 고개가 끄덕여진다. 외삼촌과 함께 엄마한테 크게 깨진 이후 문득 원인을 알 수 없는 무력감에 빠져 버린 나는 며칠 후 퇴근할 무렵 충동적으로 락희를 불러냈는데 무슨 까닭인지 그녀는 기다렸다는 듯이 회사 앞으로 냉큼 와줬다. 툭하면 나와의 약속에 늦장을 피우던 친구가 이렇게 달라지다니 경이로운지고.

"너 꽤 부지런해졌구나, 오락희."

"왜냐하면 너한테 보고받을 긴급 정보가 있기 때문이랄까."

긴급 정보? 불길한 발언이다.

"저기 락희야, 너 혹시 요즘도 제이랑 통화하니?"

"응, 가끔은. 근데 어제 전화 통화에선 당분간 너와의 스킨십을 자제하겠다던데?"

풋! 이번에도 난 마시던 커피의 반 정도를 쏟고 말았다.

"쯧쯧, 넌 어째 매번 커피를 쏟니. 아무리 내 친구라 해도 참 칠칠맞지 못하다."

"내가 커피를 마실 때마다 네가 충격적인 말을 하니까 그렇지!"

"오호, 그러시겠지."

"빨리 불어, 그놈이 뭐래?"

도대체 락희한테 어디까지 말했을까. 내가 성난 황소처럼 목

젖을 울리며 으르렁거리자,

"실은 제이 씬 딱 그 말 이외엔 아무것도 얘기하지 않았어. 그래서 나도 궁금해서 미칠 지경이야. 어디까지 했니? 말해주면 안 잡아먹지~!"

"내가 말할 것 같아?"

"그런데 네 표정을 보니까 마치 욕구불만에 사로잡힌 것 같아. 음, 왠지 멋져 보여."

"난 너의 창의적인 해석에 늘 감탄한다는 걸 말해주고 싶어."

"계집애, 새로운 세계를 맛보니까 어때?"

하면서 락희가 두 눈을 깜박깜박거린다.

"좋은 말 할 때 인터뷰 중단해라."

"부끄러워 말씀 못하시겠다 이거군. 알았어, 마음씨 좋은 이 언니가 이해해야지. 하지만 자세히 얘기해 주면 정말 좋겠는데. 이번에 새로 구상하고 있는 로맨스 소설에 많은 도움이 되고 말이야."

"아항, 그럼 이제껏 제이와 나 사이에서 이중스파이 노릇을 했던 건 혹시 일종의 취재 비슷한 거였어?"

"뭐, 아니라고 부정은 못하겠지만."

"빨리 불어, 네가 처음부터 강력하게 추진하고 있던 그 쿨한 연애 프로젝트도 사실은 그런 의도였지?"

"그렇게까지 흥분할 거 없어, 우연아. 다 누이 좋고 매부 좋은 일 아니겠니. 아니다, 이 경우엔 네가 나보다 더 좋겠구나."

"야, 오락희! 감히 불알친구의 등을 쳐?"

"등이라도 쳐줘야 역사가 이루어지지."

"가증스러운 잡것!"

나는 마지막 남은 커피를 남김없이 마셨다. 아, 세상엔 너무나 많은 음모가 활개를 치고 있다. 복잡하고도 잡스런 현실이여, 그대가 나를 속이더라도 난 당당하게 나의 연애를 지속하고야 말겠다.

"오락희, 앞으론 너한테 입도 벙긋 안 할 테다!"

"하지만 넌 반드시 불게 되어 있어. 이번 특급 프로젝트에 연루된 이상 너와 난 이미 한 배를 탄 동지니까. 마치 한 그루의 나무에서 피어난 나뭇가지처럼 절대로 떨어질 수 없는 운명적인 존재라고나 할까?"

호, 작가님답게 아주 버라이어티한 화법 쓰시네.

"잘 들어라, 오락희야. 앞으로 넌 그 프로젝트에 대해서 절대로 알지 못할 것이니라!"

이렇게 락희에게 한마디 쏘아주고서 헤어진 뒤 일요일 오후, 외산촌이 가르쳐 준 크리스티나의 집을 향해 나는 대장정을 시작했다. 서울 시내에서 뚝 떨어진 외곽에 위치한 그곳으로 가려면 전철과 버스를 정신없이 갈아타야 했기에 나는 언니의 차를 빌려 타고 출발했다.

"집이 너무 지저분하죠?"

뜻밖에도 크리스티나가 살고 있는 곳은 무척이나 호화스러웠다. 얼마 전 돈이 떨어졌다고 아들인 제이한테 구걸하던 그녀의 상황에선 지나치게 사치스럽다고 생각하는데,

"어제 오관대 씨한테 연락받고서 집안 청소 좀 할까 했는데 제가 요즘 컨디션이 좋지 않아서요."

하면서 주방으로 가더니 냉장고에서 병맥주 두 병을 꺼내온다.

"한잔할래요?"

보통 이럴 땐 커피나 주스 같은 걸 내오지 않나? 역시나 남다르신 예술가라서 상식 따위에 전혀 개의치 않는 타입이시다. 그런 면에서는 진보적이고 개방적인 성향의 외삼촌과 다소 비슷한 부류인 듯했다. 사실 우리의 오관대 씨의 외모는 농촌의 젊은 이장님 같은 분위기지만 그의 행동거지는 얼마나 아방가르드Avant Garde하던가.

"맛있네요."

나는 시원한 병맥주를 두어 모금 들이켰다.

"제이 때문에 왔죠?"

"예?"

그리고 외삼촌 문제 때문에도 왔는데.

"며칠 전 제이가 전화를 하더니 날 협박하더군요."

"혀, 협박이오?"

"우연 씨에 대해 조금이라도 참견한다면 가만두지 않겠다면

서요."

그런 못된 아들이 다 있나.

"우리 제이 좀 그렇죠?"

"하하, 약간은요."

"걔가 어렸을 때부터 좀 유별났어요. 뭐, 머리가 지나치게 좋아서 그런 건지 주위 사람들과 적응도 잘 못했거든요. 나 역시 너무 어린 나이에 결혼하는 바람에 제이를 잘 보살펴 주지 못해서 가끔은 미안한 마음이 들어요."

하면서 크리스티나 씨는 냉장고에서 꺼낸 두 번째 병맥주를 따서 마시기 시작했다.

"하지만 그 애가 오관대 씨와의 결혼을 반대했을 때 나는 무척 화가 났어요. 물론 날 위하는 마음으로 그랬다는 건 잘 알고 있지만 말이에요."

"겉으론 툴툴거려도 어머니를 무척 사랑하는 착한 아들인걸요."

"아무튼 아들 몰래 한국에 온 건 절대로 후회하지 않는답니다. 제이는 내가 어머니의 자격이 부족하다고 늘 불평하지만 때때로 어머니의 입장에선 그 애가 평범한 아들이 아니라서 오히려 힘들었다고 하면 변명일까요? 게다가 제이는 이렸을 때부터 주변에서 관심의 대상이 되는 바람에 제가 끼어들 틈조차 없었죠."

이쯤에서 난 현실적인 문제를 끄집어내기로 했다.

"저기, 크리스티나 씨. 앞으로 저희 외삼촌과는 어떻게 하실 거예요?"

"당연히 결혼해야죠."

평소와 달리 힘이 섞인 단호한 대답에 왠지 안심이 되었다. 애들도 아닌 성인인 두 사람이 간절히 원하는 일이니 아무리 엄마가 강경하게 반대해도 소용없을 것이다.

"문제는 적어도 한 달 안에 결혼식을 해야 한다는 거예요."

그 말에 나는 깜짝 놀랐다. 좀 이르지 않나.

"그래야만 하는 무슨 이유라도?"

라고 묻는데 크리스티나는 그저 말없이 웃기만 했다. 나는 남은 맥주를 비우면서 널찍한 거실을 휘 둘러봤다. 세련된 주방과 고급스런 인테리어로 꾸며진 내부는 어림잡아도 거의 100여 평도 넘어 보였다.

"집이 무척 크네요."

"방이 다섯 개인데 세 개는 제 작업실로 쓰고 있어요."

크리스티가 살고 있는 집은 산 넘고 물 건너서 어렵게 찾아온 판교 서쪽에 자리 잡은 한적한 고급 주택가. 최근엔 재벌 2세들이 모여 살고 있다는 럭셔리한 빌라들이 주위에 잔뜩 포진해 있다. 얼마 전까지만 해도 제이에게 돈을 달라고 보챘던 그녀가 이런 곳에 살고 있다니 나는 좀 의아스러웠다.

"사실 이 집은 얼마 전 급매로 시세보다 싸게 나왔다며 제이가 신혼집으로 사줬어요."

아니, 돈 없다고 딱 잡아떼던 놈이 웬일이래?

"왜냐하면 나 임신했거든요."

솔직히 난 그다지 놀라진 않았다. 왜냐하면 몹시도 육감적인 크리스티나 씨와 열애에 빠진 외삼촌이 손만 잡고 데이트하진 않았을 거니까. 반면 전혀 다른 이유로 가슴이 철렁했다. 아무렇지도 않다는 얼굴로 맥주 두 병을 태평스럽게 마셔대는 임신부라니. 그것도 아무 안주 없이 말이다.

제발, 크리스티나 씨. 그런 건 뱃속의 아기한테 아주 안 좋다고요!

세상의 모든 일이란 대개 마음대로 되지 않는다. 예를 들자면 제이 엄마의 임신처럼 내 주변을 장악하고 있는 몇몇 요소들이 때로는 일을 순조롭게 하거나 또는 극히 뒤죽박죽된 상황로 만들곤 하니까.

"누나, 크리스티나님 결혼하신다며?"

처음엔 제이 어머니인 크리스티나 씨를 말하는 줄 알았다.

"너, 그거 어떻게 알았어?"

결사적으로 결혼을 반대하던 엄마가 줌수한테 그런 얘기까지 하다니. 결국 크리스티나의 임신 사실이 밝혀진 것인가?

"어, 정말이구나! 그럼 난 전설의 지존을 매형으로 모실 수 있겠구나, 흐흐."

엥?

“너, 그게 무슨 소리냐?”

“어제 크리스티나님께서 모처럼 우리 게임 서버에 강림하셔서 배틀 중에 살짝쿵 말풍선을 던져 주시더니, ‘때는 왔도다. 그리하여 그녀와의 결혼은 반드시 이루어질지어다’ 라고 말씀하셨어.”

“중수야, 잘 들어라. 나는 다른 크리스티나를 말하는 거야.”

“다른 크리스티나?”

“사실은 네가 모시는 그 크리스티나님은 곧 막내 외삼촌의 부인이 되실 분의 이름이란다. 그 아들인 제이가 엄마 이름을 차용한 거지.”

“어, 그래? 그래서 누나가 그런 말을 했구나. 난 또.”

“그러니까 쓸데없는 상상은 금지다.”

“하지만 누나 남친인 크리스티나님은 누나 많이 좋아하잖아.”

“내가 안 좋아해!”

“왜? 우리 지극히 높으신 크리스티나님이 왜 싫은 거야?”

나는 제이를 신격화시키는 동생을 잠시 꾸짖어볼까 심각하게 고민하다가 귀찮아서 그냥 내버려 두기로 했다.

“누나, 크리스티나님이랑 결혼하면 안 돼?”

“안 돼!”

결혼이라니 솔직히 난 그런 생각은 전혀 해본 적 없다. 제이는 내가 기어코 정복해야 할 쿨한 연애 대상자일 뿐. 게다가 결혼에 대한 나만의 생각은 아주 명확하게 오랫동안 내 머릿속에서 각인되어 있다. 믿음직스럽고 자상한 남자와 함께 안정적이고 조화로운 가정생활을 꾸미는 게 바로 결혼에 대한 나의 확고한 이미지인 것이다.

그런데 제이는 마치 허공에 붕 떠 있는 것처럼 종잡을 수 없는 타입일뿐더러 여전히 손에 잡히지 않는 신기루 같은 남자였다. 물론 녀석의 소망대로 나 역시 거사를 치르고 싶은 상대이긴 하지만 이 역시 내 맘에 쏙 들게끔 이루지지 않고 있다.

아아, 역시 연애란 아무나 하는 게 아닌가 보다. 뭐가 이리 복잡하고 심난한지 모르겠다. 그렇다고 내가 새파랗게 어린 스무 살도 아닌데 마냥 정신을 팔고 있을 순 없는 일. 내 나이에 걸맞게 쿨하게 연애하면 그만이고 제이는 내 귀여운 남자친구일 뿐이다.

"중수야, 그리고 너의 그 위대하신 크리스티나님께서 또 뭐래니? 요즘 뭐하는지 말씀 안 하시고?"

"그걸 왜 나한테 물어? 상관없다고 말해놓고선."

얼마 전 우연찮게 발발된 그 색스런 사건 이후 나와 제이는 무려 열흘이 넘도록 서루 연락조차 하지 않고 있다. 그런데 락희나 크리스티나, 혹은 중수와는 계속 연락하는 모양이다.

아, 어째서 녀석은 정작 나를 제외한 내 주변인들과의 커뮤니케이션을 시도하고 있는 걸까. 혹시 이거 무슨 작전 아냐? 이를 테면 황우연 고립 프로젝트. 비겁하게 다른 루트를 통해서 자신의 상황을 드러내려는 고도의 심리전 같은 거 말이다.

그런데 말이다, 가뜩이나 마음이 뒤숭숭한데 집안에 좋지 않은 일까지 겹친다면 어떻게 해야 할까. 그날 늦은 저녁을 먹고 있는데 수연이 징징거리며 밥상머리에 앉더니,

"언니, 얘기 들었어? 이대로 우리 식구 길바닥으로 나앉게 생겼잖아."

"차분하게 핵심 정리 모드 전환."

"언니, 정말 아무 얘기도 못 들었어?"

하면서 두 눈을 흘겼다.

"알아."

나는 남은 국물에 밥을 말아서 억지로 훌훌 들이켰다. 요즘은 밥맛도 거의 없다. 건전한 성욕을 발산할 수 없어서 나의 생체 리듬이 이렇게 활성화되지 못하는 건 아닐까 진지하게 생각해 본다. 막 깨어나기 시작하는 육체적 본능을 거부하는 건 위대한 자연의 순리에 어긋나는 일인가 보다.

"그런데도 언닌 아무렇지도 않단 말이야?"

"글쎄 말이다. 무슨 수가 있겠지."

"언닌 너무 낙천적이야."

"그게 아니고 둔한 게 아닐까?"

자기 방에서 나오던 중수가 그렇게 투덜거리며 우리들 사이에 끼어들었다. 사실 며칠 전 언니로부터 들은 사건의 진상은 이렇다.

우리 황가네 설렁탕이 있는 4층 건물의 소유자이자 부모님의 오랜 벗이기도 한 주인 할아버지가 작년 가을 돌아가셨단다. 그런데 건물을 상속받은 아들이 당장 가게를 비워달라는 것이다. 그래서 한 자리에서 무려 20년이 넘도록 장사를 해오신 우리 부모님은 이에 파격적인 보증금 인상이라는 협상 카드를 제시하셨다.

다행히도 새 주인은 흔쾌히 수락을 했다는데 문제는 갑자기 몇천이 넘는 현찰을 조달하기 위해 오랜 지인으로부터 돈을 빌린 일에서 사단이 난 것이다. 일찍이 신촌에서 설렁탕 집을 열었을 때부터 서로 얼굴을 알고 지내던 그 지인이 바로 악명 높기로 소문난 사채업자였다는 사실을 아무도 몰랐던 것.

물론 돈을 융통한 이후 우리 부모님께선 매월 꼬박꼬박 이자를 불입하셨다고 하는데 입금한 그 계좌가 전혀 다른 사람의 것으로 밝혀진 것이다. 그 문제의 사채업자는 일부러 그런 못된 짓을 저질렀는데 결국은 원금을 포함한 연체이자가 기하급수적으로 늘어난 것도 몰랐으니 우리 부모님 입장에서는 억울하기 짝이 없는 셈이다. 어쩌면 그 일을 빌미 삼아 우리 가게를 손아귀에 넣으려는 흑심도 없지 않아 있는 듯했다.

게다가 얼마 전부터 그 악덕 사채업자가 고용한 남자들이 수시로 밀린 돈을 달라고 가게에서 행패를 부린다는데 그때가 바로 내가 막 취직했던 2월쯤이었고 당시 나는 내 생활에 바쁜 나머지 집안 분위기를 제대로 살펴보지 못했던 것이다. 그러고 보니 요즘 들어 엄마가 유독 세검정 처녀보살을 자주 찾아가시긴 했다.

어쨌든 저녁 9시 뉴스에 나올 법한 사건이 우리 집에서 일어났다는 게 몹시 슬플 뿐이다. 세연 언니가 그동안 모은 적금을 깨겠다고 하지만 원금에다가 이자까지 합해서 불어난 금액을 갚기엔 턱없이 부족했으며 현재 우리 부모님에겐 딱히 급전을 빌릴 만한 친척도 없다.

"그럼 아빠 말대로 우리 가게 넘어가는 거 맞아?"

"몰라."

"아참, 큰누나 애인이 재벌이라며?"

중수가 갑자기 생각난 듯 말했다.

"그래서?"

"돈 좀 빌려달라고 하면 안 될까?"

그렇게 말하던 중수는 결국 수연에게 뒤통수를 세게 한 대 맞았다.

"벌써 한 달이 넘도록 사랑싸움하는 눈치던데 행여나 언니가 그런 아쉬운 부탁을 할 것 같아? 곧 죽어도 자존심 하나로 버티는 황세연인데 말이야. 적금 깬다는 말 들었을 때부터 딱 상황이 보이던데."

수연의 말이 틀리지 않다. 이따금 전화 통화를 엿듣다 보면 언니는 날이 선 음성으로 내세울 것 없는 집안이라서 미안하다, 그렇게 무시할 거면 더 이상 만나지 말자, 등등 요따위 내용들을 되풀이하곤 했다. 역시 드라마처럼 서민과 재벌 간의 연애는 꽤나 힘든 모양이었다.

"아, 좋은 방법이 있다."

나는 방으로 들어가 침대 위에 걸린 그림을 가리키며 수연에게 은밀한 눈짓을 보냈다.

"언니, 설마……?"

그렇다. 얼마 전 제이로부터 받은 그림을 팔면 만사가 해결된다. 수연의 말대로 꽤 유명한 작품이라니 적어도 몇천은 받을 수 있겠다는 내 예상은 며칠 후 보기 좋게 적중했다. 물론 나의 과감한 조치로 인해 마련한 그 급전은 세연 언니의 적금과 그녀의 애인인 재벌남 오빠가 급히 마련해 준 것으로 둔갑했는데 결론적으로 말하자면 부모님은 몹시도 기뻐하셨고 곧 우리 황씨 집안에는 평화가 다시 찾아오고야 말았다.

하지만 매일 아침 눈을 뜰 때마다 공연히 제이의 얼굴이 떠오르면서 가슴이 자꾸 두근거리는 건 일종의 죄책감 때문이었다. 미안해, 제이. 네 아버지가 그린 귀한 그림인데 아무 말도 없이 내 멋대로 팔아서 정말 미안해. 그 대신 나를 좋아하는 네 마음은 꼭 간직하고 있을게.

수연과 함께 찾아간 인사동 어느 화랑에서 제이가 선물한 그림을 팔아치운 후 집안의 시름을 단번에 몰아낸 황씨 가문의 진정한 영웅, 황우연이 기쁨 반 자책감 반으로 하루하루를 보낸

지 얼마 후였다.

"여니, 오래간만이에요."

퇴근하고 막 집에 들어서다 거실 소파에 느긋하게 앉아 있는 제이를 발견한 순간 나는 심장이 툭 튕겨 나와서 공중 삼 회전을 했다가 도로 제자리로 틀어박히는 듯한 극심한 고통을 느꼈다. 이런!

"누나가 보고 싶다며 크리스티나님께서 오셨어!"

마치 왕의 총애를 받고 싶어서 환장한 후궁처럼 중수가 헐떡거리며 내게 달려왔을 땐 정말이지 목구멍에서 막 튀어나오려는 욕을 참기 위해 이를 악물어야 했다.

"제이 씬 너무 제멋대로네. 감히 집주인 허락 없이 오는 게 어디 있어?"

"무단 침입은 여니가 먼저 해놓고선."

"미리 전화 좀 하면 안 돼?"

기세당당한 내 말투에 잠시 기가 죽는가 싶더니 제이는 곧바로 인상을 팍 쓴다.

"여니 보고 싶어서 왔어요. 그럼 안 돼요?"

"안 된다고 하면 갈래?"

"아뇨."

그날 오피스텔에서 제이를 만난 후 꽤 많은 시간이 흘렀다. 그래서 서로 얼굴 붉힌 일쯤은 각자의 기억 속에서 대략 잊혀질 만하지 않았을까…… 가 아니었다! 오히려 내 얼굴을 빤히 쳐다

보는 제이의 눈빛이 괜스레 가슴이 쿵쾅거리면서 나도 모르게
긴장하기 시작했다.

내가 왜 이럴까. 이거 아마도 육체적 본능 맞지? 설마 락희의
말대로 태어난 지 29년 만에 처음 겪은 성적 긴장감 때문일까.
이 현상이 말로만 듣던 그놈의 욕구불만의 시초? 아니지, 적어
도 한 번은 느껴봐야지 욕구불만이고 뭐고 느끼지!

"여니는 나 안 보고 싶었나 봐요?"

제이가 작게 한숨을 내쉬며 말했다. 그리고선 중수가 잽싸게
타서 바치는 따스한 초콜릿을 천천히 마신다. 음, 보고 싶은 것
보다 하고 싶었다고 대답하면 이놈의 얼굴이 어떻게 변할까.

"진하게 드시라고 일부러 두 개 털어 넣었어요."

옆에서 중수가 덩치에 어울리지 않게 제이 옆으로 냉큼 다가
와 앉는다.

"고마워, 중수. 그런데 누나와 잠깐 얘기 좀 할까 하는데 자리
좀 비켜줄래?"

그 말이 끝나자마자 중수의 모습이 하늘로 솟아오른 듯 땅속
으로 꺼진 듯 별안간 온데간데없어졌다. 평소와 달리 동작이 잽
싸진 걸 보니 최근 다이어트 작전이 성공한 모양이다.

"그날 미안했어요, 여니."

"괜찮아. 애도 아닌데 그런 일 가지고."

내가 백치미를 드러내며 활짝 웃어 보이자 그의 한쪽 눈썹이
위로 훌쩍 올라간다.

"나 원망했어요? 혹시 비웃었어요? 아니면⋯⋯."

차마 널 잡아먹고 싶어서 미치는 줄 알았다, 라고 고백할까 고심하는데,

"아아, 섹스 잘한다고 괜히 자랑했나 봐요. 그날 여니한테서 도망친 걸 생각하면 아직도 제 자신에 대해 화가 나요. 또 많이 부끄럽기도 하고요."

"괜찮아, 다음엔 제이 자신에게 화내지 않았으면 좋겠네."

"기회를 또 준다는 의미예요, 여니?"

하면서 픽 웃는다.

"이 너그러운 누님께서 모두 이해하기로 했다면 마음이 놓이겠지?"

"홋, 여니는 마음이 참 따스한 여자예요. 그러고 보니 우리가 처음 만났던 작년 겨울이 생각나네요."

"첫 만남이 좀 강렬했지?"

"그래도 나쁘진 않았어요."

하면서 제이는 유쾌하게 웃는다. 근데, 며칠 못 본 사이에 이 녀석 분위기가 좀 달라졌는걸. 뭐랄까, 우울함을 감추기 위해 일부러 밝은 척한다고나 할까. 내가 알고 있는 제이크 리는 늘 자신의 감정을 드러내는 데 거침없는데 오늘은 웬일인지 뭔가 숨기고 있는 느낌이 든다.

게다가 녀석의 눈빛은 시든 잎사귀처럼 빛이 바랬는데 말하는 태도는 오히려 시종일관 유쾌하기만 하다. 나는 중수가 가져

다 준 오렌지 주스를 벌컥거리며 마시다가,

"참, 내가 전에 준 그림 어디다 걸어놓았어요?"

하고 묻는 제이의 질문에 푸앗, 하고 오렌지 주스를 흘리고 말았다. 테이블 위로 내 입에서 튀어나온 주황빛 물기들이 잭슨 폴록의 그림처럼 불규칙하게 흩어져 있다. 으, 창피해! 나는 얼른 행주를 가지고 나와 그 지저분한 걸 닦아낼까 말까 고민했다.

"여니는 볼 때마다 참 재밌어서 좋아요. 근데 집에 온 김에 전에 내가 선물한 그림 어디다 걸어놓았는지 보고 싶네요."

"그, 그래?"

서서히 숨이 가빠오기 시작한다. 크, 큰일 났다. 어쩌지? 며칠 전에 팔아치웠다는 사실을 알면 녀석은 어쩌면 나를 죽일지도 모른다. 아니, 실망한 나머지 눈물을 방울방울 흘리면서 이 아파트에서 떨어진다면 나는 자살방조죄, 아니, 살인미수죄에 해당하는 건 아닐까.

그래, 지금이라도 잘못했다고 싹싹 빌까. 네 애정을 무시했던 게 아니고 순전히 집안을 구하기 위한 정당한 행위였다고 논리정연하게 설득해 볼까. 설마 양심을 품고서 나를 아웃시키진 않겠지? 이렇게 머릿속이 온갖 잡생각으로 뒤죽박죽인 상태가 되었는데,

"여니, 그 그림 어디 있어요?"

라고 재촉하는 말에 나도 모르게 생글거리며 입을 열었다.

"그야 당연히 내 방 침대 위에 걸어놓았지."

설마 들어가자고 말하진 않겠지.

"그럼 여니 침대도 구경할 겸 들어가 볼까."

안 돼!

"자, 잠깐만. 아침에 출근하는 바람에 지금 방이 엉망진창이야. 그리고 함부로 여자 방에 들어가는 건 예의가 아니라고."

"오늘만 여니한테 예의없는 놈 되면 안 돼요?"

이렇게 말하며 제이는 소파에서 벌떡 일어나 내 방으로 성큼 걸어갔다. 미처 잡을 새도 없을 만큼의 빠른 동작에 나는 그대로 바닥에 주저앉아 두 손으로 머리를 꽉 움켜잡았다. 아우, 어쩌지. 제이에게 어떤 식으로 변명을 할까 잔머리를 굴리고 있는데,

"흐음, 역시 잘 어울리네."

라는 말에 나는 고개를 갸웃거렸다. 문가에서 팔짱을 낀 채 흐뭇한 표정을 짓고 있는 그를 밀쳐 내고서 방으로 들어선 순간 두 눈을 의심했다. 수연과 함께 쓰고 있는 침대 위에는 며칠 전과 다름없이 그 그림이 반듯하게 걸려 있었다.

"좋아하는 그림이라서 여니가 소중하게 걸어둘 거라고 생각했어요."

그렇게 말하던 제이가 빙긋 웃더니,

"이제 갈게요. 갑자기 찾아와서 미안해요. 그리고 여니가 저

그림을 보면서 언제나 행복했으면 좋겠어요. 그럼 잘 있어요.”

하면서 현관으로 걸어갔다.

“자, 잠깐만 기다려 봐, 제이.”

“안녕, 여니.”

멍한 얼굴로 서 있는 동안 제이는 씁쓸한 미소를 지으면서 현관문 밖으로 나갔고 동시에 중수가 문을 홱 열고서 거실로 튀어나왔다.

“누나, 크리스티나님 벌써 갔어?”

“어떻게 된 거니?”

“뭐가?”

“빨리 말 안 해? 저 그림 언제 왔냐고!”

내가 화난 음성으로 소리치자 중수는 뒤통수를 긁적거리며,

“어, 아까 학원에서 공부하고 있는데 누나한테 선물한 거 돌려주러 간다며 갑자기 전화가 왔거든. 그래서 냉큼 왔더니 집 앞에서 기다리고 있더라고.”

“저 그림 가지고?”

“응, 누나가 며칠 전에 누구 빌려준다고 저거 떼어서 가지고 나갔잖아? 그 얘길 했더니 크리스티나님이 대신 찾아가지고 왔다며 도로 그림을 걸어달라고 했거든. 그래서 내가 누나 방으로 안내해 줬지롱.”

사흘 전 최대한 현찰을 빨리 받는 조건으로 그 그림을 오천만 원 정도를 받고 팔았는데 수연의 말에 의하면 거의 공짜나 마찬

가지란다. 그런데 제이가 그걸 다시 찾아가지고 집으로 온 것이
다. 어떻게 그 사실을 알았는지 모르지만 내가 그것을 팔아치웠
다는 사실을 알고 있는 게 분명한데 그는 아무 내색도 하지 않
았다. 오히려 천연덕스럽게 몰래 가지고 와서는 다시 내 방에
걸어놓았다. 내게 어떤 변명도 요구하지 않으며 말이다. 별안간
가슴 한편이 울컥했다.

"제이, 이 바보 녀석!"

나는 후다닥 몸을 날려서 밖으로 뛰쳐나갔다. 나간 지 얼마
되지 않았으니 제이는 그리 멀리 가지 않았을 것이다. 그를 만
나서 무슨 얘기라도 하고 싶었다. 지하에 있는 엘리베이터가 올
라오는 것조차 기다리지 못해 나는 엄청난 속도로 계단 아래로
뛰어내려 갔다.

"제이—!"

다행히도 그는 경비실 근처를 지나가고 있었다.

"여니?"

놀라지 마라, 내가 어떤 짓을 했는지. 난 광분한 여자처럼 거
친 숨을 토해내면서 다짜고짜 그를 꽉 끌어안고선, 키스를, 키
스를 하고 말았다! 물론 급하게 뛰어오느라 잠시 산소가 부족해
져서 순간적으로 제정신이 아닌가 싶었다.

하지만 제이의 따스하고 부드러운 입술과 맞닿자 이상하게도
나는 너무나 기뻤다. 심장이 걷잡을 수 없이 마구 뛰더니 눈가
에 눈물이 핑 돌았다.

“으으읍.”

이건 제이의 입에서 흘러나오는 요상한 신음.

“흡으흡.”

요건 용감무쌍하게 그와의 키스를 시도하는 내 입에서 튀어나오는 소리.

연애란 참으로 이상한 것이다. 어느 순간 평상시와 전혀 다른 면을 드러내서 본인도 깜짝 놀라게 만들곤 하니까. 천하의 연애 낙제생인 황우연이 이렇게 색스럽게 멀쩡한 남정네의 입술을 빼앗다니. 그것도 엄청난 기세로 약탈하면서 말이다.

“여니?”

한참 후 무지막지한 내 키스가 끝나자 제이가 얼굴을 붉히며 입을 열더니,

“드디어 여니가 나한테 먼저 키스했네요?”

하면서 빙긋 웃는다.

“근데 조금만 더 기다려 줄래요? 나 요즘 마인드컨트롤을 하고 있으니까 조만간 마음을 가라앉히면 여니와 섹스할 수 있을 것 같거든요.”

“제이.”

“그러니까 조금만 더 기다려 줘요. 조만간 니랑 꼭 세스해요. 알았죠, 여니?”

이젠 제이의 요따위 음란한 말도 전혀 귀에 거슬리지 않고서 오히려 편하다. 그래, 너란 놈의 화법에 이 적응력 뛰어나신 누

님이 익숙해지도록 하마.

"오늘은 그만 갈게요. 다음 주쯤 전화할 테니까 그때 봐요."

제이는 그렇게 손을 흔들며 뒤돌아섰다. 심란한 마음으로 그를 지켜보던 나는 천국과 지옥을 동시에 오가는 듯한 말로 형용할 수 없는 혼돈의 세계로 깊이 빠져들고 말았다.

「너도 드디어 남자한테 마구 키스하는 단계에 이르렀구나. 암튼 축하한다.」

라는 락희의 문자가 막 잠들려는 순간 도착했다. 아니, 그새를 못 참고서 락희한테 또 불었구나! 순간 급상승한 주가가 곤두박질치는 것처럼 제이에 대한 믿음이 일시에 맥없이 허물어진다. 어허, 이렇게 사람의 마음을 오락가락하게 만드는 것도 참으로 용한 재주로다. 솔직히 제이가 그런 어이없는 행동을 할 때면 잠시나마 말랑말랑하던 내 마음은 뻣뻣한 털처럼 곤두선다. 지극히 비밀스러워야 할 연애담을 함부로 까발리다니, 도대체 생각이 있는 건지 없는 건지 모르겠다.

하지만 제이의 키스는 얼마나 달콤한가. 아니, 겁없이 열정을 내보이는 내 자신이 참으로 훌륭한지고. 나도 모르게 흐뭇해서 가슴이 벅차오른다. 연애, 그거 별거 아니다. 내 나이 29살, 연애 초보자인 이 황우연님은 필이 당기면 남친한테 마구 키스할 수 있는 지극히 높은 경지에 마침내 오르게 되었으니 말이다.

아무튼 쿨한 연애 호, 순풍에 돛을 달고서, 황우연 선장의 멋진 지휘 아래, 미지의 연애바다로, 거침없이 항해의 길을 떠나는도 다!

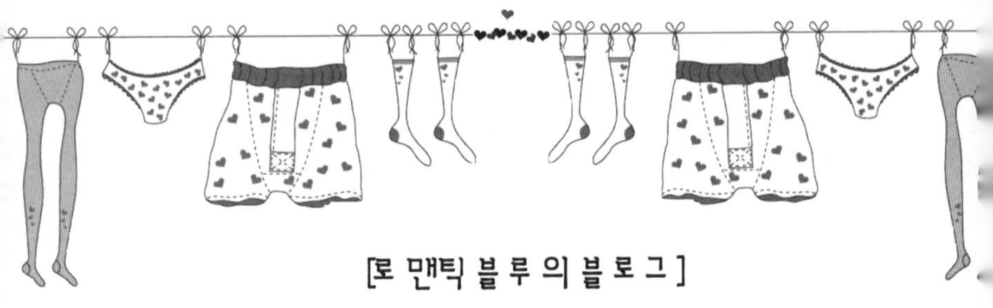

[로맨틱 블루의 블로그]

　예정에도 없는 서울에서의 장기간 체류로 인해 얼마 전부터 온갖 업무가 폭주하기 시작했다. 매일 밤 수면 부족에 시달린 탓에 그녀를 만날 시간조차 없을 만큼 바빠졌지만 사실을 말하자면 나는 일부러 그녀와의 만남을 피하고 있었다. 얼마 전 그녀와 가까워질 수 있는 결정적인 기회를 잃은 후 예전과 달리 내 스스로가 그녀에게 다가서는 게 두려워진 탓이다. 게다가 내가 건넨 소중한 선물을 그녀가 버렸다는 사실을 알았을 땐 정말이지 난 거의 자포자기한 상태였다. 결국 헤어져야겠다고 마음먹고서 마지막으로 그녀를 만나러 갔는데 놀랍게도 전혀 예상치 못한 일이 발생했다. 나의 그녀가 내게 키스를 한 것이다! 이젠 그녀의 하트는 완전히 나의 것. ^O^

....

ㄴ 디디두밥 : 엉엉~ 블루님, 처음 부분을 읽으면서 제 가슴이 아팠는데 너무

　　잘되었네요!

└ 돌싱3 : 연애란 참 피곤하더군요. 늘 상대방에게 신경 쓰고 정신을 집중해
　　　　야 하니까요. 특히 남자들의 경우는 사회생활을 하면서 여자들이
　　　　원하는 대로 일일이 신경을 쓴다는 건 거의 불가능하다고 생각합
　　　　니다.

└ 비바싱글녀 : 여자들도 사회생활하면서 남자들이랑 연애하다가 스트레스
　　　　무지 받거든요?

└ dalgj249 : 요즘은 오히려 남자들이 찌질해서 몹시 피곤하다는. 너무 잘해
　　　　줘도 문제가 되니까 적당한 거리를 두고서 연애하시길. 키스
　　　　같은 신체적 접촉도 적당히 해보는 것도 굿.

└ 왔다킹 : 블루님, 원래 연애가 진척될수록 점점 더 많은 문제가 생기는 법
　　　　이랍니다. 부디 지혜롭게 두 가지 사이에서 균형을 이루시길 바랍
　　　　니다.

└ dfjko200 : 그럼 블루님! 여친한테 프러포즈하세요. ♥♥♥♥

└ 자이컴섹 : 외로운 오빠들만 어서 오시삼 ♥♥

그날 이후 내게는 곧 상상을 초월한 엄청난 결과가 나타났다…… 가 아닌 연애하는 여자들이 한 번쯤 겪을 법한 평범한 증상들이 하나둘씩 생겨나고 있었다.

첫째, 시도 때도 없이 제이가 보고 싶어진다.

둘째, 제이에 관해 가능한 많은 걸 알고 싶다는 욕구가 빈번하게 발생된다.

셋째, 업무 중 이면지가 생기면 자신도 모르게 제이의 단점과 장점에 대한 명확한 도표를 그린 다음 일일이 주관적인 평가를 적어가며 세부 항목까지 만들고 있다.

넷째, 깊은 밤 혹시 전화했을 때 받지 못할까 봐 두려움에 떨다가 종종 수면 부족을 겪게 된다.

다섯째, 제과점 근처를 지나갈 때마다 달콤한 쿠키나 초콜릿을 잔뜩 사두었다가 결국 당사자한테 전해주지 못하고 중수한테 전부 기증한 결과 동생의 다이어트 작전을 수포로 만들어 버린다.

여섯째…… 이제 그만하라고? 하긴 말하자면 한도 끝도 없을 것 같다.

"키스 좋았니?"

이건 락희의 부러움 섞인 질문이시다.

"글쎄."

"아참, 제이네 엄마와 네 외삼촌 날 잡았다며."

크리스티나의 임신 소식을 접한 엄마는 며칠 끙끙 앓으시더니 결국은 20년 넘도록 다니던 세검정의 처녀보살로부터 두 사람의 결혼 날짜를 받아오신 후 식구들에게 중대 발표를 하셨다. 그 담화문 내용을 대충 상상해 보면 아마 이럴 것이다.

―시절이 하수상해서 근래에 보기 드물게 동방예의지국에 심히 어긋나는 남녀상열지사가 빈번하게 일어나는 이 혼란한 난세에, 우리 오씨 가문의 명석한 오관대가 자신의 위대한 후손을 잉태한 여인을 거두겠다는 하해와 같은 마음을 품고 있기에 어쩔 수 없이, 할 수 없이, 그리고 별수 없이 그들의 혼례를 인정하겠노라.

물론 이 소식을 가장 기뻐할 사람은 다름 아닌 우리 외삼촌일 것이다. 하지만 제이는? 내 마음에 달콤한 솜사탕을 가득 채워 넣고서 요즘도 여전히 두문불출하시는 어린 내 님의 반응이 문득 궁금해진다. 임신한 어머니를 위해 그렇게 멋진 집을 장만해 준 착한 아들은 요즘 뭐하고 지내시나.

"락희야, 너 우리 외삼촌 결혼식 때 올 거지?"

"당연하지. 제이의 어머니가 네 외삼촌의 반려자였다니, 이건 한 편의 영화나 마찬가지인걸. 거기다가 만약 너까지 제이 씨와 결혼하게 된다면 정말 환상적일 거야."

"그게 아니고 엄마의 표현대로 완전 콩가루 집안이 되는 거겠지."

"어머, 그러고 보니 외숙모가 바로 네 시어머니가 되는 거네?"

"시끄럿! 누가 녀석하고 결혼한대? 난 쿨한 연애를 하는 것뿐이지 그 이상도 이하도 아니야."

"오오, 좋아. 잘하고 있어, 황우연. 하지만 방심은 절대 금물이지. 원래 연애는 일방통행도 평행선도 아니지만 일정 궤도에서 벗어나면 추락할 위험도 있어서 항상 요주의! 자나깨나 정신줄 놓지 말기! 마치 민감한 성감대를 자극하는 섬세한 손길처럼 늘 조심할 것."

"오락희, 이젠 생활 속의 대화도 무척 에로에로해졌구나. 요즘 러브신의 진도가 잘 나가는 모양이지?"

"고마워."

이것아, 칭찬 아니거든.

"결국 이 세상의 모든 연애의 길이란 전부 제각기 폭도 다르고 길이도 다르지만 결국은 하나의 목표에 도달한다는 거겠지. 그게 뭘까, 락희야?"

"그거야 사람마다 다 다르지 않겠니. 하지만 이거 하나만 명심해라. 자고로 연애란 아주 사악해서 달콤하면서도 몹시 쓰다는 사실."

"맞아, 항상 좋게 끝나진 않는 법이니까."

락희는 어느새 진지한 눈빛이 되었다.

"두렵지 않니, 우연아?"

"그렇다고 관둘 순 없잖아."

"용감한걸, 우리 황우연."

누군가를 좋아하는 일이란 참으로 황홀하면서도 몹시도 무서운 일이기도 하다. 매일 아침 나는 제이를 생각할 때면 기분이 무척 좋지만 마음 한편에선 알 수 없는 불안감이 새어 나온다. 어쩌면 상대를 향한 몰입된 그 감정이란 게 달콤하지만 치명적인 독은 아닐까 조심스레 추측해 본다.

"그런데 연애도 금단현상을 일으키는 것처럼 중독성이 있을까?"

락희가 궁금한 표정으로 묻는다.

"그렇다면 쿨한 연애는 아니겠지, 락희야."

"오, 멋져, 황우연."

"근데 나 가슴 확대 수술할까?"

"이년이 잘 나가다 삼천포야?"

"존경하옵는 우리 작가 선생님께서 어찌 그런 상스런 표현을?"

"천하의 황우연이 별 시답잖은 편견에 사로잡히다니!"

"오냐, 미안하다. 절벽가슴도 멋지게 연애할 수 있다는 사실에 건배! 그리고 지금 존재하는 세상의 별의별 연애담을 위하여!"

"우연아, 이거 맥주 아니거든?"

"그래도 원샷해!"

"알았다, 네 에로틱한 연애를 위하여!"

나는 반쯤 남은 카푸치노를 마시면서 이젠 일요일 오후에 락희를 만나는 대신 제이를 만나 데이트를 해야겠다고 생각했다. 혹시 섭섭하다고 투덜거리면 너도 연애하면 되잖아, 라고 마구 구박할 참이다.

그다음 주 일요일 오후, 전날 미리 전화를 걸어서 제이에게 과감하게 데이트 신청을 한 나는 그의 오피스텔 근처 카페에 약속 시간보다 십 분 정도 빨리 도착했다. 그런데 놀랍게도 제이가 먼저 와 있었다.

"그나저나 앞으로 기저귀 찬 어린 동생 때문에 스트레스 좀 받겠네?"

제이를 위해 달콤한 핫초콜릿을 주문한 내가 물었다.

"할 수 없죠."

"근데 내가 그 그림 판 거 어떻게 알았는지 정말 안 가르쳐 줄 거야?"

"아아, 인사동 화랑에는 크리스티나의 지인들이 많이 있는데 아버지 그림이 몰래 뒷거래되고 있다고 알려줬거든요. 그래서 알게 되었죠."

"그렇구나. 제이, 그땐 정말 미안했어."

"사정이 있었다고 들었어요. 이젠 괜찮아요."

"그런데 요즘 무슨 일을 하느라 그렇게 바쁜 거야?"

"맨해튼에 있는 회사 일. 그리고 서울에서 의뢰받은 회사 일."

나는 일전에 인터넷에서 봤던 제이가 전형적인 모범생처럼 두꺼운 안경을 썼던 사진을 떠올렸다.

"인터넷 사진에서는 안경 썼던데 이젠 안 쓰나 봐?"

"원래 안 써요. 그리고 그건 너무 어려 보여서 일부러 꾸민 사진이에요."

하면서 장난스럽게 픽 웃는다. 나는 제이와 단둘이 카페에 앉아서 대화를 나누는 게 무척 마음에 들었다. 그래, 이것이 진정한 연애야. 마주 보며 서로에 대해 얘기하는 달콤한 데이트……

가 아니었다.

누군가가 우리를 지켜보고 있다는 섬뜩한 느낌에 나도 모르게 뒤를 휙 둘러봤다. 일전에 인사동에서 제이의 어머니를 만난 것처럼 동물적인 감각이 발동한 모양이다. 지금 우리를 지켜보고 있는 상대는 누구지?

"언니?"

놀랍게도 우리 황씨 가문의 자랑스러운 커리어우먼 황세연이 흐뭇한 얼굴로 웃고 있었다.

"혹시 방해되면 나갈까?"

"괜찮아, 언니. 우린 곧 나갈 거야."

세연 언니 곁에는 근사한 남자가 매력적인 눈웃음을 치며 말없이 고개를 끄덕이고 있었다. 고급스럽고 세련된 정장을 쫙 빼입은 그는 창가의 빈자리로 걸어가 언니를 위해 의자를 뒤로 살며시 빼주었다.

나는 두 사람을 보면서 부러움이 섞인 한숨을 후르르, 내쉬었다. 참 잘 어울리는 커플이었다. 그나저나 이젠 화해한 모양이네. 매력적인 그들 뒤로 발산되는 범상치 않은 후광 때문에 문득 눈이 부실 정도였다.

"여니의 언니인가요?"

"응. 그리고 그 옆은 언니의 멋진 애인. 아, 언니가 정말 부럽다."

"어떤 면에서 언니의 애인이 부러운데요?"

"듣고 싶어?"

"예."

"그럼 얘기해 줄 테니까 중간에 내 말 끊지 마."

나는 잠깐 숨을 훅 들이켠 후 입을 열었다.

"언니의 애인은 우선 키도 크고 잘생긴데다가 돈도 무척 많은 재벌남이야. 게다가 저렇게 비싼 양복이 잘 어울리는 멋진 남자는 의외로 드물어서 한마디로 말하자면 축복받은 존재라고 할 수 있지. 물론 성격이 어떤지는 잘 모르지만 일단 겉보기에 저 정도의 외모를 갖췄다는 것은 결코 평범하지 않은 남자라는 걸 의미해. 바로 모든 여자들이 원하고 꿈꾸는 전형적인 이상형 남자의 모델이라고 할 수 있는데, 무엇보다도 언니가 그와 걸맞은 매력적인 여자라는 것도 빼놓을 수 없는 중요한 사실이지."

잠시 후 제이는 손으로 턱을 괴고서 나를 빤히 쳐다봤다.

"여니, 혹시 나에 대한 평가도 해줄 수 있어요?"

나는 또 숨을 한껏 들이켜고서 다음 말을 이었다.

"음, 제이는 말이야, 아직까지도 잘 모르겠지만 일단 외관상 그리 썩 나쁘진 않아. 언니의 애인 못지않게 잘나가는 보안 회사의 오너라니까 일단은 능력 부분에선 높은 점수를 줄게. 하지만 이따금 나이와 전혀 어울리지 않는 면이 있어서 종종 나를 혼란스럽게 하지. 그게 제이의 매력, 혹은 단점이나 장점이긴 하지만 일단 제이의 평범하지 않은 성장 과정이나 남과 다른 일을 하는 것이 영향을 미쳤다고 생각해. 그래도 때론 순수하고 대담한 감정을 드러내는 제이가 난 무척 재밌고 좋아. 물론 다른 사람한테 어떻게 보일지 모르겠지만 난 그게 제이만이 지닌 특별함이라고 생각해. 그리고 가장 중요한 건 만날 때마다 난 제이와 키스하고 싶어. 그것뿐이야."

내 말이 끝나기가 무섭게 제이의 따스한 입술이 가까이 다가왔다. 나는 두 눈을 질끈 감았다. 바로 옆 테이블에 언니와 그녀의 애인이 앉아 있다는 사실조차 잊을 정도로 나는 제이에게 몰두했다. 그리고 그 순간만큼은 주위의 모든 걸 잊어버렸다.

제이의 혀가 내 입안으로 들어와 장난을 치고 입술에 촉촉한 입김이 달라붙어도 타인의 시선에 전혀 상관하지 않았다. 한참 동안 부끄러운 줄도 모르고 나는 제이와의 키스를 마음껏 즐겼다.

"근데, 여니가 언니보다 훨씬 예쁘다는 걸 내가 말 안 했죠?"
키스가 끝난 후 제이가 내 귓가에 속삭이던 말이었다.

"도저히 믿을 수 없어!"
이건 수연의 격분한 목소리.
"누나 미친 거 아냐? 어찌 대낮에 그런 공공장소에서?"
그리고 부정적인 반응을 보이는 중수는 역시나 미성년자.
"난 꽤 좋아 보이던걸. 우연이가 우리 셋 중에서 제일 연애를 잘하던데."
마지막으로 이런 사태를 야기한 세연 언니의 웃음 섞인 대답이다. 지금 나는 그들에게 둘러싸인 채 한 시간째 취조 심문을 당하고 있었다.

어제 일요일, 마포의 모 카페에서 내가 벌인 애정 행각에 대해 세연 언니는 조금 전 수연과 중수에게 몹시도 정확한 묘사를 덧붙인 브리핑을 마친 후였다.

"늦게 배운 도둑질에 날 새는 줄 모른다."

"얌전한 강아지 부뚜막에 먼저 오른다."

"청출어람."

모두 한마디씩 속담으로 나를 축복해 준다. 모처럼 만에 다들 모인 월요일 저녁, 월차인 관계로 회사에 출근하지 않은 세연 언니는 저녁 7시까지 모두 들어오라는 문자를 보낸 후 막 배달시킨 피자와 치킨을 앞에 두고서 자칭 '황우연 연애 기념 파티'를 주최하고 있다.

"언니 시집가면 드디어 내 방이 생기는 거네."

매사에 현실적인 수연이 피자를 우물거리며 말하자 중수는,

"가끔씩 크리스티나님 보러 누나네 놀러 가도 되지?"

하면서 하나 남은 닭다리를 냉큼 집어 들었다.

"다른 우물에서 숭늉 찾는 격이군. 결혼이란 인륜지대사이거늘 쉽게 결정할 수 있는 문제는 절대로 아니라고. 게다가 당연히 세연 언니부터 분가해야지."

"어, 당분간 결혼할 생각 없는데 엄마가 아무 말씀 안 하시니? 돈 마련되는 대로 유학 가서 공부 좀 더 하고 싶거든."

세연 언니의 중대 발표에 모두 놀란 표정이지만 나는 일전에 엄마로부터 얘기를 들었던 터라 그다지 놀라지 않았다.

"게다가 그 사람이랑 아직 결혼할 자신이 없어. 하지만 좋아하니까 최대한 오랫동안 연애는 하고 싶어."

"언니, 되게 과격하다?"

수연이 냉큼 대답하자 나도 한마디 했다.

"맞아, 쿨해도 너무 쿨하잖아."

언니는 내 말에 눈썹을 위로 치켜 올렸다.

"우연이, 넌 네 남자친구랑 결혼할 거니?"

"음, 사실은 나도 전혀 생각 없어. 이 몸께서도 쿨한 연애를 하시거든."

"하지만 계속 만날 거지?"

"응. 좋아하니까."

"나도 그래."

나는 머쓱해져서 손에 쥔 닭날개를 와사삭 깨물어 먹었다. 중수가 닭다리에 환장을 한다면 난 고소하고 바삭한 닭날개 광이다.

"아, 근데 왜 맥주가 빠졌어? 중수 너, 슈퍼 가서 맥주 좀 사와라. 물론 네 용돈으로."

내 요구에 중수의 얼굴이 금방 어두워진다.

"아니, 어찌 그런 잔인한 요구를?"

"네놈은 전에 크리스티나님으로부터 하사받은 아이템 판매

대금이 있잖아."

중수는 나의 예리한 지적에 짧은 신음을 지르더니 말없이 자리에서 일어섰다. 그러더니 접시 위에 놓인 치킨 조각의 수를 꼼꼼하게 세고 있다.

"뭐냐, 그 수상쩍은 행동은?"

"나 오기 전에 치킨 수에 변동있음 심하게 삐친다."

"너 요즘 다이어트 중 아니었니?"

"맞아. 근데 간만에 먹으니까 확 쏠리네. 아, 한 마리 더 튀겨 먹고 싶다."

이렇게 중얼거리던 중수는 도살장에 끌려가는 소처럼 느릿한 걸음으로 집 밖으로 나갔다. 수연이 기다렸다는 듯이 내게 오더니,

"언니, 중수도 여자친구 있다면서?"

"응. 저렇게 뚱뚱한 놈을 좋아하는 여자애도 있다니 정말 세상은 미스터리하다니까."

"피, 그럼 나만 바보네. 언니 둘과 동생은 전부 뜨거운 열애 중인데 니만 싱글족이잖아."

그 말에 나는 좀 놀랐다. 늘 남자들에게 둘러싸인 수연에게서 그런 대답이 나올 줄 전혀 예상하지 못했기 때문이다.

"수연이 넌 남자들한테 인기 무지 좋잖니. 마음만 먹으면 얼마든지 연애할 수 있으면서."

"내가 한 인기 한다는 거야 잘 알지. 근데 이상하게도 난 연애

하는 게 재미없거든. 일을 하거나 돈을 벌거나 그게 아니면 뭔가 색다른 걸 경험하는 게 더 끌려. 물론 그중에서 돈 버는 게 가장 흥미롭긴 해.”

우리 세 자매 중에서 수연은 엄마의 현금 숭배 정신을 유일하게 이어받은 모양이다.

“네 말이 맞다, 자고로 연애는 끌려야 하는 거란다.”

연애 초보에서 짝퉁 선수로 등업한 내가 잘난 척을 했다.

“알아. 그래도 그냥 시시해. 남자들이란 의외로 생각보단 단순해서 여자만 보면 어떻게 해볼까 하고 호시탐탐 기회만 엿보는 경우가 태반이거든.”

나는 속으로 뜨끔했다. 제이가 좀 그런 경향이 있는데. 그때 세연 언니가 일어서더니,

“수연이 말도 틀리진 않지만 모든 남자가 그런 건 아니란다.”

“그래도 대부분 그런 경향이 강하잖아.”

“하지만 그건 여자 하기 나름 아닐까.”

하면서 화장실로 들어갔다. 그 틈에 내가 수연에게 다시 슬쩍 물었다.

“야, 황수연. 너 남자들하고 키스해 봤니?”

“당연한 걸 왜 물어. 그건 중학교 때부터 숱하게 해본걸.”

헉!

“그, 그럼 너 혹시⋯⋯.”

“궁금한 게 뭔데? 여동생의 자유로운 연애에 대해 간섭할 생

각이야?"

나는 갑자기 수연의 연애담에 대한 맹렬한 호기심을 억누를
수 없었다. 가슴이 부풀고 멘스를 시작하면서부터 동생은 주위
로부터 늘 관심의 대상이었다. 얼굴도 예쁘고 나이에 비해 제법
성숙한 몸매를 지닌 탓에 언제나 남자로부터 끊임없는 눈길을
받아왔던 그녀가 얼마 전 생전 처음 키스를 해본 나와는 비교조
차 되지 않을 거라는, 같은 여자로서의 묘한 질투심과 더불어
친언니로서의 걱정이 앞섰다.

"언니, 그 무엇을 상상하든 그 이상이니까 알아서 판단해."

"뭐, 뭐얏?"

그 한마디로 인해 나는 수연이 진정한 선수임을 어쩔 수 없이
인정해야 했다. 아무리 가족이라도 지극히 사적인 생활에 쓸데
없는 간섭은 불필요한 법. 그리고 공연한 오해로 서로에 대한
편견 또한 있어서는 안 될 일이다.

"무슨 얘길 재밌게 하고 있어?"

막 화장실에서 나온 언니에게 내가 궁금한 얼굴로 물었다.

"세연 언니, 우리 섹스에 대해 허심탄회하게 얘기해 볼까?"

"그건 일단 경험해 본 사람끼리 하는 게 더 재미있지 않을까,
우연아."

그것으로 게임아웃이었다. 아, 나만 빼고 다 했구나. 문득 비
참한 느낌. 난 이미 저 머나먼 안드로메다 성운을 떠도는 이름
없는 혜성이 되고 말았다. 아름다운 행성으로 명명命名되기 위

해선 역시 제이랑 조만간 해야 할까.

　입사한 지 딱 석 달이 된 기념으로 나의 직속상관이신 오 팀장께서 퇴근 후 맛난 돼지갈비를 쏘셨다. 바로 정식 직원으로 채용한다는 기쁜 소식을 내게 전하면서 말이다. 우리 사보팀에 있는 다섯 명 모두가 참석하는 즐거운 회식 자리였고 모처럼 거나하게 취한 나는 인생의 즐거움에 흠뻑 빠졌다.

　백수에서 벗어나 직장 생활 굿, 연애 생활은 지화자. 그리고 건전한 나의 성생활은? 그건 여전히 미지수인 동시에 기대 만발, 개봉 박두, 흥미진진이다. 왜냐하면 오 팀장이 내게 다섯 번째 소주잔을 막 채워주는 순간 핸드폰이 바르르 떨렸고, 기세 좋게 원샷을 감행한 후 흐릿한 시선으로 확인한 문자는 다름 아닌 제이의 데이트 신청이었기 때문이다.

「내일 금요일, 시간 있죠? 퇴근 후 회사 앞에서 기다릴게요. 여니는 다리가 예쁘니까 꼭 치마 입고 나와요.」

　오호, 본격적인 데이트 신청이로군. 저번 주 일요일 오후 카페에서 제이와 나눴던 키스를 떠올리던 나는 다음날 평소와 달리 깔끔한 정장 차림을 하고 출근했다. 물론 제이가 즐겨 입는 캐주얼 차림과 어울리지 않는 복장이지만 일단은 화사하게 잘 차려입고 나갔다.

"우연 씨, 오늘 데이트 있나 보네."

박 팀장이 오래간만에 사무실로 와서 한마디 한다. 늘 깔끔한 그의 옷매무새가 요즘은 약간 흐트러진 느낌이다.

"요즘 일이 힘드신가 봐요, 박 팀장님."

제이가 없어서 업무상 많이 힘든 모양이다. 아니면?

"우연 씨 요즘도 제이크 씨 만나요?"

"왜요?"

"듣자 하니 제이 씬 출근하지는 않지만 재택근무하면서 회사 일을 한다는 소문이 있던데 혹시 알아요?"

나는 뭔가 살피는 듯한 그의 시선에서 수상한 느낌을 받았다. 그래서 제이를 위해서 선의의 거짓말을 해야겠다는 직감이 들었다.

"그건 잘 모르겠어요. 요즘 잘 만나지도 않지만 일 얘긴 잘 안 하거든요."

"흠, 그래요?"

그렇게 말하던 박 팀장은 초조한 기색으로 사무실 밖으로 나갔다. 역시 무슨 일이 있나. 나중에 제이를 만나면 물어봐야겠다고 생각하며 일을 하다 보니 어느새 퇴근 시간이 가까워졌다. 회사 앞에 와 있다는 제이의 문자를 받자마자 사무실에서 나와 1층으로 내려갔다.

"여니."

부드러운 밀크티 맛이 나는 다정한 목소리. 처음엔 난 그가 누구인지 몰라서 어리둥절했지만 개구쟁이처럼 씩 하고 웃는 얼굴을 보자 그제야 알아차렸다. 짙은 회색 빛깔의 양복을 차려 입은 제이는 검은 광택으로 번들거리는 세단 앞에서 멋쩍은 표 정을 감추지 못한 채 날 기다리고 있었다.

"정말 제이 맞아?"

"나 멋져요?"

"오늘 컨셉은 뭐야?"

"여니가 원하는 남자친구로 변신하기."

"너무 무리하는 거 아냐?"

"일단 차에 타요."

나는 제이가 열어주는 조수석에 올라탄 후 그가 운전석으로 들어와 앉는 걸 말없이 지켜봤다. 우리 두 사람을 태운 차는 미 끄러지듯 도로 안으로 진입했지만 퇴근길이라 사방이 빽빽하게 밀려 있었다.

"왜 이런 결심을 한 거야?"

"언니의 애인이 부럽다면서요? 그래서 한 번쯤 여니가 원하 는 스타일을 보여주는 것도 나쁘지 않을 것 같아서요. 왜요, 이 상해요?"

"응. 엄청 어색하고 기분이 야릇해."

"적어도 나쁘다는 평은 아니라서 다행이네요."

"하지만 멋져. 완숙한 남성미도 느껴지고 어른스럽고 든든해 보이는걸. 아, 역시 남자들은 정장을 입어야 폼이 나는가 봐. 하

긴 드라마나 영화 속에 나오는 남자 주인공들이 죄다 쫙 빼입은
양복 차림인 이유가 역시 있었어."

이렇게 내가 신이 나서 중얼거리는 동안 제이는 아무 말 없이
웃기만 했다. 차는 한강을 건너가더니 더욱 혼잡스런 강남 한복
판으로 들어갔다.

"근데 지금 어디 가는 거야?"

"맛있는 거 먹으려고요."

"짜장면?"

"에이, 오늘은 여니 좋아하는 거로."

내가 뭘 좋아하는지 알기나 할까. 하지만 나는 꼬치꼬치 묻지
않았다. 나름대로 신경 쓰고 성의를 보이는 제이가 너무 예뻐서
짜장면 곱빼기라도 맛있게 먹어줄 참이었다. 그건 그렇고 칭찬
좀 더 해줄까.

"생각보단 정장도 꽤 잘 어울리고 운전도 침착하게 잘하네."

"사실은 운전하는 거 재미없어서 잘 안 해요."

"재미없다고 모든 일을 안 할 순 없지. 때론 하기 싫어도 할
필요가 있으니까."

"그건 여니 말이 맞아요."

"근데 이 차는 어디서 났어?"

"렌트했죠. 참, 오늘 여니는 집에 못 들어가는 거예요."

제이는 차창 너머를 응시하면서 천천히 말했다. 나지막한 그
목소리가 얼마나 달콤하고 그 내용이 얼마나 섹시한지 내 심장

이 금방이라도 터질 것만 같았다.

"흠, 얼굴이 빨개졌네. 흥분했구나."

헉.

"까분다."

"하하, 진짜구나."

뭐가 우스운지 킥킥거리던 제이 역시 귓불이 발갛게 달아올랐다. 나는 솔직히 맛있는 저녁이고 나발이고 전부 생략해 버리고 제이와 함께 있고 싶었다. 그리고 이렇게 음란한 딸을 낳은 엄마가 도대체 어떤 식으로 태교를 했는지 문득 궁금해졌다.

그게 아니라면 순전히 그런 분야를 향해 급성장한 나만의 엄청난 저력 때문일까. 혹시 타고난 색기? 또는 후천적인 자극으로 인한 놀랄 만한 변화?

여하튼 한 시간이 넘도록 차 안에 있다가 겨우 도착한 곳은 신사동의 어느 호텔이었고, 그곳의 이탈리아 식당에서 맛난 저녁을 먹은 후 어느덧 제이와 나는 호텔의 카운터 앞에 서 있게 되었다.

저녁 9시가 지난 시각. 제이가 룸을 예약하는 동안 나는 옆에서 표정 관리를 하기 위해서 입가에 애매모호한 미소를 짓고 있었다. 그나저나 집에 전화를 해야 하나 말아야 하나. 일단 수연에게 문자를 보냈다.

「야, 나 오늘 일이 있어서 친구 집에서 자고 갈 건데 엄마, 아빠한테 적당히 얘기해 줄 수 있니?」

10초도 안 되어서 곧바로 답장이 날아왔다.

「언니, 콘돔은 꼭 쓰라고 해.」

헉. 요 계집애, 돗자리 깔아야겠네. 이대로 답장을 보내지 않는다면 동생의 추측이 맞는 걸 인정하는 셈이다. 심각한 얼굴로 어떤 식으로 문자를 보낼까 고심하는데 또 문자가 왔다.

「언니, 행여 변명하려는 문자 보내지 마. 그거 추하거든.」

졌다. 나는 엘리베이터 앞에 서서 버튼을 누르고 있는 제이의 눈치를 슬쩍 살폈다. 나와 눈을 마주치자 빙긋 웃지만 입가에 이는 미세한 경련을 놓치지 않았다. 아, 녀석도 떨리는 모양이다. 근데 정말 이래도 되는 걸까. 그때였다.

「내일 토요일이니까 출근 안 하지? 그럼 외박도 가능하겠네. 나중에 브리핑해라. ㅋㅋ」

라는 락희의 뮤자가 핸드폰에 선명하게 찍혔다. 크, 이제 보니 난 완전 실시간으로 생중계되는 꼴이네. 이건 한마디로 개인의 사생활을 함부로 파헤치려는 현대 사회의 병폐이자 미디어의 횡포임이 틀림없다!

"이거 락희가 코치한 거지?"

내가 콧김을 내뿜으며 내뱉었다.

"코치?"

"이렇게 번지르르하게 차려입고 데이트하는 거."

"아닌데."

나는 흠, 하고 제이를 잠시 노려봤다.

잠시 후 엘리베이터 문이 열리자 일단 올라탔지만 이내 심각한 표정으로 팔짱을 낀 채 이 상황을 내가 진심으로 원하는지 진지하게 자문하기 시작했다.

섹스, 그것은 무엇일까. 서로 좋아하는 남녀 간에 자연스럽게 일어나는 일련의 연애 행위이자 본능적으로 원하게 되는 육체적 접촉. 그리고 사랑이란 감정으로 인해 일어나는 여러 과정에서 가장 큰 영향력을 가진 부분. 에, 또.

"여니. 표정이 좀 이상해요."

엘리베이터에서 내려 카펫이 깔린 복도로 걸어가는데 제이가 나를 힐끔거리며 말한다.

"그래 보여?"

"혹시 어디 아파요? 아까 보니 저녁도 잘 먹지 못하던데."

그야 너무 흥분해서 식욕이 떨어져서 그런 거지.

"그게 아니고 좀 부끄럽네. 그래서 다음에 하면 안 될까, 하고 생각하고 있는 중이야.”

룸 입구에 막 카드키를 대던 제이가 순간 경악한 표정으로 나를 쳐다본다. 스르르 열린 문틈 사이로 보이는 침대와 내 얼굴을 한 번씩 쳐다보더니 돌연 두 눈을 가늘게 뜬다. 나는 제이가 그러는 게 어디 있냐며 화를 내거나 냅다 나를 덮치려고 완력을 쓸지 내심 궁금해져서 입가에 어정쩡한 미소를 지어 보였다.

“흠, 그런 말 한다고 내가 포기할 줄 알았어요?”

하면서 제이는 갑자기 나를 짐짝처럼 어깨에 짊어진 채 다짜고짜 문을 박차고 룸 안으로 들어섰다. 이어 쾅, 하고 문이 닫히는 소리. 어느 틈에 침대 위로 엎어지자 제이도 그렇고 그런 남자일 뿐이라는 생각에 어쩐지 나는 반발심이 생기고 말았다.

“제이, 나 하기 싫어!”

“난 하고 싶어요!”

“음, 하고 싶지 않은 나는 어쩌지?”

“걱정 말아요. 하다 보면 하고 싶어질 거예요!”

잠깐, 그게 말이 된다고 생각하는가? 하다 보면 하고 싶어진다고? 그럼 먹다 보면 먹고 싶어지고, 뛰다 보면 뛰고 싶은 건가? 아우, 그런 것 같기도 하고 아닌 깃 같기도 하고.

“어니, 갑자기 왜 심술 부려요?”

“원래 여자들은 변덕이 심하잖아.”

“그래도 이건 아니죠.”

“미안하다. 다음에 하자.”

“미안해하지 말고 지금 하면 되죠.”

하면서 제이가 심통스럽게 씩씩거린다. 그래도 녀석은 여자가 싫은데도 억지로 덮치는 무식한 놈은 아니구나 싶었는데…… 가 아니었다! 별안간 숨이 턱 막혀와 깜짝 놀라는 순간 제이가 두 손으로 내 머리를 우악스럽게 붙잡고서 키스하고 있다는 걸 깨달았다. 제이, 갑자기 예고없이 그러면 안 되잖아? 난 네 키스에 무척 약한데 말이야.

“으으읍.”

이렇게 신음을 지르던 나는 문득 두려워져서 그의 어깨를 밀치는데 꼼짝도 않는다. 역시 남자들이란 힘이 세다.

“여니.”

잠시 후, 제이가 이글이글 타오르는 눈빛으로 나를 쳐다보며 말했다.

“이래도 싫어요?”

투정 부리는 듯한 목소리에 가슴이 이내 두근두근 거린다.

“저기, 제이.”

“겁내지 말아요, 여니. 틀림없이 나를 더 좋아하게 될 거예요. 그리고 하기로 했잖아요.”

어린애처럼 졸라대는 제이의 두 눈이 평소보다 붉었다.

“근데 좀 피곤해 보이네?”

“사실 요 며칠 회사 일을 최대한 빨리 마무리하려고 이틀 밤을 샜거든요.”

"그, 그럼 지금 엄청 피곤할 거 아냐? 괜찮겠어?"

"아무리 힘들어도 섹스할 에너지 정도는 있어요. 날 뭘로 보고 그런 말을 해요?"

라고 약간 화가 난 듯한 음성으로 대답하던 제이는 내게 부드럽게 키스하기 시작했다. 그리고 머리칼을 다정하게 쓸어 올리자 나는 나른한 기분에 휩싸인 채 그의 뺨을 달래듯이 어루만지고 말았다.

이제 우리들은 누가 먼저랄 것 없이 서로의 혀가 오가는 딥키스를 아주 오랫동안 했다. 어느덧 우리는 하나씩 옷을 벗기 시작했고 들뜬 숨을 내쉬던 나는 그의 뜨거운 애무에 자연스럽게 반응하고 있었다. 제이가 내 가슴을 느긋하게 빨아들이자 격렬한 쾌감에 어깨를 움츠리면서 달콤한 신음을 토해냈고 그 역시 흥분을 감추지 못한 채 끊임없는 손길을 보내면서 나를 놀라운 세계로 인도하고 있었다.

그러고 보니 내가 참 욕구불만이었구나. 제이가 해주는 게 이렇게 좋으니 말이다. 내 손가락과 발가락에 일일이 키스를 퍼붓고 섬세한 손길로 어루만지는 그의 열정적인 사랑의 행위에 나는 깊이 감동을 했고 역시 평소 자랑한 대로 잘하는구나, 하고 생각했다.

잠깐, 잘하는지 못하는지 내가 어떻게 아는 걸까. 흠, 알게 뭐야. 내가 이렇게 황홀한 기분이니 논리적으로 제이가 아주 잘한다는 걸 의미하는 거겠지. 그럼, 그럼. 근데 정말 잘하네, 제이.

숨찬 음성으로 이렇게 중얼거리는데 내 말을 들은 모양인지 그가 빙그레 웃는다. 제이는 참 다정하구나, 라고 속으로 생각하며 나 또한 흐뭇하게 웃으며 쳐다보는데 별안간 두 눈이 번쩍 뜨일 만큼 아랫배가 얼얼해졌다.

“아얏!”

동시에 나와 제이의 눈이 정면으로 마주치고 말았다. 찡그린 내 얼굴에 그는 사색이 되었다.

“많이 아파요? 아직 들어가지도 않았는데.”

“괘, 괜찮아.”

그러나 제이의 얼굴은 이미 뻣뻣하게 경직되어 있었다.

“아, 안 되겠다. 여니한테 미안해서 도저히 못하겠어요. 하지만 너무 하고 싶어서 미치겠어요! 아! 아! 화가 막 나려고 해요!”

헉. 나는 오피스텔에서 일어났던 비극을 다시 겪고 싶지 않았다. 그래서 제이가 침대 위에 엎드린 채 발광하는 동안 재빨리 룸 안의 냉장고를 열어서 맥주 캔 두 개를 꺼냈다.

“자, 마셔!”

“나 술 못 마시는 거 알잖아요.”

“그러니까 마시라는 거야.”

잠시 망설이던 제이는 곧 순순히 맥주를 마시기 시작했고 나 역시 마침 목이 마른 터라 단숨에 들이켰다.

“어때, 제이? 좀 진정이 돼?”

그런데 아무런 대꾸도 않는다. 생전 술은 입에도 대지 않는다는 녀석한테 괜히 먹였나. 하지만 알코올은 때때로 긴장감을 풀어주는 역할을 한다. 제이는 어지러운 모양인지 잠시 두 눈을 감고 있었다. 걱정되어서 뺨을 살짝 어루만졌더니 갑자기 두 눈을 번쩍 뜨면서 내 손목을 아프도록 붙잡는다.

"여니!"

"왜, 왜?"

"흡!"

갑자기 내게 거칠게 키스를 하던 제이가 헐떡거리더니,

"당장 여니랑 하지 않으면 진정할 수 없을 것 같아요."

하면서 마치 야수처럼 다짜고짜 나를 침대 위로 잡아끈다. 호, 진작 마시게 할 걸. 사실을 말하자면 나도 내심 긴장한 터라 약간의 알코올이 들어가자 몽롱한 기분이 되고 말았다.

"괜찮은 거야, 제이?"

두 눈이 벌겋게 변한 모습을 지켜본 나는 좀 걱정이 되었다.

"내가 얼마나 여니를 원했는지 모르죠?"

그래도 나보다 더 하겠니. 내게 뜨거운 키스를 퍼붓던 제이는 어느 틈엔가 내 안으로 들어왔다. 물론 나는 그 순간 눈이 핑 돌 만큼 날카로운 통증을 느꼈지만 마침내 했다는 뿌듯함에 용케 견뎌낼 수 있었다.

성스러운 섹스. 그리고 서로가 진심으로 원해서 갖게 된 자연스런 신체적인 접촉이었다. 게다가 제이의 거친 숨결이 목덜미에 와 닿을 때마다 짜릿해서 말할 수 없이 기분이 좋았다. 아아,

이것이 바로 큰일이구나. 락희야, 내가 온갖 역경을 이겨내고 마침내 고지를 탈환했구나. 그리고 애들아, 드디어 나 했단다. 큭큭큭.

그렇게 사랑을 나누던 제이와 나는 지친 나머지 한참 동안 서로 껴안은 채 침대 위에 누워 있었다. 그러다가 좀 씻어야겠다는 생각이 들어서,

"제이, 잠깐 옆으로 가. 나 무거워."

라고 말했지만 그는 도무지 움직일 생각을 하지 않았다. 그래서 다시 축 늘어진 그의 어깨를 흔들어 깨웠다.

"제이?"

그런데도 여전히 아무 반응이 없는 제이. 난 좀 불안해졌다.

"뭐야, 자는 거야?"

결국 신경질 조로 내뱉으며 제이를 옆으로 밀쳐 냈는데 힘없이 그대로 침대 아래로 쾅, 하고 떨어진 것이다!

"제이, 왜 그래!"

이상하다 싶어서 자리에서 벌떡 일어나 제이를 살펴봤더니 그는 마치 죽은 것처럼 온몸이 차갑게 식어 있었다.

"헉!"

너무 놀라서 나는 그 자리에서 얼어붙고 말았다. 주, 죽었나? 이것이 혹시 말로만 듣던 복상사腹上死? 하지만 제이는 아직 젊고 튼튼한 남자인데 그럴 리가 없지 않은가. 혹시 너무 무리해서 그런 건 아닐까.

어느새 심장이 미친 듯이 날뛰기 시작했다.

"제이! 왜 그래? 어서 일어나!"

부들부들 떨면서 제이의 가슴에 귀를 대봤다. 다행히도 미약하긴 해도 다소 규칙적인 심장박동음이 들려왔지만 나는 여전히 안심할 수 없었다. 어쩌면 이대로 의식불명 상태가 되어서 영영 깨어나지 못한다면 식물인간이 될 수도 있다.

혹시 술을 마시고 섹스해서 쇼크 상태? 그게 아니라면 나랑 해서 너무 좋은 탓에 실신? 어쨌든 이렇게 정신을 차리지 못한다면 결코 좋을 리가 없다.

"제이, 정신 차려!"

아무리 흔들어도 제이가 깨어나지 않자 난 무서워서 견딜 수가 없었다. 마치 로또 1등에 당첨되었는데 그만 실수로 그 표를 갈기갈기 찢어버린 사람처럼 곧 엄청난 절망감에 사로잡힌 채 울부짖고 말았다. 아아, 신이시여! 저는 이대로 제이를 보낼 수 없습니다!

눈 깜짝할 사이에 옷을 입은 나는 호텔의 카운터를 향해 빛의 속도로 달려갔다. 그리고선 실성한 사람처럼 마구 울부짖었다.

"엉엉, 어서 구급차를 불러주세요! 사람이 죽어기고 있이요!"

흑흑, 제이! 어서 정신을 차리란 말이야! 난 고작 너히고 한 번밖에 못했잖아. 그러니까 이대로 죽으면 절대로 안 돼에에에~!

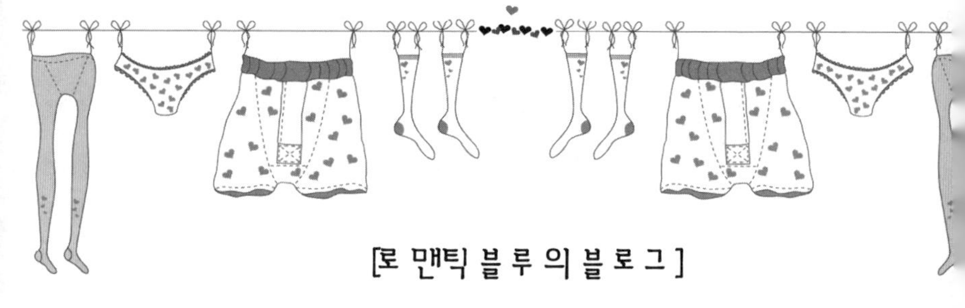

[로맨틱 블루의 블로그]

어제 난 병원에 입원해서 하루 종일 잠만 자고 나왔다. 며칠간의 밤샘으로 내 몸은 완전히 방전된 배터리처럼 최악의 컨디션이었음에도 불구하고 나만의 극비 프로젝트를 무리하게 감행한 탓이다. 하지만 그래도 일단 성공해서 즐겁다! 하하하! ^O^

┗ 땅굴파기 : 극비 프로젝트? 뭔지 궁금한걸.

┗ oo10op197 : 설마 응큼한 짓은 아니겠죠? ㅋㅋ

┗ 37801piew : 난 윗 댓글 님의 의견에 한 표! >.<

┗ 감수성2 : 님, 남자들은 여자에 비해 훨씬 동물적입니다. 성욕이 없는 남자
는 남자가 아니라는 말도 못 들어보셨는지. 성욕이란 순수한 욕
망일 뿐 부끄러운 일이 절대로 아니라고 생각합니다. 물론 그 욕
망을 충족하는 데 방법론에 있어서 사회에서 요구하는 적정한
법규를 적용시켜야하겠지만 기본적으로 인간의 성적인 욕구는

타인에게 피해를 주지 않는 한 절대적으로 자유로워야 한다고 주장하고 싶습니다. 현재 간통법을 고수하고 있는 우리나라의 경우 무척 낙후된 성문화를 지니고 있다고 봅니다. 외국에서는 이미 동성애자에 대해서 관대하며 그들의 권리를 함부로 침해하지 않을뿐더러 하나의 성문화로 정착된 상태입니다. 하지만 우리나라는 아직도 요원한 일이라죠. 커밍아웃이란 한국 사회에서는 아직도 아주 대단한 일입니다.

└ 후배위짱 : 윗분 동성애자인가? 말씀 하나하나 구구절절 옳긴 하지만 난 아직도 동성애에 대해서 안 좋은 추억이 있어서리.

└ 피봤어 : 근데 위에 댓글 엄청 길다. 읽다 말았다는. ——

└ 자이자뻑 : 아직도 좋아하는 분께 고백하지 못한 분! 저희 이벤트 회사에서 사랑 고백의 이벤트를 저렴한 비용으로 서비스해 드립니다!

Chapt er 14. 선수 입장하신다

그로부터 이틀 후 일요일 아침, 언니 차를 몰고서 제이가 입원해 있는 병원에 도착한 나는 놀랍게도 전혀 예상하지 못한 인물을 만났다.

"우연 씨, 잠깐 나랑 얘기 좀 할까요."

이런, 임신했어도 여전히 아름다우신 크리스티나님이시다. 그녀와 나는 병원 뒤편으로 걸어가다가 빈 나무 벤치를 찾아 앉았다.

"제이한테 연락받고 오셨나 봐요."

"아뇨, 제이의 회사 사람한테서 연락받고 알게 되었어요."

"저, 많이 놀라셨죠?"

"약간은요. 제이가 섹스하다가 기절한 건 처음 있는 일이니까
요. 우연 씬 생각보다 강한 타입의 여자인가 봐요."

헉.

"아니, 그게 아니라 실은……."

"괜찮아요, 오히려 난 마음이 놓이는걸요."

아아, 어째서 이 상황에서 내가 선수로 오인된 거지? 지난 금
요일 밤, 혼절한 채 구급차에 실려 병원 응급실로 급히 이송된
제이의 병명은 다름 아닌 돌발 수면. 구급차 안에서 내내 울부
짖었던 나는 그 자리에서 쥐구멍을 찾고 싶은 심정이었다.

며칠 내내 밤샘 작업을 하던 제이는 평소 마시지 않던 알코올
섭취로 인해 그만 삽시간에 잠에 곯아떨어진 것뿐이었다! 그것도
모르고 온갖 소란을 피웠으니 정말 창피해서 죽을 지경이었다.

"어머, 부끄러워할 필요 없어요. 섹스 잘하는 것도 사실 굉장
한 능력이니까요."

게다가 어찌 된 일인지 우리의 크리스티나 씨께선 사건의 진
실과 완전히 다른 식으로 해석하시고 계시다. 아, 도대체 누가
그런 잘못된 정보를 유포한 건지 정말 궁금할 따름이다.

"실은 우연 씨와 개인적으로 이런저런 얘기 좀 하고 싶어서
이렇게 병원에 온 거랍니다. 사실 제이는 내가 온 것도 몰라요.
그 앤 내가 우연 씨와 만나는 일조차 싫어해서요."

"아, 예."

나는 다소 긴장한 얼굴로 그녀의 말을 잠자코 기다렸다.

"우선 내 결혼에 우연 씨의 도움이 컸다는 거 잘 알고 있어
요."

"아녜요, 전 아무것도 한 게 없는걸요."

"제이의 완강한 반대를 누그러뜨린 것만 해도 내겐 고마운 일
이랍니다."

"하하, 그거야……."

단지 어설픈 요정 노릇 몇 번 한 것뿐인데. 정색한 얼굴로 내
게 고마움을 표시하는 크리스티나에게 나는 겸연쩍은 웃음을
지어 보였다.

"그동안 내가 제대로 엄마 노릇을 한 적은 없지만 뒤늦게나마
아들을 위해서 나서고 싶은 마음에 이렇게 우연 씨를 만나러 왔
어요."

"저를요……?"

"우연 씨, 제이를 어떻게 생각하고 있죠?"

크리스티나의 직설적인 물음에 나는 잠시 말문을 잃었다. 글
쎄, 뭐라고 대답해야 하나. 사실은 댁의 아드님과 난 몹시도 쿨
한 연애 중인데요, 라고 하면 어떤 표정을 지으시려나. 아무리
자유분방한 사고방식을 지닌 그녀라도 기분이 썩 좋지는 않을
텐데.

"저, 실은 잘 모르겠어요. 물론 지금 사귀고 있긴 한데 앞으로
제이 씨와 어떻게 될지 생각해 본 적이 별로 없어서요."

"그렇군요."

우리 두 사람은 잠시 어색한 침묵에 잠겼다.

"제이와 지내는 게 쉽진 않죠?"

"그렇긴 하지만 무척 착하고 좋은 남자라는 건 알아요."

"그 애도 우연 씨에 대해 그렇게 말하더군요. 세상에서 가장 착하고 좋은 여자래요."

흠, 날 그렇게 좋게 생각하고 있다니. 나, 사실은 약간 약은데.

"하지만 의외로 우연 씨를 어려워하는 것 같아요."

"어, 그건 저도 마찬가지예요. 제이는 편하면서도 절대 편하지 않다고나 할까요."

"그래요? 그런데 내가 보기엔 두 사람은 서로 많이 닮았어요."

"그, 그럴 리가요."

"아무튼 우연 씨의 마음을 조금은 알겠어요. 혹시 나중에 도움이 필요할 때면 나한테 꼭 연락해 줘요."

하면서 크리스티나는 자리에서 일어섰다.

"그럼 난 이만 가볼게요."

"저기, 병실에 정말 올라가지 않으세요?"

"아픈 것도 아닌데 굳이 병문안 길 필요 있나요?"

그건 그랬다. 나는 병원 밖으로 나가는 그녀를 공손하게 배웅한 후 제이가 입원한 병실로 올라갔다.

"나 데리러 왔어요, 여니?"

문을 열자마자 기쁜 얼굴로 나를 반기는 제이. 곁에는 키가 장대처럼 큰 외국 남자와 동양인 남자가 서 있었다. 잠깐, 이 사람들 어디선가 본 듯한데?

"이 친구들, 전에 오피스텔에서 본 적 있죠? 맨해튼 회사에서 일하는 친구들인데 내가 게으름 피우지 않도록 늘 감시한답니다."

나를 알아본 모양인지 두 사람이 가볍게 눈인사를 건넸다. 이들 중 누가 크리스티나에게 나에 대해 이상한 얘길 했을까. 내가 미간을 잔뜩 찌푸린 채 그들을 노려보고 있는데 누군가가 방문을 두드렸다.

"아, 왔나 보다."

제이의 손짓에 외국 남자가 문을 열자 키가 작고 우직한 인상의 노인 뒤로 말끔한 정장 차림의 남자 둘이 조용히 들어와 섰다. 뭔가 심각한 분위기가 풍겨서 나는 주춤거렸다.

"잠깐 나가 있을까, 제이?"

"아니, 괜찮아요. 그대로 있어요."

제이는 곁에 선 외국 남자와 뭐라고 짤막하게 영어로 대화하더니 그의 옆구리에 찬 두툼한 서류철을 나이가 지긋한 남자에게 건넸다.

"바쁘신데 여기까지 오라고 해서 죄송합니다. 여기 저희 회사에서 입수한 서류를 검토해 보시면 됩니다."

노인은 제이에게 받은 서류철을 뒤에 서 있는 사내에게 넘기면서 나를 힐끔거렸다.

"아참, 이쪽은 제 여자친구인데 보안 문제라면 조금도 신경 쓰지 않아도 될 겁니다. 그리고 현재 송송전자에서 근무하고 있는데 혹시 명함 있으면 그녀에게 한 장 주시겠습니까?"

그제야 묵직한 노인의 입이 열렸다.

"김 비서."

곧 노인의 지시에 왼편에 서 있는 중년의 사내가 얼른 명함 하나를 내게 건네주었다. 송송전자 대표 이주현. 헉. 놀란 내 얼굴을 바라보던 제이가 내게 살짝 윙크를 했다.

"아무튼 자네 덕분에 우리가 큰 도움을 받았네."

"나중에 또 연락드리겠습니다. 그리고 오늘의 만남은 아무도 모르는 겁니다."

"그래 주면 우리야 좋지. 그럼."

이렇게 몇 마디 나누던 그들이 병실 밖으로 나가자 외국 남자와 동양인 남자도 그들과 함께 나갔다. 나는 침대에 앉아 있는 제이에게 달려들었다.

"제이, 저 사람 진짜 우리 회사 회장님 맞아?"

"응. 엄청 심술궂게 생겼죠?"

"어휴, 그게 중요한 게 아니잖아. 근데 여긴 왜 온 거래?"

"자세한 건 말해줄 수 없지만 우리 회사 덕분에 최소한 몇백 억 달러는 번 셈이죠. 저부터 송송전자에서 비밀리에 개발하고 있는 첨단 기술이 자꾸 유출되는 사건이 발생했는데 그걸 우리 회사가 해결했거든요. 정확하게 말하자면 나를 포함해서 우리 회사 팀이 한 일이지만."

"와, 굉장하다. 제이, 너 대단하구나."

"사실 몇 년 전부터 송송전자는 우리 회사 고객이거든요. 그런데 이번에 내가 한국에 와 있는 바람에 별도로 관리를 해주다가 운 좋게 한 건 잡은 거죠. 처음에 회사에 임시직으로 잠시 일한 것도 그런 거고요."

"그렇구나."

"그리고 박 팀장님이 이번에 기업스파이로 밝혀졌어요. 미국 시카고 지사에 있을 때부터 다른 회사로 기밀을 몰래 빼돌려서 팔아온 모양이에요. 그동안 꽤 용의주도하게 흔적을 없애왔지만 결국 내 추적에 꼬리를 잡혔다고나 할까. 주말에도 쉬지 않고 회사에 나가서 조사를 한 결과 구체적인 물증을 확보하는 데 성공했거든요."

그래서 가끔씩 회사 사무실에서 기웃거린 거였구나.

"세상에, 박 팀장님이 그런 사람이라니 정말 못 믿겠네. 그럼 전에 제이가 싸웠다는 것도 그 일 때문에 그런 거구나."

"그런 셈이죠. 몇 번 경고했는데도 전혀 마음을 고쳐 먹지 않아서 아웃시켜 버렸죠."

그제야 박 팀장이 가끔씩 내 자리에 와서 제이의 근황을 묻던 게 떠올랐다. 사내 최고 인기남이 사실은 음험한 기업스파이라니. 정말 사람은 겉보기와 전혀 다른 모양이다.

"이로써 나도 당분간 한가해졌어요."

제이가 느긋한 표정을 지으며 기지개를 켰다.

"그런데 우리 엊그제 호텔에서 일어난 일에 대해서 얘기 좀 해야지?"

"난 좋았는데, 여니."

"네 감상을 묻는 게 아냐, 제이."

"아무래도 여니는 좀 그랬을지 모르겠구나. 다음엔 더 좋게 해줄게요!"

"그게 아니고 너 혹시 그 일 주위 사람들한테 말했어?"

"예, 그런데요."

아아, 결국 그랬단 말이지.

"어떤 식으로?"

"어떤 식이라뇨?"

"나에 대해 어떻게 말했냐고!"

"음, 섹스하다가 잠들어 버린 게 좀 창피해서 그냥 여니와의 섹스가 너무 좋아서 중간에 내가 기절했다고 말해 버렸는데."

그래, 설마 했는데 네놈이 그랬군!

"제이, 너란 인간은 말이야, 정말이지 굉장한 놈이야."

히면서 나는 그의 두 볼을 꽉 잡고서 세게 꼬집었다.

"아악! 왜 그러는 거예요, 여니?"

"도대체가! 어째서! 그런 일을! 남한테! 그것도 그딴 식으로! 왜! 말하는 건데!"

제이의 양쪽 뺨을 비틀고 잡아당기면서 으르렁대는데 그가 지지 않고 소리쳤다.

"그러면! 안 되는! 무슨! 이유라도! 있어요!"

나는 어이가 없었다.

"창, 피, 하, 잖, 아!"

"난 하나도 안 창피해요! 그게 뭐가 어때서?"

아무리 좋게 생각하려 해도 나는 도저히 참을 수가 없었다.

"도대체 네 머릿속엔 뭐가 들어 있는지 궁금해!"

"걱정 말아요, 요즘은 알몸의 여니로 꽉 찼으니까."

결국 제이는 나한테 더욱 세게 꼬집히는 바람에 두 뺨이 벌겋게 변해 버렸다.

"아아악, 환자에게 너무하는 거 아녜요!"

"설마 락희한테도 말한 건 아니겠지?"

"당연히 말했죠."

"뭐얏!"

아아, 이런 녀석한테 내가 무슨 믿음이 가겠는가. 제이크 리, 누가 이런 놈을 천재라고 했는가. 내가 보기엔 단순무식하고 오직 자기 생각만 하는 단세포 동물이다.

"흐으으음!"

깊은 밤 울려 퍼지는 여자의 나지막한 음성. 다름 아닌 나 황우연의 입에서 흘러나오고 있다. 혹시 무슨 음란한 신음 소리는 아닐까 잠시 야한 상상을 했다면 미안하지만 헛다리 짚은 거다. 그건 제이가 내 이마를 향해 손가락을 튕길 때마다 눈물이 핑 돌 만큼 아파서 토해내는 처절한 비명 소리일 뿐이다.

"어우, 너무 아프잖아."

"실은 더 아프게 때리고 싶었는데."

이런 놈이 얼마 전까지만 해도 내가 아파할까 봐 섹스하기 무섭다고 벌벌 떨었단 말이지.

"제이, 진짜 성격 이상해. 전혀 이해할 수가 없다니까."

"하하, 그다음은 내 차례죠? 문제 나갑니다."

하면서 냉큼 침대 위로 올라와 내게 묻는다. 제이가 이촌동 옛집으로 이사 온 지 벌써 한 달이 넘어가고 있다. 마포의 오피스텔에 있던 모든 장비도 이곳으로 옮겼으며 나는 매주 토요일마다 그를 만나러 온다. 대개 저녁이면 집으로 돌아갔지만 그전까진 늘 침대 속에서 함께 있는다. 아주 당연하다는 듯이. 이 또한 놀랍지 않은가?

"참, 여니, 내일 결혼식이 몇 시더라?"

어느 틈에 낱말 퍼즐을 순식간에 맞추고서 제이가 생각난 듯 묻는다.

"12시. 최소한 한 시간 전엔 식장에 도착해야지."

마침내 외삼촌과 크리스티나의 결혼식이 코앞으로 다가왔다. 신혼집은 예상대로 판교 부근의 근사한 빌라. 그리고 두 사람은 올해가 지나기 전에 귀여운 아들을 얻게 된다.

"쳇, 이건 너무 쉬워서 재미없잖아."

"제이는 항상 재밌는 것에 목숨 거는 경향이 있어."

"이 세상의 모든 건 재미있는 것과 없는 것으로 나누는 게 쉬우니까요."

"그럼 나와의 섹스도 재밌어, 제이?"

"응."

만약 나중에 재미가 없어지면 어떡할래. 나는 문득 우울해진다. 제이는 예전과 크게 달라진 게 없지만 난 엄청나게 많이 변해 버렸다. 일단 이젠 더 이상 처녀가 아니며 귀여운 남자친구랑 틈만 나면 뜨거운 연애를 즐기고 있지만 요즈음 나는 하루가 다르게 스스로 달라지고 있는 걸 실감하고 있다.

그런데 제이는 늘 똑같다. 영원히 자라지 않고 어른이 되지 않는 피터 팬처럼.

"여니, 크리스티나의 결혼식이 끝나면 난 한국을 떠나야 해요."

드디어 올 것이 왔구나.

"그래서?"

난 아무렇지도 않게 대꾸했다.

"여니?"

"왜."

"나와 결혼할래요?"

제이는 아무렇지도 않게 툭 내뱉는다.

"아니."

"흐음, 생각보단 너무 쉽게 대답해 버리네."

그건 당연하다. 어차피 난 제이와 결혼할 생각이 전혀 없었으니까. 그래서 단칼에 거절의 멘트를 던진 것이다. 물론 나는 제이를 좋아하긴 하지만 그와의 관계를 진지하게 생각해 본 적이 없었다. 내가 너무 쿨한가? 불과 얼마 전에 처녀딱지를 간신히 뗀 주제에 스스로도 굉장하다고 생각하고 있는 황우연님이시다.

그런데 이러는 게 정말 쿨한 걸까. 아니면 이렇게 쉽게 거절할 만큼 나는 제이를 많이 좋아하지 않는 걸까, 하는 의구심까지 든다.

"여니, 나 좋아하잖아요."

"응, 좋아해."

"그럼 나랑 뉴욕 갈래요?"

여전히 시선은 낱말 퍼즐을 향한 채 아무렇지도 않게 묻는 제이. 나는 문득 혼란스러워진다.

"왜?"

"여니랑 같이 있고 싶은데 나는 더 이상 한국에서 있을 수 없으니까."

"하지만 나도 미국에서 지낼 생각은 없는걸."

어엿한 직장을 가지고 있는 성실한 회사원인 내 입장을 전혀 생각도 않다니.

"좋아, 그럼 또 다른 질문. 그럼 나와 어떻게 하고 싶어요, 여니?"

나는 한숨을 길게 뽑았다. 뭐라고 말해줘야 말귀를 알아들을 수 있을까. 아니, 사실은 나도 내 마음을 잘 모른다고 하면 이 녀석은 어떤 표정을 지을까.

"제이, 아무리 좋아해도 서로가 원하는 삶의 방식은 다를 수 있어."

"알아듣기 쉽게 말해줘요, 여니."

"좋아, 제이. 넌 나와 있고 싶어?"

"당연하죠."

"그런데 왜 한국에 있을 수 없어?"

"그건."

"결국 나 역시 너와 같은 상황이라고 생각해 주면 좋겠어. 그게 아마 너의 마지막 질문에 대한 답이 될 수는 있겠지."

"나랑 헤어지면 슬퍼질 텐데."

"그럴지도 모르지. 하지만 애초에 감당하기로 마음먹었으니까."

그제야 제이는 정색한 표정으로 돌변했다.

"아하, 여니가 말한 쿨한 연애가 그런 뜻이었구나."

응?

"근데 여니는 아직도 초콜릿 싫어하죠? 근데 초콜릿과 섹스가 서로 비슷하다고 생각한 적 없어요?"

"어떤 식으로?"

"무척 달콤하다는 것."

"듣고 보니 그렇긴 하네."

"난 말이에요, 여니가 언젠가 초콜릿을 좋아했으면 좋겠어요. 나처럼 말이에요."

하면서 낱말 퍼즐의 마지막 장을 끝낸 제이는 그 책을 침대 아래로 던져 버렸다.

"근데 제이는 언제 미국으로 갈 거야?"

"나랑 떠날 생각이 없다면서 그런 걸 왜 묻죠? 이리 와요, 여니. 키스해 줄게요."

나와 제이는 달콤하고도 나른한 딥키스를 오랫동안 나누었다. 곧 그가 내 목덜미에 입술을 내리자 나는 그의 목을 꽉 끌어안았다. 부드러운 손길로 내 몸을 어루만지며 느릿한 애무를 시작할 때면 그 순간이 너무 행복해서 목이 꽉 멘다.

"좋아요, 여니?"

고개를 끄덕거렸다. 이젠 난 당당한 선수이다. 내 엉덩이를 쓸어 올리는 제이의 따스하고 섬세한 손길에 느긋하게 허리를 비틀어대며 그의 품에 쏙 들어갔다. 곧 우리는 울타리처럼 서로 엉키면서 감미로운 세계로의 닻을 올렸다. 서서히 황홀한 느낌에 빠져들면서 그와 헤어진다는 사실에 약간은 아쉬워하면서 두 눈을 살포시 감았다. 어쩌면 제이가 떠난 후 난 그의 말대로 좀 슬플 것 같다는 생각이 들었다. 그리고 제이를 꽤 좋아한다고 생각했는데 예상외로 냉정한 내 자신에게 약간은 놀라고 말았다.

결혼식은 크리스티나의 바람대로 교외의 작은 성당에서 치러졌다. 아직 티가 나지 않는 임신 3개월이라 그녀는 몸에 꼭 끼는 아름다운 예복을 입었고 외삼촌 또한 멋진 턱시도를 잘 차려입었다. 부모님을 비롯해 친척 어른들이 모인 자리에서 많은 덕담들이 쏟아졌고 크리스티나의 오랜 지인들도 속속 귀국해서 결혼식에 참석했다.

그 결과 피로연 자리에는 각종 외국인 예술가들로 가득 차서 마치 외국에 온 듯한 착각을 불러일으켰다. 나중에 제이가 귀띔해 주기를 결혼식에 초대받은 남자들 반 이상은 과거 크리스티나의 연인들이라고 해서 난 크게 당황하고 말았다.

하지만 뭐, 이젠 귀여운 아기까지 생겼는데 정열적인 외숙모님도 예전과 많이 달라질 거라고 믿는다. 그나저나 이 사실을 외삼촌에게 말하면 절대로 안 되겠지?

하객들로 붐비는 가운데 내 친구 락희도 근사하게 차려입고 도착했다.

"어서 와라, 락희야. 그런데 그 순백의 원피스는 뭐냐? 신부랑 헷갈려서 누가 보면 네가 시집가는 줄 알겠다."

"후후, 일부러 그랬다. 컨셉이거든. 이른바 모의 결혼!"

"잘하는 짓이다. 시집가고 싶어서 네가 발악을 하는구나."

“아픈 가슴 후비는 건 친구의 도리가 아니지.”

이렇게 말하던 락희는 갑자기 예전에 시도했던 나와의 무언의 대화를 시작했다.

‘근데 황우연, 너 무지하게 예뻐졌다?’

‘원래 미인이시다.’

‘계집애, 색기가 줄줄 흐른다 이 소리다!’

‘어허, 낭자! 상스럽구려!’

‘그대가 진정한 내 벗이라면 그동안의 밤일에 대해 상세하게 설명하시욧! 그리하여 아름다운 에로에로함을 만천하에 공개해서 많은 여인네들이 행복해지도록 내 이 한 몸 바쳐서 기록하리라!’

‘맨입으로?’

‘무어라? 좀 했다고 눈에 뵈는 게 없으렷다?’

그때 제이가 우리에게 다가왔다. 말끔한 정장 차림의 그는 잡지 모델처럼 근사하다.

“어머, 제이 씨. 오래간만이죠?”

락희가 애교있게 웃으며 말했다.

“락히 씨도 오래만이네요. 잘 오셨어요.”

제이가 락히에게 예의 바른 미소를 지으며 내게 귓속말을 했다.

“근데 내 의붓아버님께서 여니를 찾으시는데?”

“어, 외삼촌이?”

나는 결혼식장 출입구에 서서 싱글벙글 웃고 있는 외삼촌을 찾아냈다.

"축하해요, 외삼촌. 오늘 정말 멋있어요."

"고맙다. 전부 다 네 덕분이다."

"에이, 뭘요."

외삼촌의 푸근한 미소에 난 절로 기분이 좋아졌다.

"참, 아버지 되신 거 축하해요."

"이것 참, 너한테 그런 말을 듣다니 좀 쑥스럽구나. 그런데 우연아, 요즘 제이하고는 어떻게 지내니?"

"어, 왜요?"

우리의 오관대 씨는 잠깐 내 눈치를 살핀다. 사랑하는 부인의 전처 아들과 내가 사귀는 게 외삼촌의 입장에선 다소 신경이 쓰이는 모양이다.

"아까 크리스티나가 말하길 제이가 곧 미국 간다고 해서 말이다."

"아아, 그건 저도 알고 있는 사실이에요."

"그렇구나. 난 또 네가 걱정되어서 그랬다."

"어휴, 외삼촌. 제 앞가림은 제가 알아서 해요."

"그래, 우리 우연이는 똑똑하니까."

잠시 후 결혼식이 시작되자 나는 락희와 함께 맨 앞줄 좌석에 앉았다. 예식이 예상보다 빨리 끝나자 곧 흥겨운 피로연이 이어졌고 그 뒤로 많은 하객들이 오가면서 축하의 인사를 건넸다.

아름다운 미소를 짓고 있는 5월의 신부 크리스티나는 외삼촌과 함께 신혼여행을 가기 위해 편안한 옷으로 갈아입고 나왔다. 두 사람은 정말 행복해 보였다. 그래, 결혼이란 원래 그런 거다. 서로가 원해서 남은 미래를 함께하고 싶다는 열망을 표현하는 신성한 축제.

그제야 나는 제이가 내게 했던 프러포즈가 문득 떠올랐다. 최소한 나는 그의 프러포즈에 좀 더 진중하고 차분하게 대답했어야 하는데 아무렇지도 않게 너무 쉽게 대답한 것 같았다. 그리고 어쩌면 제이가 진심이었을 거라는 생각을 하게 되자 나도 모르게 가슴이 떨려온다.

혹시 그로 인해 제이가 상처받지는 않았을까. 그러자 불현듯 가슴이 아파온다. 그리고 견딜 수 없을 만큼 격렬하게 밀려오는 쓰라린 감정. 그렇다면 이건 뭘까. 내 스스로가 둔감하다는 사실을 잘 알지만 뭔가 허전하고 묘한 이 기분이 자꾸만 든다.

괜히 쿨한 연애 운운하면서 정작 가장 중요한 걸 놓치고 있는 건 아닐까. 만약 내 마음의 진심이라는 게 있다면 도대체 무엇이지? 그런데 결혼식이 끝나갈 무렵부터 제이가 보이지 않았다. 이상하네, 어디 갔지? 문득 불안해져서 핸드폰으로 전화를 걸어봤지만 웬일인지 받지 않았다. 아까 결혼식이 시작될 때만 해도 크리스티나 옆에 분명히 앉아 있었는데 말이다.

나는 괜스레 두려워져서 결혼식장 구석구석을 돌아다니며 제이를 찾아다녔지만 그는 어디에도 없었다. 오후 약속이 있다는 락희는 일찌감치 피로연 자리를 떠났고 우리 집 식구들 또한 각자 볼일 때문에 하나둘씩 어디론가 가버린 상태였다.

그때 화려한 꽃 장식으로 휘감긴 검은색 리무진이 갑자기 내 앞에서 멈췄다. 차창 문이 열리면서 환하게 웃고 있는 신랑과 신부의 얼굴이 보였다.

"참, 우연 씨. 제이 조금 전 뉴욕으로 출발한 거 알고 있죠?"

크리스티나의 말에 나는 아찔한 기분이 들었다.

"조금 전에요?"

"갑자기 급한 일이 터졌나 봐요. 하긴 나 때문에 한국에 너무 오랫동안 있어서 한동안 일을 못했다고 들었어요. 다음에 제이랑 우리 집으로 한번 놀러 와요!"

곧 두 사람을 태운 리무진이 시야에서 사라져 버렸고 난 잠시 얼이 빠진 상태로 한참동안 그 자리에 선 채 움직이지 못했다. 제이가 방금 떠났다고? 나한테 한마디 말도 없이? 아니지, 함께 가자는 말에 단호히 거절했던 주제에 새삼스레 그런 거에 섭섭할 건 없지 않은가.

그런데 이상하게도 가슴속이 콕콕 쑤시기 시작하더니 이내 걷잡을 수 없이 슬퍼지고 말았다. 뭐야, 이런 내 반응은? 제이가 곧 한국을 떠난다는 사실도 알고 있었고 또 이미 그를 보내겠다고 결심까지 했는데 막상 그가 곁에 없다고 생각하자 별안간 눈앞이 캄캄해진다.

이러면 안 되는데. 이게 도대체 어찌 된 일일까. 실제 일어나는 현실과 머릿속에 떠도는 생각은 늘 일치하지 않는가 보다.

마침내 난 제이와 절대로 쿨한 연애를 하지 않았다는 사실을 깨닫고 말았다. 바보처럼 혼자 잘난 척하며 그에 대한 나의 정확한 감정을 미처 알려고 하지 않았다. 아니, 사실은 인정하지 않으려고 바보 같은 짓을 저질러 버렸다.

"제이……."

어느새 내 눈에선 눈물이 뚝뚝 떨어지고 있었다. 화창한 봄날이었고 주위에서는 달콤한 라일락 꽃향기가 짙게 흐르고 있었다. 그 숨 막힐 듯한 지독한 향기에 취한 듯 나는 오랫동안 우는 걸 멈추지 못했다.

"우연아, 그날 신부는 왜 부케를 던지지 않은 거래?"

한가로운 일요일 오후, 나는 락희와 단골 카페에서 오랜만에 만났다. 변함없는 우리의 십년지기 우정의 건재함을 과시하는 즐거운 커피 타임이었다.

"글쎄, 신부가 워낙 특이하잖니. 무슨 징크스 때문에 그런 게 아닐까?"

"닌 우연이 네가 받았으면 하고 바랐는데."

"그랬이?"

2주 전 신혼여행에서 돌아온 외삼촌은 여전히 달달한 신혼생활에 흠뻑 빠진 상태이시고, 세연 언니는 최근에 멋지게 잘 빠진 새 차가 생겼지만 여전히 매일 밤늦게 애인의 차를 타고 귀가한다. 그리고 수연과 중수도 별일 없이 잘 지내고 있고 요즘 부모님은 신촌의 우리 가게를 리모델링을 하고 계셔서 매우 분주하시다.

어쨌든 모든 게 잘 돌아가고 있었다. 나? 언니한테 물려받은 차를 몰고 출근하며 열심히 일하고 있다. 단, 예전처럼 다시 싱글이 되고 말았다.

"우리의 제이 씨한테는 아직 연락 없고?"

락희가 주저하듯 한참 만에 입을 열었다.

"아쉬우면 본인이 하겠지, 뭐."

"황우연 씨는 아쉽지 않고?"

"아쉬워해야 해?"

"오오, 몹시도 쿨한데? ……라고 말할 줄 알았지?"

락희가 두 눈을 가늘게 뜨며 말했다.

"너, 네 첫 남자 보고 싶잖아."

나는 왜 이리 바보 같을까. 락희의 말이 끝나자마자 벌써 눈시울이 뜨거워지더니 결국은 테이블 위로 눈물 한 방울을 똑 떨어뜨리고 만다.

"너 우냐?"

"추하냐, 락희야?"

"아냐, 예뻐. 너 사실은 제이 씨 많이 좋아했나 보다."

써글.

"미안하다, 작전 실패야. 나 쿨한 연애 안 했나 봐."

“하지만 되게 부럽네.”

“미친. 죽고 잪냐? 감히 염장을 질러?”

“그게 내 취미인 거 몰랐어?”

락희는 자리에서 일어나더니 차가운 얼음물 한 잔을 가지고 왔다. 이제 계절은 바뀌어 무더운 한여름이 성큼 다가왔다.

“시원하게 원샷해. 그런 다음 생각해 보자.”

“뭘?”

“우리 황우연 씨의 새카맣게 타버린 속을 원상복구할 방법 말이야.”

“이미 늦었어. 난 녀석의 프러포즈를 거절했는걸.”

내 말에 락희는 깜짝 놀랐다.

“헉, 그런 일이 있었어? 근데 그렇게 좋아하면서 왜 그랬어?”

“그땐 나도 내 마음을 몰랐지.”

내가 병든 닭처럼 고개를 까닥거리며 구질구질하게 변명을 늘어놓는다.

“휴우.”

락희는 못 말리겠다는 듯 고개를 가로저으며 긴 한숨을 내쉬었다.

“그래, 십만 년만에 하나 나올까 말까하신 우리 연애열등생 황우연 씨가 어련하시겠어. 하지만 그건 쫌 심한 거 아니니? 이건 완전 ‘내 마음 나도 몰라’ 버전도 아니고 말이야. 너 사실은 초딩이었냐?”

"그만해라, 좋은 경험했다고 생각해야지. 다음엔 절대로 바보처럼 굴지 않을 테니까."

"아하, 다른 남자 만나서 제대로 된 연애하시겠다? 그럼 어서 마음을 정리하시든지."

"그럴 생각이야."

"어쨌든 우연아, 미안하다. 제이 씨가 너한테 진지했다는 걸 알았다면 네가 이렇게 되도록 내버려 두진 않았을 텐데. 프러포즈까지 한 걸 보면 그는 절대로 너하고 쿨한 연애를 한 게 아니었어."

"바보야, 네가 왜 미안해? 연애한 당사자는 바로 나인데. 멍청하게 분위기 파악도 하지 못했던 내 탓이지."

"아냐, 내가 괜히 쿨한 연애다 뭐다 하면서 널 부추긴 것 같아서 너무 속상해."

풀 죽은 락희의 얼굴을 지켜보자 난 오히려 미안해졌다.

"내가 네 장단에 춤출 만큼 맹해 보이냐? 어쨌든 그 일은 내 순수한 의지에서 벌인 연애 행각이다. 후회는 없어, 오락희."

"아, 어쨌든 이 연애 프로젝트는 완전 실패로 끝났어. 그 작전의 지휘자로서 책임을 피할 수 없는 이 괴로운 상황! 지금이라도 사임하고 물러나고 싶지만!"

이렇게 말하던 락희는 별안간 두 눈을 희번덕거렸다.

"쿨한 연애 말고 핫스런 연애 프로젝트 다시 개시한다!"

헉.

"락희 씨, 그만 고정하시고 목소리 좀 낮추세요. 그리고 책에서 봤는데 이런 흥분된 연애 감정은 3개월이면 사라진단다."

"아아, 이제 더 이상의 그 잘난 이론은 그만! 우리가 그 빌어먹을 이론 때문에 제대로 사랑할 수 없는 거야! 연애는 행동! 섹스도 행동! 러브러브한 해피엔딩은 결코 땀을 흘리지 않으면 손에 넣을 수 없는 법!"

난 내 친구 락희가 좀 걱정되었다.

"난 괜찮아, 락희야."

"입 닥쳐, 황우연! 넌 전혀 괜찮지 않아!"

"또 다른 놈 좋아하면 돼. 이 지구상에 바글거리는 인간들 중 절반이 남자잖아. 그러니까 제이보다 훨씬 더 좋거나, 재미있거나, 비슷한 녀석이 있으면……."

문득 형용할 수 없는 슬픔이 밀려왔다. 제이와 똑같은 사람은 절대로 없을 것이다. 마치 내가 이 세상에서 단 한 명밖에 존재하지 않는 황우연인 것처럼 말이다. 갑자기 나는 제이가 미치도록 보고 싶다. 그와 다시 키스할 수 있다면 내 영혼이라도 팔 것 같은 이 기분……. 이건 락희의 말대로 절대로 쿨하지 않고 핫핫스러운 상태이다.

"아니면 제이 씨 만나서 결혼해 달라고 떼를 써보든지."

그 말에 나는 뒤통수를 세게 얻어맞은 기분이 되었다.

"그게 무슨 소리래?"

"제이 씨가 너한테 프러포즈한 것처럼 너도 하면 되잖아? 아직도 너에 대한 마음이 남아 있다면 오케이할지 누가 알아? 프러포즈는 남자만 하라고 규정된 법도 없는데.”

역시 로맨스 소설가다운 대담한 충고다.

“하, 하지만 그건 너무 추잡하잖아?”

“어차피 마음 접고 딴 놈이랑 연애할 거면 까짓것 마지막으로 확인 사살을 해보는 것도 나쁘진 않으니까.”

“확인 사살?”

“겁나면 냅두고.”

철컥, 철컥, 철컥, 철컥. 어디서 나는 소리냐고? 이건 카페에 걸린 시계의 초침 돌아가는 소리도 아니고 누군가의 스톱워치가 카운트다운되는 잡음 또한 아니다. 바로 내 가슴속에 푹 파묻힌 진심을 밖으로 내보내려고 내 심장이 마치 증기기관차처럼 미친 듯이 마구 덜컹거리며 내는 소리이다.

“락희야!”

“왜!”

갑자기 난 발악하듯 빽 소리 지르면서 자리에서 벌떡 일어섰다.

“너한테 하고 싶은 말 있어!”

“말해!”

“나 지금 제이가 너무 보고 싶어!

“그럼 태평양 건너가서 봐!”

“사실은 놈과 같이 있고 싶어 미치겠어!”

"그러니까 미치기 전에 네 거로 만들어 버려!"

흥분한 락희가 나처럼 자리에서 벌떡 일어섰다. 카페 안 사람들이 우리들을 미친년 보듯이 멀거니 쳐다보기 시작한다.

"그 자식과 결혼하고 싶다고!"

"그럼 청혼해!"

나는 테이블 위에 놓인 차가운 얼음물을 단숨에 들이켰다.

"알았어! 나, 제이를 만나서 프러포즈해 볼래!"

솔직히 이런 내 스스로에게 너무 놀랐지만 결코 번복하고 싶지는 않았다. 난 정말 제이에게 청혼하고 싶어졌다. 매일 밤 꿈속에서 그의 얼굴을 보는 일도 이젠 정말 지겨웠다. 나는 제이 곁에 있고 싶었다. 하는 짓이 유치찬란한데다가 때때로 개념없는 행동으로 내 복장을 뒤집곤 하지만 이 세상에서 가장 멋진 키스를 해주는 내 남자친구 말이다!

요즘은 해외로 나가 보지 않은 사람이 별로 없다. 하다못해 신혼여행도 외국으로 가는 경우가 많아서 누구나 한 번쯤은 한국을 떠났던 경험이 있을 것이다. 나 역시 대학 시절 봉사 활동으로 인도에 일주일 정도 갔다 온 적이 있다.

하지만 미국은 처음이었다. 무엇보다도 영어 회화 실력이 형편없어서 기본적인 의사소통이 어려운 곳으로 혼자서 간다는 게 두렵긴 하다. 그렇다고 사랑을 찾아 떠나는 여행을 단체 관광에 묻어갈 순 없는 노릇이고 친한 친구와 같이 가는 것도 내키지 않는다. 물론 락희는 이번 프로젝트가 실패한 것에 대해 책임을 통감한다며 같이 동행해서 지원사격해 주겠다고 난리를 쳤지만 난 일언지하에 거절했다.

왜냐하면 내 사랑은 완전히 나의 것이니까. 뭐, 그럴듯한 영화 제목처럼 들리겠지만 이번에 나 홀로 수행하는 비밀 프로젝트는 가칭 '맨해튼 핫러브'이다. 어쨌든 홀로 떠나는 구도자처럼 나만의 사랑을 쟁취하기 위해서 혈혈단신으로 비행기를 타는 게 옳다고 생각했다. 문제는 지금 다니고 있는 회사와의 타협.

"우연 씨, 정식 직원 된 지 얼마나 됐다고 벌써 휴가를 신청해? 그것도 일주일도 넘게 말이야."

오 팀장님은 곤란하다는 표정으로 머리를 긁적거렸다. 사실 그 말이 하나도 틀리지 않는다. 여차하면 사무실에서 잘릴 수도 있는 위험한 수준의 발언이지만 내가 누구인가. 바로 잔머리의 여왕, 순간 기회 포착의 달인이 아니던가.

나는 일전에 제이의 병실을 방문한 우리 송송전자의 회장님을 떠올렸다. 그의 개인 휴대폰으로 겁도 없이 전화를 걸어서 전에 병실에서 인사드렸던 제이크 리의 여자친구인데 그와의 약혼식 문제로 장기 휴가가 필요하다는 뻔뻔하고도 가증스런 거짓말을 해댔다. 그리고 그다음 날,

"흠, 회장님께서 직접 우연 씨의 휴가를 허락하셨으니까 갔다와요, 우연 씨."

라는 오 팀장님의 말씀에 나는 솔직히 놀랐다. 제이의 영향력인지 회장님의 호탕함인지 알 순 없지만 문제는 그 이후 회사에서는 내가 회장님의 숨겨진 애인의 딸이라는 소문이 쫙 퍼졌다는 사실이다. 그리고 얼마 전 '비바 싱글녀' 클럽에서 제명된 것도 우습게도 원상복구되었다는 것. 참말로 재미있는 세상살이이다.

그다음 문제는 여행 경비. 다행히도 내겐 부잣집 친구인 락희가 있다. 평소 외국 여행이 잦은 그녀의 부모님 덕분에 항공 마일리지를 이용해서 거의 공짜에 가까운 뉴욕 왕복 티켓을 제공받았다.

마지막은 우리 집이다.

"우연이 네가 일을 잘해서 회사에서 미국으로 연수를 보내준다고? 정말이여?"

이건 우리 엄마의 시큰둥한 반응.

"장하다, 잘 다녀오너라."

마냥 흐뭇한 미소를 감추지 못하는 순진한 아버지의 한 말씀.

"정말 괜찮겠니?"

세연 언니의 걱정스런 물음. 그녀는 내가 미국에 왜 가는지 벌써 알고 있다.

"언니, 돈 줄 테니까 아울렛에서 XX 핸드백 하나 사다 주라."

기회는 이때다 싶어서 명품 백을 싸게 사려는 야무진 내 동생 수연이.

"누나, 나도 따라가면 안 될까?"

그리고 이건 늘 사차원 세계를 떠도는 중수의 과도하고도 무리한 요구. 하긴 녀석과 나의 영혼은 그 미러클한 세계를 영원히 벗어나지 못할 것 같다.

"결혼 약속 받아오기 전까진 한국에 돌아올 생각 하지 마."

마지막으로 내게 던진 축복인지 악담인지 모를 락희의 한마디.

'때는 왔도다. 그리하여 그녀와의 결혼은 반드시 이루어질지어다.'

나는 예전에 제이가 중수와 게임하면서 언급한 말을 끝없이 되풀이하면서 애써 용기를 내었다. 그래, 녀석은 아직도 날 좋아하고 있을지 몰라. 아니, 무엇보다도 내가 제이를 좋아한다는 걸 확인하는 게 가장 중요하지.

좋아, 인생 뭐 있냐. 상처받는 일 따윈 두려워하지 말고 마음 닿는 대로 사는 거야. 그리하여 장마가 시작되기 직전 6월 중순, 나는 비행기에 몸을 싣고서 과감하게 한국을 떠났다.

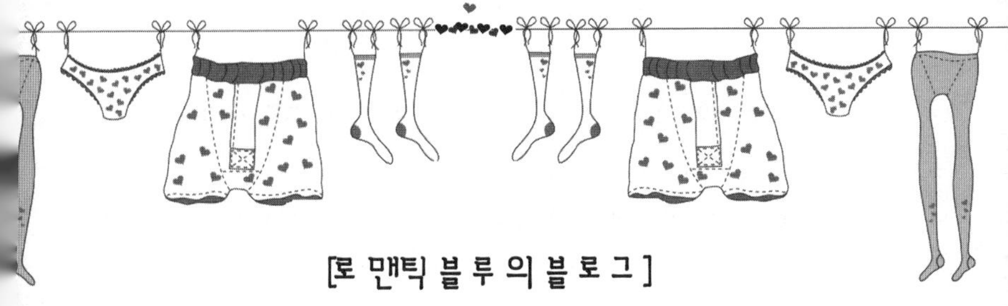

<h1 style="text-align:center">[로맨틱 블루의 블로그]</h1>

　　당분간 그녀와 떨어져 있기로 결정을 내렸다. 맨 처음 멋모르고 그녀에게 반했을 땐 그저 내 마음이 자연스럽게 흘러가는 대로 그녀와 만나는 게 무작정 좋았다. 그리고 내 마음속 깊은 곳에서 무언가 따스한 것이 뿌리내렸다는 걸 깨닫는 순간 그녀의 모든 걸 원한다는 사실을 확실히 알게 되었다. 그래서 늘 곁에 있기를 바랐고, 그녀 역시 온전히 나를 받아줄 거라고 확신했다. 그럼에도 불구하고 나의 그녀는 아직도 자신의 감정을 순순히 인정하지 않고 있다. 그래서 그녀가 진심으로 나를 원하는 순간을 위해 내가 좀 더 인내하기로 마음먹었다. 그녀와 헤어진 지 벌써 3주. 만약에 아무리 기다려도 그녀가 변하지 않는다면 나는 곧 수단과 방법을 가리지 않고서 그녀기 나외 함께하도록 민들 작정이디. 히지만 그견에 그녀기 나를 먼저 찾아오길 진심으로 원한다. 지금 난, 그녀가, 너무나, 미치도록 보고 싶다.

⋯⋯⋯⋯⋯⋯⋯⋯⋯⋯⋯⋯⋯⋯⋯⋯⋯⋯⋯⋯⋯⋯⋯⋯⋯⋯⋯

┕ 초코빵 : 어머, 블루님. 도대체 무슨 일이 생겼어요? 그동안 그분과 잘 지
　　　　내시는 것 같던데 갑자기 왜?

┕ dop88107 : 그게 아니고 여친의 적극적인 애정을 도발하시려는 듯. 부디
　　　　성공하기를 바랍니다. 나중에 꼭 결과 올려주삼!

┕ tt01p8w : 요즘 블로그를 방문해 봐도 새로 업그레이드된 음악이 없네요.
　　　　주인장의 연애 이야기도 잼나지만 음악도 좋던데, 흑!

┕ 안드로메다 : 요즘 블루님 막바지 연애 프로젝트 때문에 스트레스가 장난
　　　　이 아닌 듯.

┕ 동네오빠 : 남자들이여, 너무 여자들에게 잘해주지 마라! 지들이 잘나서 그
　　　　런 줄 안다!

┕ 밝히는오바 : 윗 댓글 적극 추천!! 우리 주위에 은근히 공주병 흔하더라. 적
　　　　당히 밀고 당기는 전술을 쓰지 않으면 된통 당함.

┕ 자이칠푼 : 댁의 자제 분들의 성적이 안 오릅니까. 저희 프로젝트팀에게 맡
　　　　겨주시면 평균 점수가 확 올라가게 만들어 드립니다. 연락 주십
　　　　시오.

┕ 평균이하 : 블루님, 그녀가 님의 진심을 몰라주는 모양입니. 그럴 땐 아예
　　　　관심 끊으십시. 여자들 심리가 묘해서 잘해주면 좋은 걸 모른다
　　　　니까요!

Chapter 15. **My Sweet Heart**

오전 11시쯤 인천 공항을 떠나 장장 13시간이 넘는 비행을 마친 후 도착한 뉴욕의 JFK공항은 한국과 똑같은 날의 아침나절이었다. 출구 게이트를 빠져나오며 올려다본 하늘은 아주 새파랬고 구름도 몇 뭉치 흘러가고 있었다.

아, 여기가 나의 제이가 태어나고 자란 거대한 아메리카 대륙이구나. 그리고 그 이름도 멋진 뉴욕. 말도 통하지 않는 이 거대한 도시에서 며칠이나 버틸 수 있을까.

출국 전 나는 크리스티나 씨로부터 제이의 회사에 관한 것들을 전해 들었다. 그녀는 고맙게도 아들의 최근 일정표까지 팩스로 받아서 내게 건네주었다. 레이저 프린터로 출력된 제이의 이

번 달 스케줄은 무려 다섯 장도 넘었는데, 얼마나 일정이 빡빡한지 나를 만날 틈이 있을지 의문이었다.

맨해튼으로 가는 공항버스를 타고 미리 예약한 호텔에 도착한 나는 너무 무모한 짓을 하는 게 아닐까 내심 두려웠다. 게다가 나의 대담한 미국행에 대해서 제이는 전혀 모르고 있다.

다음날 아침, 나는 제이의 회사 주소가 적힌 카탈로그를 손에 쥔 채 무작정 호텔에서 나왔다. 그날 오전부터 오후 늦게까지 외부에서 세미나 일정이 잡힌 그를 만날 가능성은 희박했지만 적어도 그의 회사라도 보고 싶었기 때문이다.

하지만 모든 일이 뜻대로 되지 않는 걸 깨닫는 덴 시간이 별로 걸리지 않았다. 전철과 택시를 갈아타고서 겨우 도착한 나는 제이의 회사 출입구조차 들어가지도 못했다. 백 개가 넘는 다국적 보안 회사들이 입주해 있다는 그 빌딩 곳곳은 으리으리한 보안 시설이 갖춰진데다가 최신식 무인 감시 시스템이 24시간 작동해서 나 같은 외부 방문자는 접근조차 할 수 없었다.

제이의 회사가 입주해 있다는 27층으로 올라가기 위해선 미리 허가받은 방문증을 제시하거나 아는 사람과 동행해야만 들어갈 수 있었다. 할 수 없이 발길을 돌리며 제이의 스케줄을 확인해 보니 저녁 7시경 맨해튼의 시내에서 저녁 약속이 잡혀 있었다. 나는 그곳에서 가까운 거리에 있는 센트럴파크에서 잠시 쉬었다가 제이를 만나기로 결정했다.

전철을 갈아탄 후 정처없이 걷다가 무성한 나무로 에워싸인 산책로에 도착해서는 근처 벤치에 앉아서 잠시 지친 발길을 쉬었다. 오후가 되자 배가 고파서 미리 준비한 샌드위치를 먹고서 센트럴파크 부근의 어느 카페로 들어갔다.

카푸치노를 주문하자 초콜릿 알갱이가 덕지덕지 붙은 하트 모양의 쿠키 하나가 곁들여 나왔다. 끔찍하게 달아 보여서 잠깐 망설이다가 한입 깨물어보니 달콤해서 맛이 꽤 좋았다. 울적한 기분을 확 날려 보낼 만큼. 마치 제이와의 키스처럼.

—우연아, 회사 가봤어?

자동 로밍으로 연결된 핸드폰에선 락희의 반가운 음성이 들려왔다.

"아니. 얼마나 보안이 철저한지 회사 입구에 한 발도 들여놓지 못했는걸."

—그럼 어떻게 할 거야?

"이따 저녁엔 제이를 만날 수 있을 것 같아."

—우연아, 괜찮은 거야?

"뉴욕에 왔는데 괜찮을 리 없잖아."

—계집애, 농담하는 걸 보니 괜찮네.

락희와 통화를 끝낸 후 나는 이런저런 상념에 푹 잠겼다. 제이와 떨어진 지 벌써 한 달이 되었지만 그동안 그가 내게 전화한 적은 한 번도 없다. 나 역시 전화 걸 엄두조차 내지 못한 건 내가 제이를 아주 좋아한다는 사실을 인정함으로써 물밀 듯이 밀려드는 미지의 공포감 때문이었다.

좋아하는데 공포를 느낀다면 좀 이상한가. 사람의 마음이란 게 참 얄궂어서 아무것도 아닌 문제도 심각하게 생각하는 경우가 있다. 예를 들면 누군가를 좋아하지만 그 상대가 그렇지 않다는 걸 알게 된다면 그 원래의 본심은 이상하게 뒤틀리거나 왜곡되기도 한다. 만약 자신의 순수한 감정만 명확하게 인식하고 있다면 차리리 더 나을지도 모르겠다. 예전에 제이가 내게 그랬던 것처럼 말이다.

그래서 행여 쓸데없는 생각 따위로 내 진심을 숨기는 짓을 하지 않겠노라 굳게 결심했지만 유감스럽게도 나는 순수한 스무 살도 아니고 세상의 풍파를 얼추 겪은 29살의 황우연이다. 이런 내가 과연 제대로 누군가를 좋아할 수나 있을까.

한참 후 해가 저물어가고 선선한 저녁 바람이 불어올 무렵 나는 제이의 저녁 약속 장소로 향했다. 다행히도 예약석이 취소된 곳에 자리 하나를 차지할 수 있어서 나는 손짓발짓을 해서 간단한 저녁 식사를 주문했다.

뜨거운 수프와 갓 구운 머핀 두 개가 나왔을 때 왼편 창가 좌석으로 정장 차림의 남자 넷이 다가왔다. 그중에서 키가 큰 젊은 남자 하나가 눈에 확 들어왔다. 제이였다. 순간 가슴이 찌르르하더니 이내 온몸이 전기가 오르는 것처럼 떨려왔다.

"제이……."

난 내 남자친구를 훔쳐보면서 머핀을 천천히 뜯어 먹었다. 한국에 있을 때 그의 정장 차림을 두어 번 본 적이 있지만 지금처럼 차갑고 딱딱한 느낌은 아니었다. 나이가 지긋한 세 명의 사내들과 뭔가 심각한 대화를 주고받으며 저녁을 먹고 있는 제이는 내가 전혀 모르는 낯선 남자였다.

그리고 제이는 음식을 잘 먹지 못했다. 한눈에도 무척 피곤해 보였고 눈가에 다크서클이 짙게 드리워져 있었다. 좀 말랐네. 서울에 있을 땐 짜장면 곱빼기도 뚝딱 먹어치우더니 지금은 병든 병아리처럼 제대로 먹지도 않는다. 게다가 무표정한 두 눈엔 생기가 없고 표정도 약간 매섭다. 상대를 향한 눈빛도 너무 날카로운데다가 영어로 말하는 그의 어조는 너무 단조롭고 냉랭했다.

무엇보다도 제이는 지친 기색이 역력해서 자리에서 벌떡 일어나 야, 제이! 하고 외치려던 나의 깜짝 이벤트 작전을 차마 실행할 수 없었다. 전혀 예상치 못한 제이의 생소한 모습에 나는 완전히 전의를 상실했고 그의 업무를 방해하는 바보 같은 짓 따위는 정말 하고 싶지 않아졌다.

결국 나는 그 비싼 저녁을 제대로 먹지도 못한 채 슬그머니 밖으로 빠져나왔다. 나와서 정처없이 거리를 걷고 있는데 크리스티나로부터 전화가 걸려왔다.

―미스 여니, 제이 만났어요?

"아뇨."

―내가 준 스케줄 확인하지 않았나 봐요?

"확인했어요. 조금 전 제이의 저녁 약속이 잡힌 곳에 갔었어요."

─그런데요?

"제이한테 방해가 될까 봐 그냥 나왔어요.

─왜요?"

나는 그녀의 질문에 아무 대답도 하지 않았다.

─내일 아침 8시까지 회사 앞으로 나가봐요. 제이의 회사에 다니는 내 친구가 여니를 도와줄 거예요. 알았죠?

이렇게 말하며 크리스티나는 전화를 끊었다. 늦은 저녁 호텔로 돌아와 밤새 뒤척거리다가 다음날 깨어난 시각은 오전 6시. 일어나자마자 샤워부터 한 후 정성스럽게 화장도 하고 머리를 매만졌다.

제이의 회사가 있는 곳은 내가 머물고 있는 호텔에서 상당히 멀어서 크리스티나가 말한 시간에 도착하려면 서둘러야 했다. 배낭 속에서 가장 말끔한 투피스를 꺼내 입고서 전철을 탔을 때 나는 내가 몹시 흥분했다는 걸 깨달았다. 어젯밤 몰래 훔쳐봤던 제이의 모습은 의외였지만 오늘 아침엔 좀 더 괜찮지 않을까 하는 기대감 때문이었다.

"어서 와요, 미스 여니."

"어, 당신은……."

제이의 회사가 입주해 있는 빌딩 입구에서 나를 맞이한 사람은 일전에 제이의 입원실에서 본 적이 있는 동양인 남자였다.

"어제 크리스티나로부터 전화를 받고서 어떤 사람일까 궁금했는데 바로 당신이었군요. 자, 들어갑시다.”

그의 안내에 따라 빌딩 안으로 들어간 나는 경비원이 건네주는 임시 방문증을 목에 걸고서 엘리베이터 앞에 섰다.

“참, 크리스티나 씨에게 아기가 생겼다는 소식을 들었습니다만.”

“어떻게 아셨어요?”

“가끔 전화 통화를 하거든요. 그리고 작년에 그녀가 한국으로 몰래 도망친 걸 제이크 씨한테 알려준 것도 사실은 접니다.”

“크리스티나 씨와 무척 친하신가 봐요.”

“한때 사귄 적이 있지만 나와 크리스티나는 여전히 좋은 친구로 남아 있습니다.”

“그, 그렇군요.”

나는 크리스티나 씨의 화려한 과거에 내심 놀랐지만 일단 모른 척하고 그의 뒤를 얌전하게 따라갔다.

“미스 여니와 나는 예전에 마포의 오피스텔과 제이의 입원실에서 봤었죠?”

“예, 맞아요. 그런데 한국인 같지는 않은데 말을 참 잘하시네요.”

“하하, 원래 중국계 혼혈이긴 한데 제이와 오랫동안 힘께 일하다 보니 자연스럽게 한국어를 하게 되었군요. 아참, 내 이름은 리안이라고 합니다.”

“반가워요, 미스터 리안.”

엘리베이터에서 내려서 긴 복도를 걸어가자 곧 백여 개가 넘는 칸막이로 빽빽한 사무실이 나타났다. 이른 아침인데도 그곳엔 꽤 많은 사람들이 출근해 있었다.

"여기가 제이크 씨의 집무실입니다. 들어가요, 미스 여니."

사무실을 가로질러서 도착한 막다른 문을 미스터 리안이 활짝 열어젖히자 사방이 통유리로 되어 있는 넓은 공간이 보였다. 이른바 성공한 오너들만이 차지한다는 전망 좋은 코너 오피스였다.

"무척 넓네요."

"그렇죠? 사무실 겸 작업실이기도 합니다."

"제이는 아직 출근하지 않았나 봐요?"

"오늘은 아침 7시에 열리는 미니 세미나에 참석하러 나갔는데 아마 9시쯤이면 돌아올 겁니다."

"어젯밤도 늦게까지 사람을 만나는 것 같던데."

"제이는 늘 그렇게 쉬지 않고 일을 합니다. 작년 겨울 갑자기 한국으로 떠나 반년이나 자리를 비웠으니 그동안 밀린 업무까지 처리하려면 밤샘은 당연한 일이죠."

나는 어쩐지 맥이 빠져 버렸다. 그렇구나. 내가 모르는 제이는 그런 세계에 살고 있었구나. 한국에 있었을 때 일하지 않고 노는 백수가 좋다고 말했던 게 그의 진심이었음을 비로소 실감하자 나는 문득 슬퍼지고 말았다.

"잠깐 사무실 좀 둘러봐도 될까요?"

"그러세요."

사무실 한가운데를 차지하고 있는 타원형의 커다란 테이블 위에는 무시무시한 컴퓨터들을 비롯해서 으리으리한 전자 장비들과 알 수 없는 기계장치들이 잔뜩 올려져 있었다. 그리고 입구 양쪽으로는 온갖 책들로 가득 찬 서가書架가 있었고 왼편에 있는 문을 열어보니 이어진 다른 공간 한쪽에는 큼직한 드레스룸이 설치되어 있었다. 그 안에는 빳빳하게 다림질된 와이셔츠와 양복들이 스무 개 정도 걸려 있었고, 아래 칸에는 눈에 익은 캐릭터들이 그려진 허름한 옷들이 구겨진 상태로 쌓여 있었다.

"제이는 여기서 먹고 자고 하나 봐요?"

"그런 셈이죠. 주말엔 가끔 시내에 있는 집에 가지만 대개 출장이 잡혀 있습니다."

"정말 바쁘게 살고 있네요."

"백 명이 넘는 회사 직원들의 오너인데 게으름을 피워선 절대로 안 되니까요."

"어쩌면 저와 만날 시간도 없겠네요."

"하지만 오늘 오전엔 약간 짬이 납니다. 음, 정확하게 오전 9시부터 10시까지요. 그리고 그 이후엔 고객들이 방문하기로 되어 있어요."

"그렇군요."

"커피 갖다줄까요, 미스 여니?"

"아뇨, 괜찮아요. 고마워요, 미스터 리안."

"난 이만 나가 봐야 하니까 천천히 둘러보고 있어요."

그가 문을 열고 밖으로 나간 후 나는 안쪽으로 더 들어가 봤다. 왼편에 화장실과 샤워룸이 있는데 그 옆에 달린 문을 또 열어보니 대형 벽걸이 TV와 침대가 놓여 있었다. 여기서 잠을 자는구나.

나는 밖으로 나와 제이의 책장 맞은편에 있는 소파에 앉아서 넓은 유리창 너머 뉴욕의 푸르른 하늘을 멀거니 바라봤다. 그런데 9시가 가까워지자 이상하게 가슴 한편이 묵직해졌다. 그 이유가 제이를 만난다는 기대감이 아닌 부담감이라는 걸 깨달았을 때 그제야 현실로 돌아온 기분이었다.

그래, 제이는 나와 전혀 다른 세계에 사는 사람이었어. 그걸 이제야 알아차리다니. 한국에서 내가 알고 있던 제이의 모습은 실은 진짜가 아니었어. 내가 모르는 그가 문득 두렵게 느껴지자 나는 더 이상 사무실에 가만히 앉아 있을 수 없었다.

제이, 보고 싶었어! 네가 좋아서 만나러 왔거든? 네가 프러포즈했을 땐 내 마음을 잘 몰랐는데 이제는 마음이 달라졌어. 널 좋아한다는 걸 이제야 깨달았거든. 그래서 앞으로 너와 계속 함께하고 싶어졌는 걸, 이렇게 말한다고 상상해 보라. 이 얼마나 유치한 짓인가.

순간 나는 창피해서 견딜 수 없었다. 소파에서 벌떡 일어나 문을 박차고 나오자 문 앞에 앉아 있던 여비서가 영어로 뭐라고 말하며 내게 미소 지었지만 못 본 척하면서 입구를 향해 걸음을

서둘렀다. 다행히도 아까 나를 안내했던 리안은 어디로 갔는지
보이지 않았다.

어제 센트럴파크를 거닐면서 굳게 다짐했던 결심이 어이없이
허물어지자 나도 모르게 서글퍼졌다. 제이를 향한 나의 순수한
애정을 주장하기엔 난 이미 현실에 굴복해 버린 나약한 존재일
뿐이었고 어린아이처럼 티없는 마음을 드러내기엔 스물아홉이
라는 나이가 너무 많은 탓이다.

통로로 걸어가 엘리베이터가 올라오기를 기다리고 있는데 오
른쪽 문이 열리면서 한 무리의 사람들이 우르르 내렸다. 일부러
고개를 푹 숙이고 있는데 마지막으로 내리는 한 남자를 얼핏 보
고 말았다. 제이였다.

어제처럼 날이 빳빳하게 세워진 정장 차림의 그는 딱딱하게
굳은 얼굴로 앞을 바라보고 있었다. 나를 발견하지 못한 듯 한
쪽 손을 바지 주머니에 넣은 채 천천히 걷고 있었는데, 만약에
내가 제이, 라고 큰 소리로 부르더라도 절대로 뒤돌아볼 것 같
지 않았다.

띵. 내 앞의 엘리베이터 문이 열리자 나는 그대로 도망치듯
뛰어들었다. 내가 좋아했던 제이는 그 어디에도 없다는 사실을
비로소 확인한 것이다.

"흑흑, 제이, 이 나쁜 놈……!"
이게 무슨 소리냐고? 그건 늦은 밤 호텔 방에서 못 알아듣는

액션 영화를 크게 틀어놓은 채 침대 위에 앉아서 내가 마구 울 먹거리는 소리다. 그것도 끔찍하게 단 초콜릿 아이스크림을 퍼먹으면서 말이다.

오늘 아침 제이의 회사에서 뛰쳐나와 그대로 호텔로 돌아와 침대 위로 쓰러진 후 눈을 떴을 땐 오후 4시가 넘은 시간이었다. 이틀 동안 시차 적응을 못해서 꽤 피곤한데다가 지독한 절망감으로 기력까지 잃은 탓에 나는 죽음과 같은 긴 잠에 빠져 버린 것이었다.

잠에서 깨어나 침대 위에 누운 채 한참동안 축 늘어져 있던 나는 문득 허기를 느꼈다. 아침부터 줄곧 굶은 터라 뭔가 먹어야 하는데 여전히 우울한 기분을 떨칠 수 없어서 손 하나 까딱하기도 싫었다.

하지만 시간이 갈수록 배가 점점 고파져서 룸의 냉장고를 뒤져 봤더니 큼직한 초콜릿 아이스크림 한 통이 들어 있었다. 그래서 눈 딱 감고서 먹어보기로 했는데 놀랍게도 맛이 굉장히 좋았다.

그제야 나는 락희가 말한 대로 여자들이 섹스의 황홀함보다 초콜릿의 달콤함을 선호하는 이유를 알게 되었다. 사랑의 괴로움과 인생의 쓴맛, 그리고 비참한 현실을 쉽게 달래주는 건 결국 그런 것뿐이었다. 늘 찾기 쉽고 손에 닿기 좋은 것들인 것이다. 많은 사람들이 맛있는 음식, 즐거운 토크쇼, 재미난 책들, 그리고 신나는 음악을 듣는 건 어쩌면 외롭고 쓸쓸함을 감추기 위한 것일지도 모를 일이다.

그렇다면 달콤한 초콜릿과 아이스크림을 무척 좋아하던 제이 역시 뭔가 허전한 마음을 달래기 위해서 그랬던 걸까, 하는 생각을 하자 문득 마음이 아파왔다. 하지만 지금 이 순간 나를 가장 괴롭히는 건 다름 아닌 나의 이중적인 태도 때문이었다. 미친 척하고 제이를 좋아한다고, 그래서 보고 싶다고 말하지 못하는 유약함, 나아가서는 약삭빠른 비겁함에서 나온 그런 내 자신이 너무도 싫었다. 자칭 정의의 사자, 이른바 화끈한 황우연님께서 그놈의 연애 때문에 아주 성격이 못쓰게 된 것이다.

여하튼 우울한 기분을 달래기 위해 잘 알아듣지도 못하는 TV까지 크게 켜놓고서 아이스크림을 퍼먹고 있는데 별안간 바보처럼 눈물보가 터져 버리고 말았다.

"써글! 하필이면 그런 이상한 놈을 좋아해 가지고서! 짜장면 먹고서 입에 국물 묻히는 칠칠맞지 못한 녀석이 여기선 그렇게 대단한 사장이라니, 이거 완전 웃기는 일 아냐?"

이렇게 악을 써대며 퍼먹다 보니 아이스크림이 어느덧 반으로 줄어들었다.

"천재? 웃기지 말라고 그래! 하는 짓이 따 달팽이 수준인 인간이야! 아우, 가증스런 이중인격자 제이크 놈!"

처음엔 너무 달아서 목이 탔지만 혀끝에 달라붙는 달콤함 때문에 계속 퍼먹는 것을 멈출 수 없었다. 젠장, 이 초콜릿 아이스크림 너무 맛있잖아! 왜 이제껏 먹을 생각을 안 했지?

"감히 이 황우연님을 울리다니, 천하의 못된 놈! 재수없는 자식! 시시한 초콜릿 광!"

그렇게 절규하면서 아이스크림 한 통을 거의 비워갈 즈음이었다.

"흐음, 나한테 거짓말했구나."

라는 나지막한 음성이 별안간 등 뒤에서 울려 퍼지자 나는 꾸에엑~! 하고 돼지 멱따는 비명을 지르고 말았다.

"뭐야, 아이스크림은 달아서 싫다고 했잖아? 또 초콜릿은 입에 대지도 않는다면서. 그런데 이렇게 초콜릿 아이스크림을 잘도 먹으면서 왜 나한테 거짓말한 거지?"

"헉?"

흥분한 나머지 잠시 헛것을 봤나 싶었다. 눈물에 흠뻑 젖은 탓에 흐릿하게 보이는 인간의 형체는 우스꽝스러운 그림이 그려진 반팔 티셔츠에 너저분한 면바지를 입고 있었다. 마치 나의 제이처럼.

"어어……?"

"하이, 여니. 나 여기 오느라고 엄청 고생했어요."

하면서 빙긋 웃는 남자. 그가 내 옆에 털썩 앉을 때 침대가 출렁거리자 나는 비로소 꿈이 아니라는 걸 깨달았다.

"제이?"

"뭐야, 이 많은 걸 몽땅 먹어치웠잖아? 서울에서 먹었던 원더랜드 못지않게 양이 꽤 많은 건데!"

나는 여전히 멍한 얼굴로 그를 쳐다봤다.

"근데 왜 울고 있어요, 여니? 아까 문밖에서 들어보니 나한테 욕하는 것 같던데."

"으아아악!"

꿈이 아니었다. 현실 속의 나의 제이가 틀림없었다. 그걸 깨닫는 순간 나는 광속보다 더 빠르게 침대 밑으로 잽싸게 뛰어내렸다. 어우, 지금 내 꼴이 얼마나 끔찍한데. 나는 소매 끝으로 눈물범벅인 얼굴을 서둘러 닦아냈다.

"이왕이면 입에 묻은 그 시커먼 초콜릿 자국도 닦아요, 여니."

제이가 재미있다는 표정으로 나를 내려다보며 말했다. 머릿속에서 온갖 추측과 억측이 난무했다. 무엇보다도 문을 잠갔는데 그가 안으로 들어온 게 이상했다. 설마 놈은 순간 이동을 하는 초능력자?

"남은 건 내가 먹을게요."

태연한 얼굴로 초콜릿 아이스크림을 퍼먹고 있는 제이를 보고 있자니 나는 문득 비현실적인 이 상황이 진짜인지 가짜인지 구분할 수가 없었다. 어쩌면 그는 낮에는 양복을 쫙 빼입고 평범한 지구인 노릇을 하다가 밤만 되면 서런 식으로 지구의 모든 초콜릿 아이스크림을 먹어서 없애는 임무를 띤 저 머나먼 행성의 에일리언Alien일지도 모른다.

"여, 여긴 어떻게 들어왔어?"

“응. 마스터카드 덕분이죠. 뉴욕의 오래된 호텔 대부분은 대부분 카드식 보안 장치가 되어 있거든요.”

“넌 여전히 불법을 자행하고 있구나!”

“뭐, 필요할 경우엔. 근데 오늘 아침 회사에 왔다가 왜 그냥 갔어요?”

나는 당혹한 얼굴로 머뭇거렸다. 제이, 네가 더 이상 내게 관심없다고 말할까 봐 무서워 도망쳤다고 말하긴 싫거든.

“조금 전 크리스티나한테서 전화가 왔는데 어젯밤에 내가 갔던 레스토랑에도 왔다면서요? 그리고 엊그제 뉴욕에 도착했을 왜 나한테 전화 안 했어요?”

제이는 미소 지으며 묻고 있지만 그의 눈빛엔 뭔가 살벌한 기운이 흘렀다. 가만, 어째서 이놈이 나한테 화를 내는 거지?

“너무 질문이 많은가? 좋아요, 하나씩 할게요. 첫째, 오늘 아침 날 만나러 왔으면서 왜 그냥 갔어요, 여니?”

“너야말로 아무 말도 없이 한국을 떠났잖아!”

“난 일 때문에 미국 가야 한다고 분명히 말했어요, 여니.”

“하지만 그렇게 갑자기 떠나는 게 어디 있어!”

“그게 무슨 내 첫 번째 질문과 무슨 관련이 있죠?”

난 뭐라고 말을 해야 할지 몰라서 잠시 입을 다물었다.

“여니는 나 보고 싶어서 지금 뉴욕 왔잖아요. 아닌가요?”

제이는 후우, 하고 짧은 한숨을 내쉬더니 침대 위에 벌러덩 누웠다. TV에선 여전히 시끄러운 소리들이 들려왔고, 그가 순식간에 먹어치운 아이스크림 빈 통은 바닥에 아무렇게나 뒹굴고 있었다. 락희 앞에선 제이에게 청혼하겠노라 큰소리쳤지만 막상 그의 얼굴을 마주 보고 있자니 나는 어쩐지 자신이 없어졌다.

"왜 대답 못해요, 여니?"

"맞아. 너 보고 싶어 뉴욕에 왔어, 제이."

"그런데 왜 날 만나지 않고 피하는 거죠?"

"그건……."

"내 얼굴 보고 말해봐요, 여니."

제이가 가까이 다가오자 갑자기 난 얼굴이 화끈거리는 걸 느꼈다.

"사실은 너한테 할 말이 있는데 막상 만나서 하자니 별로 내키지 않아서 그래."

"흠, 그 할 말이란 게 뭔데요?"

"음, 그게 말이야."

"자, 이렇게 만났으니 어디 나한테 말해봐요."

그건……. 별안간 가슴 한편이 먹먹해지는 느낌. 나는 제이의 얼굴조차 제대로 쳐다볼 수 없었다. 뭔가 뜨겁고 묵지근한 깃이 뱃속 깊숙이 박힌 것 같아서 숨쉬기도 괴로울 정도였다. 이런 상태는 결코 좋은 게 아니었다.

"하, 하지만 지금은 별로 말하고 싶지 않아."

"그래요? 그럼 우리 한 달 만에 만났는데 지금 뭐할까요? 키

스할까요? 섹스할까요? 아니면 여니가 원하는 대로 쿨한 연애
할까요?"
　"제, 제이!"
　"쿨한 연애가 무얼 의미하는지 나 이젠 잘 알거든요."
　그 말에 나도 모르게 얼굴이 뜨거워지고 말았다. 그리고 나로
인해 제이가 상처받았다는 사실을 깨닫자 내 자신에게 화가 나
고 부끄러워졌다.
　"지금 너와 아무것도 하고 싶지 않아."
　"왜요?"
　"그만 나가줘, 제이."
　"진심이에요, 여니?"
　"내일 만나서 말할게."
　"좋아요, 그럼 기다리죠. 그러니까 내일 얘기해 줘요."
　이렇게 말한 제이는 뒤도 돌아보지 않은 채 곧바로 문을 열고
서 밖으로 나갔다. 나는 정신 나간 사람처럼 닫힌 문을 잠시 멍
하게 쳐다봤다. 제이를 그냥 보내는 게 아니었다. 하루 종일 바
쁘게 일하느라고 무척 피곤했을 텐데. 사실은 다정하게 끌어안
고서 머리도 쓰다듬어 주고 싶었는데 말이다. 부드러운 키스도
잊지 않고서…….
　그러나 나는 아직도 마음의 준비가 되지 않았다는 걸 깨닫는
다. 그와 마주할 용기가 턱없이 부족하다는 사실에 자꾸만 두려
워지고 만다. 그에게 청혼을 하겠노라 큰소리친 주제에 왜 이리

마음이 자꾸만 약해지는 걸까. 락희야, 나 아무래도 정말 바보
인가 봐.

그러니까 사람의 마음이란 이렇게 가늠하기 어려운 거다. 하
루에도 몇 번씩 마음이 달라지고 바뀌는 내 자신을 보면 알 수
있다. 아, 제이. 나 어떡하면 좋지?

다음날 제이의 스케줄을 확인해 보니 모 회사의 신제품 발표
회에 참석하기로 되어 있다. 정오쯤 락희와 크리스티나 씨로부
터 전화가 걸려왔지만 대충 얼버무리며 통화를 끝낸 후 나는 할
일 없이 맨해튼 시내를 온종일 걸어다녔다.

머리 위로 쏟아져 내리는 눈부신 햇살. 바쁘게 돌아다니는 차
량들과 제각기 자신의 일에 몰두하는 뉴요커들. 높이 솟구친 고
층 빌딩 사이로 불어오는 차가운 바람. 낯선 땅, 낯선 사람들 속
에서 난 정말 지독한 외로움을 느꼈다.

그리고 그 속에서 생생하게 살아 숨 쉬고 있을 이진우, 제이
크 리. 나의 제이. 여전히 내 마음속에 깊이 머물고 있는 그 남
자를 나는 생각하고 또 생각했다. 여전히 혼란스런 감정 속에서
허덕이는 내 자신이 답답했지만 문득문득 그를 포기하는 게 나
을지 모른다는 비관적인 생각까지 들고 밀었다.

늦은 오후 무렵, 나는 맨해튼 시내의 이느 호텔 로비에 도착
했다. 그리고서 마침내 한국으로 혼자 돌아가야겠다고 생각했
다. 그래, 황우연. 한때 넌 제이와 쿨한 연애를 멋지게 해냈고
그의 프러포즈까지 거절했던 완전 도도한 여자였다고. 그러니

까 그런 이미지를 망쳐서는 곤란하잖아?

이제 와서 제이, 널 사랑해, 하고 유치하게 그의 다리나 붙잡는 것보단 적어도 네 자존심을 지키면서 쿨하게 이별을 고하는 게 낫지 않겠어? 그렇게 생각하자 문득 가슴이 아파오고 목이 메었지만 나는 제이를 만나서 할 말을 마침내 결정했다. 그리고 쉬지 않고 되풀이했다.

제이, 그동안 너를 만나서 무척 행복했어. 안녕, 건강해. 말할 때마다 우울함을 참을 수 없었지만 나는 계속 혼잣말처럼 되뇌었다. 제이, 그동안 너를 만나서 무척 행복했어. 안녕, 건강해. 그렇게 중얼거리며 무한반복을 하고 있는데,

"제이, 그동안 너를 만나서 무척 행복했어. 안녕, 건강해."

갑자기 그 말들이 내 귓가에 생생하게 울려 퍼진다. 그것도 제이의 음성으로 말이다. 헉, 설마?

"흐음, 그게 내게 하고 싶은 말이었군요, 여니?"

아, 이놈은 항상 내가 가장 방심할 때 나타난다.

"여, 여긴 언제 왔어?"

"조금 전에요."

거만한 태도로 내 얼굴을 빤히 쳐다보는 제이는 검은 색깔의 턱시도를 말끔하게 입어서 꽤 멋진 신사처럼 보였다. 어젯밤 후줄근한 티셔츠에 초콜릿 아이스크림을 퍼먹던 것과 너무 대조적인 모습. 나도 모르게 고개를 푹 숙이고서 한숨을 내쉬고 말았다.

"제이는 가끔씩 사람이 너무 달라져."

"그게 무슨 뜻이죠?"

"내가 알고 있는 제이의 모습과 내가 전혀 모르는 제이크 리의 모습. 나 그거 무지 헷갈리거든."

그는 잠시 나를 물끄러미 보더니 픽 웃는다.

"그게 무슨 상관이죠. 그래도 나는 나예요, 여니."

"맞아. 어젠 꽤 겁먹었지만 오늘은 좀 낫네. 제이는 제이일 뿐이니까."

"그런데 아까 그게 정말 나한테 하고 싶은 말 맞나요?"

내가 꿀 먹은 벙어리처럼 아무 대꾸를 하지 않자 제이는,

"좋아요. 그렇군요. 그럼 잘 가요, 여니. 나도 볼일이 있어서 이만 가봐야 해요."

이렇게 툭 내뱉더니 냉정하게 뒤돌아서 가버린다. 그 순간 심장이 덜컥거렸다. 자, 잠깐만, 제이! 하지만 그는 어느새 사람들 틈으로 사라져 버렸고 나는 멍한 얼굴로 그 자리에서 얼어붙고 말았다. 주위를 둘러보니 벌써 호텔 로비는 오가는 사람들로 붐비기 시작했고 신제품 발표회가 열리는 안쪽의 홀은 파티장이나 마찬가지였다. 한껏 성장한 남녀가 백여 명도 넘게 있었고 서로 모여서 시끄럽게 떠들이대고 있었다.

"미스 여니?"

한참 동안 혼이 빠진 얼굴로 로비에 서 있을 때였다. 어제 아침 제이의 사무실로 안내해 줬던 미스터 리안이 로비를 지나가

다가 나를 발견하고서 반갑게 말을 건넸다.

"또 만났군요. 제이크 씨를 만나려고 왔나요?"

"아, 안녕하세요?"

나는 그제야 정신이 퍼뜩 들었다.

"왜 들어가지 않습니까?"

"초대받지 못해도 들어갈 수 있나요?"

"그럼요, 제가 에스코트해 줄게요."

"근데 이런 옷차림으로 괜찮을까요?"

"그보다 더 편한 옷차림을 한 사람들도 많을걸요."

불현듯 가슴속에서 알 수 없는 오기가 솟구쳤다. 제이와 헤어지고 싶지 않다는 절박한 마음이 부글거렸고 이대로 돌아가는 게 정말 싫었다. 그래서 나는 제이를 한 번 더 만나서 락희의 말대로 확인 사살이라도 하고서 떠나고 싶어졌다. 그래, 확인 사살. 내 살 내가 깎는 행위. 이렇게 된 바에야 두려울 게 뭐가 있으랴.

"어서 가시죠, 미스 여니."

미스터 리안의 에스코트를 받으며 들어간 홀 안은 사람들이 너무 많아서 혼잡스러웠지만 나는 곧 여자들로 에워싸인 제이의 모습을 발견했다.

"저런, 지금 제이크 씨 주위에 여자들이 많군요."

"인기가 좋은가 봐요."

"당연하죠. 촉망받는 재력가이자 미혼남이란 언제나 여자들의 관심거리니까요. 제이크 씨는 아마 스무 살이 되기도 전에 이런 파티에서 여자들과 어울렸을걸요.”

그렇군. 열정적인 젊은 어머니 밑에서 자란 놈인데다가 저렇게 예쁜 것들이 늘 주위에 있었으니 녀석이 자유분방한 타입이 되는 건 당연하겠지. 기분 나쁜 얼굴로 제이를 뚫어지게 쳐다보고 있는데 문득 내 시선을 느꼈는지 그가 고개를 휙 돌린다.

순간 나와 눈이 마주친 제이크 리. 무슨 생각을 하고 있는지 묘하게 눈웃음을 치고 있다. 게다가 입꼬리가 위로 쑥 올라가는 걸 보면서 꽤나 심통 사나운 표정인걸, 하고 생각하고 있는데 곁에 있는 어느 금발의 미녀가 그에게 뭐라고 속삭거린다. 그러자 제이는 활짝 웃더니 보란 듯이 그녀에게 입을 맞추는 게 아닌가! 그 모습을 목격한 나는 깜짝 놀라서 그만 입을 딱 벌리고 말았다.

그런데 이번에는 왼쪽에 있는 흑발의 젊은 아가씨가 킥킥거리며 목을 꼭 끌어안자 제이는 그녀의 머리칼을 쓰다듬으며 이마에 장난스런 키스를 한다. 그 순간 난 29년 동안 내 몸에 봉인된 사나운 폭력의 힘이 또다시 용틀임하는 걸 감지한다. 아니, 늘 나의 숨겨진 야수성을 지극하는 제이의 행동에 어쩔 수 없이 거대한 분노가 치밀어 오른다.

자, 그렇다면 내가 어떤 행동을 했을 것 같은가. 물론 나는 고삐 풀린 망아지처럼 저돌적으로 사람들의 물결을 헤치고서 순식간에 제이 앞으로 달려갔다. 그리고선, 다짜고짜, 그의 뺨을 한 대 세게 후려쳤다!

"어, 아직 떠나지 않았어요, 여니?"

코뿔소처럼 씩씩거리는데 내 손바닥 자국이 선명한 뺨을 비벼대던 제이는 한쪽 눈을 찡그렸지만 왠지 즐거운 얼굴이었다.

"지금 뭐하는 거야?"

"뭘요?"

"지금 내가 두 눈을 시퍼렇게 뜨고 있는데 감히 딴 여자와 키스를 해?"

"음, 그러면 안 돼요?"

"당연하지!"

"우리 헤어진 거 아닌가요, 여니?"

"그, 그렇지."

"알았어요. 그럼 여니가 뉴욕을 떠난 다음엔 다른 여자와 키스할게요. 그건 괜찮죠?"

나는 약 0.7초 정도 생각하다가 콧김을 세게 내뿜으며 발악했다.

"그래도 안 돼! 나 말고 다른 여자와 절대로 키스하지 마!"

"흐음, 이해가 잘 안 되는데."

"넌 나하고만 키스해야 돼!"

"왜요?"

"왜냐하면 내가 널 좋아하니까 그렇지!"

허걱. 너무 흥분한 바람에 그만 속마음을 내뱉고 말았다. 하지만 나는 머리끝까지 끓어오르는 질투심 때문에 제정신이 아니었다. 그래서였을까. 나도 모르게 꼭꼭 숨겨둔 나의 진심이 터져 나오고 말았다. 어린아이처럼 가식없고 순수한, 그래서 아주 이기적인 마음.

"그래서요? 그래서 나더러 어쩌라고요?"

어느새 내 눈시울은 뜨겁게 달아오르고 있었다.

"미안해, 제이. 난, 난 말이야……."

"뭐가 미안해요?"

"그게, 그게."

아, 나 이렇게까지 말더듬이었던가.

"그때 네 프러포즈 거절한 게 마음에 걸렸어."

"그래서요?"

"많이 미안하고, 또 후회되고, 그래서, 그래서……."

제이가 답답하다는 얼굴로 얼굴을 찡그렸다.

"좋아요. 원하는 게 뭐죠, 여니?"

"난 너랑 함께 있고 싶어!"

"함께? 그게 무슨 뜻이죠?"

"그러니끼 늘 같이 있고 싶다고!"

"흐음, 그기 지금 니힌데 프리포즈하는 전가요?"

나는 고개를 힘차게 끄덕거렸다. 주워 담고 싶어도 이미 입 밖으로 나온 말이었고 속내를 몽땅 드러냈다는 사실로 인해 어느덧 얼굴이 활활 타버릴 것 같았다. 숨도 쉴 수 없을 만큼 목구멍이 후끈거렸고 가슴이 미친 듯이 날뛰기 시작했다.

마침내 나는 용기를 내었다.

"널 많이 좋아해. 나와 결혼해 줘, 제이."

아아, 사실 이럴 생각은 아니었는데 갑자기 내가 실성이라도 했을까. 어쩌면 순전히 그놈의 질투심 때문인지도 모른다. 제이가 다른 여자와 키스하는 게 너무너무 화가 나고 싫어서 내가 잠시 미친 모양이다. 아니면 내 몸에 숨어 있는 그 놈의 야수가 불쑥 튀어나왔기 때문이라고 변명하고 싶다.

아아, 결국 제이한테 청혼을 해버렸다! 놀랍게도 내 감정을 꼭꼭 감싸고 있던 거추장스런 것들을 몽땅 집어던지고서 그 순수한 감정의 알맹이를 그에게 고스란히 보여주고야 만 것이다. 락희야, 나 아무래도 너무 무모한 짓을 해버린 것 같아.

그런데 제이는 성질 고약한 고양이처럼 두 눈을 납작하게 뜨더니,

"싫어요, 여니."

뭐?

"전에 여니가 내 프러포즈 거절한 것처럼 나도 거절입니다."

하면서 무뚝뚝한 어조로 내뱉는 것이었다. 그 순간 가슴 속으로 엄, 청, 나, 게 커다란 대못이 콱 박히는 듯한 날카로운 통증! 그리고 그대로 블랙홀 속으로 빨려드는 것처럼 온몸이 쪼그라들고 삐걱거린다. 그건 견딜 수 없는 지독한 고통이었다. 아아, 너무 괴롭다! 락희가 우려하던 확인 사살이 이런 걸까. 그런데

막상 겪고 보니 이건 너무 슬프잖아, 젠장!

"왜, 왜?"

나는 당장 쓰러질 것 같았지만 간신히 참고서 덜덜덜 떨리는 목소리로 물었다.

"쿨한 연애가 좋지 않나요, 여니."

"제이……."

"날 좋아하는 마음은 고맙지만 난 여니와 결혼할 생각이 없어요."

그 냉정한 대꾸에 돌연 심장이 터질 것처럼 가슴이 아파서 그 자리에서 그대로 죽어버리고 싶었다. 아아, 예전에 제이도 이런 기분이었을까.

"나, 나쁜 자식!"

이렇게 중얼거리던 나는 바보같이 눈물을 뚝뚝 흘리기 시작했다. 자존심이고 뭐고 챙길 마음의 여유조차 없었고 그저 눈앞이 노래지는 걸 느낄 뿐이었다. 하늘이 무너지고 땅이 꺼져 내렸고 내 마음은 이미 산산조각나 버렸다.

흑, 락희야. 이제 어쩌지? 나 완전 국제적으로 실연당한 것 같아. 그런데 너무 괴로워서 딩징이라도 심장이 멎을 것 같아. 만약에 내가 죽어버리면 일요일 오후 너와의 커피 타임도 아련한 추억이 될지도 모르겠구나.

나는 눈앞이 어질어질해서 금방이라도 쓰러질 것 같았다. 점점 숨이 막혀왔고 두 눈에서 뜨거운 눈물이 끊임없이 흘러내렸

다. 그저 바보처럼 닭똥 같은 눈물을 뚝뚝 떨어뜨리는 게 내가 할 수 있는 전부였다. 그런데,

"와, 운다, 울어. 결국 울어버렸네, 하하!"

뭐, 뭐냐. 날 놀리다니. 제이, 이놈 이렇게 잔인한 녀석이었나.

"사실은 날 엄청나게 좋아하면서 괜히 안 그런 척하는 게 얼마나 비겁한 짓인지 모르죠, 여니?"

나는 제이가 무슨 말을 하는지 잘 알아듣지 못했다. 그저 멍한 얼굴로 그를 쳐다보다가 자꾸만 흘러넘치는 눈물을 닦아내기 위해 손등으로 눈가를 비벼댔다.

"여니, 근데 우는 모습 너무 귀엽다!"

이렇게 말하던 제이는 내 뺨을 아프도록 세게 붙잡더니 갑자기 내게 키스를 하기 시작했다. 뭐야, 이거 이별의 키스인가. 하지만 나는 실연의 충격으로 여전히 혼이 빠진 채 몽롱한 상태였다.

"여니, 여니, 여니!"

잔뜩 흥분한 목소리로 내 이름을 부르며 축축해진 내 눈가를 닦아주던 제이는 내게 귓속말로 속삭였다.

"자, 내가 여니의 프러포즈를 거절해서 화가 났다면 복수할 기회를 줄게요."

응?

"지금 난 여니한테 프러포즈할 거예요. 혹시 조금 전 나처럼

거절할 거예요?"

그게 무슨 소리야? 나한테 또 프러포즈를 한다고? 잠시 후 제이는 나를 꼭 끌어안고서,

"Will you marry me?"

하고 한국말이 아닌 영어로 크게 말했다. 나는 잠깐 어안이 벙벙했다. 나는 믿지 못하겠다는 얼굴로 제이를 빤히 쳐다봤다.

"어서 대답해 줘요, 여니."

그는 부드럽게 눈웃음을 치고 있었고 주위는 어느새 쥐 죽은 듯이 조용해졌다. 어, 이거 도대체 어떤 시추에이션이지? 주위 사람들이 호기심 어린 시선으로 나를 숨죽인 채 주시하고 있자 그제야 나는 인생에서 가장 소중한 순간이 다시 재생되고 있음을 깨달았다.

"제이, 그럼……?"

놀랍게도 믿지 못할 일이 다시 일어나고 있었다. 제이는 달콤한 미소를 지으며 나를 바라보며 고개를 끄덕이고 있었다. 오, 세상에! 나 지금 꿈꾸고 있는 거 아냐?

"Come on, Sweet heart!"

나의 대답을 재촉하는 부드리운 제이의 목소리. 나는 똑같은 실수를 두 번 지지를 만큼 비보는 아니었고 조금 전 내 프러포즈를 냉정하게 거절한 제이에게 복수할 마음 또한 전혀 없다.

"Yes! Yes! Yes! Yes!"

이렇게 크게 외쳐 대며 나는 제이의 목을 꽉 끌어안았다. 그리고 키스했다. 그 순간 귀청을 찢을 듯한 요란한 박수 소리와 함께 엄청난 환호성이 울려 퍼졌다. 야유가 섞인 장난스런 휘파람 소리들도 빗발치듯 쏟아져 내렸다. 많은 사람들이 호쾌하게 웃으며 우리들에게 축하의 인사를 건네며 달려들자 그제야 나는 제이가 일부러 영어로 말한 이유를 깨달았다.

"이번엔 프러포즈를 받아줘서 고마워요, 여니."

하면서 제이는 다시 내게 뜨거운 키스를 퍼부었다. 나는 잘 익은 토마토처럼 온몸이 흐물흐물해진 느낌이었다.

"근데 우리 때문에 신제품 발표회가 엉망이 되어버렸네요. 뭐라고 하기 전에 도망가는 게 좋겠어요."

꿈인지 생시인지 가늠하기 어려운 상황에서도 나는 제이의 손목을 꼭 잡고서 놓치지 않았다. 제이와 나는 사방에서 축하의 인사를 쉴 새 없이 건네는 사람들을 헤치며 홀 밖으로 간신히 빠져나왔다. 그래도 기자로 보이는 몇몇이 뒤따라오자 우리는 호텔 뒤편으로 재빨리 도망을 쳤다.

나는 아직도 이 현실이 믿기지 않았다. 조금 전 확인 사살이라는 참담한 구렁텅이 속으로 가라앉았는데 어느 순간 단숨에 빠져나와 제이한테 멋진 프러포즈를 받게 되다니 혹시 꿈은 아닐까.

하지만 호텔 밖으로 나온 제이는 내게 키스하고 또 키스했다. 나 역시 지지 않고 그에게 키스 세례를 퍼붓는 걸 멈추지 않았다. 그러니까 꿈이 아닌 생생한 현실임이 분명했다. 부드럽게 미소 짓는 달콤한 입술, 따스하고 다정한 눈빛. 그 모든 것이 내가 알고 있는 제이의 모습이었다.

"여니, 우리 내일 아침 당장 혼인신고부터 해요. 맨해튼엔 그런 곳이 많거든요."

제이와 함께 거니는 동안 그제야 정신이 반쯤 돌아왔다. 해가 저물어 주위는 어느새 푸르스름한 그늘이 내려앉았고 소박한 조각상이 세워진 분수대는 청량한 물소리를 들려주고 있었다. 호텔 뒤편의 아담한 산책로를 걸어가는 내내 열이 올랐던 내 마음은 그제야 가라앉으며 이내 훈훈해졌다.

"그런데 제이, 아까 내 프러포즈 거절한 거 장난한 거였어?"

나는 여전히 나를 끌어안고서 놔주지 않는 제이에게 궁금한 얼굴로 물었다.

"하하, 많이 놀랐죠? 여니 골탕 좀 먹이려고 그랬는데."

제이가 재미있어 죽겠다는 듯 킥킥거리자 나는 두 눈을 번득거렸다. 그리고선 그의 손목을 잽싸게 붙잡아서 있는 힘을 다해 힘껏 깨물었다.

"악! 왜 그래요, 여니!"

"몰라서 물어?"

"하지만 너무 아프잖아요!"

"이것보다 좀 심하게 아파봐야 돼! 아까 내가 얼마나 괴로웠는지 알아?"

나는 또 한 번 세게 물었다. 이 천하의 악당! 그때 난 지옥에 떨어진 느낌이었다고!

"하하, 내가 장난이 심했다는 거 인정할게요, 여니!"

아파서 어쩔 줄 몰라 하면서도 제이는 즐거운 얼굴로 입을 다물지 못한 채 마냥 웃고 있었다. 그러더니 잠시 주위를 두리번거리며 나의 손목을 잡아끌었다.

"이제 어서 가요, 여니!"

"어, 어디로?"

"이 호텔의 스위트룸으로 올라가자고요!"

그럼 지금 호텔 방 올라가려고 우리가 그렇게 죽기 살기로 뛰어온 거였나?

"싫어요?"

제이가 기대에 찬 눈으로 내게 물었다.

"좋아!"

뭐든지 좋아, 제이가 원하는 거라면!

"그리고 이젠 여니는 여기서 나랑 사는 거예요."

락희야, 어쩌냐. 청혼에 성공했어도 난 한국으로 돌아갈 수 없게 되었네. 나중에 세검정 처녀보살한테서 정식으로 결혼 날짜도 잡지 않고 뉴욕에서 혼인신고했다며 엄마한테서 혼나더라도 나는 전혀 겁나지 않는다.

"또 키스해도 돼, 제이?"

그리고 아주 대범해졌다.

"하하, 안 된다고 하면?"

"그래도 할 거야!"

나는 제이의 목을 꽉 끌어안고서 오랫동안 키스했다. 그 누가 키스하든지 전혀 신경도 쓰지 않은 뉴욕의 어느 한 호텔 앞에서, 초콜릿처럼 아주 달콤하고 기분 좋은 그런 딥키스를 말이다. 행복한 표정을 지으며 두 눈을 꼭 감은 채 제이를 끌어안는데 뭔가 내 아랫배에 묵직한 게 와 닿는다. 이크, 나도 모르게 얼른 몸을 떼었다.

"여니와 너무 하고 싶어서 그래요, 하하."

"어휴, 정말 못 말려."

나는 제이의 사타구니를 힐끔거렸다.

"잠깐. 근데 제이, 지퍼가 열렸잖아?"

"어, 진짜."

"칠칠맞지 못한 건 여전하네, 제이."

하면서 나도 모르게 반쯤 열린 그의 바지 지퍼를 쓱 올려줬다.

"윽!"

윽?

"혁, 설마? 또 낀 거야?"

"그, 그런 것 같은데."

"어머, 미안. 내가 다시 내려줄게."

하지만 팬티와 함께 쓸린 제이의 바지 지퍼는 작년 겨울 처음 만났던 때처럼 조금도 움직이지 않았다.

"으, 아파! 근데 이러다가 이따 여니랑 하지 못하면 어쩌지?"

뭐야, 그러면 저얼대로 안 되지!

"기다려 봐, 내가 어떻게든 해볼게."

나는 익숙한 자세로 바닥에 무릎을 꿇고서 제이의 바지 지퍼를 내리기 위해 안간힘을 다했지만 그것은 우주 대폭발이 일어난 직후부터 개봉이 엄격하게 금지된 지퍼인 양 올라가지도 내려가지도 않는다. 갑자기 내 이마에 식은땀이 조금씩 흐르기 시작한다. 아우, 이거 큰일인데.

"이거 안 되겠는데, 제이."

작년 겨울 제이를 처음 만났을 때와 똑같은 상황. 지겨운 데자뷰. 벌써 주위에 오가는 사람들이 기웃거리고 있다. 아아, 어째서 우리들의 사랑의 행로는 이리도 험난한 걸까. 나는 바닥에서 벌떡 일어났다.

"제이, 안 되겠다."

나는 뒷걸음치기 시작했다.

"여니, 어디 가요? 설마 전처럼 날 두고 가는 건 아니지?"

벌써 우리들 주위로 사람들이 벌 떼처럼 몰려들기 시작하자 어느덧 내 두 다리는 슬금슬금 어디론가 향하고 있었다.

"여니~!"

등 뒤에서 제이가 절망스럽게 내 이름을 부르고 있지만 나는 이미 호텔 로비 쪽으로 달려가고 있었다. 어디로 가는 거냐고?

글쎄, 그건 나도 잘 모르겠다. 일단 사방에서 몰려온 사람들로부터 피하고 싶은 마음뿐이니까. 뭐, 조금 전 나를 몹시도 서럽게 울게 만든 일에 대한 작은 복수도 할 겸 말이야.

물론 지퍼에 거기가 낀 남자를 난 무척 사랑하지만 사실은 내가 약간은 못된 여자라는 사실도 말해두고 싶다. 그나저나 이렇게 도망치면 나중에 후환이 있을 텐데 괜찮을까. 흠, 사실은 좀 겁이 난다. 그냥 돌아갈까? 그럴까? 갈까? 말까? 에잇, 모르겠다!

나는 시원한 저녁 바람을 뚫고서 맨해튼의 거리를 기분 좋게 달렸다. 가슴은 여전히 두근두근거렸고 달군 무쇠 솥처럼 뜨거워진 내 마음을 식히지 않으면 어쩐지 큰일 날 것 같았다. 어둠이 내린 거리의 저녁 하늘은 마치 초콜릿처럼 달콤해 보여 내 마음은 그대로 녹아내릴 것 같았다. 아아, 나의 제이, 아무튼 너무너무 사랑해♥

★★

시선 집중!
이번 주 최고의 조회수를 자랑하는
화제의 동영상편

★★

얼마 전 유튜브에 올라온 재미있는 동영상 하나가 요즘 인터넷을 뜨겁게 달구고 있다.

장소는 미국의 어느 호텔 앞. 아래 화면처럼 한 여자가 남자의 바지 지퍼를 열기 위해 무릎을 꿇고 있다. 남자는 괴로운 듯 몸을 비틀지만 그녀는 좀처럼 열리지 않는 지퍼를 열기 위해 안간힘을 쓰고 있다. 급하게 핸드폰으로 촬영한 탓인지 화면에선 두 남녀의 얼굴이 잘 보이지 않지만 그들이 백주대낮에 벌이는 대담한 행동에 세계 각국의 네티즌들이 폭소를 금치 못하고 있다.

．．．．．．．．．．．．．．．．．．．．．．．．．．．．．．．．．．．．．．

└ 6kjop197 : 얼마나 급하면 훤한 대낮에 저런 짓? 쯧쯧.

└ 라면뿌셔 : 미친다. 소문에 의하면 저 둘이 한국인이라는데, 해외에 나가서
　　　까지 개망신시키냐!

└ 크림빵걸 : 어휴, 이거 보고 마구 웃느라고 사무실에서 눈총 엄청 받았다

는.

└ 미드타운 : 저도요. 사장님한테 들켜서 정말 쪽팔렸다는. 흑흑.

└ df24p1097 : 미국에 사는 친구가 그러는데 상대 남자는 꽤 유명한 사람이
　　　　　　　라던데요? 그래서 인터넷에 뜬 모든 영상에 두 사람의 얼굴
　　　　　　　이 뭉개지도록 일부러 프로그램까지 만들었다는 소문인데 정
　　　　　　　말인지 모르겠네요!

└ 심심해 : 이거 보면서 사발면 먹다가 키보드로 전부 면발을 뱉고 말았다는.
　　　　　돌리도 내 키보드~!!

└ 자이삽질 : ★남성분들에게 희소식! 모든 아내들이 기다리는 기적의 파워!★

└ DA?KA : 머, 두 사람이 서로 연인인 것 같은데 그리 나빠 보이진 않는걸
　　　　　요. 크크크.

에필로그

일찍 오려고 했는데 갑자기 거래처 사장이 식사를 대접하는 바람에 예상보다 훨씬 더 늦은 시간에 귀가하고 말았다. 정원을 지난 후 현관문을 닫고서 거실 한가운데를 살금살금 지나가는 데 아무 소리도 들리지 않는다.

주방엔 작은 LED 램프 하나만 켜져 있을 뿐 웬일인지 집 안은 섭섭하리만큼 아주 조용하다. 다행히도 여니는 곯아떨어진 듯하고 나의 귀여운 딸, 미나도 일찌감치 잠이 든 모양이다.

부르르르. 서재 안으로 들어가서 의자에 앉으려는데 뒷주머니 속에 넣어둔 핸드폰이 조급하게 울린다. 이 밤중에 전화를 하다니, 써글. 아, 이 욕설은 여니가 기분이 안 좋을 때마

다 중얼거리는 혼잣말인데 나도 모르게 저절로 입에 배고 말
았다.

　잠시 후 전화 통화를 마친 나는 기분이 아주 좋아졌다. 지난
석 달 내내 결정을 미루던 모 기업이 드디어 우리 회사의 보안
시스템을 승인하게 된 것이다. 굿! 월요일 아침 회의 때 이 기쁜
소식을 발표해야지. 콧노래를 흥얼거리며 샤워를 끝낸 후 서재
로 돌아와 노트북의 전원을 켰다.

　이번 달에 새로 구상해야 할 프로그램 때문에 문득 마음이 급
해졌다. 다음 주 스케줄도 조정하고 주말에 약속된 모임도 취소
할까 생각하다가 문득 허기가 져서 주방으로 갔다. 냉동실 안에
서 얌전하게 나를 기다리고 있는 초콜릿 아이스크림 한 통을 찾
아냈다. 저번 주에 여니가 나를 위해 사다 놓은 거다.

　나보다 초콜릿 아이스크림을 더 잘 먹는 여니는 온갖 견과류
와 초콜릿 쿠키들이 잔뜩 첨가된 제품을 굉장히 좋아한다. 너무
달아서 나도 잘 먹지 않는 그런 걸 말이다. 예전엔 그런 건 손도
대지 않던 그녀가 말이다. 놀라운 일이다.

　노트북 앞에 앉아서 초콜릿 아이스크림 한 통을 거의 비울 무
렵 미니의 울음소리가 희미하게 들려왔다. 재빨리 일어나 딸의
방으로 가봤더니 잠결에 놀랐는지 몇 번 징얼거리다가 나시 눈
을 감았다.

　나는 벽에 붙은 작은 별 모양의 램프를 한 단계 어둡게 조정
했다. 옅은 불빛 아래에 두 눈을 꼭 감고 잠든 얼굴이 딸의 얼굴

을 바라보며 슬며시 미소 지었다. 작년 4월, 따스한 봄볕과 함께
태어난 미니는 나를 아빠로 만들어준 소중한 존재이며 행복이
무엇인지 알려준 사랑스런 아이다.

그런데 딸의 울음소리도 듣지 못하는 걸 보니 여니는 꽤 깊이
잠든 모양이다. 나는 어린 딸과 똑같은 얼굴로 곤히 잠들어 있
을 아내의 모습이 문득 보고 싶어졌다. 미니의 방에서 나와 침
실로 들어갔더니 그녀는 이불을 푹 뒤집어쓴 채 자고 있다. 저
러면 숨이 막힐 텐데, 하면서 이불을 살짝 걷었는데 여니가 아
닌 푹신한 베개가 누워 있다.

"여니?"

난 잠시 멍해졌다. 침대에서 곤히 잠든 줄 알았는데? 그렇다
면 지금 어디에 있지? 나는 침실과 거실, 그리고 주방을 비롯해
서 집 안을 샅샅이 뒤져 봤지만 그 어디에도 여니를 발견하지
못했다. 혹시 바람이라도 쐬려고 정원으로 나갔나 싶어서 밖으
로 나가 봤지만 헛수고였다.

결혼 후 우리는 회사에서 가까운 빌라에서 신혼살림을 시작
했지만 미니가 태어난 이후 맨해튼에서 좀 떨어진 곳에 아담한
정원과 작은 수영장이 딸린 주택 하나를 구입한 다음 주말마다
이곳에서 지내곤 한다.

그런데 2년 전 결혼한 이후 여니는 내게 무슨 불만이 생길 때
면 무작정 집을 나가곤 했는데 아기를 낳은 후에도 그런 못된
버릇이 없어지지 않은 모양이다. 아, 지금 여니는 어디에 있을

까. 불안한 마음을 억누르고서 그녀의 핸드폰으로 전화를 걸었지만 역시나 받지 않는다. 나는 점점 더 두려워진다.

그때 갑자기 내 핸드폰으로 문자 하나가 날아온다. 여니가 방금 보낸 거다. 급한 마음에 얼른 열어서 확인해 보니,

「당신 집에 온 거 확인한 후 나왔어요. 내일 아침까지 미니 잘 보고 있어요.」

라고 적혀 있다. 역시 가출한 거군. 침대 옆 탁자에 놓인 탁상용 캘린더를 주의 깊게 살펴봤지만 6월에는 별다른 행사나 이벤트도 메모되어 있지 않다. 올해에는 그녀의 생일이나 우리의 결혼기념일, 그리고 모든 행사를 빠뜨리지 않고 챙겨줬었다. 그렇다면 도대체 무슨 이유 때문이지?

그때였다. 부르르르. 핸드폰이 울려서 액정을 확인해 보니 크리스티나이다.

―오래간만이다, 제이.

"용건만 간단히 하시죠. 나 지금 무척 바쁘니까."

―도망간 와이프 찾느라고 그러겠지.

이런.

―제이, 나 엊그제 뉴욕 왔거든.

"그래서 지금 여니랑 함께 있는 거예요?"

흥분해서 냅다 소리치는데 수화기 너머로 혀를 차는 소리가

들린다.

—아냐. 도대체 어떻게 된 거니?

"좀 전에 집에 왔더니 미니만 혼자 내버려 둔 채 사라져 버렸어요."

—혹시 싸웠니?

"아뇨."

—그럼 또 네가 무슨 잘못을 한 모양이구나.

나는 긴 한숨을 내쉬고 말았다.

—자, 이젠 어떡할래, 제이?

"어쩌긴요, 찾아봐야죠."

—귀여운 네 공주님은?

"보모한테 연락해서 잠시 봐달라고 부탁해 봐야죠."

—애쓴다.

전화를 끊은 후 미니의 보모에게 사정을 얘기했더니 다행히도 30분 후면 도착하겠다고 대답한다. 그런 다음 별수 없이 불법이지만 내가 만든 프로그램을 구동시킨 다음 여니의 카드 회사를 해킹해서 그녀가 결제한 카드 내역을 확인했다. 그리고 한 시간 전 맨해튼의 어느 호텔에서 마지막으로 사용한 기록을 찾아내는 데 성공했다.

새벽 2시. 나는 보모에게 미니를 맡긴 후 급히 차를 몰아서 여니가 투숙한 호텔에 도착했다. 그곳의 호텔 매니저를 매수해 마스터카드를 겨우 얻은 나는 아내를 어떤 식으로 달래야 하는

지 심각하게 고민하면서 엘리베이터에 올라탔다.

"미니는 어쩌고 여길 왔어!"

문을 열고 들어가자 여니가 오히려 화난 얼굴로 내게 빽 소리 친다. 아, 심장마비 걸릴 것 같다.

"보모한테 와달라고 부탁했어."

"그 노처녀 꽤 까다로운데."

"그래도 하룻밤 수고비 100달러는 마다하지 않던걸."

"어우, 돈 아까워 죽겠네!"

"미니를 놔두고 가출한 주제에 그런 말이 나와?"

"어, 세게 나오네? 아무튼 내가 가출한 지 딱 한 시간 만에 뚝 딱 나타나시다니 과연 대단하신 남편이셔."

나는 침대 위에 털썩 주저앉았다. 어떻게 하면 여니를 혼내줄 수 있을까 고심하면서 말이다.

"근데 지금 손에 들고 있는 건 뭐야?"

"오다가 여니가 좋아하는 특제 초콜릿 아이스크림 사왔어."

"흐음, 이른바 뇌물이라 이거지."

여니는 고양이 눈으로 내가 사온 걸 유심히 살펴본다. 먹고 싶겠지. 아내는 최근 다이어트를 한다며 한 달이 넘도록 아이스 크림을 입에 대지 않고 있었다.

"혹시 오늘 내가 너무 늦게 와서 그래?"

"아니, 그것 때문은 아니야."

"그럼? 혹시 내가 모르는 여니와의 특별한 약속을 잊어버렸어?”

고개를 좌우로 흔들며 도리질을 해대는 여니.

“그럼 뭐가 문제야, 여니?”

“엊그제 칵테일 파티에서 어떤 인도 여자랑 키스했잖아?”

그 말에 나도 모르게 가슴이 뜨끔했다. 여니가 화장실 간 사이에 벌어진 일이라 모를 줄 알았는데. 그리고 이번에 인도 지사로 발령난 여직원이 장난으로 아주 잠깐 내게 키스한 것뿐인데.

“젊은 아가씨가 키스하니까 아주 좋아서 입이 딱 벌어지던데.”

“뭐야, 그럼 오늘 밤의 가출은 순전히 질투심 때문에 그런 거야?”

나는 픽 웃고 말았다. 머쓱한 얼굴로 말을 얼버무리는 여니를 지켜보고 있자니 나는 웃음을 참을 수 없다. 나와 결혼해서 애까지 낳았는데도 나의 여니는 여전히 귀엽다. 하긴 그런 질투심 덕분에 그녀는 내게 프러포즈를 했지만.

“여니는 날 너무 좋아해서 큰일이야.”

“뭐얏!”

“하긴 여니의 그 질투심 덕분에 지금 우리가 부부가 된 거니까 고맙게 생각해야지.”

“그게 무슨 소리야?”

“기억 안 나, 여니? 예전에 나 보러 뉴욕에 왔을 때 날 엄청

좋아하면서 안 그런 척하면서 나와 헤어지려고 했잖아. 그때 내
가 얼마나 성질이 났는지 모를걸. 그래서 여니를 가만두지 않으
려고 마음먹었었지."

"어떻게?"

여니가 두 눈을 데굴데굴 굴려가며 묻는다.

"당시 여니의 모든 법적인 신상 정보를 흔적없이 제거할까 했
었거든."

"날 아웃시키려 했다고?"

"응. 그럼 뉴욕에서 불법체류자가 된 여니는 어쩔 수 없이 내
게 도움을 청할 테고 그러면 난 그걸 기회로 삼아 나랑 같이 살
자고 위협해 볼까 생각했었지. 그런 다음 매일 아침 초콜릿 아
이스크림을 억지로 먹게 할 계획이었지, 하하."

"세상에!"

"하지만 내 질투 작전에 넘어간 여니의 프러포즈 덕분에 일이
잘 풀렸다고나 할까. 게다가 이젠 나보다도 초콜릿 아이스크림
도 엄청 잘 먹고 말이야."

"이제보니 제이는 아주 못된 놈이었네."

"뭐야, 남편한테 그게 무슨 말버릇이지?"

"흥, 말버릇? 달이 몰락하고 핼리혜성이 궤도를 바꾸어도 내
가 두 살 위 누나라는 사실은 변함이 없거든."

"흐음, 미안하지만 난 옛날부터 내 와이프의 나이 따윈 전혀
관심없었는데. 그리고 크리스티나가 뉴욕에 왔다는데 언제 연

락한 거지? 여니 가출한 거 다 알던데?"

그제야 여니는 주눅 든 얼굴로 내 눈치를 살핀다.

"미안, 아까 전화가 와서 나도 모르게 말해 버렸어."

"말로만?"

"아무튼 난 오늘 안 들어갈래. 오래간만에 혼자 있고 싶거든. 마침 원고 마감 때문에 일도 할 겸 말이야."

여니는 뉴욕에 있는 한인 신문사 편집부에서 일하는데 출산 후 재택근무를 하고 있었다.

"하지만 과연 제대로 마감할 수 있을까 궁금해지는데."

"왜?"

"나도 여니랑 같이 자고 갈 생각이거든."

"안 돼! 당장 나가!"

"싫은데."

난 여니를 달래주기 위해서 잽싸게 키스를 했다.

"뭐야, 초콜릿 맛이 나는데."

"그아 집에 있는 초콜릿 아이스크림을 먹고 나왔으니까."

"냉장고에 하나 남은 걸 결국 해치웠구나."

"대신 여니가 좋아하는 거 사 왔잖아. 먹을래?"

"그깟 초콜릿 아이스크림에 쉽게 넘어가고 싶진 않은데."

"그럼 다른 거 할까?"

나는 여니의 허리를 꽉 끌어안았다. 그녀의 목덜미에서 새콤한 향내가 나서 힘껏 숨을 들이마시는데,

"저 맛있는 초콜릿 아이스크림이 녹잖아."

"동시에 두 가지를 하고 싶다 이 소리지. 아무튼 여전히 욕심이 많다니까."

"몰랐어?"

하면서 킥킥거린다. 나는 포장된 종이 박스에서 꺼낸 초콜릿 아이스크림 통의 뚜껑을 연 다음 한 스푼 듬뿍 퍼서 여니의 입 속에 넣어줬다. 그런 다음 그녀의 턱을 붙잡고서 느긋하게 입을 맞췄더니 진한 초콜릿 향이 입안 가득히 쏟아진다. 내가 한때 좋아하던 헤이즐넛 알갱이가 섞인 쌉쌀하고도 달콤한 맛이다.

"근데 뺏어 먹으니까 더 맛있는데."

내가 이렇게 말하자 이번에는 여니가 내 입에 초콜릿 아이스크림을 한가득 넣는다. 이가 시릴 정도로 얼얼하지만 열심히 혀끝으로 녹여 먹으며 사랑스런 아내의 키스를 기다리고 있는데 아무 느낌이 없다. 눈을 떠보니 여니는 뭐가 좋은지 침대 위에 벌렁 누운 채 한참 동안 자지러지게 웃는다.

"아, 정말 이상해."

"뭐가, 여니?"

"천하의 황우연이 이렇게 끔찍하게 단걸 먹나니 말이야."

"게다가 겁도 없이 이렇게 야반도주도 하고 말이야."

"쳇, 그건 제이 탓인걸."

"아니, 날 너무 좋아하는 여니 탓이겠지."

나의 놀림에 여니는 다시 또 얼굴을 붉힌다. 어째서 자신의 감정을 조금도 숨기지 못하는 걸까. 그 모습이 얼마나 사랑스러운지 그녀는 잘 모르나 보다.

"우리 아기 또 낳자, 여니."

"싫어. 난 귀여운 딸 하나면 돼."

"크리스티나가 또 임신했어."

"정말이야? 아까 별말씀 없으시던데?"

"당연하지. 또 동생 하나가 생기는데 내가 반길 리 없으니까."

한국에 정착한 나의 생모 크리스티나는 여전히 원기 왕성하다. 이젠 그녀의 방황은 어느 정도 끝난 모양이지만 그 가족들의 갈 길은 아직도 멀다. 법적으로 내 아버지이자 여니의 외삼촌인 오관대 씨는 작년에 겨우 부교수 자리에 임명되었지만 여전히 경제적으로 열악한 상황이었다.

결국 종로의 모 미술관 하나를 인수받아서 부부가 공동으로 운영하게 되었는데, 물론 거기에 들어간 모든 비용은 전부 내 계좌에서 지불되었다. 앞으로도 자식과도 같은 어린 두 동생까지 돌볼 생각을 하면 솔직히 골치가 좀 아프긴 하다.

"근데 한국엔 언제 갈 거야? 락희도 보고 싶긴 한데."

"작년에 우리 집에 놀러 왔잖아."

"결혼 전엔 한 달에 두세 번을 꼭꼭 만났는데 지금은 일 년에 딱 한 번밖에 못 보잖아. 그리고 요즘 연애한다고 그랬는데 사귀고 있는 애인 얼굴도 보고 싶거든.”

“그럼 조만간 시간 내볼게. 미니도 있는데 같이 가야지.”

“정말? 그럼 잘됐다. 간만에 우리 집에서 며칠 지내고 오자.”

“그러든지. 아참, 처형이 올가을에 결혼한다고 하지 않았
어?”

“응, 그 재벌남이랑.”

“근데 여니, 나 그 재벌남과 잘 아는데.”

“어어? 어떻게?”

“이런 일을 하다 보면 자연스럽게 만나게 되거든. 자, 어쨌든
기분 풀어진 거지? 그럼 입 벌리고 한입 더 먹어봐. 키스해 줄
게.”

“날 돼지로 만들 셈이야, 제이?”

나는 잽싸게 여니에게 키스를 했다. 부드러운 입술에 잔뜩 밴
달콤쌉쌀한 초콜릿 향내가 마음에 들었다.

“자, 또 한입.”

여니는 마지못해 입을 벌리더니 큼직한 아이스크림 덩어리가
얹어진 스푼을 통째로 꽉 문다.

“오케이, 잘 먹는군. 사오길 잘했네.”

“제이도 입 벌려. 한입 먹어야지.”

“난 여기 오기 전에 저런 거 한 통 다 먹었어.”

“그래도 먹어! 이걸 어떻게 나 혼자 다 먹어.”

“그럼 이젠 둘 중 하나는 포기해야 된다는 걸 알았지? 아이스

크림을 포기하고 나와 키스만 하든지 아니면.”

나는 거만한 표정을 지으며 여니를 기다렸다. 실룩거리는 입술. 여차하면 나를 한 대 칠 기세지만 나도 이젠 어느 정도 배짱이 생겼다.

“흐응, 그래도 먹을래. 그리고 키스해 줘.”

역시나. 나는 웃음을 머금으며 아이스크림을 듬뿍 떠준 후 여니에게 키스했다.

“으, 배부르다. 더 이상 못 먹겠어. 냉장고에 넣고 내일 먹으면 안 될까?”

“좋아, 봐주지.”

냉장고에 반쯤 남은 아이스크림 통을 집어넣고서 능숙하게 여니를 침대 위로 쓰러뜨려서 꼼짝 못하게 만들었다.

“잠깐만, 이 파일 하나만 보내고.”

“여니, 크리스티나한테 질 순 없잖아. 그러니까 우리도 어서 둘째 만들자.”

나는 슬그머니 여니의 가운 속으로 보드라운 젖가슴을 어루만졌다.

“이것 봐, 미니를 낳은 후 이렇게 가슴이 커졌잖아. 둘째 낳으면 아마 분명히 더 커질 거야. 그러니까…… 악!”

사나운 고양이처럼 손가락을 깨무는 나의 아내는 정말 못 말릴 여자다.

“꼭 그런 말을 해야겠어?”

“그렇다고 남편을 물어뜯는 게 어디 있어?”

나도 모르게 성질이 나서 여니의 가운을 냅다 벗겨냈다.

“꺄아악, 변태!”

잽싸게 시트 속으로 들어가 몸을 둥글게 말고 있는 여니는 새침한 얼굴로 반항적인 눈빛을 감추지 않는다.

“변태라고?”

“아내는 홀딱 벗겨놓고서 자기는 멀쩡하게 옷을 입고 있잖아.”

“그야 여니가 벗겨주지 않았으니까.”

“듣던 중 반가운 말이네.”

여니는 살금살금 다가와서 내가 입고 있는 티셔츠와 바지의 벨트를 끌러준다.

“제발 트랜스포머 티셔츠 좀 입지 마.”

“내가 입고 있는 건 애니메이션 버전으로 흔치 않은 건데.”

“나중에 미니가 커서 아빠 흉보면 어떡하려고.”

“그래서 내가 싫어?”

“아니, 그래도 좋아.”

바보처럼 나는 날아갈 듯 기분이 좋아지고 말았다.

“그리고?”

“많이 좋아해.”

미소도 감출 수 없다.

“음, 사실은 말이야, 아주 사랑해, 제이.”

그리고 나는 사랑스런 아내와 길고 긴 키스를 하기 시작했다.
흐음, 나도 사랑해. 초콜릿 아이스크림보다 더 감미로운 나의
여니, *My Sweet Heart!*

The End

★★
작가 후기
★★

자, 재밌고 즐거웠나요?

그렇다고 고개를 끄덕인다면 저는 약간 행복할 것 같군요.

누군가 말하기를 행복해지기 위해선 먼저 웃으라고 합니다. 물론 기쁘거나 즐거운 일이 생기면 누구나 활짝 웃지만 멋쩍게 아무 느낌도 없는데 웃는다는 건 아무래도 쉽지 않겠지요. 그래도 저는 가끔 심심하거나 무료하면, 혹은 우울하거나 슬퍼질 때면 혼자 피식 하고 웃곤 합니다.

사실 조금만 주의를 기울인다면 일상생활에서 웃을 수 있는 일들은 얼마든지 있고 또 우리가 행복해질 수 있는 기회는 아주 무궁무진합니다. 왜냐하면 이 세상은 우리의 입가에 작은 미소를 머금게 하는 수많은 일들로 가득 찼으니까요.

특히 글을 읽고 쓰는 것도 그것들 중의 하나가 되겠지요. 격정적이고 아름다운 사랑 이야기도 꽤 감동적이지만 천연덕스럽게 웃음을 자아내는 재미난 글도 우리를 미소 짓게 합니다.

요즘은 예전처럼 원고지에 글을 쓰지 않고 대개 컴퓨터나 노트북을 사용하는데, 어떤 문장이나 글귀들이 생각하는 동시에 눈앞의 모니터에 고스란히 나타나서 무척 유용하고 편리합니다. 무수한 생각과 감정과 느낌은 어느 한순간 툭 튀어나왔다가 이내 사라지는데 그런 것들이 키보드로 타이핑하는 순간 곧바로 빽빽한 글자가 되어 펼쳐질 때면 마치 따가운 불꽃들이 반짝반짝, 하는 듯한 느낌이랄까요. 그래서 왠지 모르게 흥분을 가누지 못해서 종종 가슴이 뛰는 자이구루입니다. 이 자리를 빌어서 글을 쓴다는 건 상당히 힘들지만 그와 더불어 무척 즐거운 일임을 털어놓습니다.

〈내겐 너무 이상한 남자〉는 약 4년 전 어느 온라인 사이트에서 연재했는데 이제야, 마침내, 기어코, 드디어, 별수 없이, 할 수 없이, 끝내는 나오고야 말았군요. 대개 호흡이 긴 장편을 선호하던 본인에게 한 권으로 끝나는 글은 처음이라서 다소 어려움도 있었지만 칭어람 편집팀에서 발휘한 센스 있는 리뷰 덕분에 그나마 모양새가 다듬어진 듯합니다.

이 자리를 빌어서 유경화 씨와 이수민 씨께 감사의 키스를 보냅니다. 음, 도망치지 마세요. 나는 달리기를 꽤 잘합니다.

몇 년 전 로맨스를 쓰기 시작하면서부터 저는 주로 역동적이고 극단적인 사랑을 소재로 한 러브스토리를 썼는데 이번에는 그와 정반대의 성격을 지닌 글을 선보이게 되었습니다. 이 글을 읽고서 한 번쯤 픽

하고 웃음보를 터뜨리며 잠시나마 즐거운 시간을 만끽한다면 자이구루는 무척 행복할 것 같습니다.

그리고 늘 책을 좋아하고 입가에 미소가 끊이지 않는 김순정님께도 고맙다는 말을 전하며 항상 긍정적인 마인드로 살아가는 모습을 볼 때마다 힘이 났다고 전해주고 싶습니다. 또 자이구루처럼 삼형제를 키우며 즐겁게 일하고 있는 오영석님과 자신의 꿈을 이루기 위해 하루하루 열심히 노력하는 이재주님께도 따스한 미소를 보냅니다.

눈을 뜨면 우리는 푸른 하늘에 떠 있는 눈부신 태양을 볼 수 있고 싱그러운 나뭇잎 아래로 불어오는 서늘한 바람도 느끼게 됩니다. 좋아하는 음악을 듣기도 하고 맛있는 과일도 맛보곤 하는데 그런 일이 가능한 건 우리가 생생하게 숨 쉬고 살아 있기 때문이겠지요. 그래서 살아 있다는 건 아무리 힘들고 괴로워도 아주 대단한 일이며, 또 누군가를 사랑한다는 것 또한 특별한 경험일 겁니다.

그리고 글을 씀으로써 그 소중한 감정들을 간접적이나마 느낄 수 있어서 오늘도 즐거운 마음으로 열심히 모니터 앞에 앉아 있습니다. 많은 사람들이 로맨스 소설을 읽는 것은 현실에선 달콤한 연애를 좀처럼 찾아보기 힘들기 때문입니다. 그래서 완벽하고 이상적인 사랑을 꿈꾸는 이들을 위해서 지이구루 같은 사람들도 반드시 필요한 거겠지요.

하지만 저는 현실 속에서 사랑으로 인해 맞부딪치는 혹독함이나 괴로움을 절대로 피해서는 안 된다고 생각합니다. 누군가로부터 상처를 받거나 혹은 어쩔 수 없이 타인의 가슴을 아프게 하더라도 그 모든 것은 나름대로 의미가 있는 법입니다.

　때론 달콤한 초콜릿 아이스크림으로 외로운 마음을 달래고 로맨틱한 소설 한 권으로 쓸쓸함을 잊는 것도 좋지만 우리는 누군가를 사랑하는 일에 절대로 주저해서는 안 됩니다. 그러니까 좀 더 많이 웃고 많이 꿈꾸도록 노력해 보는 건 어떨까요.

　지금이라도 두 눈을 감고서 귓가에 와 닿는 사랑하는 이들의 목소리를 음미해 보세요. 언제나 기분 좋은 미소를 입가에 머금고서 아무 주저 없이 사랑을 한다면 우리는 살아가는 동안 많은 걸 느끼고 얻을 수 있을 테니까요.

　그런데 쓰다 보니 작가 후기가 무슨 공익광고 같은 분위기로 졸졸 흐르고 말았는데 뭐, 그렇더라도 그게 무슨 상관이랍니까, 하하.

　―늘 행복하십시오.